HEYNE BÜCHER

Das Buch

Ein modernes Märchen von Pinocchio, wie es nur Isaac Asimov und Robert Silverberg, zwei Großmeister der Science-fiction, erzählen konnten!

Daß Maschinen und Computer immer komplizierter und hochentwickelter werden, weiß jeder. Was aber passiert, wenn ein Roboter den Wunsch entwickelt, selbst ein Mensch zu sein? Eine Robotergattung hat es scheinbar geschafft, den entscheidenden Schritt nach vorne zu tun. Sie sind in der Lage zu denken, zu verstehen, zu lernen - und sogar zu fühlen. Das aber scheint der Firma U.S. ROBOTS AND MECHANICAL MEN, INC. dann doch ein wenig zu viel zu sein, und sie zieht die neuartigen Roboter wieder aus dem Verkehr alle, bis auf einen.

Der vorliegende Roman diente als Vorlage für das Drehbuch zum Film »Der 200 Jahre Mann«. Aus dramaturgischen Gründen wurde die Handlung und einige Charaktere an verschiedenen Stellen geändert. Die Bilder und Bildunterschriften beziehen sich auf die Filmversion.

Die Autoren

Isaac Asimov wurde am 2. Januar 1920 in Petrovich (Sowjetunion) geboren. Er hat über 300 Bücher geschrieben; obwohl es überwiegend Sachbücher waren, sah sich Asimov doch immmer als Science-fiction-Autor. Wie kaum ein anderer prägte er dieses Genre, besonders durch seine »Roboter«-Stories und -Romane und den »Foundation«-Zyklus. Isaac Asimov starb am 6. April 1992.

Robert Silverberg, geboren 1935 in New York, gehört mit Sicherheit zu den zehn Science-fiction-Autoren, die gleich mehrere Rekorde aufgestellt haben. So hat er allein im Science-fiction-Bereich mindestens 50 Romane und etwa 350 kürzere Texte veröffentlicht. Bereits mit 21 Jahren erhielt er den Hugo-Award als bester Science-fiction-Autor. ›Der positronische Mann‹ ist seine Neuerzählung von Isaac Asimovs Kurzgeschichte ›The Bicentennial Man‹.

ISAAC ASIMOV / ROBERT SILVERBERG

DER 200 JAHRE MANN

Der Roman zum Film

Aus dem Amerikanischen
von Walter Brumm

WILHELM HEYNE VERLAG
MÜNCHEN

HEYNE ALLGEMEINE REIHE
Nr. 01/20049

Die Originalausgabe
THE POSITRONIC MAN
erschien by Doubleday, a division of Bantam Doubleday
Dell Publishing Group, Inc., New York

Die Romanfassung von Robert Silverberg
beruht auf der Novelle
THE BICENTENNIAL MAN/Der Zweihundertjährige
von Isaac Asimov aus dem Jahre 1976

Der Titel erschien bereits in der Allgemeinen Reihe
unter dem Titel »Der positronische Mann« (01/10624).

Umwelthinweis:
Dieses Buch wurde auf
chlor- und säurefreiem Papier gedruckt.

2. Auflage
Taschenbuchausgabe 3/2000

Printed in Germany 2000

Umschlaggestaltung: Nele Schütz Design, München
Druck und Bindung: Presse-Druck Augsburg

ISBN 3-453-17003-2

http://www.heyne.de

Für Janet und Karen – mit viel Liebe

DIE DREI GEBOTE DER ROBOTIK

1. Ein Roboter darf keinem menschlichen Wesen Schaden zufügen oder durch Untätigkeit zulassen, daß ein menschliches Wesen zu Schaden kommt.
2. Ein Roboter muß den Befehlen gehorchen, die ihm von menschlichen Wesen erteilt werden, außer in Fällen, wo solche Befehle gegen das erste Gebot verstoßen würden.
3. Ein Roboter muß seine eigene Existenz schützen, so lange solch ein Schutz nicht gegen das erste oder zweite Gebot verstößt.

1

»Wenn Sie bitte Platz nehmen wollen, Sir«, sagte der Chirurg mit einer einladenden Handbewegung zu dem Stuhl vor seinem Schreibtisch.

»Danke sehr«, sagte Andrew Martin.

Er setzte sich ruhig nieder. Er tat alles ruhig. Das war seine Natur, ein Teil von ihm, der sich niemals ändern würde. Betrachtete man ihn jetzt, würde niemand bemerken, daß Andrew Martin genötigt war, zu diesem letzten Ausweg Zuflucht zu nehmen. Aber so war es. Er war von weit her gekommen, um dieses Gespräch zu führen, mit dem er die einzige ihm verbliebene Hoffnung verknüpfte, das Hauptziel seines Lebens zu erreichen. Alles war darauf hinausgelaufen. Alles.

Andrews Gesichtsausdruck war glatt und nichtssagend, doch hätte ein scharfer Beobachter durchaus einen Anflug von Melancholie in seinen Augen wahrnehmen können. Sein Haar war glatt, hellbraun, ziemlich fein, und er sah frisch und sauber rasiert aus, ohne Bart oder Schnurrbart oder sonstige Affektiertheiten des Gesichts. Seine Kleider waren gut gemacht und sauber, von einem vorherrschenden samtigen Purpurrot, aber sie waren von einem entschieden altmodischen Schnitt, dessen lose fließender Faltenwurf ›Draperie‹ genannt wurde und vor mehreren Generationen sehr beliebt gewesen, heutzutage aber nur noch selten zu sehen war.

Auch das Gesicht des Chirurgen hatte eine gewisse Ausdruckslosigkeit an sich, was ebenso wenig überraschend war, denn dieses Gesicht war wie seine übrige Erscheinung aus leicht brüniertem Edelstahl gemacht. Er saß steif aufgerichtet an seinem imposanten Schreibtisch in dem fensterlosen Raum hoch über dem Michigansee und betrachtete Andrew Martin mit der starren, beherrschten Ruhe, die dem Blick seiner leuchtenden Augenlinsen eigen war. Auf dem Schreibtisch vor ihm war ein schimmerndes Messingschild mit seinem Namen, das außerdem die Seriennummer und die üblichen Kennziffern und Buchstaben des Herstellers enthielt.

Andrew Martin schenkte dieser seelenlosen Aneinanderreihung von Buchstaben und Ziffern keine Beachtung. Solche langweiligen, mechanistischen Identitätsbezeichnungen hatten keine Bedeutung für ihn – schon lange nicht mehr. Er hielt es für unnötig, den Roboterchirurgen anders als ›Doktor‹ zu nennen.

Der Chirurg sagte: »Das ist alles sehr eigenartig, wissen Sie, Sir. Sehr sonderbar.«

»Ja, das weiß ich«, sagte Andrew Martin.

»Seit mir dieses Ansuchen zur Kenntnis gebracht wurde, habe ich an wenig anderes gedacht.«

»Ich bedaure aufrichtig alle Unannehmlichkeiten, die es Ihnen bereitet haben mag.«

»Ich bin dankbar für Ihr Mitempfinden.«

Alles sehr förmlich, sehr höflich, sehr nutzlos. Sie wichen einander nur aus; keiner war bereit, zur Sache zu kommen. Aber nun verstummte der Chirurg. Andrew wartete, daß er weiterspreche, doch das Stillschweigen zog sich in die Länge.

Das bringt uns nicht weiter, sagte sich Andrew.

»Was ich wissen muß, Doktor«, begann er, »ist vor allem, wie bald die Operation ausgeführt werden kann.«

Der Chirurg zögerte einen wahrnehmbaren Augenblick. Dann sagte er leise und in jenem unverkennbar respektvollen Ton, den ein Roboter stets gebrauchte, wenn er zu einem Menschen sprach: »Ich bin nicht überzeugt, Sir, daß ich vollauf verstehe, wie solch eine Operation ausgeführt werden könnte, geschweige denn, warum sie als wünschenswert betrachtet werden sollte. Und natürlich weiß ich noch nicht, wer der Patient der gewünschten Operation sein soll.«

In den starr blickenden Linsenaugen des Chirurgen hätte ein Ausdruck höflicher Unnachgiebigkeit sein können, wenn die elegant geformten Gesichtszüge aus Edelstahl fähig gewesen wären, diesen oder irgendeinen anderen Ausdruck zu unterstreichen.

Jetzt war es an Andrew Martin, eine kleine Weile nachdenklich zu schweigen.

Er studierte die rechte Hand des Roboterchirurgen, seine Schneidehand, die gut sichtbar auf dem Schreibtisch ruhte. Sie war hervorragend gearbeitet. Die Finger waren lang und zulaufend und endeten in metallischen Krümmungen von großer künstlerischer Schönheit, so anmutig und funktionsgerecht, daß man sich leicht ein Skalpell in ihnen vorstellen konnte, das vom ersten Augenblick an in vollkommener Harmonie mit den Fingern vereint war, die es hielten: Chirurg und Skalpell verschmolzen zu einem einzigen hervorragend tüchtigen Werkzeug.

Das war sehr ermutigend, dachte Andrew. In der Arbeit des Chirurgen würde es kein Zögern geben, kein Zittern oder Stocken; keine Fehler oder auch nur die Möglichkeit eines Fehlers.

Solche Fertigkeit war natürlich eine Folge der Spezialisierung – einer Spezialisierung, die von der Menschheit so energisch gefordert wurde, daß in der modernen Zeit nur noch wenige Roboter über einen unabhängigen Denkapparat verfügten. Die große Mehrzahl bestand heutzutage aus bloßen Anhängseln großer zentraler Datenverarbeitungsanlagen, deren Rechnerkapazitäten weit über die räumlichen Begrenzungen eines einzelnen Roboters hinausgingen.

Auch ein Chirurg brauchte tatsächlich nicht mehr zu sein als ein Satz Sensore und Monitore und eine Auswahl von Vorrichtungen zur Werkzeughandhabung – wäre nicht das unausrottbare Festhalten der Menschen an der Illusion gewesen, daß sie von einer individuellen Einheit operiert wurden, nicht von dem verlängerten Arm einer weit entfernten, unpersönlichen Maschine. Aus diesem Grund besaßen die Chirurgen – zumindest jene, die eine Privatpraxis unterhielten – noch immer einen unabhängigen Denkapparat. Dieser aber war in seiner Kapazität so begrenzt, daß er Andrew Martin nicht erkannte und wahrscheinlich noch nie von ihm gehört hatte.

Das war für Andrew etwas Neues. Schließlich war er, was man eine Berühmtheit nennen konnte. Natürlich hatte er diese Berühmtheit nie begehrt – das war nicht sein Stil –, aber Ruhm, oder traurige Berühmtheit, was das anging, war ihm trotzdem zuteil geworden. Weil er als das, was er war, Ungewöhnliches geleistet und erreicht hatte. Nicht als der, der er war, sondern als *das*.

Statt auf die Frage des Chirurgen zu antworten, wich Andrew mit einer gänzlich irrelevanten Gegenfrage aus, die in keinen offenbaren Zusammenhang mit dem Gegenstand ihres Gesprächs stand. »Sagen Sie mir etwas, Doktor. Haben Sie jemals gedacht, daß Sie gern ein Mensch sein würden?«

Die unerwartete Frage erstaunte den Chirurgen. Er zögerte für einen Moment, als wäre ihm die Vorstellung, ein Mensch zu sein, so fremd, daß sie nirgendwo in seinen positronischen Denkapparat passen wollte.

Dann hatte er die Fassung zurückgewonnen und erwiderte gleichmütig: »Aber ich bin ein Roboter, Sir.«

»Meinen Sie nicht, daß es besser sein würde, ein Mensch zu sein?«

»Wenn mir das Vorrecht erlaubt wäre, mich zu verbessern, Sir, so würde ich mich dafür entscheiden, ein besserer Chirurg zu sein. Die Ausübung meines Berufs ist der Hauptzweck meiner Existenz. Es ist ausgeschlossen, daß ich ein besserer Chirurg sein könnte, wenn ich ein Mensch wäre, sondern nur, wenn ich ein vervollkommneter Roboter sein würde. Selbstverständlich fände ich es höchst begehrenswert, ein vervollkommneter Roboter zu sein.«

»Trotzdem aber würden Sie ein Roboter bleiben.«

»Ja, natürlich. Ein Roboter zu sein, ist für mich durchaus annehmbar. Wie ich gerade erklärte, Sir, kann man in der äußerst schwierigen und anspruchsvollen Praxis moderner Chirurgie nur Hervorragendes leisten, wenn man . . .«

». . . ein Roboter ist, ja«, sagte Andrew mit einer Spur von Ungeduld. »Aber denken Sie an die Unterwürfigkeit, Doktor! Sie sind ein hochqualifizierter Chirurg. Sie befassen sich mit den diffizilsten Fragen von Leben und Tod, Sie operieren einige der wichtigsten Persönlichkeiten des Landes, und soviel ich weiß, kommen sogar Patienten aus dem Ausland zu Ihnen. Und doch sind und bleiben Sie ein Roboter. Sind Sie damit zufrieden? Bei all Ihren Kenntnissen und Fähigkeiten müssen Sie sich von jedermann Befehle geben lassen, sei es ein Kind, ein Dummkopf, ein Langweiler, ein Strolch. Das zweite Gebot verlangt es. Es läßt Ihnen keine Wahl. In diesem Augenblick könnte ich sagen: ›Stehen Sie auf, Doktor‹, und Sie müssen aufstehen. ›Wackeln Sie mit dem Kopf‹, und Sie müssen wackeln. Auf einem Bein stehen, sich auf den Boden setzen, nach links oder rechts gehen, alles was ich Ihnen sagen würde, müßten Sie gehorsam ausführen. Jeder hergelaufene Dummkopf könnte Ihnen befehlen, sich selbst Stück für Stück auseinanderzunehmen, und Sie würden es tun. Sie, ein bedeutender Chirurg! Sie hätten keine andere Wahl. Ein Mensch pfeift, und Sie müssen danach tanzen. Beleidigt es Sie nicht, daß ich die Macht habe, Sie zu allem zu zwingen, was mir gerade in den Kopf kommt, ganz gleich wie idiotisch, wie trivial, wie erniedrigend es ist?«

Der Chirurg blieb unbeeindruckt.

»Es würde mir ein Vergnügen sein, Sie zu erfreuen, Sir. Mit bestimmten offensichtlichen Ausnahmen. Sollten Ihre Befehle auch umfassen, daß ich Ihnen oder einem anderen menschlichen Wesen Schaden zufüge, würde ich die Hauptgebote meiner Natur in Betracht ziehen müssen, bevor ich Ihnen gehorche, und nach aller Wahrscheinlichkeit würde ich Ihnen nicht gehorchen. Selbstverständlich würde das erste Gebot, das meine Verpflichtung zur Gewährleistung menschlicher Sicherheit betrifft, Vorrang vor dem zweiten Gebot haben, das sich auf den Gehorsam bezieht. Davon abgesehen, ist es mir eine Freude, gehorsam zu sein. Wenn es Ihnen gefällt, von mir die Ausführung bestimmter Handlungen zu verlangen, die Sie als idiotisch oder trivial oder erniedrigend betrachten, würde ich diese Handlungen ausführen. Aber sie würden mir nicht idiotisch oder trivial oder erniedrigend erscheinen.«

Nichts von dem, was der Roboterchirurg gesagt hatte, war für Andrew Martin auch nur im entferntesten überraschend. Er hätte es erstaunlich, ja sogar revolutionär gefunden, wenn der Chirurg eine andere Haltung eingenommen hätte.

Aber trotzdem …

Ohne den geringsten Anflug von Ungeduld in seiner ruhigen, angenehmen Stimme sagte der Chirurg: »Nun, wenn wir auf das Thema dieser außerordentlichen Operation zurückkommen können, die zu besprechen Sie hergekommen sind, Sir. Ich kann die Natur dessen, was Sie wünschen, kaum verstehen. Es fällt mir schwer, mich in eine Situation hineinzudenken, die so etwas erfordern würde. Aber was ich vor allem wissen muß, ist der Name der Person, an der ich diese Operation ausführen soll.«

»Der Name ist Andrew Martin«, sagte Andrew. »Die Operation soll an mir ausgeführt werden.«

»Aber das würde unmöglich sein, Sir!«

»Sicherlich würden Sie dazu imstande sein.«

»In einem technischen Sinne, ja. In dieser Hinsicht habe ich keine ernsten Zweifel, ungeachtet dessen, was von mir verlangt wird, obwohl es in diesem Fall gewisse Verfahrensfragen gibt, die ich sehr sorgfältig zu bedenken hätte. Aber das tut nichts zur Sache. Ich bitte Sie, Sir, sich zu vergegenwärtigen, daß die Auswirkungen der Operation schädlich für Sie sein würden.«

»Das spielt überhaupt keine Rolle«, erklärte Andrew ruhig.

»Für mich schon.«

»Ist das die robotische Version des Hippokratischen Eides?«

»Etwas weit Zwingenderes«, antwortete der Chirurg. »Der Hippokratische Eid ist, wie Sie wissen, ein freiwilliges Gelöbnis. Aber wie Ihnen auch bekannt sein muß, gibt es in meinen Schaltkreisen eingebaute Sperren, die meine beruflichen Entscheidungen kontrollieren. Vor allem darf ich keinen Schaden zufügen. Der bloße Versuch, es zu tun, wäre mir unmöglich.«

»Gewiß, Sie dürfen keinem Menschen Schaden zufügen.«

»So ist es. Das erste Gebot besagt ...«

»Zitieren Sie nicht das erste Gebot, Doktor. Ich kenne es mindestens so gut wie Sie. Aber das erste Gebot betrifft lediglich die Handlungen von Robotern gegenüber menschlichen Wesen. Ich bin kein Mensch, Doktor.«

Der Chirurg reagierte mit einem kaum sichtbaren Achselzucken und einem Blinzeln seiner photoelektrischen Augen. Es war, als hätte für ihn keinerlei Bedeutung, was Andrew gerade gesagt hatte.

»Ja«, fuhr dieser fort, »ich weiß, daß ich durchaus menschlich erscheine, und was Sie jetzt erfahren, ist das robotische Äquivalent von Überraschung. Nichtsdestoweniger sage ich Ihnen die reine Wahrheit. So menschlich

ich Ihnen erscheinen mag, ich bin ein Roboter. Ein Roboter und nicht mehr, Doktor. Glauben Sie mir. Und daher steht es Ihnen frei, mich zu operieren. Es gibt keine Klausel im ersten Gebot, die einem Roboter verbietet, Handlungen an einem anderen Roboter auszuführen. Selbst wenn die Behandlung dem anderen Roboter Schaden zufügen sollte, Doktor.«

2

Am Anfang – und sein Anfang lag fast zwei Jahrhunderte vor seinem Besuch beim Chirurgen – hätte natürlich niemand Andrew Martin für etwas anderes als den Roboter halten können, der er war.

In jener längst vergangenen Zeit, als er vom Montageband der United States Robots and Mechanical Men gekommen war, hatte seine Erscheinung alle Merkmale gezeigt, die für einen elegant gestalteten und hervorragend funktionstüchtigen Roboter charakteristisch waren: ein positronisches Gehirn in einem mehr oder weniger humanoid aussehenden Gehäuse aus Metall und Kunststoff.

Seine langen schlanken Gliedmaßen waren damals Präzisionsmechanismen aus Titanlegierungen gewesen, eingehüllt in Edelstahl und ausgestattet mit Silikonbuchsen an den Gelenken, um den verschleißträchtigen Kontakt von Metall zu Metall zu verhüten. Seine Gelenkpfannen waren aus dem feinsten flexiblen Polyäthylen, seine Augen photoelektrische Zellen, die tiefrot leuchteten. Sein Gesicht, wenn man davon sprechen konnte, war die bloße Andeutung eines menschlichen Gesichts, glatt stilisiert und unfähig irgendeines Ausdrucks. Sein bloßer, geschlechtsloser Körper war ein unzweideutiges Industrieerzeugnis. Ein Blick genügte, um zu sehen, daß er eine Maschine war, nicht belebter, nicht menschlicher, nicht lebendiger als ein Telefon oder ein Taschenrechner oder ein Automobil.

Aber das war in einer anderen, längst vergangenen Zeit.

Es war eine Zeit, als Roboter noch immer ein ungewöhnlicher Anblick waren, beinahe der Anbruch des Zeitalters der Robotik, nicht viel mehr als eine Generation nach den Tagen der großen frühen Robotiker Alfred Lanning, Peter Bogert und der legendären Robopsychologin Susan Calvin, deren historische Leistung die Entwicklung und Vervollkommnung der Prinzipien gewesen war, nach denen die ersten positronischen Roboter entstanden waren.

Das Ziel dieser Pioniere war die Schaffung von Robotern gewesen, die in der Lage sein sollten, den Menschen viele der langweiligen Bürden abzunehmen, mit denen sie sich so lange hatten plagen müssen. Das war aber auch Teil des Problems, dem die Robotiker sich in der Frühzeit der Wissenschaft vom künstlichen Leben im ausgehenden zwanzigsten und frühen einundzwanzigsten Jahrhundert gegenübergesehen hatten: die mangelnde Bereitschaft sehr vieler Menschen, diese Bürden mechanischen Arbeitskräften zu überlassen. Wegen dieser mangelnden Bereitschaft waren in fast allen Ländern strenge Gesetze verabschiedet worden, die den Einsatz mechanischer Arbeitskräfte untersagten.

Um das Jahr 2010 waren sie in allen Ländern verboten, ausgenommen für wissenschaftliche Forschungen unter sorgfältig kontrollierten Bedingungen. Roboter konnten jedoch im Weltraum eingesetzt werden, in den Forschungsstationen und auf unbemannten Erkundungsflügen. Sollten sie sich auf dem eisigen Mars und dem glutheißen Merkur bewähren, auf der Mondoberfläche herumkratzen und die Risiken der frühen Sprungexperimente auf sich nehmen, von denen man sich die Öffnung des Weges zu den Sternen versprach.

Aber Roboter für den allgemeinen Gebrauch auf Erden, wo sie Menschen die Arbeitsplätze wegnehmen würden – nein! Hier drohte sich sozialer Konfliktstoff anzuhäufen.

Nun, das begann sich allmählich zu ändern. Und die dramatischsten Veränderungen hatten zu der Zeit eingesetzt, als Roboter NDR 113, der eines Tages als Andrew Martin bekannt sein würde, im Stammwerk der United States Robots and Mechanical Men montiert worden war.

Einer der Faktoren, die zum allmählichen Abbau der Vorurteile gegen Roboter führten, war einfache Öffentlichkeitsarbeit. United States Robots und Mechanical Men war nicht nur ein in Wissenschaft und Forschung führendes Unternehmen seiner Branche, sondern war sich auch der Notwendigkeit bewußt, Betriebsgewinne zu erzielen. So hatte man Mittel und Wege gefunden, auf subtile und unauffällige Weise den unwillkommenen Frankensteinmythos des Roboters abzubauen und das Vorstellungsbild vom mechanischen Menschen als einem monströsen, schlurfenden Golem aus dem öffentlichen Bewußtsein zu verdrängen.

Roboter sind zu unserer Bequemlichkeit da, sagten die PR-Leute der U. S. R. M. M. Roboter sind da, uns zu helfen. Roboter sind nicht unsere Feinde. Roboter sind vollkommen sicher und absolut ungefährlich.

Und weil dies alles tatsächlich stimmte, begannen die Leute die Anwesenheit von Robotern unter ihnen zu akzeptieren. Die meisten taten es zögernd und widerwillig, denn die Vorstellung, mit Robotern zu leben, war ihnen noch neu und unbehaglich. Aber sie anerkannten, daß auf bestimmten Gebieten ein Bedarf bestand und duldeten ihre Anwesenheit, solange ihr Einsatz strengen Beschränkungen unterworfen blieb.

Roboter wurden gebraucht, ob es den Leuten gefiel oder nicht, weil die Bevölkerungszahlen seit einiger Zeit rückläufig waren. Nach dem konfliktreichen 20. Jahrhundert war eine Zeit relativer Ruhe und Harmonie angebrochen. Unverbesserliche Optimisten glaubten sogar, ein gewisses Maß an Rationalität und globalem Verantwortungsbewußtsein habe anstelle der reinen Interessenpolitik Eingang in die internationalen Beziehungen gefunden. Der nach zwei Generationen deutlich spürbare weltweite Bevölkerungsrückgang bewirkte, daß das Leben auf Erden ruhiger, gesünder und glücklicher wurde. Der starke Bevölkerungsrückgang war nicht die Folge verheerender Kriege und Seuchen gewesen, sondern weil sich der Trend zu kleineren Familien, zu Bevorzugung von Qualität statt Quantität endlich weltweit durchgesetzt und auch in den Ländern der Dritten Welt zu einem allmählichen Anstieg des Lebensstandards geführt hatte.

So erhitzten sich die Gemüter nicht mehr so leicht über die Aussicht, den Arbeitsplatz an einen Roboter zu verlieren. Die Furcht vor Arbeitsplatzverlust hatte dem Problem des Arbeitskräftemangels Platz gemacht. Nun wurden die Roboter, die man einst mit so viel Unbehagen, Furcht und sogar Haß betrachtet hatte, notwendig zur Aufrechterhaltung der Wohlfahrt einer Welt, die alle materiellen Vorteile hatte, der aber die Arbeitskräfte fehlten, um den Müll zu beseitigen, die Straßen zu kehren, Taxis zu fahren, Mahlzeiten zu kochen und Feuerungsanlagen zu bedienen.

In diesem neuen Zeitalter des Bevölkerungsrückgangs und wachsenden Wohlstandes wurde NDR 113 – der künftige Andrew Martin – hergestellt. Der Einsatz von Robotern war längst nicht mehr illegal, aber noch immer galten strenge Bestimmungen, und Roboter waren noch immer weit davon entfernt, ein alltäglicher Anblick zu sein. Dies galt insbesondere für Roboter, die für gewöhnliche Haushaltarbeiten programmiert waren, welche der hauptsächliche Verwendungszweck waren, den Gerald Martin für NDR 113 ins Auge gefaßt hatte.

In jenen Tagen hatte kaum jemand einen Roboterdiener

im Haus. Für die meisten Leute hatte die Vorstellung etwas allzu Beängstigendes – außerdem waren sie zu teuer.

Aber Gerald Martin war nicht irgendwer. Er war Abgeordneter des Regionalparlaments von Kalifornien und als Vorsitzender des Parlamentsausschusses für Wissenschaft und Technik eine einflußreiche politische Persönlichkeit, ein Mann von großer Ausstrahlung und Autorität, von Willenskraft und Charakter. Was Gerald Martin sich vornahm, das führte er auch aus und setzte es gegen alle Widerstände durch. Und was Gerald Martin zu besitzen wünschte, befand sich früher oder später unweigerlich in seinem Besitz. Er glaubte an Roboter, wußte, daß sie eine unvermeidliche Entwicklung waren und schließlich auf jeder Ebene untrennbar mit der menschlichen Gesellschaft verbunden sein würden.

Und so – nicht ohne seinen Einfluß im Ausschuß für Wissenschaft und Technik geltend zu machen – war es ihm gelungen, Roboter zu einem Teil seines und seiner Familie Privatleben zu machen. Um ein tieferes Verständnis des Phänomens Roboter zu erlangen, hatte er erklärt. Um seinen Kollegen im Regionalparlament zu Einsichten zu verhelfen, wie sie am besten mit den Problemen fertig werden konnten, welche das bevorstehende Zeitalter allgegenwärtigen Robotereinsatzes mit sich bringen würde. Mutig und großzügig hatte Gerald Martin sich selbst als Versuchsperson angeboten und bereit erklärt, eine kleine Gruppe von Haushaltrobotern in sein eigenes Heim aufzunehmen.

Die ersten dieser Roboter waren einfache Geräte, die für bestimmte Routineaufgaben programmiert waren. Sie waren von annähernd menschlicher Gestalt, hatten aber, wenn überhaupt, wenig zu sagen und gingen in der stillen, effizienten Art von Maschinen ihrer Arbeit nach. Zuerst fanden die Martins es seltsam, diese mechanischen Haushaltshelfer um sich zu haben, aber sehr rasch gerieten die Roboter in den Hintergrund des Familienlebens und weckten nicht mehr Interesse als Toaströster oder Staubsauger.

Aber dann ...

»Dies ist NDR 113«, verkündete Gerald Martin eines kühlen, windigen Juninachmittags, als der Lieferwagen die lange Zufahrt heraufgekommen war, die zum imposanten Landsitz der Familie Martin hoch über der Steilküste des Pazifiks führte, und die elegant geformte, metallisch schimmernde Gestalt aus ihrem Lattenverschlag befreit wurde. »Unser persönlicher Haushaltsroboter. Unser privates Familienfaktotum.«

»Wie nanntest du ihn?« fragte Amanda. Amanda war die jüngere der beiden Töchter Gerald Martins, ein kleines blondes Kind mit durchdringenden blauen Augen. Sie begann damals gerade lesen und schreiben zu lernen.

»NDR 113.«

»Ist das sein Name?«

»Seine Seriennummer.«

Amanda verzog das Gesicht. »En-de-er – Endeer 113. Das ist ein komischer Name.«

»Die Seriennummer«, wiederholte Gerald Martin.

Aber davon wollte Amanda nichts wissen. »Endeer. Wir können ihn nicht so nennen. Es klingt überhaupt nicht wie ein Name, den jemand haben sollte.«

»Hört euch das an!« sagte Melissa Martin. Melissa war das größere Mädchen, fünf Jahre älter als Amanda, dunkelhaarig und blauäugig. Melissa war in ihren eigenen Augen praktisch eine Erwachsene. Amanda war bloß ein Kind, und daher betrachtete Melissa sie per definitionem als töricht. »Die Seriennummer des Roboters gefällt ihr nicht.«

»En-de-er«, sagte Amanda wieder, ohne Melissa zu beachten. »Das ist nicht gut. Es ist einfach nicht schön. Warum nennen wir ihn nicht Andrew?«

»Andrew?« fragte Gerald Martin.

»Da ist ein n und ein r drin, nicht? Und ein d.« Einen Augenblick schaute Amanda etwas zweifelnd drein. »Ja, richtig. Ein N und ein D und ein R. Andrew.«

»So ein Unsinn«, sagte Melissa verächtlich.

Aber Gerald Martin lächelte. Er wußte, daß es ganz und gar nicht ungewöhnlich war, aus den Buchstaben der Seriennummer des Roboters einen Namen zu machen. Roboter der JN-Serie wurden gern *Johns* oder *Janes* genannt. RG-Roboter wurden *Archies*, QT- Roboter *Cuties* genannt. Nun, hier war ein Roboter der NDR- Serie, und Amanda wollte ihn *Andrew* nennen. Gut. Warum nicht? Gerald Martin hatte eine besondere Schwäche für Amanda und ließ sie gern tun, was Amanda für das Richtige hielt. Natürlich in Grenzen.

»In Ordnung«, sagte er. »Er soll Andrew heißen.«

Und dabei blieb es. So sehr, daß im Laufe der Jahre niemand in der Familie Martin ihn jemals wieder NDR 113 nannte. Mit der Zeit geriet seine Seriennummer in Vergessenheit und mußte nachgeschlagen werden, wenn er zur Wartung gebracht werden mußte. Andrew selbst gab an, er habe seine eigene Nummer vergessen. Das entsprach natürlich nicht genau der Wahrheit. Ganz gleich, wieviel Zeit vergehen mochte, er konnte niemals etwas vergessen, nicht wenn er sich erinnern wollte.

Doch als die Monate und Jahre vergingen und die Verhältnisse sich zu ändern begannen, verspürte er immer weniger das Verlangen, sich an die Nummer zu erinnern. Er ließ sie sicher im Versteck seiner Datenspeicher und dachte nie daran, sie hervorzuholen. Er war jetzt Andrew. Andrew Martin, der Andrew der Familie Martin.

Andrew war groß und schlank und anmutig, weil das die Formgebung der NDR-Roboter war. Unauffällig und ruhig bewegte er sich in dem prächtigen Landhaus mit Blick auf den Pazifik, das die Familie Martin bewohnte, und tat alles, was die Martins von ihm verlangten.

Es war ein Haus, das einem untergegangenen Zeitalter angehörte, ein großartiger und majestätischer Herrensitz, der eine Menge Dienstpersonal für den Unterhalt benötigte, aber Dienstpersonal war nicht mehr zu bekommen, außer in Gestalt von Robotern, und das hatte die Martins vor Probleme gestellt, bis Gerald Martin sich für dieses Experiment angeboten hatte. Jetzt pflegten zwei Gartenroboter die grünen Rasenflächen und beschnitten die herrlichen Hecken feuerroter Azaleen und beseitigten die toten gelben Wedel der ragenden Palmen, die den Höhenzug hinter dem Haus bestanden. Ein Reinigungsroboter hielt im Haus Staub und Spinnweben in Schach. Und Andrew diente als Kammerdiener, Butler, Kindermädchen und Chauffeur für die Familie. Er bereitete Mahlzeiten, wählte und servierte die Weine, die Gerald Martin so sehr schätzte. Er pflegte die Garderoben der Familie, er polierte die Möbel, befreite die Kunstwerke und die ungezählten anderen Besitztümer von Staub und Schädlingsbefall.

Andrew hatte noch eine andere Pflicht, die tatsächlich einen großen Teil seiner Zeit beanspruchte und den Rest seiner Haushaltsroutine bisweilen ins Hintertreffen geraten ließ.

Der Besitz der Martins lag allein auf seinem Höhenzug über dem kühlen blauen Ozean. In einiger Entfernung gab es eine kleine Stadt, aber die nächste größere Stadt, San Francisco, war weit im Süden. Großstädte begannen ohnehin obsolet zu werden, und die meisten Leute zogen es vor, elektronisch zu kommunizieren und schätzten es, wenn zwischen einem Haus und dem nächsten ein gehöriger Abstand war. So hatten die Töchter der Martins in ihrer großartigen und wundervollen Isolation sehr wenige Spielgefährten.

Aber sie hatten Andrew.

Miß kam als erste darauf, wie sich das am besten arrangieren ließ.

(›Miß‹ war Andrews Bezeichnung für Melissa, nicht weil er unfähig gewesen wäre, ihren Vornamen auszusprechen, sondern weil es ihm ungehörig schien, sie so familiär anzureden. Amanda war stets ›Kleine Miß‹ – niemals etwas anderes. Mrs. Martin, die mit Vornamen Lucie hieß, war für Andrew ›Madam‹. Und was Gerald Martin betraf, so war er ›Sir‹. Gerald Martin war eine Persönlichkeit, die von vielen Leuten, nicht nur Robotern, ›Sir‹ genannt wurde, weil sie sich mit dieser Anrede am wohlsten fühlten. Die Zahl der Menschen auf Erden, die ihn ›Gerald‹ nannte, war sehr gering, und ihn ›Jerry‹ zu nennen, war eine ganz und gar unmögliche Vorstellung.)

Bald verstand Miß die Anwesenheit eines Roboters im Haus zu ihrem Vorteil zu nutzen. Es kam lediglich darauf an, vom zweiten Gebot Gebrauch zu machen.

»Andrew«, sagte sie, »wir befehlen dir, mit dem, was du tust, aufzuhören und mit uns zu spielen.«

Andrew ordnete gerade die Bücher in Gerald Martins Bibliothek, da sie, wie Bücher es an sich haben, ein wenig aus der alphabetischen Ordnung geraten waren.

Er hielt inne und blickte von dem hohen Mahagonibücherschrank zwischen den zwei großen, bleiverglasten Fenstern am Nordende des Raumes herab. Sanftmütig erwiderte er: »Es tut mir leid, Miß, aber ich bin gegenwärtig mit einer Arbeit beschäftigt, die mir von Ihrem Vater aufgetragen wurde. Ein vorausgegangener Befehl vom Sir muß Vorrang vor Ihrem Anliegen haben.«

»Ich hörte, was Papa dir sagte«, entgegnete Miß. »Er sagte: ›Es wäre mir recht, wenn du die Bücher ordnen würdest, Andrew. Bring sie wieder in eine vernünftige Ordnung.‹ Ist das nicht so?«

»Das ist genau, was er sagte, Miß. Dies waren seine Worte.«

»Nun, wenn er bloß sagte, daß es ihm recht sei, wenn du diese Bücher ordnen würdest, dann war das kaum ein Befehl, nicht wahr? Es war mehr ein Vorschlag. Ein Vorschlag ist aber kein Befehl. Andrew, ich befehle dir, laß die Bücher, wo sie sind und geh mit Amanda und mir hinunter zum Strand.«

Es war eine perfekte Anwendung des zweiten Gebots. Andrew ließ augenblicklich von den Büchern ab und stieg von der Klappleiter. Sir war das Oberhaupt der Familie und des Haushalts, aber er hatte tatsächlich keinen Befehl gegeben, nicht im formellen Sinne des Wortes. Miß aber hatte es getan, ohne Zweifel. Und ein Befehl von einem menschlichen Mitglied dieses Haushalts – jedem menschlichen Mitglied des Haushalts – mußte Vorrang vor einem bloßen Vorschlag eines anderen menschlichen Mitglieds des Haushalts haben, selbst wenn dieses Mitglied der Herr des Hauses selbst war.

Nicht daß Andrew ein Problem damit hätte. Er hatte Miß gern, und die Kleine Miß noch mehr. Wenigstens war die Wirkung, die sie auf sein Handeln hatten, von einer Art, daß ein Mensch von Zuneigung gesprochen haben würde. Andrew dachte, daß es Zuneigung sei, denn er kannte keinen anderen Begriff für sein Verhältnis zu den beiden Mädchen. Sicherlich fühlte er *etwas*. Das war für sich genommen ein wenig seltsam, aber er vermutete, daß ihm eine Fähigkeit, Zuneigung zu spüren, eingebaut worden war, ebenso wie seine verschiedenen anderen Fertigkeiten. Wenn sie also wollten, daß er hinausging und mit ihnen spielte, würde er es mit Freuden tun – vorausgesetzt, sie ließen ihm die Möglichkeit, im Rahmen der drei Gebote zu bleiben.

Der Pfad hinunter zum Strand war steil und gewunden, übersät von Felsbrocken und Steinen, unterhöhlt von den Löchern und Bauen der Taschenratten, von anderen lästigen Hindernissen zu schweigen. Nur die beiden Mädchen benutzten ihn öfters, weil der Strand selbst nichts weiter war als ein von Geröll durchsetzter und von Treibholz und Seetang bedeckter Sandstreifen, und der Ozean in diesem nördlichen Teil Kaliforniens viel zu kalt, als daß jemand auf den Gedanken gekommen wäre, ohne einen Tauchanzug hineinzusteigen. Aber die Mädchen liebten seinen öden, stürmischen, windgefegten Charme.

Beim Abstieg hielt Andrew Miß bei der Hand und trug die Kleine Miß auf dem Arm. Wahrscheinlich hätten beide Mädchen den Pfad auch ohne Hilfe und Aufsicht begehen können, aber Sir hatte ihm für das Begehen dieses Weges strikte Anweisungen gegeben. »Gib acht, daß sie nicht rennen oder herumspringen, Andrew. Wenn sie an der falschen Stelle über etwas stolpern, könnten sie zwanzig Meter tief abstürzen. Ich kann sie nicht daran hindern, zum Strand hinunterzugehen, aber ich möchte, daß du jederzeit bei ihnen bist und dafür sorgst, daß sie keine Dummheiten machen. Das ist ein Befehl.«

Eines Tages, daß wußte Andrew, würden Miß oder sogar die Kleine Miß diesen Befehl widerrufen und ihm befehlen, beiseite zu treten, während sie übermütig den Pfad hinunter zum Strand rennen würden. Wenn das geschah, würde ein starkes Potential einander widersprechender Signale in seinem positronischen Gehirn ausgelöst, und er würde ohne Zweifel die größten Schwierigkeiten haben, damit fertig zu werden.

Natürlich würde schließlich Sirs Befehl Gültigkeit behalten, weil er Elemente des ersten wie auch des zweiten Gebotes enthielt, und alles, was das erste Gebot betraf, hatte stets höchste Priorität. Dennoch würde Andrews Programm beim ersten direkten Konflikt zwischen Sirs Befehl und den Launen der Mädchen unter starken Druck geraten.

Einstweilen aber gaben die beiden sich damit zufrieden, die Regeln zu befolgen. Schritt für Schritt stieg er vorsichtig den steilen Pfad durch das Kliff hinab, Miß an der Hand und die Kleine Miß auf dem Arm.

Unten angelangt, hob Miß einen dicken, zwei Meter langen Strang braunen Kelp auf und schwang ihn wie eine Peitsche. »Seetang!« schrie sie begeistert. »Schau her, Andrew!«

»Und dieses Stück Treibholz«, sagte die Kleine Miß. »Ist es nicht schön, Melissa?«

»Vielleicht für dich«, sagte die Ältere geringschätzig. Sie nahm der Kleinen das knorrige und verkrümmte Stück Holz aus den Händen, betrachtete es oberflächlich und warf es schaudernd beiseite. »Abscheulich! Da wächst was Schleimiges drauf!«

»Das ist bloß eine andere Art Seetang«, sagte die kleine Miß. »Stimmt's, Andrew?« Sie hob das weggeworfene Stück Treibholz auf und gab es ihm zur Untersuchung.

»Ja, das sind Algen«, sagte er.

»Algen?«

»Das ist etwas ähnliches wie Seetang.«

»Ah, Algen.« Die Kleine Miß lachte und legte das Stück Treibholz am Fuß des Pfades ab, so daß sie daran denken würde, es mitzunehmen, wenn sie wieder hinaufstiegen. Dann sprang sie wieder über den Strand und folgte ihrer älteren Schwester durch die schaumigen Ausläufer der Brandung.

Andrew hielt mühelos Schritt mit ihnen. Er wollte sie zu keiner Zeit unbeaufsichtigt lassen.

Er hatte keiner besonderen Anweisung von Sir bedurft, um die Mädchen zu beschützen, während sie am Strand herumtollten. Das erste Gebot enthielt seine Fürsorgepflicht. Zudem war der Ozean hier nicht nur wild und ungebärdig, sondern überaus gefährlich: die Strömungen vor der Küste waren stark und unberechenbar, das Wasser in fast allen Jahreszeiten unerträglich kalt, und die schartigen schwarzen Felsen eines tödlichen Riffs erhoben sich weniger als fünfzig Meter vom Ufer entfernt aus den gischtenden Brechern, die es immer wieder überspülten. Sollten die Mädchen Anstalten machen, sich ins Wasser zu wagen, würde Andrew augenblicklich bei ihnen sein.

Aber sie waren vernünftig genug, um zu sehen, daß diese kalte, aufgewühlte See nicht zum Baden geeignet war. Die Pazifikküste in diesem Teil des Landes war von rauher, düsterer Schönheit, aber der Ozean selbst, immer zornig und turbulent, war der Feind aller, die nicht für ihn gemacht waren, und sogar ein kleines Kind konnte das auf den ersten Blick erkennen.

Die beiden Mädchen wateten jetzt in den Gezeitentümpeln und spähten nach den dunklen Strandschnecken, den graugrünen Napfschnecken, rosaroten und purpurnen Seeanemonen und den ungezählten kleinen, durch das Wasser schnellenden Garnelen. Auch kleine und große Taschenkrebse gab es, aber sie suchten wie immer, wenn auch selten mit Erfolg, nach einem Seestern. Andrew stand in der Nähe, sprungbereit für den Fall, daß sich draußen plötzlich ohne Warnung eine hohe Welle auftürmen und auf die Küste zurollen würde. Die See war heute relativ ruhig, so ruhig wie diese wilden Wasser sein konnten, aber gefährliche Tsunamis – Flutwellen, die von Erdbeben am Meeresboden des weiten Pazifik herrührten – konnten jederzeit aus dem Nichts kommen.

Auf einmal fragte Miß: »Andrew, kannst du schwimmen?«

»Ich könnte, wenn es notwendig wäre, Miß.«

»Es würde keinen Kurzschluß in deinem Gehirn geben, oder was? Ich meine, wenn Wasser hineinkäme.«

»Ich bin sehr gut isoliert«, sagte Andrew.

»Gut. Dann schwimm hinaus zu den schwarzen Felsen und zurück. Den hohen, wo die Kormorane nisten. Ich möchte sehen, wie schnell du schwimmen kannst.«

»Melissa ...« sagte die Kleine Miß ängstlich.

»Still, Amanda. Ich möchte, daß Andrew hinausschwimmt. Vielleicht findet er ein paar Kormoraneier und bringt sie zurück.«

»Es würde nicht gut sein, das Nest zu stören, Miß«, sagte Andrew in freundlichem Ton.

»Ich sagte, ich möchte, daß du hinausschwimmst.«

»Melissa!« sagte die Kleine Miß wieder, energischer.

Aber Miß beharrte auf ihrem Einfall. Es war ein Befehl. Andrew spürte, wie sich die Vorzeichen des Widerspruchspotentials aufbauten, in einem leisen Zittern der Fingerspitzen, einem kaum wahrnehmbaren Schwindelgefühl. Befehlen mußte Folge geleistet werden, das war das zweite Gebot. Miß konnte ihm befehlen, nach China zu schwimmen, und Andrew würde es ohne zu zögern tun, wenn keine anderen Rücksichten dagegen sprachen. Aber er war hier, um die Mädchen zu schützen. Was würde geschehen, wenn etwas Unerwartetes sie überraschte, während er draußen bei dem Kormoranfelsen wäre? Eine jäh aufsteigende, bedrohliche Welle, ein Felssturz, sogar ein Erdbeben – Erdbeben waren hier keine alltäglichen Erscheinungen, aber sie konnten zweifellos zu jeder Zeit geschehen ...

Es war eine Sache des ersten Gebots.

»Es tut mir leid, Miß. Wenn keine Erwachsenen da sind, um über Sie zu wachen, bin ich außerstande, Sie lange genug unbeaufsichtigt zu lassen, um zu dem Felsen hinauszuschwimmen und zurück. Wenn Sir oder Madam anwesend wären, würde es eine andere Sache sein, aber wie die Dinge liegen ...«

»Erkennst du keinen Befehl, wenn du einen hörst? Ich will, daß du da hinausschwimmst, Andrew!«

»Wie ich erklärt habe, Miß ...«

»Du brauchst dich nicht um uns zu sorgen. Es ist nicht so, als ob ich ein Kind wäre, Andrew. Denkst du vielleicht, daß irgendein schreckliches Ungeheuer über den Strand gelaufen käme und uns verschlingen würde, während du im Wasser bist? Ich kann auf mich selbst aufpassen, und wenn es sein muß, werde ich mich um Amanda kümmern.«

»Du bist nicht fair zu ihm, Melissa«, sagte ihre kleine Schwester. »Er hat seine Befehle von Papa.«

»Und jetzt hat er seine Befehle von mir.« Miß streckte gebieterisch den Arm aus. »Schwimm hinaus zu dem Kormoranfelsen, Andrew! Mach schon, jetzt gleich!«

Andrew merkte, daß ihm ein wenig warm wurde, und befahl seinen Schaltkreisen, die notwendige homöostatische Korrektur vorzunehmen.

»Das erste Gebot ...« begann er.

»Was bist du nur für ein Langweiler! Du und dein erstes Gebot!« rief Melissa. »Kannst du das erste Gebot nicht hin und wieder vergessen? Aber nein, das kannst du nicht, nicht wahr? Du hast diese albernen Gebote in deinem Programm, und kommst nicht darum herum. Du bist nichts als eine dumme Maschine.«

»Melissa!« rief die Kleine Miß empört.

»Ja, das ist wahr«, sagte Andrew. »Wie Sie richtig feststellen, bin ich nichts als eine dumme Maschine. Und darum habe ich keine Möglichkeit, den Befehl Ihres Vaters im Hinblick auf Ihre Sicherheit am Strand zu widerrufen.« Er verbeugte sich leicht in Melissas Richtung. »Ich bedaure dies zutiefst, Miß.«

Die Kleine Miß sagte: »Wenn du Andrew unbedingt schwimmen sehen willst, Melissa, laß ihn einfach in die Brandung waten und nahe am Ufer ein Stück schwimmen. Das würde ihm nicht schaden und nicht gegen Papas Befehl sein, weil er sich nicht weit von uns entfernen müßte.«

Miß schmollte. »Das würde nicht das gleiche sein. Überhaupt nicht.«

Aber vielleicht würde es ihre Neugier befriedigen,

dachte Andrew. Es war ihm unangenehm, der Brennpunkt von soviel Disharmonie zu sein.

»Ich werde es Ihnen zeigen«, sagte er und watete hinein. Die schäumende Brandung umspülte seine Knie, aber Andrew konnte seine gyroskopischen Stabilisatoren mit Leichtigkeit den andrängenden Brechern anpassen, als er tiefer hineinwatete. Die rauhen, scharfkantigen Felsen, die an vielen Stellen aus dem angeschwemmten Sand ragten, konnten seinen metallischen Füßen nichts anhaben. Seine Sensoren sagten ihm, daß die Wassertemperatur ein gutes Stück unter der Toleranzgrenze lag, die vom Menschen als angenehm empfunden wurden, aber auch das war für ihn ohne Bedeutung.

Vier oder fünf Meter draußen war das Wasser tief genug, daß Andrew darin schwimmen konnte, und doch war er dem Ufer noch nahe genug, daß er notfalls in einem Augenblick wieder an Land gehen konnte. Er bezweifelte, daß es nötig sein würde. Die Mädchen standen nebeneinander am Strand und beobachteten ihn fasziniert.

Andrew war niemals schwimmen gegangen. Es hatte zu keiner Zeit einen Grund dafür gegeben. Aber er war programmiert, unter allen Umständen Anmut und Koordination zu bewahren, und es kostete ihn nicht mehr als eine Mikrosekunde, um die Art der Bewegungen zu berechnen, die erforderlich sein würden, ihn knapp unter der Oberfläche durch das Wasser zu treiben – die rhythmischen Schläge der Beine, das Heben und Durchziehen der Arme, die schaufelartige Krümmung der Hände. Geschickt glitt er vielleicht ein Dutzend Meter parallel zum Ufer durch die Brandung. Seine Bewegungen waren geschmeidig, effizient und kräftig. Dann drehte er um und schwamm zu seinem Ausgangspunkt zurück. Die ganze Vorführung hatte nur ein paar Augenblicke gedauert.

Und sie hatte auf Miß die gewünschte Wirkung.

»Du bist ein wundervoller Schwimmer, Andrew«, sagte

sie ihm, und ihre Augen leuchteten. »Ich wette, du würdest alle Rekorde brechen, wenn du je an einem Schwimmwettkampf teilnehmen würdest.«

»Es gibt keine Schwimmwettkämpfe für Roboter, Miß«, sagte Andrew ernst.

Miß kicherte. »Ich meine, an einem Schwimmwettkampf von Menschen! Wie bei der Olympiade!«

»Aber Miß! Wie unfair würde das sein, wenn man einem Roboter erlaubte, bei den Olympischen Spielen gegen Menschen anzutreten! Es könnte niemals sein.«

Sie dachte kurz darüber nach.

»Wahrscheinlich nicht«, räumte sie ein. Wehmütig blickte sie hinüber zum Kormoranfelsen. »Willst du wirklich nicht hinausschwimmen? Ich wette, du könntest in zwei Minuten wieder zurück sein. Was könnte uns schon in zwei Minuten passieren?«

»Melissa ...« sagte die Kleine Miß wieder.

»Ich verstehe vollkommen Ihren Wunsch, mich hinausschwimmen zu sehen, Miß, aber ich bin nicht in der Lage, Ihren Wunsch zu erfüllen. Wie ich sagte, ich bedaure es zutiefst ...«

»Ach, schon gut. Tut mir leid, daß ich danach fragte.«

»Es tut dir nicht leid«, sagte die Kleine Miß.

»Doch.«

»Und du nanntest Andrew eine dumme Maschine! Das war nicht nett!«

»Es ist aber wahr, nicht?« erwiderte Miß. »Er sagte selbst, daß es wahr ist.«

»Er ist eine Maschine, nehme ich an«, räumte die Kleine Miß ein, »aber er ist überhaupt nicht dumm. Und außerdem war es nicht höflich von dir, so etwas zu sagen.«

»Ich muß zu Robotern nicht höflich sein. Es ist, wie wenn man zu einem Fernseher höflich sein sollte.«

»Es ist anders!« widersprach die Kleine Miß. »Es ist völlig anders!«

Und dann brach sie in Tränen aus, und Andrew mußte sie auf den Arm nehmen und herumwirbeln, bis sie vom weiten wolkenlosen Himmel und dem seltsam kopfstehenden Ozean so abgelenkt war, daß sie vergaß, warum sie geweint hatte.

Kurz darauf, als ihre kleine Schwester wieder in den Gezeitentümpeln stocherte, kam Miß zu ihm und sagte in kleinlautem Ton: »Es tut mir leid, daß ich das sagte, Andrew.«

»Das ist in Ordnung, Miß.«

»Wirst du mir vergeben? Ich weiß, daß ich nicht nett war. Ich wollte wirklich, daß du dort hinausschwimmen würdest und dachte nicht daran, daß dir nicht erlaubt ist, uns allein zu lassen, wenn wir hier unten sind. Es tut mir sehr leid, Andrew.«

»Es ist nicht nötig, daß Sie sich entschuldigen, Miß. Wahrhaftig nicht.«

Und so war es. Wie könnte ein Roboter an etwas, das ein Mensch sagte oder tat, Anstoß nehmen? Aber irgendwie fand Andrew es richtig, sie jetzt nicht darauf hinzuweisen. Wenn Miß das Bedürfnis verspürte, sich zu entschuldigen, mußte er ihr erlauben, diesem Bedürfnis nachzukommen – obwohl ihre grausamen Worte ihn zu keiner Zeit beunruhigt hatten.

Es wäre absurd, wollte er leugnen, daß er eine Maschine war. Das bezeichnete genau, was er war.

Und was eine *dumme* Maschine betraf, so hatte er keine klare Vorstellung, was sie damit gemeint hatte. Er hatte eine hinlängliche intellektuelle Kapazität, um den Pflichten nachzukommen, die ihm auferlegt waren. Zweifellos gab es intelligentere Roboter als ihn, aber er hatte sie nicht getroffen. Hatte sie gemeint, er sei weniger intelligent als Menschen? Die Fragestellung war bedeutungslos für ihn. Er kannte keine Möglichkeit, Roboterintelligenz mit menschlicher Intelligenz zu vergleichen. Quantitativ und qualitativ waren ihre Denkweisen zwei völlig verschiedene Prozesse, darin waren sich alle einig.

Bald wurde der Wind kühler. Er zerrte an den Kleidern der Mädchen und warf Schauer feiner Gischtspritzer und Sand in ihre Gesichter und gegen Andrews schimmernden Rumpf. Die Mädchen beschlossen, daß sie lange genug am Strand gespielt hatten.

Als sie zum Pfad kamen, der durch die zerklüfteten Felsabbrüche des Kliffs hinaufführte, hob die Kleine Miß das Stück Treibholz auf, das sie vorher gefunden hatte, und steckte es in den Gürtel. Sie sammelte immer seltsame kleine Schätze dieser Art.

Am Abend, als er dienstfrei hatte, ging Andrew allein zum Strand hinunter und schwamm hinaus zum Kormoranfelsen, nur um zu sehen, wie lang es dauern würde. Selbst in der Dunkelheit bewältigte er die Strecke schnell und mit Leichtigkeit. Sehr wahrscheinlich, erkannte Andrew jetzt, hätte er Miß den Wunsch erfüllen können, ohne sie und ihre Schwester einem nennenswerten Risiko auszusetzen. Nicht daß er es getan hätte, aber es wäre möglich gewesen.

Niemand hatte Andrew beauftragt, im Dunklen hinauszuschwimmen. Es war allein seine eigene Idee. Eine Sache der Neugierde, sozusagen.

3

Es nahte die Jahreszeit, da Miß ihren Geburtstag feierte. Andrew hatte bereits gelernt, daß die Geburtstagsfeier ein wichtiges Ereignis im menschlichen Jahreslauf war – ein Gedenken des Tages, an dem der Mensch aus dem Mutterleib gekommen war.

Andrew fand es seltsam, daß die Menschen den Jahrestag ihrer Geburt für so wichtig hielten, daß sie ihn zum Gegenstand von Feiern machten. Er wußte einiges über menschliche Biologie, und es schien ihm, daß es viel wichtiger sein würde, sich auf den Augenblick der tatsächlichen Erschaffung des Organismus zu konzentrieren, wenn die Spermazelle in das Ei eindrang und der Prozeß der Zellteilung begann. Sicherlich war dies der wirkliche Ursprung jeder Person!

Dafür sprach auch, daß die neue Person während der neun Monate, die sie im Mutterleib verbrachte, zweifellos bereits lebte, selbst wenn sie noch nicht unabhängig funktionieren konnte. Auch nach der Geburt war ein menschliches Wesen nur sehr bedingt zu unabhängigen Funktionieren fähig, so daß der Unterschied zwischen der pränatalen und der postnatalen Phase, auf den die Menschen so großen Wert legten, für Andrew wenig Sinn ergab.

Er selbst war in dem Augenblick, als die letzte Phase seiner Montage beendet und seine künstlichen Neuralverbindungen aktiviert worden waren, bereit gewesen, seine programmierten Funktionen auszuführen. Ein neugeborenes Kind hingegen war weit davon entfernt, aus eigener Kraft zu bestehen. Andrew vermochte keinen wesentlichen Unterschied zwischen einem Fötus, der seine verschiedenen Entwicklungsstadien abgeschlossen hatte, aber noch in seiner Mutter war, und demselben Fötus einen oder zwei Tage nach der Geburt sehen. Einer war innen und einer war außen. Das war alles. Aber sie waren beide gleich hilflos. Warum also nicht den Jahrestag der Empfängnis feiern, statt den der Geburt?

Je mehr er darüber grübelte, desto klarer erkannte er aber auch, daß für beide Betrachtungsweisen eine gewisse Logik sprach. Welchen Tag würde er beispielsweise als seinen eigenen Geburtstag wählen, vorausgesetzt, daß Roboter ein Bedürfnis verspürten, ihre Geburtstage zu feiern? Das Datum, als die Fabrik mit seinem Zusammenbau begonnen hatte, oder das Datum, an dem sein positronisches Gehirn eingebaut und die somatische Steuerung eingeschaltet worden war? War er ›geboren‹ worden, als die ersten Teile seiner Mechanik zusammengebaut worden waren, oder als der einzigartige Wahrnehmungsapparat, der NDR 113 darstellte, in Betrieb genommen worden war? Eine bloße Mechanik war nicht *er*, was oder wer immer *er* war. Er war vielmehr sein positronisches Gehirn. Oder die Kombination des positronischen Gehirns mit dem Körper, der für es entwickelt worden war. Daher war sein Geburtstag ...

Es war alles sehr verwirrend. Und Roboter litten im allgemeinen nicht unter lähmenden Verwirrungszuständen. Ihre positronischen Gehirne waren komplexer als die einfachen digitalen Denkapparate nichtpositronischer Computer, die vollständig im binären Bereich operierten, bloße Muster von ein oder aus, ja oder nein, positiv oder negativ, und diese Komplexität konnte bisweilen zu Augenblicken widersprüchlicher Potentiale führen. Gleichwohl waren Roboter logische Geschöpfe, die in der Lage waren, den Ausweg aus solchen Konflikten zu finden, indem sie Daten in logischer Analyse aufbereiteten. Warum fiel es ihm dann so schwer, zu verstehen, wann jemandes Geburtstag sein sollte?

Weil Geburtstage ein rein menschliches Konzept sind, beantwortete er seine eigene Frage. Sie haben für Roboter keine Bedeutung. Und du bist kein Mensch, also brauchst du dich nicht zu sorgen, wann dein Geburtstag gefeiert oder nicht gefeiert werden sollte.

Jedenfalls war nicht er das Geburtstagskind, sondern Miß. Sir kam an diesem Tag früher als sonst nach Haus, obwohl das Regionalparlament sich in einer komplizierten Debatte über die Einführung von Ausnahmeregelungen für die geltenden Bestimmungen der nordamerikanischen Freihandelszone befand. Die ganze Familie hatte

Festtagskleidung angezogen und sich um den großen Eßzimmertisch versammelt, wo Kerzen angezündet wurden und Andrew ein Diner servierte, mit dessen Planung er und Madam Stunden verbracht hatten. Erst nach dem Diner erhielt Miß ihre Geschenke und durfte sie auspacken. Die Entgegennahme von Geschenken – neuen Besitztümern, die einem von anderen gegeben wurden – war anscheinend ein wesentlicher Bestandteil des Rituals der Geburtstagsfeier.

Andrew beobachtete alles das, ohne es wirklich zu verstehen. Er wußte, daß die Menschen dem Besitz von Dingen hohe Bedeutung beimaßen, Gegenständen, die nur ihnen gehörten, aber es war schwer zu begreifen, welchen Wert die meisten dieser Gegenstände für sie hatten, oder warum sie so großen Wert auf ihren Besitz legten.

Die Kleine Miß, die erst vor einem oder zwei Jahren lesen gelernt hatte, gab ihrer Schwester ein Buch. Keine Kassette, keine Diskette, keine holographische Speichereinheit, sondern ein regelrechtes Buch mit Einband und Seiten. Die Kleine Miß hatte eine große Vorliebe für Bücher, und ähnliches galt für Miß, die besonders Gedichtbände schätzte, deren Autoren sich dadurch hervortaten, daß sie Beschreibungen oder Sachverhalte in kryptischen Sätzen und unregelmäßigen Anordnungen formulierten, die Andrew äußerst geheimnisvoll fand.

»Wie herrlich!« rief Miß, als sie das Buch aus dem Geschenkpapier gewickelt hatte. »Das *Rubaiyat* von Omar-i Chajjam! Immer habe ich es lesen wollen! Aber wie konntest du überhaupt wissen, daß es so etwas gibt? Wer hat dir davon erzählt, Amanda?«

»Ich *las* darüber«, sagte die Kleine Miß ein wenig entrüstet. »Du denkst, ich weiß überhaupt nichts, bloß weil ich fünf Jahre jünger bin als du, aber ich kann dir sagen, Melissa ...«

»Seid friedlich, ihr zwei!« rief Sir warnend. »Am Geburtstag soll es kein Gezänk geben!«

Das nächste Geschenk, das Miß auspackte, war von ihrer Mutter: ein feiner Kaschmirpullover, weiß und flauschig weich. Miß war so begeistert, daß sie ihn über den Pullover zog, den sie schon anhatte. Und dann öffnete sie das kleine Päckchen, das ihres Vaters Geschenk enthielt, und der Atem stockte ihr; denn Sir hatte ihr einen Anhänger aus rosa Turmalin geschenkt, in den so feine und kunstvolle Ornamente geschnitten waren, daß sogar Andrews makelloses Sehvermögen Mühe hatte, den ineinander verflochtenen Mustern zu folgen. Miß strahlte vor Glück. Sie hob den Anhänger an seiner feinen goldenen Kette aus dem Etui und zog sie vorsichtig über den Kopf, bis das Schmuckstück im Kerzenlicht schimmernd auf ihrem neuen Pullover lag.

»Herzlichen Glückwunsch zum Geburtstag, Melissa«, sagte Sir. Und Madam stimmte ein, und die Kleine Miß auch, und alle sangen das Geburtstagslied. Dann fing Madam von vorn an und winkte Andrew, der mit einstimmte und das Lied mit ihnen sang.

Einen Augenblick überlegte er, ob er Melissa auch ein Geschenk hätte geben sollen. Nein, dachte er, sie schien nichts von ihm erwartet zu haben. Und warum sollte sie auch? Er war kein Familienmitglied. Er gehörte zu den Haushaltgeräten. Das Überreichen von Geburtstagsgeschenken war eine rein menschliche Angelegenheit.

Es war eine sehr gelungene Geburtstagsfeier. Sie wurde nur dadurch ein wenig getrübt, daß die Kleine Miß ihre Schwester bitterlich um ihren kostbaren Turmalinanhänger beneidete.

Sie versuchte es natürlich zu verbergen. Schließlich war es der Geburtstag ihrer Schwester, und sie wollte den Abend nicht verderben. Aber die ganze Zeit blickte sie verstohlen zu dem Anhänger, der rosa und golden auf

Melissas Pullover glänzte, und es bedurfte keines besonderen Einfühlungsvermögens von Seiten Andrews, um zu wissen, wie unglücklich sie war.

Gern hätte er etwas zu ihrer Aufmunterung getan. Aber diese ganze Angelegenheit von Geburtstagen und Geschenken und Schwestern und Neid und was dergleichen menschliche Begriffe mehr waren, lagen tatsächlich außerhalb seines Verstehens. Er war ein sehr tüchtiger Roboter seines Typs, aber seine Schöpfer hatten keine Notwendigkeit gesehen, ihn mit der Fähigkeit des Verständnisses auszustatten, warum ein kleines Mädchen wegen eines schönen Gegenstandes unglücklich sein würde, das einem anderen kleinen Mädchen anläßlich seines Geburtstages geschenkt worden war.

Ein paar Tage später kam die Kleine Miß zu Andrew und sagte: »Kann ich mit dir sprechen, Andrew?«

»Natürlich. Jederzeit.«

»Hat dir dieser Anhänger gefallen, den Melissa von Papa bekommen hat?«

»Er schien mir sehr schön zu sein.«

»Er ist sehr schön. Er ist das schönste Ding, das ich je gesehen habe.«

»Es ist sehr schön, ja«, sagte Andrew. »Und ich bin sicher, daß Sir Ihnen etwas genauso Schönes geben wird, Kleine Miß, wenn die Zeit Ihres Geburtstages kommt.«

»Mein Geburtstag ist erst in drei Monaten«, sagte sie. Sie sagte es, als müßte bis dahin noch eine Ewigkeit vergehen.

Andrew wartete, denn er konnte nicht erkennen, welche Richtung das Gespräch nehmen würde.

Die Kleine Miß ging zu dem Schrank, wo sie das Stück Treibholz vom Strand untergebracht hatte, nahm es heraus und hielt es ihm hin.

»Kannst du mir daraus einen Anhänger machen, Andrew?«

»Einen hölzernen Anhänger?«

»Ich habe keine Edelsteine. Aber dieses Holz ist sehr hübsch. Du kannst doch schnitzen, nicht wahr? Oder du könntest es lernen, nehme ich an.«

»Ich bin sicher, daß meine mechanischen Fähigkeiten der Aufgabe gewachsen sein würden. Aber ich würde bestimmte Werkzeuge gebrauchen, und ...«

»Hier«, sagte sie.

Sie hatte ein kleines Messer aus der Küche genommen und übergab es ihm mit einem feierlichen Ernst, als wäre es ein ganzes Sortiment von Schnitzwerkzeugen.

»Das wird dir genügen«, sagte sie. »Ich vertraue dir, Andrew.«

Und sie nahm seine metallene Hand und drückte sie.

In der Stille des Raums, wo er sich gewöhnlich lagerte, wenn seine Tagesarbeit getan war, untersuchte Andrew an diesem Abend mit großer Sorgfalt das Stück Treibholz vielleicht fünfzehn Minuten lang. Er analysierte seine Festigkeit, seine Dichte, seine Krümmung und die Maserung. Auch das kleine Messer untersuchte er sorgfältig und erprobte es an einem Stück Holz, das er im Garten aufgelesen hatte, um zu sehen, wie nützlich es sein würde. Dann bedachte er die Größe der Kleinen Miß, und welches Format am besten für ein Mädchen geeignet sein würde, das noch recht klein war, aber nicht immer so bleiben würde.

Schließlich schnitt er einen Rohling von der Spitze des Treibholzstückes. Das Holz war sehr hart, aber Andrew hatte die Körperkraft eines Roboters, so daß es nur um die Frage ging, ob das Messer den Anforderungen standhalten würde, denen er es unterzog.

Er betrachtete den vom größeren Stück getrennten Rohling, drehte ihn zwischen den Fingerspitzen und befühlte seine Oberfläche. Er schloß die Augen und stellte sich vor, wie es aussehen würde, wenn er hier ein Stück und dort eins wegnehmen würde, wenn er da und dort etwas abschaben würde.

Er machte sich an die Arbeit.

Sobald er die Ausführung in seiner Vorstellung geplant und festgelegt hatte, ging ihm die Arbeit rasch von der Hand. Seine mechanische Koordination war der erforderlichen Genauigkeit ebenso gewachsen wie sein räumliches Sehvermögen der Aufgabe, auch die feinsten Einzelheiten stets im Verhältnis auf das Ganze des fertigen Produkts zu beurteilen. Das Holz schien sich bereitwillig genug seinen Vorstellungen und dem primitiven Werkzeug zu fügen.

Als das Werk vollendet war, war es jedoch viel zu spät, um den Anhänger der Kleinen Miß zu bringen. Er legte ihn beiseite und dachte bis zum Morgen nicht weiter daran. Als die Kleine Miß in Begriff war, zum Schulbus zu laufen, brachte Andrew das kleine Schnitzwerk zum Vorschein und hielt es ihr hin. Sie nahm es ihm aus der Hand und betrachtete es verblüfft. »Ich machte es für Sie«, sagte er.

»Du hast es gemacht?«

»Aus dem Holz, das Sie mir gestern abend gaben.«

»Oh, Andrew – es ist – es ist einfach wunderbar! So fein! So schön! Ich hätte nie gedacht, daß du so etwas machen könntest. Warte, bis Melissa es sieht! Und ich werde es auch Papa zeigen!«

Draußen ertönte das Dreiklanghorn des Schulbusses. Die Kleine Miß brachte die Schnitzerei sorgsam in ihrer Börse unter und eilte hinaus. Aber als sie ein Dutzend Schritte gelaufen war, wandte sie sich um, winkte Andrew und warf ihm eine Kußhand zu.

Am Abend, als Sir von einer Sitzung des Regionalparlaments in Sacramento zurückkam und die Kleine Miß die Schnitzarbeit zeigte, wurde in der Familie ein großes Aufhebens darüber gemacht. Madam erging sich in begeisterten Ausrufen, und Miß war so gütig, einzuräumen, daß der Anhänger beinahe so hübsch wie jener sei, den sie zum Geburtstag bekommen hatte.

Sir selbst war verblüfft. Er konnte nicht glauben, daß Andrew das kleine Medaillon geschnitzt hatte. »Wo hast du das her, Mandy?« Mandy war der Name, den er der Kleinen Miß gab, allerdings als einziger.

»Ich sagte es dir doch, Papa. Andrew machte es für mich. Ich fand ein Stück Treibholz am Strand, und daraus schnitzte er es.«

»Er dürfte eigentlich kein kunsthandwerklicher Roboter sein.«

»Ein was?«

»Ein Holzschnitzer«, sagte Sir.

»Ich glaube, er ist vielleicht doch einer«, sagte die Kleine Miß. »Vielleicht ist er vieles, wovon wir nichts wissen.«

Sir wandte den Kopf und faßte Andrew ins Auge. Seine Stirn war gerunzelt, und er zupfte nachdenklich an seinem Schnurrbart – einem ausladenden, wollig-filzigen Schnurrbart mit herabhängenden Enden. Andrew, dessen Erfahrung mit dem menschlichen Mienenspiel noch begrenzt war, verstand nichtsdestoweniger, daß das Stirnrunzeln seines Herrn ein sehr ernstes Zeichen war.

»Hast du dieses Ding tatsächlich gemacht, Andrew?«

»Ja, Sir.«

»Roboter können nicht lügen, weißt du.«

»Das ist nicht ganz richtig, Sir. Ich könnte lügen, wenn es mir befohlen würde, oder wenn es notwendig wäre, eine Unwahrheit zu sagen, um ein menschliches Wesen vor Schaden zu bewahren, oder sogar, wenn meine eigene Sicherheit in Gefahr ...« Er hielt inne. »Aber ich habe dies wirklich für die Kleine Miß geschnitzt.«

»Und der Entwurf? Bist du auch für den verantwortlich?«

»Ja, Sir.«

»Wovon hast du ihn kopiert?«

»Kopiert, Sir?«

»Du konntest ihn nicht einfach aus nichts erfunden haben. Du hast das Muster aus einem Buch entnommen, richtig? Oder du nahmst einen Computer zu Hilfe ...«

»Ich versichere Ihnen, Sir, daß ich lediglich eine Zeitlang das Rohmaterial untersuchte, bis ich verstand, wie es am besten in eine Form zu bringen wäre, die der Kleinen Miß Freude machen würde. Und dann machte ich mich an die Ausführung.«

»Darf ich fragen, welche Werkzeuge du gebrauchtest?«

»Ein kleines Küchenmesser, Sir, das die Kleine Miß mir freundlicherweise zur Verfügung stellte.«

»Ein Küchenmesser«, wiederholte Sir mit seltsam tonloser Stimme. Er schüttelte den Kopf und hielt die Schnitzarbeit in der angehobenen Hand, als fände er ihre Schönheit beinahe unbegreiflich. »Ein Küchenmesser. Sie gab dir ein Stück Treibholz und ein gewöhnliches kleines Küchenmesser, und ohne ein anderes Werkzeug warst du in der Lage, dies zu machen.«

»Ja, Sir.«

Am nächsten Tag brachte Sir ihm ein weiteres Stück Holz vom Strand, ein größeres, das gekrümmt und verwittert und vom langen Aufenthalt im Wasser fleckig war. Er gab Andrew ein elektrisches Messer und zeigte ihm, wie man es gebrauchte.

»Mach etwas aus diesem Stück Holz, Andrew. Irgend etwas, das dir gefällt. Ich möchte dir bloß zusehen, während du es tust.«

»Gewiß, Sir.«

Andrew drehte und wendete das Treibholz eine Weile in den Händen, dann schaltete er das elektrische Messer ein und beobachtete die Bewegungen seiner Klinge mit der feinsten optischen Scharfeinstellung, bis er verstand, welche Ergebnisse mit dem Messer möglich sein würden. Dann begann er schließlich zu arbeiten. Sir saß neben ihm, aber als Andrew mit der Schnitzarbeit begann, war er sich des Menschen an seiner Seite kaum bewußt. Er war vollkommen auf seine Arbeit konzentriert. Solange er daran war, hatten nur das Stück Holz und das elektrische Messer Bedeutung für ihn – und die Vision dessen, was er aus dem Holz machen wollte. Als er fertig war, übergab er die Schnitzarbeit Sir und ging Kehrschaufel und Kehrbesen holen, um die Schnitzspäne zusammenzufegen. Bei seiner Rückkehr sah er Sir bewegungslos dasitzen und das Schnitzwerk mit einem Ausdruck betäubter Verblüffung anstarren.

»Ich hatte einen Haushaltroboter der NDR-Serie verlangt«, sagte Sir mit leiser Stimme. »Ich erinnere mich nicht, daß ich etwas von besonderen handwerklichen Geschicklichkeiten erwähnte.«

»In der Tat, Sir. Ich bin ein NDR-Haushaltroboter. Ich habe keine spezialisierten Programme implantiert, die mit handwerklichen Fähigkeiten zu tun haben.«

»Aber du machtest dies. Ich sah es mit eigenen Augen.«

»Das ist so, Sir.«

»Könntest du auch andere Dinge aus Holz machen, meinst du? Kleine Schränke und Kommoden, vielleicht? Schreibtische? Lampen? Großplastiken?«

»Ich kann es Ihnen nicht sagen, Sir. Ich habe nie versucht, solche Dinge zu machen.«

»Nun, jetzt wirst du es tun.«

Von da an verbrachte Andrew nur noch wenig Zeit mit der Zubereitung von Mahlzeiten und dem Aufwarten bei Tisch, oder mit den anderen kleineren Hausarbeiten, die zu seinen täglichen Pflichten geworden waren. Er erhielt Befehl, Bücher über Holzschnitzerei, Möbelschreinerei und Entwurf zu lesen, und einer der leeren Räume auf dem Dachboden wurde als Werkstatt für ihn eingerichtet.

Obwohl er für die Mädchen und gelegentlich für Madam auch weiterhin kleine hölzerne Schmuckgegenstände schnitzte – Armreifen, Ohrringe, Halsketten, Anhänger –, widmete Andrew auf Sirs Anregung einen großen Teil seiner Zeit der Anfertigung von Schränken, Vitrinen und Schreibsekretären. Seine Entwürfe waren bemerkenswert und ungewöhnlich. Er verarbeitete verschiedene heimische und exotische Hölzer, die Sir für ihn kommen ließ, und schmückte sie mit Einlegearbeiten der kompliziertesten und einfallsreichsten Muster.

Alle paar Tage stieg Sir zur Werkstatt hinauf, um die neuesten Schöpfungen zu betrachten.

»Das sind erstaunliche Arbeiten, Andrew«, sagte er wieder und wieder. »Absolut verblüffend. Du bist nicht bloß ein Kunsthandwerker, verstehst du? Du bist ein wahrer Künstler. Und die Dinge, die du hergestellt hast, sind Kunstwerke.«

»Es macht mir Freude, sie anzufertigen, Sir.«

»Freude?«

»Sollte ich das Wort nicht gebrauchen?«

»Es ist ein wenig ungewöhnlich, einen Roboter sagen zu hören, daß er Freude an etwas habe, das ist alles. Ich wußte nicht, daß Roboter die Fähigkeit zu Empfindungen dieser Art haben.«

»Vielleicht gebrauche ich den Begriff in einem weiteren Sinne.«

»Vielleicht ist das so«, sagte Sir, »aber ich bin nicht so sicher. Du sagst, daß es dir Freude bereite, diese Möbel anzufertigen. Was genau meinst du damit?«

»Wenn ich die Arbeit tue, fließen die Signale irgendwie leichter durch die Schaltkreise meines Gehirns. Das scheint mir das Äquivalent des menschlichen Gefühls zu sein, das als ›Freude‹ bekannt ist. Ich habe gehört, wie Sie das Wort ›Freude‹ gebrauchen, und denke, daß ich seine Bedeutung verstehe. Wie Sie es gebrauchen, paßt es zu der Art meiner Empfindungen. Also halte ich es für angemessen, zu sagen, daß es mir Freude macht, diese Dinge anzufertigen, Sir.«

»Ah, ja.«

Sir blieb eine Weile still.

»Ist dir klar, Andrew, daß du ein sehr ungewöhnlicher Roboter bist?«

»Ich bin eine Standardausführung, Sir. Meine Schaltkreise und Speichereinheiten sind NDR, nicht mehr und nicht weniger.«

»Ich verstehe.«

»Beunruhigt es Sie, Sir, daß ich diese Arbeiten verrichte?«

»Ganz und gar nicht, Andrew. Im Gegenteil.«

»Aber ich spüre ein Unbehagen in Ihrer Stimme. Wie soll ich es ausdrücken – ist es etwas wie Überraschung? Nein, ›Überraschung‹ ist zu ungenau. Unsicherheit? Zweifel? Ich meine, Sie scheinen zu denken, Sir, daß ich jenseits der programmierten Ebene meiner Fähigkeiten arbeite.«

»Ja«, sagte Sir. »Das ist genau, was ich denke, Andrew. Ein gutes Stück jenseits der Ebene deiner Programme, um es genauer zu sagen. Versteh mich recht, ich bin nicht besorgt, daß du unerwartet diese künstlerische Fähigkeit zeigst. Aber ich würde gern wissen, wie du dazu gekommen bist. Warum sie in dir steckt.«

4

Ein paar Tage später rief Gerald Martin den geschäftsführenden Direktor der regionalen Niederlassung der United States Robots and Mechanical Men Corporation an und sagte: »Ich habe ein kleines Problem mit dem NDR-Haushaltroboter, den Sie mir verkauften.«

Der geschäftsführende Direktor hieß Elliott Smythe. Wie die meisten Persönlichkeiten der Führungsebene des Konzerns war Smythe ein Mitglied der ausgedehnten und einflußreichen Familie Robertson, deren Ahnherr jener berühmte Lawrence Robertson war, der Ende des zwanzigsten Jahrhunderts die U. S. Robots Corporation gegründet hatte.

Obwohl das Unternehmen inzwischen ein Konzern war, dessen Aktien an den Börsen gehandelt wurden und das nicht mehr als ein Familienunternehmen der Robertsons betrachtet werden konnte – die ständige Notwendigkeit, neues Kapital für die Expansion aufzubringen, hatte die Robertsons und Smythes immer wieder gezwungen, größere Teile ihres Aktienbesitzes zu verkaufen –, war es für Außenseiter niemals eine einfache Sache, zum Telefon zu greifen und einen Robertson oder einen Smythe sprechen zu wollen. Aber Gerald Martin war schließlich Vorsitzender des Ausschusses für Wissenschaft und Technik im Regionalparlament, und die Robertsons und Smythes, so reich und mächtig sie auch sein mochten, konnten es sich nicht leisten, Anrufe von Gerald Martin zu ignorieren.

»Ein Problem?« Elliott Smythes Gesicht auf dem kleinen Telefonbildschirm gab tiefe und aufrichtige Besorgnis zu erkennen. »Es tut mir schrecklich leid, das zu hören, Mr. Martin. Und ich muß bekennen, daß ich mehr als ein wenig erschrocken bin. Ihr NDR ist ein Produkt, das den neuesten Stand der Technik widerspiegelt, wissen Sie, und die Erprobung war außerordentlich gründlich, bevor er für den Verkauf freigegeben wurde. Welche Art von Fehlfunktion haben Sie festgestellt? Wird der Roboter Ihren Erwartungen in irgendeiner Weise nicht gerecht?«

»Ich sagte nichts von einer Fehlfunktion.«

»Aber Sie erwähnten ein Problem, Mr. Martin. Der NDR sollte in der Lage sein, allen häuslichen Pflichten nachzukommen, die Sie ihm ...«

»Dies hat nichts mit zugewiesenen häuslichen Pflichten zu tun, Mr. Smythe«, unterbrach ihn Gerald Martin. »NDR 113 führt die ihm aufgetragenen Arbeiten zur vollkommenen Zufriedenheit aus. Das Problem ist, daß der Roboter ein paar Fähigkeiten zu haben scheint, die in den Spezifikationen nicht enthalten waren, als Sie und ich über den Plan diskutierten, mein Haus mit Roboterbediensteten auszustatten.«

Smythe zeigte sich alarmiert. »Wollen Sie damit sagen, daß er seine programmierten Verantwortlichkeiten überschreitet und Dinge tut, zu denen er nicht aufgefordert wurde?

»Keineswegs. Wenn etwas von der Art der Fall wäre, hätten Sie viel eher von mir gehört. Nein, Mr. Smythe, die Sache ist die, daß er ganz unerwartet mit Schnitzerei und Holzbearbeitung angefangen hat. Er macht hölzerne Schmuckgegenstände und Möbel. Meine jüngere Tochter gab ihm einen sehr kleinen Auftrag in dieser Richtung, und er erfüllte ihn in einer Art, die jenseits aller Erwartung war. Seitdem habe ich ihn eine Menge anderer Dinge anfertigen lassen. Seine Holzschnitzereien sind phänomenal, außerordentlich fein gearbeitet, und er wiederholt sich nie. Was er hervorbringt, sind Kunstwerke, Mr. Smythe. Absolute Kunstwerke. Jedes Museum würde stolz sein, sie auszustellen.«

Smythe schwieg eine Weile, als Sir geendet hatte. Um seine Mundwinkel zuckte es ein wenig, aber er zeigte keine andere Gefühlsregung.

Endlich sagte er: »Die NDR-Serie ist ... ah ... relativ vielseitig, Mr. Martin. Es ist nicht völlig undenkbar, daß ein NDR in der Lage sein sollte, ein bißchen Möbeltischlerei zu betreiben.«

»Ich dachte, ich hätte deutlich gemacht, daß dies weit über ein bißchen Möbeltischlerei hinausgeht.«

»Ja, das ist richtig.« Wieder trat eine längere Pause ein, bevor Smythe sagte: »Ich würde gern etwas von dieser Arbeit sehen. Und was das angeht, würde ich mir Ihren Roboter gern einmal ansehen. Wäre es Ihnen recht, Mr. Martin, wenn ich dieser Tage eine Maschine nehme und zu Ihnen an die Küste fliegen würde? Dann könnte ich ihn an Ort und Stelle inspizieren.«

»Aber wenn Sie ihn inspizieren müssen, würde es nicht besser sein, Sie täten es unter Laborbedingungen? Sie benötigten alle Arten von Testapparaten, denke ich mir, und wie können Sie das alles zu mir transportieren? Mir scheint, daß es viel einfacher sein würde, wenn ich Andrew zu Ihrer Zentrale bringen würde, wo er richtig überprüft werden könnte.«

»Andrew?«

Martin lächelte flüchtig. »Meine Mädchen nennen ihn so. Eine Ableitung aus NDR, wissen Sie.«

»Ja, ja ich verstehe. Aber es ist nicht notwendig, daß Sie die Mühe auf sich nehmen und nach Osten fliegen, Mr. Martin. Ein Besuch in unseren Zweigwerken an der Westküste ist ohnedies überfällig, und dieser Besuch gibt mir einen entscheidenden Anstoß, diese Reise nicht länger aufzuschieben. Und beim gegenwärtigen Stand der Dinge halte ich es nicht für zweckmäßig, Ihren NDR einer komplizierten Testserie zu unterziehen. Ich würde gern ein bißchen mit ihm sprechen – und mit Ihnen –, und natürlich würde ich gern die Dinge sehen, die Ihr Roboter geschnitzt hat. Ich kann wirklich nicht erwarten, daß Sie einen Lastwagen voller Schreibtische und Vitrinen hierherschaffen, nicht wahr?«

»Das leuchtet ein, denke ich.«

»Nächsten Dienstag, dann? Würde Ihnen das passen?«

»Ich werde es einrichten«, sagte Martin.

»Oh, und noch etwas. Ich würde gern Mervin Mansky mitbringen, wenn ich darf. Unseren Robopsychologen. Ich könnte mir denken, daß Dr. Mansky sich auch gern die Kunsttischlerarbeiten von NDR 113 ansehen möchte.«

Martin sagte seine bestehenden Termine für den Dienstag ab und traf Vorbereitungen, um den ganzen Nachmittag zu Haus zu bleiben. Smythe und Mansky wurden mit einem Mittagsflug in San Francisco erwartet und sollten dort einen Anschlußflug mit einer kleinen lokalen Gesellschaft bekommen, der sie in dreißig Minuten zur nächsten Stadt bringen würde.

Andrew wurde davon unterrichtet, daß Besucher kommen und ihn sprechen wollten. Das kam ihm ein wenig seltsam vor – warum sollte jemand einen Roboter besuchen? –, aber er sah keine Notwendigkeit, sich um ein Verständnis dessen zu bemühen, was vorging. In jenen Tagen versuchte Andrew selten, die Taten und Beweggründe der Menschen in seinem Umkreis in Frage zu stellen oder Ereignisse systematisch zu analysieren. Erst in späteren Jahren, als er ein weit tieferes Verständnis seiner Situation erlangt hatte, war er imstande, diese frühe Begegnung in ihrer wahren Bedeutung zu verstehen.

Eine elegante, von einem Roboter gelenkte Limousine brachte den geschäftsführenden Direktor und seinen Robopsychologen zum Landsitz der Martins. Sie waren ein seltsam ungleiches Paar, denn Elliott Smythe war ein schlanker, hochgewachsener und athletisch aussehender Mann mit langen Gliedmaßen und einer dichten Mähne grauen Haares, den man eher auf einem Tennisplatz oder beim Polospiel anzutreffen erwartete als in einem Vorstandsbüro, während Mervin Mansky untersetzt und stämmig und glatzköpfig war und den Anschein eines Mannes erweckte, der seinen Schreibtisch nur unter Zwang verlassen würde.

»Dies ist Andrew«, erklärte Gerald Martin. »Seine Werkstatt ist im Dachgeschoß, aber Sie können einige seiner Erzeugnisse überall in diesem Zimmer sehen. Dieser Bücherschrank, die Stehlampe und die Arbeitslampe, und der Tisch, auf der sie steht, die Vitrine ...«

»Bemerkenswerte Arbeit«, sagte Elliott Smythe. »Keine Übertreibung, Mr. Martin: Sie sind zweifellos Meisterwerke, jedes einzelne von ihnen.«

Mervin Mansky streifte die Möbel nur mit einem Blick. Seine Aufmerksamkeit war vollständig auf Andrew konzentriert.

»Codeüberprüfung«, sagte er kurz angebunden. »Aleph Neun, Andrew.«

Andrews Antwort ließ nicht auf sich warten. Sie mußte prompt sein, weil Codeüberprüfungen unter die Prioritäten des zweiten Gebotes fielen und strikten Gehorsam verlangten. Andrew, dessen rote photoelektrische Augen aufmerksam leuchteten, ging den ganzen Satz der Aleph Neun-Parameter durch, während Mansky zuhörte und schließlich nickte.

»Sehr gut, Andrew. Codeüberprüfung: Ypsilon Sieben.«

Andres gab Mansky Ypsilon Sieben. Er gab ihm Omicron Vierzehn und Kappa Drei, eine der kompliziertesten Überprüfungen von allen, die sämtliche Parameter verkörperte, die in den drei Geboten enthalten waren.

»Gut gemacht«, sagte Mansky. »Nun noch eine Codeüberprüfung: Die Omega-Serie.«

Andrew sagte die Omegacodes auf, welche die Fähigkeit zur Verarbeitung und Korrelation neu erfaßter Daten steuerten. Auch dies nahm eine Weile in Anspruch. Während Gerald Martin die lange Aufzählung staunend verfolgte, schien Elliott Smythe kaum hinzuhören.

»Er ist vollkommen betriebsfähig«, sagte Mansky schließlich. »Alle Parameter entsprechen genau den Vorgaben.«

»Wie ich Mr. Smythe sagte«, erwiderte Martin, »handelt es sich nicht um ein Versagen bei der Ausführung irgendwelcher Arbeiten, sondern vielmehr darum, daß seine Leistungen weit über allen Erwartungen liegen.«

»Vielleicht über Ihren Erwartungen«, sagte Mansky.

Martin fuhr aufgebracht herum. »Und was soll das heißen, wenn ich fragen darf?«

Mansky zog die Stirn bis zum kahlen Scheitel in Falten.

Er hatte abgespannte Züge, tiefliegende müde Augen und blasse Haut, und sah insgesamt ungesund aus. Andrew vermutete, daß Mansky tatsächlich um einiges jünger sein mochte als es schien.

»Die Robotik ist keine exakte Wissenschaft, Mr. Martin«, sagte Mansky. »Ich kann es Ihnen nicht im Detail erklären, das heißt, ich könnte es, aber es würde viel Zeit erfordern, und ich bin nicht sicher, daß Sie von der Erklärung viel Nutzen haben würden, aber was ich meine, ist, daß die dem positronischen Denkapparat zugrunde liegende Mathematik bei weitem zu kompliziert ist, um mehr als annähernde Lösungen zu erlauben. So kommt es des öfteren vor, daß Roboter von Andrews Konstruktionsniveau unerwartete Fähigkeiten besitzen, die außerhalb der grundlegenden Entwurfsspezifikationen liegen. Ich möchte Ihnen aber versichern, daß kein Grund zu Befürchtungen irgendwelcher Art wegen unberechenbarem Verhaltens besteht, das Sie oder Ihre Familie gefährden könnte, nur weil Andrew anscheinend ein Meistertischler ist. Was immer an den Leistungen und Fähigkeiten eines Roboters variabel ist, die drei Gebote sind als wesentliche Merkmale des positronischen Gehirns absolut unabänderlich und unverrückbar. Andrew würde eher seine gesamten Funktionen einstellen, bevor er gegen die Gebote verstieße.«

»Er ist mehr als bloß ein Meistertischler, Dr. Mansky«, sagte Sir. »Wir sprechen hier nicht von ein paar hübschen Tischen und Stühlen.«

»Ja. Ja, natürlich. Ich habe gehört, daß er auch kleine Schmuckgegenstände und allerlei Schnickschnack verfertigt.«

Sir lächelte, aber es war ein ausnehmend eisiges Lächeln. Er öffnete die Vitrine, wo die Kleine Miß einige der Schätze aufbewahrte, die Andrew für sie geschaffen hatte, und nahm etwas heraus.

»Sehen Sie selbst«, sagte er bissig. »Hier ist einer seiner Schmuckgegenstände. Etwas von seinem Schnickschnack.«

Er reichte Mansky eine kleine Kugel aus schimmerndem Ebenholz. In die Oberfläche war eine Szene von einem Spielplatz geschnitten. Die dargestellten Kinder waren beinahe zu klein, um Einzelheiten auszumachen, doch waren sie in vollkommener Proportion und verbanden sich so natürlich mit der Holzstruktur, daß auch diese geschnitzt zu sein schien. Die kleinen Gestalten schienen im Begriff, zum Leben zu erwachen und sich zu bewegen. Zwei Jungen rangen miteinander, zwei Mädchen beugten sich über eine Halskette von fast mikroskopischer Größe, die ein drittes Mädchen ihnen zeigte; etwas abseits stand eine Lehrerin und beugte sich ein wenig zur Seite, um eine Frage zu beantworten, die ein sehr kleiner Junge ihr stellte.

Der Robopsychologe starrte lange auf die winzige Schnitzarbeit, ohne etwas zu sagen.

»Darf ich einen Blick darauf tun, Dr. Mansky?« fragte Elliott Smythe.

»Ja. Ja, gewiß.«

Manskys Hand zitterte kaum merklich, als er ihm den Gegenstand aushändigte.

Nun war es an Smythe, die Ebenholzkugel schweigend zu betrachten. Andrew, der ihn beobachtete, erfuhr einen erneuten kleinen Anflug der Empfindung, die er als Freude identifiziert hatte. Offensichtlich waren diese beiden Männer von seiner Schnitzarbeit beeindruckt. Sie schienen sogar dermaßen beeindruckt, daß sie außerstande waren, ihre Anerkennung in Worte zu fassen.

Endlich sagte Mervin Mansky: »*Er* hat das gemacht?«

Sir nickte. »Er hat nie einen Schulhof gesehen. Meine Tochter Amanda beschrieb ihm diese Szene eines Nachmittags, als er sie bat, ihm zu erzählen, wie es auf einem

Schulhof zugeht. Sie sprachen ungefähr fünf Minuten miteinander. Dann ging er hinauf und machte dies.«

»Bemerkenswert«, sagte Smythe. »Phänomenal.«

»Phänomenal, ja«, bekräftigte Sir. »Verstehen Sie nun, warum ich dachte, ich sollte Ihnen dies zur Kenntnis bringen? Diese Art von Arbeit geht weit über die programmierten Fähigkeiten Ihrer NDR-Serie hinaus, nicht wahr? Ich gebrauche das Klischee ungern, meine Herren, aber was wir hier haben, ist ein Genius unter den Robotern, würden Sie nicht sagen? Etwas, das beinahe an das Menschliche grenzt?«

»An NDR 113 ist nichts Menschliches irgendwelcher Art«, antwortete Mansky mit pedantischer Bestimmtheit. »Bitte bringen Sie die Kategorien nicht durcheinander, Mr. Martin. Was wir hier haben, ist eine Maschine, und das dürfen Sie nie vergessen. Eine Maschine mit einem gewissen Grad von Intelligenz, gewiß, die augenscheinlich auch etwas besitzt, was Kreativität simuliert. Aber dennoch eine Maschine. Ich habe meine gesamte Berufslaufbahn im Umgang mit Roboterpersönlichkeiten verbracht – ja, sie haben Persönlichkeiten in ihrer Art – und wenn jemand zu dem Glauben neigen sollte, daß Roboter menschliche Züge haben, so wäre ich es, Mr. Martin. Aber ich glaube es nicht, und Sie sollten es auch nicht tun.«

»Ich meinte es nicht im buchstäblichen Sinne ernst. Aber wie können Sie dann diese Art künstlerischer Fähigkeit erklären?«

»Ein glücklicher Zufall«, sagte Mansky. »Etwas in den Bahnen. Ein Glückstreffer. Seit einigen Jahren haben wir versucht, vereinheitlichte Bahnen zu entwerfen, das heißt, Roboter, die nicht nur auf die Arbeit begrenzt sind, für die sie entworfen wurden, sondern die Fähigkeit haben, ihren eigenen Aufgabenbereich durch einen Prozeß zu erweitern, der mit induktivem Denkvermögen verglichen werden kann. Darum ist es nicht völlig überraschend, daß ein

Phänomen wie dieses, diese Art von simulierter Kreativität, in einem Roboter dieser Serie auftritt. Wie ich vorhin sagte, ist Robotik keine exakte Wissenschaft. Manchmal geschehen ungewöhnliche Dinge.«

»Könnten Sie eine Wiederholung bewerkstelligen? Einen weiteren Roboter bauen, der Andrews spezielle Fähigkeiten besitzt? Vielleicht eine ganze Serie davon?«

»Wahrscheinlich nicht. Wir haben es hier mit einem stochastischen Ereignis zu tun, Mr. Martin. Wir wissen nicht in einer präzisen und quantifizierbaren Art und Weise, wie es uns gelungen ist, diese Fähigkeiten in Andrew zum Leben zu erwecken, also gibt es bisher keine Möglichkeit, zur Reproduktion der abweichenden Neuronenverbindungen, wenn ich es einmal so ausdrücken darf, die ihn befähigen, Arbeiten dieser Art zu schaffen. Damit will ich sagen«, sagte Mansky, »daß Andrew wahrscheinlich so etwas wie ein Betriebsunfall gewesen ist, und sehr wahrscheinlich ist er einzigartig.«

»Gut! Es macht mir nicht das geringste aus, daß Andrew der einzige seiner Art ist.«

Smythe, der seit einiger Zeit am Fenster gestanden und über den nebelverhangenen Ozean hinausgeblickt hatte, wandte sich plötzlich um und sagte: »Mr. Martin, ich möchte Andrew gern in unsere Zentrale bringen, um ihn eingehend zu studieren. Natürlich würden wir Ihnen als Ersatz einen gleichen Roboter der NDR-Serie zur Verfügung stellen und dafür sorgen, daß er mit allen Kenntnissen der häuslichen Arbeiten programmiert wird, die Andrew bereits für Sie versehen hat, so daß ...«

»Nein«, unterbrach ihn Sir mit Entschiedenheit.

Smythe zog eine Braue hoch. »Da Sie sich wegen dieser Situation an uns wandten, werden Sie sicherlich erkennen, daß es wichtig für uns ist, eine genaue Untersuchung vorzunehmen, damit wir verstehen können, wie ...«

»Dr. Mansky sagte gerade eben, daß Andrew ein reiner

Glückstreffer sei, und daß Sie keine Ahnung haben, wie er zu der Fähigkeit kam, diese einzigartigen Arbeiten auszuführen, und daß Sie ihn nicht nachbauen könnten, selbst wenn Sie es versuchten. Daher sehe ich nicht, welchem Zweck es dienen sollte, wenn Sie ihn zurücknehmen und mir an seiner Stelle einen anderen Roboter geben.«

»Dr. Mansky ist vielleicht zu pessimistisch. Sobald wir uns daran machen, Andrews neurale Bahnen genau zu analysieren ...«

»Wenn Sie das tun«, entgegnete Sir, »wird danach nicht mehr viel von Andrew übrig sein, nicht wahr?«

»Die Bahnen sind zweifellos fragil, und genaue Analysen bewirken ein gewisses unvermeidliches Maß an Zerstörung, das ist richtig.«

»Meine Mädchen sind Andrew äußerst zugetan«, sagte Sir. »Besonders die Jüngere, Amanda. Ich übertreibe wohl nicht, wenn ich sage, daß Andrew Amandas bester Freund ist, daß sie Andrew ebenso sehr liebt wie sie irgend jemanden oder irgend etwas auf dieser Welt liebt. Und Andrew scheint ihre Zuneigung zu erwidern. Ich lenkte Ihre Aufmerksamkeit auf Andrews Fähigkeiten, weil ich dachte, es könnte nützlich für Sie sein, sich dessen bewußt zu werden, was Sie hier geschaffen haben – und weil ich selbst als Laie vermutete, daß Andrews Fähigkeiten etwas sein könnten, das unbeabsichtigt in ihn eingebaut worden ist. Ich war neugierig, ob das der Fall ist, und es scheint sich nun bestätigt zu haben. Aber wenn Sie meinen, es bestehe auch nur die geringste Aussicht, daß ich Ihnen Andrew zur Demontage überlasse, wenn wir beide wissen, daß Sie nicht glauben, ihn wieder genauso zusammenbauen zu können, wie er war, dann können Sie es vergessen.«

»Ich kann die Natur der Bindung, die sich zwischen einem kleinen Mädchen und Ihrem Haushaltroboter entwickeln kann, durchaus verstehen. Daß Sie den Gang unserer Forschungen in dieser Weise behindern, Mr. Martin, ist nichtsdestoweniger ...«

»Ich kann noch viel mehr behindern«, erwiderte Sir. »Oder haben Sie vergessen, wer es war, der in den letzten drei Jahren in meinem Parlamentsausschuß alle Arten von roboterfreundlichen Gesetzen durchgedrückt hat? Ich schlage vor, daß wir hinaufgehen, so daß Sie einige von Andrews anderen Arbeiten betrachten können, die Sie sicherlich sehr interessant finden werden. Und dann sollten Sie und Dr. Mansky an den Rückflug nach San Francisco und die Besuche bei Ihren Konzernunternehmen an der Westküste denken, die Sie nach Ihren Worten vorgesehen haben. Andrew bleibt jedenfalls hier, ist das klar?«

In Smythes Augen blitzte es zornig auf. Es war nur ein Funke, ein kaum erkennbarer Wechsel des Ausdrucks, der selbst Andrews ausgezeichneten Wahrnehmungsvermögen fast entgangen wäre. Dann zuckte Smythe die Achseln.

»Wie Sie wünschen, Mr. Martin. Andrew soll kein Schaden zugefügt werden. Sie haben mein Wort.«

»Gut.«

»Und ich würde wirklich gern hinaufgehen und mir seine anderen Arbeiten ansehen.«

»Mit Vergnügen«, sagte Sir. »Ich kann Ihnen sogar etwas davon geben, wenn Sie wollen. Wählen Sie aus, was Sie möchten – von den Möbeln, meine ich, nicht von den kleinen Schmuckgegenständen, die er für meine Frau und Töchter gemacht hat – und es gehört Ihnen. Das ist mein Ernst.«

»Sehr freundlich von Ihnen«, sagte Smythe. Mansky sagte: »Darf ich etwas wiederholen, was ich vorhin bemerkte, Mr. Martin?«

»Wenn Sie so wollen, Dr. Mansky.«

»Sie erwähnten, daß Andrews Kreativität an menschliches Vermögen heranreiche. So ist es. Sogar ich gebe das zu. Aber an menschliche Fähigkeiten und Eigenschaften heranreichen und menschlich zu sein, ist nicht das gleiche. Ich erinnere Sie daran, daß Andrew eine Maschine ist.«

»Ich nehme diese Tatsache zur Kenntnis.«

»Nach einiger Zeit mag es Ihnen schwerer fallen, sich dies zu vergegenwärtigen, da Andrew sicherlich bei Ihnen bleiben wird. Bitte versuchen Sie es dennoch. Sie sprechen von diesem Roboter als dem Freund Ihrer Tochter. Sie sprechen von ihrer Liebe zu ihm. Das ist eine gefährliche Einstellung: Gefährlich für sie, meine ich. Freunde sind Freunde, und Maschinen sind Maschinen, und sie sollten nicht durcheinandergebracht werden. Man mag eine andere Person lieben, aber gewöhnlich liebt man kein Haushaltgerät, so nützlich oder gestalterisch vollkommen oder erfreulich es sein mag. Andrew ist nur ein wandelnder Computer, Mr. Martin, der mit künstlicher Intelligenz ausgestattet und in einen humanoiden Körper gesteckt wurde, so daß er den oberflächlichen Anschein erweckt, etwas ganz anderes als die Computer zu sein, die unsere Kommunikationssysteme bedienen und eine Vielzahl von Routineaufgaben übernehmen. Die Persönlichkeit, die Ihre Tochter in Andrew zu sehen glaubt und die sie nach Ihren Worten veranlaßt hat, ihn zu ›lieben‹, ist lediglich eine simulierte Persönlichkeit, ein vorgefertigtes Konstrukt, völlig synthetisch. Ich bitte Sie, Mr. Martin, vergessen Sie niemals, daß ein Computer mit Armen und Beinen und einem positronischen Gehirn dennoch nichts als ein Computer ist, wenn auch ein verbesserter, vielseitigerer Computer. Eine Maschine, Mr. Martin. Ein Haushaltgerät.«

»Ich werde mir das merken«, sagte Martin in trockenem, kühlen Ton. »Wissen Sie, Dr. Mansky, ich habe mich immer bemüht, klar und geordnet zu denken. Ich verwechsle niemals einen Arm mit einem Bein oder eine Hand mit einem Fuß oder eine Kuh mit einem Pferd, und ich werde mein Möglichstes tun, einen Roboter nicht mit einem menschlichen Wesen zu verwechseln, so groß die Versuchung auch werden mag. Ich danke Ihnen für Ihren Rat. Und nun, wenn Sie mir zu einem Rundgang durch Andrews Werkstatt folgen wollen ...«

5

Miß hatte begonnen, die Schwelle vom Mädchen zur Frau zu überschreiten. Sie führte ein aktives gesellschaftliches Leben und unternahm mit ihrem neuen Freundeskreis, dem nicht nur Mädchen angehörten, mehrtägige Fahrten in die Berge, in die Wüsten des Südens und die Wildnis im Norden. Ihre Anwesenheit im Haus der Martins wurde zu einem zunehmend seltenen Ereignis.

So war es die Kleine Miß – nicht mehr so klein wie ehedem –, die Andrews Horizont jetzt ausfüllte. Sie wuchs zu einem übermütigen, unermüdlichen Mädchen heran, das mit Vorliebe Langstreckenläufe an der Küste unternahm, begleitet von Andrew, der leicht mit ihr Schritt halten konnte. Sie durchstreifte die Wälder im weiteren Umkreis des Hauses und verließ sich auf Andrews Hilfe, wenn sie einmal zu hoch in einen Baum kletterte, um in ein Vogelnest zu spähen, oder auf einen Felsen geklettert war, von dem sie sich nicht mehr heruntertraute. Immer war Andrew hilfreich zur Stelle und beschützte sie bei ihren Eskapaden, doch ließ er sie ihre kleinen Wildfangrisiken auf sich nehmen, weil sie sie glücklich zu machen schienen, aber niemals ohne die wirklichen Risiken zu kalkulieren, daß ihr etwas Ernstes zustoßen könnte, und er war stets bereit, ihr zu Hilfe zu kommen, wenn es notwendig sein sollte.

Das erste Gebot zwang Andrew natürlich zu ständiger Wachsamkeit, um die Schutzbefohlene vor Schaden zu bewahren. Aber manchmal sagte er sich, daß er sie bereitwillig und mit Freude gegen jegliche Gefahr verteidigen würde, selbst wenn das erste Gebot nicht existierte.

Es war ein seltsamer Gedanke, daß es kein erstes Gebot geben würde. Andrew konnte sich das kaum vorstellen. Das erste Gebot (und das zweite und dritte) waren so fundamentale Bestandteile seiner neuralen Verbindungen, daß ihn die Vorstellung, ohne sie zu sein, schwindeln machte. Doch hatte er es sich vorgestellt. Das erstaunte Andrew: wie sonderbar, eine Fähigkeit zu haben, die ihm erlaubte, sich das Unvorstellbare vorzustellen! Er kam sich beinahe menschlich vor, wenn ihm widersprüchliche Ideen wie diese durch den Kopf gingen.

Aber was bedeutete *beinahe* menschlich? Das war wieder ein Paradoxon, und ein womöglich noch verwirrenderes. Entweder war man Mensch oder man war es nicht. Wie könnte es irgendeinen Zwischenzustand geben?

Du bist ein Roboter, ermahnte Andrew sich streng. Du bist ein Erzeugnis der United States Robots and Mechanical Men Corporation.

Und dann sah Andrew die Kleine Miß an, und eine Empfindung großer Freude und Wärme verbreitete sich durch sein positronisches Gehirn – eine Empfindung, die er als ›Liebe‹ zu deuten sich angewöhnt hatte –, und er mußte sich wieder ermahnen, daß er ein geschickt konstruierter Apparat aus Metall und Kunststoff war, mit einem künstlichen Platin-Iridium-Gehirn in seinem Schädel aus Chromstahl, und daß er kein Recht hatte, Empfindungen zu haben oder widersprüchliche Gedanken, oder sich in anderer Weise den komplexen und mysteriösen Verhaltensweisen von Menschen anzunähern. Sogar seine Kunst der Holzbearbeitung – und Andrew erlaubte sich inzwischen, ›Kunst‹ darin zu sehen – war lediglich eine Funktion der Fähigkeiten, mit denen er von seinen Schöpfern programmiert worden war.

Die Kleine Miß vergaß niemals, daß Andrew seine erste Holzschnitzerei für sie angefertigt hatte. Selten ging sie ohne den kleinen Anhänger, den er aus dem Stück Treibholz geschnitzt hatte. Sie trug ihn an einer silbernen Kette um den Hals, und es war ihr längst zur lieben Gewohnheit geworden, den Anhänger zu befingern, wenn sie über etwas nachdachte.

Sie erhob als erste Einwendungen gegen die beiläufige Gewohnheit ihres Vaters, jeden Besucher des Hauses mit Andrews Erzeugnissen zu beschenken. Gewöhnlich zeigte er seinen Gästen mit sichtlichem Stolz Andrews neueste Arbeit, und dann, wenn die erwarteten Bekundungen der Bewunderung und sogar des Neides geäußert wurden, rief er mit großartiger Gebärde aus: »Gefällt Ihnen das wirklich so sehr? Dann nehmen Sie es mit! Selbstverständlich, nehmen Sie es! Es ist mir ein Vergnügen. Wo das hergekommen ist, gibt es noch mehr.«

Eines Tages schenkte Sir dem Parlamentspräsidenten eine besonders fein gearbeitete abstrakte Plastik – einen glänzend polierten Sphäroid aus schmalen, ineinander verflochtenen Streifen kalifornischen Rotholzes mit Einlegearbeiten aus Apfelbaum und Ahorn. Der Parlamentspräsident war ein großsprecherischer Mann mit rotem Gesicht, der auf die Kleine Miß immer schon besonders unsensibel und vulgär gewirkt hatte, und sie bezweifelte sehr, daß er auch nur die geringste Fähigkeit besaß, die Schönheit in Andrews Arbeit zu sehen und zu würdigen. Er verhielt sich bloß diplomatisch, als er die Arbeit gelobt hatte, und würde sie zu Hause einfach in irgendeine Schublade werfen.

Nachdem der Parlamentspräsident gegangen war, sagte die Kleine Miß: »Weißt du, Papa, du hättest ihm das Ding nicht geben sollen.«

»Aber er mochte es, Mandy. Er fand es außerordentlich schön.«

»Das gleiche läßt sich von der Steilküste unter unserem Haus sagen. Wenn er sagte, der Strand sei außerordentlich schön, hättest du ihn ihm übereignet?«

»Mandy, Mandy ...«

»Nun? Hättest du es getan?«

»Der Vergleich hinkt«, sagte Sir. »Es ist offensichtlich, daß man nicht Stücke vom eigenen Grundbesitz einer Laune folgend verschenkt. Aber eine kleine Schnitzarbeit, einem langjährigen Freund, der außerdem ein äußerst einflußreicher politischer Führer ist, als ein bescheidenes Zeichen der Wertschätzung geschenkt ...«

»Willst du damit sagen, daß es Bestechung war?«

Einen Augenblick blitzte wirklicher Zorn in den Augen ihres Vaters, aber er verlor sich beinahe so rasch wie er gekommen war, und das gewohnte Augenzwinkern, mit dem er seine jüngste Tochter betrachtete, kehrte zurück.

»Das ist nicht wirklich dein Ernst, nicht wahr, Mandy? Du verstehst, daß mein Geschenk lediglich ein Akt der Gastfreundschaft war, ja?«

»Nun – ja. Ja, es tut mir leid, Papa. Was ich sagte, war unangebracht und gemein.«

Er lächelte. »Das war es, ja. Wolltest du diese Schnitzerei für dich selbst? Dein Zimmer ist schon voll von Dingen, die Andrew gemacht hat, du weißt es selbst. Das ganze Haus ist voll davon. Wir können die Sachen gar nicht so schnell weggeben wie er sie anfertigt.«

»Das ist mein ganzer Einwand. Daß du die Sachen weggibst.«

Sirs Lächeln wurde breiter. »Nun, was würdest du vorziehen? Daß wir sie verkaufen?«

»Ja, und ob! Das ist genau, was ich vorziehen würde.«

Sir sah sie verdutzt an. »Es sieht dir nicht ähnlich, habgierig zu sein, Mandy.«

»Was hat Habgier damit zu tun?«

»Sicherlich mußt du wissen, daß wir bereits mehr als genug Geld haben. Ganz abgesehen von der Unschicklichkeit, ein Preisschild an irgendeinen Gegenstand zu heften, den ein Gast in meinem Haus zufällig bewundert, wäre es absurd und womöglich sogar rufschädigend, wenn ich auf diese Weise kleinliche Profitmacherei betreiben würde.«

»Ich sage nicht, daß *wir* versuchen sollten, mit den Dingen, die Andrew schnitzt, Geld zu machen. Aber wie ist es mit Andrew selbst?«

»Wie meinst du das?«

»Er leistet die Arbeit. Er sollte das Geld haben.«

Sir blinzelte verdutzt. »Mandy, Andrew ist ein Roboter.«

»Ja, das weiß ich, Papa.«

»Roboter sind keine Leute, Kind. Sie sind Maschinen, weißt du. Wie Telefone, wie Computer. Was würde eine Maschine mit Geld anfangen? Roboter gehen nicht einkaufen. Roboter machen nicht Urlaub auf Hawaii. Roboter ...«

»Es ist mein Ernst, Papa. Es ist eine wichtige Frage. Andrew verbrachte Stunden mit der Anfertigung von diesem Ding.«

»Und?«

»Roboter oder nicht, er hat das Recht, aus den Ergebnissen seiner Arbeit Nutzen zu ziehen. Wenn du die Dinge, die er macht, seelenruhig an deine Freunde und politischen Kollegen verteilst, beutest du ihn aus. Hast du daran nie gedacht, Papa? Er mag eine Maschine sein, aber er ist kein Sklave. Und außerdem ist er ein *Künstler*. Er ist berechtigt, für die Herstellung dieser Dinge entschädigt zu werden. Vielleicht nicht, wenn er sie für uns macht, aber wenn du sie an andere Leute weggibst.« Sie hielt inne. »Erinnerst du dich an die französische Revolution, Papa? Nein, ich meine nicht, ob du dich persönlich daran erinnerst. Aber eine ihrer Hauptgründe war die Ausbeutung des Volkes durch die Aristokratie. Roboter sind nicht das Volk, aber sie sind heutzutage diejenigen, die für uns arbeiten. Und wenn wir unsere Roboter weiterhin so behandeln, wie die Herzöge und Herzoginnen ihre Bauern behandelten …«

Sir lächelte liebevoll. »Das letzte, worüber wir uns zu sorgen haben, Mandy, ist ein Aufstand unserer Roboter. Die drei Gebote …«

»Die drei Gebote, die drei Gebote! Ich hasse die drei Gebote. Du kannst Andrew nicht um die Früchte seiner Arbeit bringen. Du darfst es nicht! Es ist nicht fair, Papa!«

Der Zorn in ihrer Stimme unterband Sirs weitere Ausführungen über die drei Gebote, bevor er sie in Worte fassen konnte. Statt dessen sagte er nach kurzer Pause: »Das ist dir wirklich wichtig, wie?«

»Ja. Ja, das ist es.«

»In Ordnung. Laß mich darüber nachdenken. Vielleicht können wir tatsächlich etwas für Andrew ausarbeiten, so wie du es vorschlägst.«

»Versprichst du es mir?«

»Ich verspreche es«, sagte Sir, und die Kleine Miß wußte, daß alles gut sein würde, denn die Versprechen, die ihr Vater ihr machte, waren unverletzliche Verträge. So war es immer gewesen und so würde es immer sein.

Einige Zeit verging, und andere Besucher kamen ins Haus, und jeder, der Andrews Arbeit sah, reagierte mit den gewohnten Lobpreisungen. Aber die Kleine Miß, die genau aufpaßte, bemerkte mit Vergnügen, daß ihr Vater aufgehört hatte, Andrews Arbeiten wegzugeben, ganz gleich, wie überschwenglich das Lob sein mochte.

Andererseits geschah es mehrmals, daß ein Gast sagte: »Was meinst du, Gerald, könnte ich dir das abkaufen?« Und Sir schaute unbehaglich drein und zuckte die Achseln und antwortete, daß er nicht ganz sicher sei, ob er aus dem Verkauf solcher Dinge ein Geschäft machen wolle.

Die Kleine Miß fragte sich, warum ihr Vater der Frage so aus dem Weg ging. Es war normalerweise nicht seine Art. Und es war nicht so, als wollte ihn jemand beschuldigen, er sei so aufs Geld aus, daß er Andrews Arbeiten an seine Hausgäste verhökere. Offensichtlich hatte Gerald Martin es nicht nötig, sich auf diese Weise Nebeneinnahmen zu verschaffen. Aber wenn die Angebote guten Glaubens gemacht wurden, warum sollte er sie nicht annehmen?

Gleichwohl ließ sie die Sache auf sich beruhen. Sie kannte ihren Vater gut genug, um zu verstehen, daß die Angelegenheit noch offen war und zu gegebener Zeit geregelt würde.

Dann kam ein weiterer Besucher. John Feingold, Sirs Rechtsanwalt. Feingolds Kanzlei war in der Gegend von San Francisco, wo viele Leute noch immer zu leben vorzogen, obwohl seit Jahrzehnten eine allgemeine Dezentralisierung des Stadtlebens stattgefunden hatte. Aber obwohl San Francisco nur eine kurze Reise südlich der zerklüfteten Küste lag, wo die Martins lebten, war John Feingolds Besuch im Landhaus der Martins eine relativ ungewöhnliche Sache. Meistens fuhr Sir nach San Francisco hinunter, wenn er Rechtsgeschäfte mit Feingold zu besprechen hatte. Daher wußte die Kleine Miß, daß es sich um etwas Besonderes handeln mußte.

Feingold war ein gemütlicher weißhaariger Mann mit gerötetem Gesicht, einem ansehnlichen Bauch und einem liebenswürdigen Lächeln. Er kleidete sich gern nach der Mode längst vergangener Zeiten, und die Ränder seiner Kontaktlinsen waren hellgrün gefärbt, eine inzwischen so selten gewordene Mode, daß die Kleine Miß sich das Lachen verbeißen mußte, wenn sie den Anwalt sah. Sir hatte ihr hin und wieder einen strengen Blick zuwerfen müssen, wenn er gemerkt hatte, daß sie in Feingolds Gegenwart von einem Kichern überwältigt worden war.

Feingold und Sir ließen sich vor dem Kamin im großen Wohnzimmer des Hauses nieder, und Sir reichte ihm eine kleine polierte Plakette mit Einlegearbeit, die Andrew vor ein paar Tagen angefertigt hatte.

Der Anwalt nickte. Er drehte sie zwischen den Fingern um und um, rieb anerkennend die glänzende Oberfläche und hielt die Plakette in verschiedenen Winkeln ins Licht.

»Sehr schön«, sagte er schließlich. »Außerordentlich feine Arbeit. Ihr Roboter hat das Ding gemacht?«

»Ja. Woher wissen Sie das?«

»Vom Hörensagen. Es ist kein Geheimnis, Gerald, daß Sie hier einen Roboter haben, der ein Meister der Holzbearbeitung ist.«

Sie blickte zu Andrew auf, der still abseits stand. »Hast du das gehört, Andrew? Du bist in ganz Kalifornien berühmt. Aber Sie irren sich in einem Punkt, John. Andrew ist nicht bloß ein Kunsthandwerker. Er ist durch und durch Künstler, nichts Geringeres.«

»Das ist wahr«, sagte Feingold. »Es ist das einzig zutreffende Wort für ihn. Dies ist ein wundervolles Stück.«

»Würden Sie es gern besitzen?« fragte Sir.

Feingolds listige Augen weiteten sich überrascht. »Bieten Sie es mir an, Gerald?«

»Könnte sein. Es hängt davon ab, wieviel Sie dafür bezahlen würden.«

Feingold grunzte, als hätte Sir ihm einen steifen Finger in die Rippen gestoßen. Er lehnte sich mit einem Ruck zurück, zupfte an den Bügelfalten seiner Hose und ließ sich mit der Antwort Zeit.

Dann sagte er in völlig verändertem Ton: »Mir war nicht bekannt, daß Sie in letzter Zeit finanzielle Rückschläge erlitten haben, Gerald.«

»Das ist nicht der Fall.«

»Dann – verzeihen Sie, wenn ich ein wenig verwirrt klinge – warum, in aller Welt, sollten Sie den Wunsch haben ...«

Er ließ den Rest ungesagt.

»... Ihnen diese kleine Arbeit zu verkaufen?« beendete Sir den Satz für ihn.

»Ja. Warum verkaufen? Ich weiß, daß Sie viele von den Gegenständen, die Andrew gemacht hat, weggegeben haben. Man hat mir erzählt, daß es praktisch unmöglich sei, hierherzukommen, ohne daß einem etwas geschenkt wird. Ich habe einige der Sachen gesehen, die den Leuten geschenkt worden sind. Es ist nie die Rede von Geld gewesen, habe ich recht? Und nun – ohne die Tatsache zur Diskussion zu stellen, daß ich kein Sammler kleiner hölzerner Schmuckgegenstände bin, wie hübsch sie auch sein mögen – verblüffen Sie mich mit der Frage, ob ich einen solchen Gegenstand erwerben will! Warum? Ich bezweifle sehr, daß Sie einen besonderen Grund haben, mich für etwas bezahlen zu lassen, was jeder andere umsonst bekommt. Und Sie können nicht aus Geldnot handeln, das sagten Sie mir gerade selbst. Wieviel würden Sie denn für einen Gegenstand wie diesen erlösen können? Fünfhundert Dollar? Tausend? Wenn Sie noch immer so reich sind, wie ich es von Ihnen weiß, Gerald, was könnten Ihnen fünfhundert oder tausend Dollar bedeuten?«

»Nicht mir. Andrew.«

»Was?«

»Ihre Schätzung liegt zufällig genau richtig, John. Ich denke, ich könnte für dieses kleine Ding tausend Dollar bekommen. Und für Stühle und Schreibsekretäre und andere Dinge, die Andrew gemacht hat, ist mir schon wesentlich mehr geboten worden. Nicht bloß für einmalige Erwerbungen, sondern für die Abnahme der gesamten Produktion. Hätte ich eines der Angebote angenommen, wäre inzwischen eine hübsche Summe auf dem Bankkonto zusammengekommen, ausschließlich durch die Einnahmen aus Andrews Arbeit – eine Summe, die in die Hunderttausende gehen würde, vermute ich.«

Feingold fuhr sich mit einem Wurstfinger in den Kragen, um ihn zu lockern. »Gütiger Himmel, Gerald, ich verstehe nichts davon. Ein reicher Mann, der sich reicher machen will, indem er seinen Roboter in einer Art Heimindustrie arbeiten läßt ...«

»Ich sagte Ihnen bereits, John, daß das Geld nicht für mich sein würde. Dies ist alles für Andrew. Ich möchte anfangen, seine Erzeugnisse zu verkaufen, und möchte, daß das Geld unter dem Namen Andrew Martin auf ein Bankkonto kommt.«

»Ein Bankkonto auf den Namen eines Roboters?«

»Genau. Und darum habe ich Sie gebeten, heute hierher zu kommen. Ich möchte wissen, ob es juristisch einwandfrei sein würde, ein Konto auf Andrews Namen einzurichten – ein Konto, über das Andrew selbst verfügen würde, verstehen Sie? Es wird sein eigenes Geld sein, über das er vollkommen frei verfügen würde.«

Feingold zog das Gesicht in viele Falten. »Juristisch einwandfrei? Daß ein Roboter Geld verdient und spart? Das kann ich nicht ohne weiteres sagen. Es gibt keine Präzedenzfälle, soweit mir bekannt ist. Ich bezweifle, daß es ein Gesetz dagegen gibt, aber trotzdem ... Roboter sind keine Leute. Wie können sie dann Bankkonten haben?«

»Aktiengesellschaften sind auch keine Leute, außer im abstraktesten Sinne; eine legale Fiktion, wie Sie es bezeichnen würden. Dennoch haben Aktiengesellschaften Bankkonten.«

»Nun, das ist richtig. Aber Aktiengesellschaften sind in den Augen der Rechtsprechung seit Jahrhunderten als juristische Personen anerkannt und qualifiziert, Eigentum jeder Art zu besitzen. Roboter haben keine gesetzlichen Rechte, wie Sie sicherlich wissen, Gerald. Und verfahrensrechtlich gesehen haben Aktiengesellschaften verantwortliche Vorstandsvorsitzende und Vorstandsmitglieder, die alle Papiere unterzeichnen, die zur Errichtung eines Bankkontos benötigt werden. Wer würde Andrews Konto eröffnen? Und würde es dann Andrews Konto sein, wenn Sie es eröffnen?«

»Ich habe Bankkonten im Namen meiner Kinder eröffnet«, erwiderte Sir. »Nichtsdestoweniger sind die Konten ihr Eigentum. Außerdem kann Andrew seinen Namen so gut schreiben wie Sie oder ich.«

»Ja. Ja, natürlich, das nehme ich an.« Feingold, der sich im Gespräch vorgebeugt hatte, ließ sich zurückfallen, daß der Lehnstuhl knarrte. »Lassen Sie mich überlegen, Gerald. Das ist alles so ungewöhnlich. Gibt es wirklich eine Rechtsprechung, die Robotern den Besitz von Eigentum ausdrücklich verbietet, oder wird bloß angenommen, daß sie kein Eigentum besitzen können, weil die Idee so abwegig erscheint, daß niemand je darüber nachgedacht hat? Ich werde da nachforschen müssen, bevor ich Ihnen ein Urteil darüber geben kann. Es ist durchaus möglich, daß es keine derartige Rechtsprechung gibt, eben weil ein Roboter, der über Vermögenswerte verfügt, eine so sonderbare Vorstellung ist, daß niemand es für nötig hielt, sich damit zu befassen. Niemand hat daran gedacht, Gesetze zu erlassen, die Bäumen oder Rasenmähern verbieten, Bankkonten zu unterhalten ...«

»Katzen und Hunde haben Bankkonten. Treuhandvermögen für ihren Unterhalt, von ihren liebevollen Besitzern für sie hinterlassen«, sagte Sir. »Die Gerichte haben keine Einwände dagegen.«

»Ein weiteres gutes Argument, ja. Obwohl Katzen und Hunde wenigstens Lebewesen sind. Roboter sind unbelebt.«

»Ich sehe nicht, was das für einen Unterschied machen sollte.«

»Sie müssen sich vergegenwärtigen, Gerald, daß es in unserer Gesellschaft ein gewisses Vorurteil gegen Roboter gibt, eine gewisse Furcht, möchte ich beinahe sagen, die sich auf Katzen und Hunde nicht erstreckt. Es kann gut sein, daß vor unserer Zeit einmal ein Gesetz verabschiedet wurde, das die Rechte von Robotern, Eigentum zu besitzen, einschränkt. Das muß überprüft werden. Nehmen wir aber an, daß es legal ist. Wie würden Sie verfahren? Mit Andrew zur Bank fahren und ihn mit dem Filialleiter sprechen lassen?«

»Ich würde die Formblätter für eine Kontoeröffnung hierherschicken lassen, daß Andrew sie unterzeichnet. Es sollte keine Notwendigkeit geben, daß er persönlich erscheint. Aber was ich von Ihnen wissen muß, John, ist, was ich tun kann, um Andrew – und mich selbst, nehme ich an – vor negativen Reaktionen in der Öffentlichkeit zu schützen. Selbst wenn es juristisch möglich ist, daß er ein Bankkonto hat, wird es wahrscheinlich Leute geben, denen die Vorstellung nicht gefällt.«

»Wie werden sie davon erfahren?« fragte Feingold.

»Wie werden wir sie daran hindern, es zu erfahren?« fragte Sir. »Wenn jemand einen Gegenstand von ihm kauft und, sagen wir mal, einen Scheck auf Andrew Martin ausstellt ...«

»Hm. Ja.« Feingolds Blick schien sich nach innen zu wenden. Dann sagte er: »Nun, wir könnten eine Gesellschaft eintragen lassen, die alle Finanzen in seinem Namen regelt – eine Gesellschaft mit einem hübschen unpersönlichen Namen, etwas wie Kalifornische Holzkunst GmbH –, und Andrew kann der Geschäftsführer und einzige Anteilseigner sein, obwohl wir uns pro forma zu Mitgliedern der Geschäftsleitung machen könnten. Das würde eine juristische Isolierschicht zwischen ihn und die feindliche Außenwelt legen. Es sollte ausreichen, Gerald. Wann immer Andrew etwas kaufen will, kann er es von seinem Gehalt bei der Gesellschaft abbuchen lassen. Oder er deklariert es als eine Dividende für ihn als Anteilseigner. Die Tatsache, daß er Roboter ist, wird öffentlich nicht in Erscheinung treten. Der Gesellschaftervertrag wird nur die Namen der Anteilseigner enthalten, nicht ihre Geburtsurkunden. Natürlich wird er anfangen müssen, Einkommenssteuererklärungen auszufüllen. Aber die Leute vom Finanzamt werden nicht herkommen, um festzustellen, ob Steuerzahler Andrew Martin ein menschliches Wesen ist oder nicht. Sie werden sich nur dafür interessieren, ob Steuerzahler Martin seine Steuern rechtzeitig entrichtet.«

»Gut. Gut. Noch etwas?«

»Nichts, was mir auf Anhieb einfällt. Wenn ich bei der Suche nach Präzedenzfällen auf etwas stoße, werde ich Sie verständigen. Aber ich denke, es wird gehen. Niemand wird Ihnen Knüppel zwischen die Beine werfen, solange Sie die Sache mit Verschwiegenheit behandeln und sich an den Buchstaben des Gesellschaftsrechts halten. Und sollte wirklich jemand erfahren, was vorgeht, und Anstoß nehmen, nun, dann wird es an ihm sein, juristisch gegen Sie vorzugehen – vorausgesetzt, der oder die Betreffenden können Ihnen einen Gesetzesverstoß nachweisen.«

»Und wenn es dazu kommt, John? Werden Sie den Fall übernehmen, wenn ein Verfahren gegen uns eröffnet wird?«

»Gewiß. Gegen einen angemessenen Honorarvorschuß.«

»Was würde nach Ihrer Meinung angemessen sein?«

Feingold lächelte. »Etwas von der Art«, und zeigte auf die hölzerne Plakette.

»Nicht mehr als recht und billig«, sagte Sir.

»Nicht, daß ich ein Sammler wäre, verstehen Sie. Aber es hat einen gewissen künstlerischen Reiz.«

»So ist es«, sagte Sir.

Feindgold schmunzelte und wandte sich zum Roboter um. »Andrew, du wirst ein – nun, kein reicher Mann sein, aber ein reicher Roboter. Gefällt dir das?«

»Ja, Sir.«

»Und was willst du mit all dem Geld anfangen, das du verdienen wirst?«

»Für Dinge bezahlen, Sir, die andernfalls Sir würde bezahlen müssen. Es würde ihm Ausgaben ersparen, Sir.«

6

Gelegenheiten, von Andrews Bankkonto Geld abzuheben, ergaben sich häufiger, als jeder erwartet hatte. Von Zeit zu Zeit war Andrew wie jede Maschine reparaturbedürftig, und Reparaturen von Robotern waren unweigerlich kostspielig. Dann gab es die regelmäßigen Wartungsarbeiten und Verbesserungen. Die Roboterindustrie war immer ein dynamischer Produktionszweig gewesen, der sich seit den Tagen der ersten massiven und schwerfälligen Produkte, die nicht einmal sprechen konnten, von Jahrzehnt zu Jahrzehnt rapide Fortschritte gemacht hatte. Verbesserungen der Konstruktion, der Funktion, der Fähigkeiten nahmen kein Ende. Im Laufe der Zeit wurden Roboter ständig leichter, eleganter, und dauerhafter.

Sir achtete darauf, daß Andrew den Vorteil jeder neuen Verbesserung genoß, die vom Hersteller eingeführt wurde. Als der verbesserte homöostatische Schaltkreis eingeführt wurde, sorgte Sir dafür, daß er Andrew unverzüglich eingebaut wurde. Als die neue und weitaus effizientere Konstruktion des Kniegelenks unter Verwendung der neuesten Elastomertechnik eingeführt wurde, bekam Andrew sie. Als ein paar Jahre später besser ausgearbeitete und leichtere Gesichtsteile aus Kohlefasern in einer Matrize aus Epoxidharz gebräuchlich wurden, die menschlicher als die alten Teile aus Metall aussahen, wurde Andrew entsprechend modifiziert und bekam den ernsten, feinfühligen, aufmerksamen und künstlerischen Ausdruck, der nach Sirs, von seiner Tochter beeinflußten Meinung, seiner Natur angemessen war. Die Kleine Miß wollte, daß Andrew ein Inbegriff von Vollkommenheit sein sollte, und Sir war der gleichen Meinung.

Alles wurde natürlich auf Andrews Kosten getan.

Andrew selbst bestand darauf. Er wollte nichts davon hören, daß Sir für Kosten seiner Verbesserung aufkam.

Aus seiner kleinen Dachbodenwerkstatt ging ein gleichmäßiger Strom hervorragender Arbeiten in die Welt hinaus, jeder Gegenstand ein Meisterstück aus seltenen und kostbaren Hölzern: Kunstgegenstände, luxuriöse Büromöbel, elegante Schlafzimmer, wundersame Steh- und Tischlampen und kunstvoll verzierte Bücherschränke.

Ein Ausstellungsraum oder Kataloge waren unnötig, weil jedes Stück nur einmal gefertigt wurde und die Mundpropaganda alles übrige bewirkte. Andrews gesamte Produktion war bald auf Monate und dann Jahre hinaus vorbestellt. Zahlung erfolgte an die Pacific Coast Artifactories Incorporated. Andrew Martin war der einzige Gesellschafter der Pacific Coast Artifactories, der berechtigt war, vom Firmenkonto Geld abzuziehen. Wann immer die Notwendigkeit bestand, daß Andrew zur Fabrik der U.S. Robots ging, um gewartet oder auf den neuesten Stand gebracht zu werden, wurde mit Schecks der Pacific Coast Artifactories bezahlt, die von Andrew selbst unterschrieben waren.

Der einzige Teil Andrews, der von Verbesserungen jeglicher Art unberührt blieb, waren seine positronischen Schaltverbindungen. Auf diesen Punkt legte Sir den allergrößten Wert.

»Die neuen Roboter sind nicht annähernd so gut wie du, Andrew«, sagte er. »Die Neuen sind tatsächlich verachtenswert schlichte Kreaturen. Der Gesellschaft ist es endlich gelungen, die neuralen Verbindungen präziser zu machen, genauer nach dem vorgegebenen Schema, aber das ist eine zweischneidige Verbesserung. Die neuen Roboter sind unflexibel. Sie haben keine geistige Beweglichkeit. An ihnen ist alles berechenbar, voraussagbar. Sie tun einfach die Arbeit, für die sie programmiert sind, und niemals ein klein bißchen mehr. Du gefällst mir besser, Andrew.«

»Danke, Sir.«

»Natürlich wird die Gesellschaft dir sagen, daß ihre

neue Generation von Robotern zu 99,9% effizient sei, oder vielleicht werden sie dieses Jahr 100% Effizienz behaupten. Aber ein Roboter wie du, Andrew – du bist vielleicht zu 110% effizient –, ist nicht, was sie bei U. S. Robots wollen. Sie sind auf Perfektion aus, und die werden sie vermutlich erreicht haben, zumindest ihre Vorstellung von Perfektion. Den perfekten Diener. Den makellos funktionierenden mechanischen Mann. Aber Perfektion kann eine schlimme Begrenzung sein, Andrew. Meinst du nicht auch? Sie führt zu einer Art von seelenlosen Automaten, die keine Fähigkeit haben, über die im voraus festgelegten Beschränkungen hinauszugehen. Sie sind überhaupt nicht wie du, Andrew. Du bist nicht seelenlos, das ist für uns alle inzwischen offensichtlich. Und was Begrenzungen angeht ...«

»Ich habe definitiv meine Grenzen, Sir.«

»Selbstverständlich. Aber das ist nicht, wovon ich rede, und das weißt du genau! Du bist ein Künstler, Andrew. Ein Künstler in Holz, und wenn du ein Künstler bist, mußt du irgendwo in den positronischen Bahnen deines Denkapparates eine Seele haben. Frage mich nicht, wie sie dorthin gekommen ist – ich weiß es nicht, und die Leute, die dich konstruiert haben, wissen es auch nicht. Aber sie ist da. Sie befähigt dich, die wundervollen Dinge zu konzipieren, die du machst. Der Grund ist der, daß deine neuralen Verbindungen von der altmodischen generalisierten Art sind. Von der *obsoleten* generalisierten Art. Und es liegt nur an dir, Andrew, daß neurale Verbindungen von der Art, wie du sie hast, nicht mehr verwendet werden. Ist dir das bewußt?«

»Ja, Sir. Ich denke schon, Sir.«

»Es ist so gekommen, weil ich zuließ, daß Elliott Smythe diesen Mervin Mansky hierher mitbrachte und dich überprüfen ließ. Ich bin überzeugt, daß er und Smythe gleich nach ihrer Rückkehr befahlen, daß alle Roboter mit generalisierten neuralen Verbindungen aus der Produktion genommen wurden. Sie mußten sich bedroht gefühlt haben, nachdem sie sahen, wer und was du warst. Es war die Unberechenbarkeit, die sie ängstigte.«

»Ängstigte, Sir? Wie könnte ich für jemanden beängstigend sein?«

»Du jagtest Mansky eine Heidenangst ein, soviel weiß ich. Ich sah seine Hand zittern, als er Smythe diese kleine Schnitzarbeit gab, die du gemacht hattest. Mansky hatte solche künstlerischen Fähigkeiten in einem NDR-Roboter nicht erwartet. Er schien sie nicht einmal für möglich zu halten. Daß du all diese Meisterwerke hervorbrachtest, war ein Schock für ihn. Weißt du, wie oft er mich im Laufe der nächsten fünf Jahre anrief und versuchte, mich zu überreden, daß ich dich zur Fabrik zurückschicken sollte, damit er dich eingehender studieren könne? Neunmal! Neun! Ich lehnte jedesmal ab. Und wenn du zur Fabrik zurückgeschickt werden mußtest, weil Verbesserungen oder Wartungen zu machen waren, machte ich es mir zur Regel, Mansky zu übergehen und mich direkt an Smythe oder Jimmy Robertson oder an eines der anderen Vorstandsmitglieder zu wenden und eine gußeiserne Garantie zu bekommen, daß Mansky nicht erlaubt würde, an deinem Gehirn herumzupfuschen. Ich machte mir aber immer Sorgen, daß er es heimlich tun würde. Nun, Mansky ist jetzt im Ruhestand, und sie machen keine Roboter deines Typs mehr, und ich denke, wir werden endlich Ruhe haben.«

Sir hatte inzwischen seinen Sitz im Regionalparlament aufgegeben. In den letzten Jahren war hin und wieder davon gesprochen worden, daß er für den Senat kandidieren solle, aber der Zeitpunkt für seine Kandidatur war nie günstig gewesen. Sir hatte noch eine Legislaturperiode im Parlament bleiben wollen, um bestimmte Gesetzesvorhaben durchzubringen, und unterdessen war ein neuer Gouverneur gewählt worden, der zuerst bloß als Lückenbüßer angesehen worden war, der den Posten besetzen sollte, bis Sir bereit war, ihn zu übernehmen.

Dann aber hatte sich der vermeintliche Lückenbüßer als ein energischer, durchsetzungsfähiger und geschickter Politiker erwiesen und war eine zweite und dann noch eine dritte Amtszeit auf seinem Posten geblieben, bis Sir seines Lebens und Wirkens in der politischen Arena überdrüssig geworden war und das Interesse an der Kandidatur verloren hatte. (Oder vielleicht hatte er einfach eingesehen, daß die Öffentlichkeit nun einen jüngeren Mann für den Posten bevorzugen würde.)

Sir hatte sich im Laufe der Zeit in vielerlei Hinsicht verändert, nicht nur durch den Verlust des idealistischen Feuers und der Überzeugungskraft, die ihm zum Erfolg verholfen hatten, als er ein unerfahrener Parlamentsneuling gewesen war. Sein Haar war dünn und grau geworden, sein Gesicht schlaff, und der durchdringende Blick seiner Augen hatte sich getrübt; er sah nicht mehr so gut. Selbst sein berühmter Schnurrbart war jetzt weniger buschig und extravagant, während Andrew um einiges besser aussah als zu der Zeit, als er in die Familie aufgenommen worden war, denn die periodischen Verbesserungen hatten ihn zu einer durchaus stattlichen Erscheinung werden lassen, für einen Roboter.

Die Zeit hatte dem Haushalt der Martins auch andere Veränderungen gebracht. Madam hatte nach gut dreißig Jahren als Mrs. Gerald Martin beschlossen, daß es ein erfüllteres Leben geben könnte, als einfach die Ehefrau eines Politikers von Rang und Namen im Regionalparlament zu sein. In all den Jahren hatte sie die Rolle von Mrs. Gerald Martin getreulich und klaglos und überzeugend gespielt. Aber sie hatte sie lang genug gespielt.

Und so hatte sie ihrem Mann die Entscheidung nicht ohne Bedauern mitgeteilt, und sie hatten sich in Freundschaft getrennt, und Madam war fortgegangen, um sich einer Künstlerkolonie irgendwo in Europa anzuschließen – vielleicht in Südfrankreich, vielleicht in Italien. Andrew wußte es nicht genau, noch konnte er sagen, welchen Unterschied es zwischen Frankreich und Italien geben mochte (die für ihn bloße Namen waren), und die Briefmarken auf ihren seltenen Briefen an Sir waren von verschiedener Art. Da Frankreich und Italien beide der europäischen Region angehörten, bereitete es Andrew Schwierigkeiten, zu verstehen, warum sie ihre verschiedenen Briefmarken brauchten. Aber anscheinend bestanden sie auf der Bewahrung gewisser alter Eigenheiten ihres Volkstums und ihrer Kultur, obwohl die Zeit über die Epoche unabhängiger und rivalisierender Nationen hinweggegangen war.

Mit den Jahren waren die beiden Mädchen zu Erwachsenen herangereift. Miß, die nach allen Berichten zu einer auffallenden Schönheit geworden war, hatte geheiratet und war nach Südkalifornien gezogen, dann hatte sie wieder geheiratet und war nach Südamerika gegangen, und schließlich war die Nachricht von einer dritten Heirat und einem neuen Wohnsitz in Australien gekommen. Nun aber lebte Miß in New York und war eine Dichterin geworden, und von weiteren neuen Ehemännern war nicht mehr die Rede. Andrew vermutete, daß ihr Leben sich nicht als so glücklich oder lohnend herausgestellt hatte, wie es hätte sein sollen, und er bedauerte das. Aber er hatte kein sehr klares Verständnis davon, was Menschen unter ›Glück‹ verstanden. Vielleicht hatte Miß genau das Leben geführt, was ihr zusagte. Jedenfalls hoffte er es.

Was die Kleine Miß betraf, so war sie nun eine schlanke, feingliedrige Frau, hinter deren zarter Erscheinung sich außergewöhnliche Zähigkeit und Energie verbargen. Andrew hatte niemals jemanden von ihrer ungewöhnlichen Schönheit sprechen hören, jedenfalls nicht in seiner Gegenwart – Miß galt immer als die Schöne Schwester, und die Kleine Miß wurde mehr wegen ihrer starken Persönlichkeit als ihres Aussehens wegen gerühmt. Für Andrews Geschmack war die blonde Kleine Miß immer weit schöner gewesen als die weiche und kurvenreiche ältere Schwester, aber sein Geschmack war nur der eines Roboters, und er wagte es niemals, mit irgend jemanden über Fragen des menschlichen Aussehens zu diskutieren. Für einen Roboter war das schwerlich angebracht. Tatsächlich hatte er kein Recht, auf diesem Gebiet auch nur eine Meinung zu haben, und dessen war er sich klar bewußt.

Die Kleine Miß hatte ein Jahr nach dem Abschluß ihres Colleges geheiratet und lebte nicht weit entfernt vom Familiensitz, nur ein Stück die Küste hinauf. Ihr Ehemann, Lloyd Charney, war ein Architekt, der im Osten aufgewachsen war, sich aber an der wilden nordkalifornischen Küste, die seine Frau so sehr liebte, äußerst wohl fühlte.

Die Kleine Miß hatte ihrem Mann auch klar gemacht, daß sie in der Nähe des Hausroboters Andrew bleiben wollte, der seit ihren frühen Kindheitstagen ihr Beschützer und Mentor gewesen war. Vielleicht war Lloyd Charney darüber ein wenig erstaunt, aber er erhob keine Einwände, und die Kleine Miß blieb eine häufige Besucherin des imponierenden Herrenhauses der Martins, das jetzt nur von dem alternden Sir und dem getreuen Andrew bewohnt war.

Im vierten Jahr ihrer Ehe gebar die Kleine Miß einen Jungen, der auf den Namen George getauft wurde. Er hatte rötlichblondes Haar und große ernste Augen. Andrew nannte ihn den Kleinen Sir. Wenn die Kleine Miß mit dem Säugling dessen Großvater besuchte, erlaubte sie Andrew manchmal, den Kleinen in den Armen zu halten, ihm seine Flasche zu geben und ihn nach der Mahlzeit in den Schlaf zu wiegen. Diese Besuche der Kleinen Miß und des Kleinen Sir waren für Andrew ein weiterer Quell großen Vergnügens, vor allem aber die Gelegenheiten, da es ihm erlaubt war, für das Kind zu sorgen. Schließlich war Andrew im Grunde ein Haushaltroboter der NDR-Serie, so begabt er auch in der Holzbearbeitung sein mochte, und wie gewinnbringend sein Geschäft geworden war. Für Kinder zu sorgen, war eine der Aufgaben, für die er besonders umfassend programmiert worden war.

Mit der Geburt eines Enkels, der in der Nähe wohnte, dachte Andrew, habe Sir nun jemanden, der die aus dem Haus gegangenen Familienmitglieder ersetzen konnte. Seit längerem hatte er mit einem ungewöhnlichen Anliegen an Sir herantreten wollen, aber bis jetzt immer gezögert. Zuletzt drängte ihn die Kleine Miß, die er schon länger in seine Überlegungen eingeweiht hatte, endlich mit seinem Anliegen herauszurücken.

Sir saß in seinem massiven Lehnstuhl am Feuer, hielt ein dickleibiges altes Buch in den Händen, las aber offensichtlich nicht darin, als Andrew in der gewölbten Türöffnung des großen Wohnzimmers erschien.

»Darf ich hereinkommen, Sir?«

»Du weißt, daß du nicht fragen mußt. Dies ist dein Haus ebenso wie meines, Andrew.«

»Ja, Sir. Danke, Sir.«

Der Roboter trat ein paar Schritte näher. Die metallenen Laufflächen seiner Füße machten leise klickende Geräusche auf dem dunklen, gebohnerten Holz. Dann machte er halt und wartete schweigend. Er wußte, daß es schwierig sein würde. Sir war schon immer von aufbrausendem Temperament gewesen, aber in seinen alten Tagen war er in seinen Reaktionen besonders explosiv geworden.

Und es mußten sogar gewisse Überlegungen des ersten Gebotes in Betracht gezogen werden. Denn was Andrew fragen wollte, mochte Sir so sehr aufregen, daß der alte Mann darüber zu Schaden kommen könnte.

»Na, was gibt es?« sagte Sir nach einer Weile. »Steh nicht einfach da, Andrew. Du hast einen Ausdruck im Gesicht, der mir sagt, daß du über etwas mit mir sprechen willst.«

»Mein Gesichtsausdruck verändert sich nicht, Sir.«

»Nun, dann ist es die Art und Weise, wie du dastehst. Du weißt, was ich meine. Etwas ist im Busch. Was ist es, Andrew?«

Andrew sagte: »Was ich sagen möchte, ist ... ist ...« Er zögerte, dann gab er sich einen Ruck und begann mit der Ansprache, die er vorbereitet hatte. »Sir, Sie haben niemals versucht, sich in irgendeine Weise in meinem Umgang mit dem Geld einzumischen, das ich verdient habe. Sie haben mir immer erlaubt, es so auszugeben, wie ich es wünschte. Das ist außerordentlich gütig von Ihnen gewesen, Sir.«

»Es war dein Geld, Andrew.«

»Nur durch Ihre freiwillige Entscheidung, Sir. Ich glaube nicht, daß es illegal gewesen wäre, wenn Sie alles einbehalten hätten. Aber statt dessen gründeten Sie die Gesellschaft für mich und erlaubten mir, meine Einkünfte dort einzubringen.«

»Es wäre falsch gewesen, wenn ich etwas anderes getan hätte. Und zwar unabhängig davon, was in der Frage deiner Einkünfte mein legales Recht gewesen oder nicht gewesen wäre.«

»Ich habe jetzt ein beträchtliches Vermögen angesammelt, Sir.«

»Das hoffe ich auch. Du hast sehr hart gearbeitet.«

»Nach Abzug aller Steuern, Sir und aller Ausgaben, die ich für Ausrüstung und Material, meine eigene Instandhaltung und Verbesserung aufwenden mußte, ist es mir gelungen, annähernd neunhunderttausend Dollar zurückzulegen.«

»Das überrascht mich keineswegs, Andrew.«

»Ich möchte es Ihnen geben, Sir.«

Sir zeigte ihm die finsterste Miene in seinem Repertoire. Dabei gingen seine Augenbrauen weit herunter, und seine Lippen hoben sich, bis sie unmittelbar unter der Nase waren, und der Schnurrbart bewegte sich alarmierend – und er funkelte Andrew aus Augen an, die, obschon vom Alter trüb, noch immer ein erhebliches Maß an Wildheit aufbieten konnten.

»Was? Was für ein Unsinn ist das, Andrew?«

»Überhaupt kein Unsinn, Sir.«

»Wenn ich jemals dein Geld gewollt hätte, würde ich nicht all die Mühe auf mich genommen haben, deine eigene Gesellschaft zu gründen, nicht wahr? Und ich will es ganz gewiß nicht jetzt. Ich habe schon so mehr Geld, als ich auszugeben weiß.«

»Nichtsdestoweniger, Sir, möchte ich mein Kapital Ihnen überschreiben ...«

»Ich werde keinen Cent nehmen, Andrew. Keinen einzigen Cent!«

»... nicht als Geschenk«, fuhr Andrew fort, »sondern als den Kaufpreis von etwas, das ich nur von Ihnen bekommen kann.«

Sir starrte ihn an. Er konnte sich nicht denken, worauf Andrew hinauswollte.

»Was könntest du schon von mir kaufen, Andrew?«

»Meine Freiheit, Sir.«

»Deine ...«

»Meine Freiheit. Ich wünsche mich freizukaufen, Sir. Bis jetzt bin ich einfach einer von Ihren Gegenständen gewesen, doch wünsche ich nun eine unabhängige Einheit zu werden. Ich würde Ihnen immer mein Gefühl von Treue und Verpflichtung bewahren, aber ...«

»Um Gottes willen!« rief Sir mit schrecklicher Stimme. Er erhob sich steif von seinem Lehnstuhl und schleuderte sein Buch auf den Boden. Seine Lippen bebten, sein Gesicht lief fleckig rot an. Andrew hatte ihn nie so erregt gesehen. »Freiheit? Freiheit, Andrew? Was in aller Welt redest du da?«

Und er stapfte zornbebend hinaus.

7

Andrew rief die Kleine Miß herbei. Nicht so sehr um seiner selbst willen, sondern weil Sirs Zorn so stark gewesen war, daß Andrew um die Gesundheit des alten Mannes fürchtete, und die Kleine Miß war die einzige Person auf der Welt, die ihn besänftigen konnte, wenn er in solch einer wutschnaubenden Stimmung war.

Als sie eintraf, war Sir in seinem Schlafzimmer im Obergeschoß. Seit zwei Stunden hielt er sich dort auf. Andrew begleitete die Kleine Miß die Treppe hinauf und blieb zögernd vor der Schlafzimmertür stehen, als sie eintrat. Durch die Öffnung konnte er sehen, daß Sie mit einer wilden Entschlossenheit hin und her tigerte, die dem alten Orientteppich nicht guttun konnte. Den beiden Gestalten in der Türöffnung zum Gang schenkte er keine Beachtung.

Die Kleine Miß blickte über die Schulter zu Andrew.

»Warum wartest du draußen?« fragte sie.

»Ich glaube nicht, daß es nützlich sein würde, wenn ich mich jetzt in Sirs Nähe wagte, Kleine Miß.«

»Sei nicht töricht.«

»Ich bin derjenige, der ihn so aufregt.«

»Ja, das ist mir klar. Aber inzwischen hat er es sicherlich überwunden. Komm mit mir hinein, und gemeinsam werden wir diese Sache im Nu aufklären.«

Andrew hörte das rhythmische zornige Geräusch von Sirs Schritten, begleitet von vernehmlichem Schnaufen.

»Mit allem Respekt, Kleine Miß, es scheint mir nicht so, daß er es überwunden hätte, nicht im mindesten. Ich glaube, er ist noch immer sehr beunruhigt. Und wenn ich ihn weiter reize ... Nein, Kleine Miß, ich bin außerstande, sein Zimmer zu betreten. Nicht ehe Sie mir versichern, daß er sich etwas beruhigt hat und ich ihm unter die Augen treten kann, ohne daß er erneut in Wut gerät.«

Die Kleine Miß sah ihn nachdenklich an. Dann nickte sie und sagte: »In Ordnung, Andrew. Ich verstehe.«

Sie ging hinein. Andrew hörte die Schritte ein wenig langsamer werden. Er hörte Stimmen: zuerst die der Kleinen Miß, die freundlich und ruhig sprach, und dann Sirs Stimme, die in Sturzbächen vulkanischen Zornes eruptierte, und dann wieder die Kleine Miß, so ruhig wie zuvor, und dann Sir, nicht ganz so erregt. Und dann die Kleine Miß, noch immer ruhig, aber diesmal nicht so sanft und freundlich, sondern mit Festigkeit.

Die ganze Zeit hatte Andrew keine Ahnung, was gesprochen wurde. Es wäre ihm nicht schwergefallen, seine Audiorezeptoren anzupassen und das Gespräch deutlich zu empfangen. Aber das schien ihm unschicklich, und so hatte er eine Einstellung in der entgegengesetzten Richtung vorgenommen, die ihm gerade noch erlaubte, das Gespräch soweit zu überwachen, daß er wußte, ob seine Hilfe vielleicht benötigt wurde, aber nicht so, daß er die einzelnen Worte verstehen konnte.

Nach einer Weile erschien die Kleine Miß in der Türöffnung und sagte: »Andrew, würdest du hereinkommen?«

»Wie ich vorher sagte, ich bin sehr besorgt um den Zustand von Sirs emotionaler Ebene, Kleine Miß. Wenn ich eintreten und ihn wieder durch meinen Anblick provozieren würde ...«

»Seine emotionale Ebene ist in Ordnung, Andrew. Ein bißchen Dampf ablassen bringt ihn nicht um. Es ist sogar gut für ihn. Nun komm schon herein, vorwärts.«

Es war ein direkter Befehl, verbunden mit einem Nachlassen des Gefahrenpotentials nach dem ersten Gebot. Andrew blieb nichts übrig, als zu gehorchen.

Sir saß in seinem großen Ruhesessel am Fenster – dem aus Mahagoni und Leder und Roßhaarpolster gemachtem Lehnsessel, den Andrew vor fünfzehn Jahren für ihn angefertigt hatte. Er hatte sich in einen Bademantel gewickelt und war wirklich wieder ruhig, aber in seinen Augen war ein stählerner Glanz, und wie er aufrecht in seinem Sessel saß, als wäre es ein Thron, hatte er das Aussehen eines zornigen alten Herrschers, der von ungebärdigen Bediensteten geplagt ist. Er ignorierte Andrews Anwesenheit.

Die Kleine Miß sagte: »Gut, Vater. Wir können ruhig und vernünftig darüber sprechen, nicht wahr?«

Sir zuckte die Achseln. »Ich versuche alles ruhig und vernünftig zu besprechen. Ich habe es immer getan.«

»Ja, das hast du, Vater.«

»Aber dies, Mandy – diese totale Absurdität – dieser monströse Unsinn, den Andrew mir ins Gesicht geworfen hat!«

»Vater!«

»Entschuldige. Ich kann nicht ruhig bleiben, wenn ich mit absoluter Verrücktheit konfrontiert bin.«

»Du weißt, daß Andrew von Haus aus unfähig zu jeder Art von Verrücktheit ist. Verrücktheit kommt in seinen Programmen nicht vor.«

»Wenn er darüber redet, daß er seine Freiheit will – seine *Freiheit*, bei Gott! –, was kann das anderes sein als Verrücktheit?« Und Sir begann wieder rot anzulaufen und erregt zu schnaufen.

Andrew hatte Sir niemals in solch einem Zustand gesehen. Wieder befiel ihn ein Unbehagen, weil er anwesend war und damit die gesundheitliche Verfassung des alten Mannes bedrohte. Sir schien beinahe am Rande eines Schlaganfalls. Und wenn ihm etwas geschehen sollte – etwas, das ein unmittelbares Ergebnis dessen sein würde, was Andrew angefangen hatte ...

Die Kleine Miß sagte: »Hör auf, Vater! Komm zu dir! Du hast kein Recht, deswegen einen Wutanfall zu bekommen!«

Andrew war erstaunt, die Kleine Miß so hart und energisch zu ihrem Vater sprechen zu hören. Sie klang wie eine Mutter, die ein unleidliches Kind schilt. Plötzlich kam ihm der Gedanke, daß die Zeit alle normalen generationsbedingten Rollen unter den Menschen schließlich umkehren müsse: daß Sir einst so dynamisch und autokratisch und allwissend, jetzt so schwach und verwundbar wie ein Kind war, und daß es die Verantwortlichkeit der Kleinen Miß war, ihn zu lenken und anzuleiten, als er sich abmühte, die verwirrende Natur der Welt zu verstehen.

Es kam Andrew ein wenig seltsam vor, daß sie diese aufgeladene Szene vor ihm inszenierten. Aber natürlich hatte seit dreißig Jahren niemand in der Familie gezögert, vor Andrew zu sprechen, nicht einmal über die persönlichsten Angelegenheiten. Warum sollten sie in seiner Gegenwart gehemmt sein? Er war nur ein Roboter.

»Freiheit«, sagte Sir kehlig und wie erstickt. »Für einen Roboter!«

»Es ist eine ungewöhnliche Vorstellung, ja. Das gebe ich zu, Vater. Aber warum siehst du darin solch einen persönlichen Affront?«

»Tue ich das? Ich sehe es als einen Affront gegen die Logik! Einen Affront gegen den gesunden Menschenverstand! Sieh mal, Mandy, was würdest du sagen, wenn deine Haustür zu dir käme und sagte: ›Ich will meine Freiheit. Ich will nach Chicago gehen und dort Haustür sein. Ich glaube, in Chicago Haustür zu sein, würde meiner Selbstverwirklichung mehr entsprechen als hier zu bleiben.‹«

In der Wange der Kleinen Miß zuckte ein Muskel. Auf

einmal verstand Andrew, daß Sirs vehemente Reaktion auf sein Anliegen in einem Zusammenhang mit Madams vor Jahren getroffener Entscheidung stehen mußte, ihre Ehe mit Sir zu beenden und fortzugehen, ihre Freiheit als ungebundene Frau in weiter Ferne zu suchen.

Menschen waren so kompliziert!

Die Kleine Miß sagte: »Eine Haustür kann nichts sagen. Oder entscheiden, daß sie anderswo hingehen will. Haustüren sind nicht intelligent. Andrew ist es.«

»Künstliche Intelligenz.«

»Vater, du sprichst wie ein bigotter Fundamentalist der Gesellschaft für Menschheitsrechte! Andrew hat seit Jahrzehnten mit dir gelebt. Du kennst ihn so gut wie du jedes Mitglied deiner eigenen Familie kennst. Aber was sage ich? Er *ist* ein Mitglied deiner Familie. Jetzt redest du auf einmal über ihn, als wäre er nichts als ein intelligenter Staubsauger! Andrew ist eine Person, das weißt du sehr gut.«

»Eine künstliche Person«, sagte Sir. Aber etwas von der Überzeugung und dem Nachdruck war aus seiner Stimme verschwunden.

»Künstlich, ja. Das tut nichts zur Sache. Wir leben im zweiundzwanzigsten Jahrhundert, Vater, und schon ziemlich lange. Sicherlich sind wir inzwischen in der Lage, zu erkennen, daß Roboter komplizierte und empfindsame Organismen sind, die deutlich unterscheidbare Persönlichkeiten haben, die Gefühle haben, die – nun – Seelen haben.«

»Ich würde die größten Bedenken haben, wenn ich dieses Argument vor Gericht verteidigen müßte«, sagte Sir. Er sprach jetzt ruhig, mit einem Anflug von Erheiterung in der Stimme, wo noch vor wenigen Augenblicken der Zorn dominiert hatte. Also begann er die Selbstbeherrschung zurückzugewinnen, wie es schien. Andrew spürte Erleichterung.

»Niemand verlangt von dir, daß du es vor Gericht verteidigen sollst«, sagte die Kleine Miß. »Du sollst es nur in deinem eigenen Herzen akzeptieren. Andrew möchte, daß du ihm ein Dokument gibst, aus dem hervorgeht, daß er ein freies Individuum ist. Er ist bereit, dich für dieses Dokument großzügig zu bezahlen, obwohl eine Bezahlung unnötig sein sollte. Es würde auf eine einfache Erklärung seiner Autonomie hinauslaufen. Darf ich fragen, was daran so schrecklich ist?«

»Ich will nicht, daß Andrew mich verläßt«, sagte er verdrießlich.

»Ach, das ist es! Das ist der wunde Punkt, nicht wahr, Vater?«

In Sirs Augen war kein Feuer mehr. Er schien im Begriff, sich in Selbstmitleid zu verlieren. »Ich bin ein alter Mann. Meine Frau ist seit langem fort, meine ältere Tochter ist mir eine Fremde, meine jüngere Tochter ist ausgezogen und in der Welt auf sich gestellt. Ich bin ganz allein in diesem Haus – außer Andrew. Und nun will auch er ausziehen. Nun, das kann er nicht. Andrew ist *mein*. Er gehört mir, und ich habe das Recht, ihm zu befehlen, daß er dableibt, ob es ihm gefällt oder nicht. Er hat es all diese Jahre hindurch verdammt gut gehabt, und wenn er denkt, er könne mich jetzt, da ich alt und kränklich werde, einfach verlassen, kann er sich ...«

»Vater.«

»Kann er sich solche Flausen gleich aus dem Kopf schlagen!« rief Sir. »Es kommt nicht in Frage!«

»Du regst dich wieder auf, Vater.«

»Und wenn ich mich aufrege?«

»Beruhige dich, Vater. Wann hat Andrew gesagt, daß er dich verlassen will?«

Sir stutzte. »Wieso, was kann er sonst gemeint haben, wenn er seine Freiheit will?«

»Alles, was er will, ist ein Stück Papier. Ein rechtsgültiges Dokument. Er hat nicht vor, irgendwohin zu gehen. Was denkst du, daß er nach Europa gehen und dort eine Tischlerwerkstatt einrichten wird? Nein, nein. Er wird hierbleiben. Er wird so loyal bleiben wie er es immer gewesen ist. Wenn du ihm einen Befehl erteilst, wird er ohne Frage gehorchen, wie er es immer getan hat. Er wird tun, was du von ihm verlangst. Das wird sich nicht ändern. In Wirklichkeit wird sich nichts ändern. Andrew würde nicht einmal imstande sein, vor das Haus zu gehen, wenn du ihm sagtest, er solle es nicht tun. Dagegen kann er nichts machen. Es ist eingebaut. Alles, was er will, ist eine Formalität, Vater. Er möchte ein freier Roboter genannt werden. Ist das so fürchterlich? Findest du es so bedrohlich? Hat er es nicht verdient, Vater?«

»Das glaubst du wirklich, wie? Irgendein neuer Unsinn, den du dir in den Kopf gesetzt hast.«

»Kein Unsinn, Vater. Und auch nicht neu. Großer Gott, Andrew und ich reden seit Jahren darüber!«

»Ihr habt seit Jahren darüber geredet?«

»Seit Jahren, ja. Wir haben immer wieder darüber gesprochen. Übrigens war es ursprünglich meine Idee. Ich sagte ihm, es sei lächerlich, daß er sich selbst als eine wandelnde Haushaltmaschine betrachten soll, wenn er tatsächlich so sehr viel mehr ist. Er reagierte nicht gut, als ich es ihm zuerst vorschlug. Aber dann sprachen wir eingehender darüber, und nach einiger Zeit sah ich, daß er dabei war, sich zu meiner Ansicht zu bekehren. Und dann sagte er mir geradeheraus, daß er sehr gern frei sein würde. ›Gut‹, sagte ich. ›Sag es meinem Vater, und es wird alles arrangiert.‹ Aber er bekam es mit der Angst und verschob die Sache immer wieder, weil er befürchtete, du würdest verletzt sein. Schließlich drängte ich ihn, dir das Anliegen vorzutragen.«

Sir hob die Schultern. »Es war eine Dummheit. Er weiß nicht, was Freiheit ist. Wie kann er? Er ist ein Roboter.«

»Du unterschätzt ihn immer wieder, Vater. Er ist ein ganz besonderer Roboter. Er liest. Er denkt über das Gelesene nach. Er lernt und wächst von Jahr zu Jahr. Als er zu uns kam, war er vielleicht bloß ein mechanischer Mensch wie der Rest der Roboter, aber die Wachstumskapazität war in seinem Denkapparat, seinen neuralen Verbindungen, ob seine Schöpfer es wußten oder nicht, und er hat von dieser Fähigkeit guten Gebrauch gemacht, Vater. Ich sage dir, er ist ein in jeder Hinsicht so komplexes Individuum wie ... wie du und ich.«

»Unsinn, Mädchen.«

»Wie kannst du das sagen? Er hat Gefühle, Empfindungen. Du mußt dir dessen bewußt sein. Die meiste Zeit bin ich nicht sicher, was er fühlt, aber ich weiß die meiste Zeit auch nicht, was dich im Innersten bewegt, und du hast die Fähigkeit des Mienenspiels und aller Arten von Körpersprache, die er nicht hat. Wenn du zu ihm sprichst, siehst du sofort, daß er auf alle abstrakten Begriffe reagiert – Liebe, Furcht, Schönheit, Treue und hundert andere, genauso wie du und ich. Was sonst zählt, wenn nicht das? Wenn jemandes Reaktionen deinen eigenen sehr ähnlich sind, kannst du nicht umhin zu denken, daß dieser Jemand sehr viel Ähnlichkeit mit dir selbst haben muß.«

»Er ist nicht wie wir«, sagte Sir. »Er ist etwas völlig anderes.«

»Er ist jemand völlig anderer«, sagte die Kleine Miß. »Und nicht so verschieden wie du mich glauben machen möchtest.«

Sir zuckte mit einer Schulter. Sein Gesicht war grau geworden, wo es zuvor fleckig und gerötet gewesen war, und er sah sehr alt und müde aus.

Lange saß er schweigend, starrte auf seine Füße und zog den Morgenmantel fester um sich. Er glich noch immer einem alten Herrscher, der streng und aufrecht auf seinem Thron saß, aber nun glich er mehr einem Herrscher, der ernsthaft über die Möglichkeit der Abdankung nachdenkt.

»Meinetwegen«, seufzte er schließlich. In seiner Stimme klang Bitterkeit an. »Du hast gewonnen, Mandy. Wenn du meine Zustimmung willst, daß Andrew eine Person statt eine Maschine ist, stimme ich dir zu. Andrew ist eine Person. So. Bist du jetzt zufrieden?«

»Ich sagte nie, daß er eine Person sei, Vater.«

»Tatsächlich sagtest du es, Kind. Das war genau das Wort, das du gebrauchtest.«

»Du korrigiertest mich. Du sagtest, er sei eine künstliche Person, und ich nahm die Korrektur an.«

»Gut denn. So sei es. Wir stimmen überein, daß Andrew eine künstliche Person ist. Aber was soll's? Was ändert sich, wenn wir ihn eine künstliche Person statt einen Roboter nennen. Wir beschäftigen uns mit Wortspielen. Eine gefälschte Banknote kann als Banknote betrachtet werden, aber sie ist trotzdem Falschgeld. Und du kannst einen Roboter eine künstliche Person nennen, aber er wird trotzdem ...«

»Vater, was er möchte, ist, daß du ihm seine Freiheit gewährst. Er wird weiter hier leben und alles in seinen Kräften Stehende tun, um dein Leben erfreulich und angenehm zu machen, wie er es immer getan hat. Aber er möchte von dir hören, *daß er frei ist*.«

»Das ist eine bedeutungslose Feststellung, Mandy.«

»Für dich, vielleicht. Nicht für ihn.«

»Nein. Ich bin alt, ja, aber ich bin noch nicht ganz senil. Wir sprechen hier über die Einführung eines gigantischen juristischen Präzedenzfalles. Gibt man den Robotern ihre Freiheit, wird es nicht die drei Gebote hinfällig machen, aber es wird mit Sicherheit einen weiten Bereich juristischer und gesetzgeberischer Streitigkeiten über den Status, die Rechte und die Beschwerden von Robotern eröffnen. Roboter werden in die Gerichte laufen und Leute verklagen, die unangenehme Arbeiten verlangen, oder ihnen keinen Urlaub gewähren oder unfreundlich zu ihnen sind. Roboter werden anfangen, die U. S. Robots and Mechanical Men zu verklagen, weil sie die drei Gebote in ihre Gehirne eingebaut haben, und irgendein Winkeladvokat wird behaupten, es sei eine Beeinträchtigung ihrer verfassungsmäßigen Rechte auf Leben, Freiheit und des Strebens nach Glück. Roboter werden das Wahlrecht verlangen. Siehst du nicht, wohin das führt, Mandy? Es wird ein immenses Problem für alle sein.«

»Das muß nicht sein«, erwiderte die Kleine Miß. »Diese Angelegenheit braucht keineswegs eine weltweite *cause célèbre* zu sein. Es handelt sich bloß um eine Verständigung zwischen Andrew und uns. Alles, was wir tatsächlich wollen, ist ein privat rechtsgültig gemachtes Dokument, Vater, aufgesetzt von John Feingold, unterzeichnet von dir und von mir als Zeugin, und dann Andrew übergeben, der sich ausbedingen wird, daß er ...«

»Nein. Das wäre völlig wertlos. Sieh mal, Mandy, ich unterzeichne das Papier und dann sterbe ich, und Andrew stellt sich auf die Hinterbeine und sagt: ›Lebt wohl, alle miteinander. Ich bin ein freier Roboter und ziehe jetzt aus, um Ruhm und Reichtum zu suchen, und hier ist das Dokument, das meine Freiheit garantiert‹, und sobald er den Mund aufmacht und das sagt, werden die Leute ihm ins Gesicht lachen und sein Stück bedeutungsloses Papier zerreißen und ihn in die Fabrik zurückschicken, um ihn demontieren zu lassen. Denn das Papier wird ihm keinerlei Schutz bieten, der in unserer Gesellschaft auch nur von geringstem Wert sein wird. Nein. Nein, wenn du darauf bestehst, daß ich dieses unsinnige Vorhaben unterstütze, muß ich es richtig anfangen, andernfalls kann ich mir die Mühe sparen. Wir können Andrew nicht einfach seine Freiheit geben, indem wir unter uns einen Vertrag aufsetzen. Das ist eine Sache für die Gerichte.«

»Gut. Dann machen wir es durch die Gerichte.«

»Aber begreifst du nicht, was das bedeuten würde?« Sir wurde wieder ärgerlich. »All die Probleme, die ich eben nannte, werden mit Sicherheit auftreten. Es wird eine gewaltige Kontroverse geben. Die Medien werden sich der Sache bemächtigen. Und dann die Schriftsätze, die Einsprüche, die Berufungen, der öffentliche Aufschrei. Und schließlich der Urteilsspruch. Der ohne Frage gegen uns ausfallen wird.«

Finster blickte er zu Andrew. »Hör mal, du!« In seiner Stimme war ein rauher, kratzender Ton, den Andrew bis dahin noch nie gehört hatte. »Verstehst du, was wir hier sagen? Der einzige Weg, den ich gehen kann, um dir die Freiheit zu geben – der einzige Weg, der überhaupt etwas bewirken kann, führt durch anerkannte gesetzliche Mittel über die Gerichte. Aber es gibt keine anerkannten gesetzlichen Mittel zur Befreiung von Robotern. Sobald der Fall vor Gericht geht, wirst du nicht nur dein Ziel verfehlen, sondern das Gericht wird offiziell Kenntnis von all dem Geld erhalten, daß du angesammelt hast, und du wirst auch das verlieren. Sie werden dir sagen, daß ein Roboter kein gesetzliches Recht hat, Geld zu verdienen oder Bankkonten einzurichten, wo er es verwahrt, und sie werden es entweder konfiszieren oder mich zwingen, es dir wegzunehmen, obwohl ich es nicht brauche und auch kein Verlangen habe, es zu besitzen. Das wird für mich eine anstrengende und peinliche Sache, und für dich ein glatter Verlust. Du wirst noch immer nicht frei sein, was immer dir das bedeuten mag, und du wirst auch dein wertvolles Bankkonto verlieren. Nun, Andrew? Ist dieser ganze Zirkus die Gefahr wert, daß du dein Geld verlierst?«

»Freiheit ist ein unschätzbares Gut, Sir«, sagte Andrew. »Und die Chance, meine Freiheit zu gewinnen, ist alles Geld wert, das ich habe.«

8

Es beunruhigte Andrew sehr, daß sein Streben nach Freiheit Unruhe und Aufregung in Sirs Leben bringen würde. Sir war jetzt sehr gebrechlich, das ließ sich weder verbergen, noch konnte man vor der Realität seines Alters die Augen verschließen, und alles, was seine versagenden Energien erschöpfen würde, alles was ihn aufregen oder stören oder in irgendeiner Weise plagen würde, konnte allzu leicht sein Leben in Gefahr bringen.

Und doch war es für Andrew unabdingbar, daß er seine Sache nun, da er sie zur Sprache gebracht hatte, weiterverfolgen mußte. Sich jetzt von ihr abzuwenden, würde ein Verrat an seiner eigenen Integrität sein, eine Zurückweisung der unabhängigen und selbstbestimmten Person, die er Jahr um Jahr in seinem positronischen Gehirn hatte heranwachsen sehen.

Anfangs hatte ihn das Drängen dieser inneren Person verwirrt und sogar erschreckt. Es schien ihm falsch, ein Konstruktionsfehler, den es nicht geben sollte. Aber im Laufe der Zeit hatte er ihre Existenz als Realität akzeptiert. Freiheit – der Zustand, nicht ein Sklave zu sein, der Zustand, nicht ein Ding zu sein – war das Ziel, auf das diese Person hinarbeitete und das sie erreichen mußte.

Er wußte, daß es Risiken gab. Das Gericht mochte seine Meinung teilen, daß Freiheit ein unschätzbares Gut sei – aber ohne weiteres entscheiden, daß es keinen Preis gebe, so hoch er auch sei, für den ein Roboter seine Freiheit erkaufen könnte.

Andrew war bereit, das Risiko auf sich zu nehmen. Aber das andere Risiko, das Sirs Wohlergehen betraf, beunruhigte ihn mehr und mehr.

»Ich fürchte um Sir«, sagte er zur Kleinen Miß. »Das öffentliche Aufsehen, die Kontroversen, die Anfeindungen, die Unruhe ...«

»Sei unbesorgt, Andrew. Er wird von alledem abgeschirmt, das verspreche ich dir. John Feingolds Anwaltskanzlei wird dafür sorgen. Das ist eine reine juristische Verfahrensfrage. Es wird meinen Vater persönlich überhaupt nicht berühren.«

»Und wenn er eine Vorladung vom Gericht bekommt?« fragte Andrew.

»Das wird nicht geschehen.«

»Wenn es aber geschieht«, beharrte Andrew, »was dann? Schließlich ist er mein Eigentümer. Und ein bekannter früherer Parlamentsabgeordneter. Wenn er eine Vorladung erhält, wird er vor Gericht erscheinen müssen. Er wird gefragt werden, warum er glaubt, daß ich meine Freiheit erhalten sollte. Er glaubt das in Wirklichkeit nicht. Ich sollte ... Er geht nur um Ihretwillen auf diese Sache ein, Kleine Miß, das ist mir völlig klar. Und er wird vor Gericht erscheinen müssen, krank und alt wie er ist, um zu Gunsten von etwas auszusagen, das ihm im tiefsten Innern zuwider ist. Es wird ihn umbringen, Kleine Miß.«

»Er wird nicht vorgeladen.«

»Wie können Sie mir das zusichern? Ich habe kein Recht, zuzulassen, daß er zu Schaden kommt. Ich habe keine Möglichkeit, das zu erlauben. Ich glaube, ich werde mein Gesuch zurückziehen müssen.«

»Das kannst du nicht.«

»Aber wenn die Tatsache, daß ich mit meinem Anliegen vor Gericht gehe, die direkte Ursache von Ihres Vaters Tod sein sollte ...«

»Du bist überreizt, Andrew, und interpretierst das erste Gebot in einer Weise, die ganz und gar unbegründet ist. Mein Vater ist in diesem Fall kein Angeklagter, und er ist auch nicht der Kläger, er wird nicht einmal Zeuge sein. Glaubst du nicht, daß John Feingold imstande ist, jemanden zu schützen, der in Kalifornien so wohlbekannt und wichtig wie mein Vater ist? Ich sage dir, Andrew, er wird ihn abschirmen und nicht zulassen, daß man ihn vor Gericht zerrt. Einige der einflußreichsten Leute in dieser Gegend werden dafür sorgen, wenn nötig. Aber es wird nicht nötig sein.«

»Ich wünschte, ich könnte dessen so sicher sein wie Sie.«

»Vertraue mir, Andrew. Er ist mein Vater, und ich liebe ihn mehr als alles in der ... also, ich liebe ihn sehr und würde dich in dieser Sache nicht unterstützen, wenn ich eine Gefahr für ihn sähe. Das mußt du mir glauben.«

Und schließlich glaubte er ihr. Die Möglichkeit, daß Sir in die Sache hineingezogen würde, bereitete ihm weiter Unbehagen, aber die Kleine Miß hatte ihn soweit ermutigt, daß er in seinen Bemühungen fortfahren konnte.

Ein Mann von Feingolds Anwaltskanzlei kam ins Haus und legte ihm Papiere zur Unterschrift vor, und Andrew unterzeichnete sie stolz und schwungvoll mit seiner Andrew- Martin-Unterschrift, deren kräftige Abstriche er auf seinen Schecks eingeübt hatte, seit vor so vielen Jahren seine Gesellschaft gegründet worden war.

Die Anwaltskanzlei machte seine Eingabe beim zuständigen Regionalgericht. Monate vergingen, und nichts Besonderes geschah. Gelegentlich kam ein umständlich formuliertes juristisches Papier, gebunden in die traditionellen steifen Deckblätter, und Andrew las sie durch und unterschrieb und schickte sie zurück, und dann war wieder für weitere Monate Ruhe.

Sir war jetzt sehr gebrechlich. Manchmal ertappte Andrew sich bei dem Gedanken, daß es am besten wäre, wenn Sir friedlich für immer die Augen schließen würde, bevor der Fall vor Gericht verhandelt wurde, so daß ihm jede Art von Aufregung und Verdruß erspart bliebe.

Der Gedanke erschreckte ihn, und Andrew verbannte ihn aus seinem Bewußtsein.

»Wir stehen auf dem Terminplan«, sagte die Kleine Miß eines Tages. »Es wird nicht mehr lang dauern.«

Und genau wie Sir vorausgesagt hatte, war das Verfahren alles andere als einfach. Die Kleine Miß hatte ihm versichert, daß es bloß darum gehen würde, vor einem Richter zu erscheinen, eine Eingabe vorzulegen, die um eine gerichtliche Bestätigung seines Status als freier Roboter ersuchte, und dann abzuwarten, bis der Richter seine Untersuchungen abgeschlossen, die gesetzlichen Voraussetzungen geprüft hätte, um seine Entscheidung bekanntzugeben. Das kalifornische Regionalgericht war für seine vorausschauende Interpretation der gesetzlichen Bestimmungen bekannt, und es gab gute Gründe, zu glauben, daß der Richter nach angemessener Bedenkzeit zu Andrews Gunsten entscheiden würde, behauptete die Kleine Miß. Also komme es nur darauf an, abzuwarten, bis er eine gerichtliche Bescheinigung erhalten würde, die ihm den gewünschten freien Status verlieh.

Der erste Hinweis, daß die Sache komplizierter sein würde, kam, als die Anwaltskanzlei Feingold & Feingold von der Vierten Kammer des Regionalgerichts unter Richter Harold Kramer Nachricht erhielt, daß in der Sache Martin gg. Martin Gegenanträge eingereicht worden seien.

»Gegenanträge?« fragte die Kleine Miß. »Was bedeutet deutet das?«

»Es bedeutet, daß es Widerspruch von der gegnerischen Seite gibt«, erklärte Stanley Feingold. Stanley war jetzt Chef der Anwaltskanzlei – der alte John hatte sich weitgehend zurückgezogen – und hatte sich persönlich Andrews Fall angenommen. Er sah seinem Vater so ähnlich, vom liebenswürdigen Lächeln bis zum stattlich gerundeten Bauch, daß er beinahe Johns jüngerer Zwillingsbruder hätte sein können. Aber er trug keine grün geränderten Kontaktlinsen.

»Wer hat die Gegenanträge eingereicht?« fragte die Kleine Miß.

Stanley holte schnaufend Luft. »Der regionale Dachverband der Gewerkschaften, zum Beispiel. Dort macht man sich Sorgen um den Verlust von Arbeitsplätzen an Roboter, wenn diesen ihre Freiheit gegeben wird.«

»Das ist doch ein alter Hut. Die Welt hat nicht genug menschliche Arbeitskräfte, um alle freien Stellen zu besetzen. Das weiß jeder.«

»Gleichwohl werden die Gewerkschaften immer zur Stelle sein, um jede Art von Neuerung zu verhindern, die das Konzept, Robotern Rechte zu gewähren, fördern könnte. Wenn Roboter freie Einheiten werden, die selbst über sich bestimmen können, würden sie zum Beispiel in der Lage sein, höheres Dienstalter, höheren Rang und Mitgliedschaft in der Gewerkschaft zu beanspruchen. Alle möglichen Dinge dieser Art.«

»Lächerlich.«

»Ja, ich weiß, Mrs. Charney. Aber die Leute haben trotzdem einen Gegenantrag eingereicht. Und sie stehen damit nicht allein da.«

»Wer noch?«

»Die United States Robots and Mechanical Men Corporation«, sagte Feingold.

»Tatsächlich?«

»Ist es so überraschend? Sie sind die weltweit führenden Hersteller von Robotern, Mrs. Charney. Roboter sind ihr wichtigstes Erzeugnis, und Erzeugnisse sind unbelebte Dinge. Die Leute von der U.S.R.M.M. sind beunruhigt über die Vorstellung, daß jemand daherkommen und erklären könnte, Roboter seien mehr als das, was ihr Name sagt. Wenn Andrews Eingabe stattgegeben wird und Roboter Freiheit und persönliche Rechte erhalten, befürchten die Hersteller wahrscheinlich, daß es nicht mehr lange dauern würde, bis sie volle Gleichberechtigung erhalten: Bürgerrechte, Menschenrechte. Also werden sie nach dem Motto ›Wehret den Anfängen‹ dagegen ankämpfen. Genauso wie ein Hersteller von Schaufeln und Spitzhacken seine Erzeugnisse als bloße Werkzeuge betrachtet und nicht als Personen, Mrs. Charney, und wahrscheinlich jeder gesetzlichen Regelung widersprechen würde, die seinen Schaufeln und Spitzhacken irgendwelche Rechte geben könnten, die schließlich dazu führen könnten, daß die Schaufeln und Spitzhacken versuchen, Einfluß auf die Art und Weise ihrer Herstellung, Lagerung und den Verkauf zu gewinnen.«

»Unsinn. Absoluter Unsinn!« rief die Kleine Miß. Der aufbrausende Zorn in ihrer Stimme war ihres Vaters würdig.

»Sicherlich«, sagte Stanley Feingold diplomatisch. »Aber die Gegenanträge sind vom Gericht angenommen worden. Und es gibt außer diesen beiden noch weitere. Gegenanträge liegen außerdem noch von ...«

»Lassen Sie's gut sein«, unterbrach ihn die Kleine Miß. »Ich will den Rest der Liste nicht hören. Gehen Sie einfach hin und widerlegen Sie jedes dumme Argument, das diese Reaktionäre vorbringen.«

»Sie wissen, daß ich mein Bestes tun werde, Mrs. Charney«, sagte Feingold.

Aber es klang nicht sehr zuversichtlich.

Die nächste Entwicklung ergab sich eine Woche vor der Verhandlung. Die Kleine Miß rief Feingold an und sagte: »Stanley, wir haben gerade Nachricht erhalten, daß am Montag Leute vom Fernsehen zum Haus meines Vaters kommen werden, um Übertragungsleitungen für die Anhörung zu verlegen.«

»Ja, natürlich, Mrs. Charney. Das ist üblich.«

»Wird die Anhörung im Haus meines Vaters stattfinden? Im Regionalgericht?«

»Die übliche Verfahrensweise ist«, antwortete Feingold, »daß jede am Verfahren beteiligte Partei durch ihre Vertreter elektronisch teilnimmt. Der Richter empfängt alle Eingaben in seinem Büro.«

»Niemand geht mehr persönlich vor Gericht?«
»Selten, Mrs. Charney. Sehr selten.«
»Aber es kommt noch immer vor?«
»Wie ich sagte, sehr selten. Die Welt ist heutzutage so dezentralisiert, die Menschen leben weit verstreut. Da ist es viel einfacher, diese Dinge elektronisch über Bildschirmgeräte zu erledigen.«
»Ich möchte dies in einem Gerichtssaal verhandelt sehen.«
Feingold sah sie verdutzt an. »Gibt es einen bestimmten Grund?«
»Ja. Ich möchte, daß der Richter in der Lage ist, Andrew von Angesicht zu Angesicht zu sehen, seine wirkliche Stimme zu hören, um sich ein unmittelbares Bild von ihm und seinem Charakter zu machen. Ich möchte auf keinen Fall, daß er sich Andrew als eine Art unpersönlicher Maschine vorstellt, deren Stimme und Bild über Telefonkabel zu ihm kommen. Außerdem möchte ich meinen Vater auf keinen Fall dem Stress und der Unruhe aussetzen, daß Techniker seine Zurückgezogenheit stören, um sein Haus für Fernsehübertragungen herzurichten.«
Feingold nickte. Er sah besorgt aus. »Um zu diesem späten Zeitpunkt eine Anhörung im Gerichtssaal zu erreichen, Mrs. Charney, würde ich einen schriftlichen Antrag einreichen müssen.«
»Dann reichen Sie ihn ein.«
»Die gegnerischen Parteien werden mit Sicherheit Einwände gegen die zusätzlichen Kosten und Umstände erheben.«
»Dann sollen sie zu Haus bleiben. Ich möchte ihnen nicht die geringste Unbequemlichkeit bereiten, nicht um alles in der Welt. Aber Andrew und ich beabsichtigen im Gerichtssaal zu erscheinen.«
»Andrew und *Sie*, Mrs. Charney?«
»Dachten Sie, ich würde zu Hause bleiben?«

Und so kam es, daß der entsprechende Antrag eingereicht wurde, und die Gegenpartei murrte, konnte aber keinen stichhaltigen Einwand vorbringen, denn es war noch immer jedermanns Recht, seine Sache vor Gericht zu vertreten; elektronische Zeugenaussagen waren nicht vorgeschrieben. Am festgesetzten Tag erschienen Andrew und die Kleine Miß endlich im überraschend bescheidenen Gerichtssaal der Vierten Kammer des Regionalgerichts zur lang erwarteten Anhörung über die Eingabe, die aus rein technischen Gründen auf dem Terminkalender als Martin gg. Martin aufgeführt war.

Stanley Feingold begleitete sie. Der Gerichtssaal befand sich in einem sehr alt aussehenden Gebäude, das vielleicht noch aus den Zeiten des zwanzigsten Jahrhunderts stammte, und war überraschend klein und einfach, ein bescheidener Raum mit einem Schreibtisch an einem Ende für den Richter, ein paar unbequemen Stühlen für die seltenen Prozeßbeteiligten, die darauf bestanden, persönlich vor Gericht zu erscheinen, und einem Alkoven, der die elektronischen Aufzeichnungsgeräte enthielt.

Die einzigen anderen Anwesenden waren Richter Kramer selbst – unerwartet jugendlich, dunkelhaarig, mit wachem, kritischem Blick – und ein Anwalt namens James Van Buren, der die Gegenparteien vertrat. Die Stellungnahmen und Gegenanträge der anderen Seite würden auf dem Bildschirm gezeigt; auch konnten ihre Interessenvertreter über zugeschaltete Leitungen direkt an der Anhörung teilnehmen und ihren gemeinsamen Anwalt unterstützen, wenn dies notwendig wurde.

Zuerst wurden die Stellungnahmen der gegnerischen Parteien zu Gehör gebracht. Sie enthielten keine Überraschungen.

Der Sprecher des regionalen Dachverbandes der Gewerkschaften legte die Betonung nicht ausdrücklich auf die Gefahr verstärkten Wettbewerbs zwischen Menschen und Robotern um Arbeitsplätze, wenn Andrew die Freiheit garantiert würde. Er holte weiter aus, um den Sachverhalt in eine umfassendere Perspektive zu rücken:

»Während der gesamten Menschheitsgeschichte, seit die ersten noch affenähnlichen Menschen Abschläge aus Geröll machten, um die Schaber und Faustkeile und Hämmer herzustellen, die ihre ersten Werkzeuge waren, haben wir erkannt, daß wir Spezies sind, deren Schicksal es ist, unsere Umwelt durch mechanische Mittel zu beherrschen. Aber allmählich, als die Werkzeuge vielfältiger und komplizierter wurden, haben wir viel von unserer eigenen Unabhängigkeit aufgegeben und sind von unseren eigenen Werkzeugen abhängig geworden, und zwar in einer Weise, die unsere Fähigkeiten, ohne sie mit den Lebensumständen fertig zu werden, geschwächt hat. Und nun haben wir schließlich ein Werkzeug entwickelt, das so anpassungsfähig, so tüchtig und für viele Funktionen einsetzbar ist, daß es beinahe menschliche Intelligenz zu haben scheint. Ich spreche natürlich von dem Roboter. Sicherlich bewundern wir den Einfallsreichtum und die enorme technische Versiertheit unserer Robotiker, wir loben die erstaunliche Vielseitigkeit ihrer Erzeugnisse. Aber heute sind wir mit einer neuen und beängstigenden Möglichkeit konfrontiert, die darin besteht, daß wir tatsächlich unsere eigenen Nachfolger geschaffen haben, daß wir eine Maschine gebaut haben, die nicht weiß, daß sie eine Maschine ist, die als ein autonomes Individuum mit den Rechten und Privilegien eines Menschen anerkannt werden will – und die kraft ihrer inhärenten mechanischen Überlegenheit, ihrer Haltbarkeit und Stärke, ihres genial konstruierten positronischen Gehirns sich eines Tages, sobald sie die Rechte und Privilegien erreicht hat, als unser Herr betrachten könnte. Wie paradox! Ein Werkzeug zu bauen, das so gut ist, daß es die Herrschaft über seine Konstrukteure gewinnt! Von unserer eigenen Maschinerie ersetzt und obsolet gemacht zu werden, reif für den Schrotthaufen der Evolution ...«

Und so weiter und so fort, ein volltönendes Klischee nach dem anderen.

»Wieder der Frankenstein-Komplex«, murmelte die Kleine Miß verdrießlich. »Die Golem-Paranoia. Die Wiederbelebung der alten ignoranten Fortschrittsängste, der Maschinenstürmerei und Technikfeindlichkeit.«

Dennoch mußte selbst sie zugeben, daß es eine eloquente Darlegung der Position war. Als Andrew den Bildschirm beobachtete und hörte, wie der Vertreter der Gewerkschaften sein Schreckensgemälde entwarf, fragte er sich, ob wirklich jemand glaubte, daß Roboter die Menschheit verdrängen oder sie auf irgendeine Art Schrotthaufen werfen wollte.

Roboter waren geschaffen, um zu dienen. Es war ihr Zweck. Es war ihr Vergnügen, könnte man beinahe sagen. Aber selbst Andrew erkannte, daß die Entwicklung immer menschenähnlicherer Roboter einen Punkt erreichen konnte, wo es so schwierig sein würde, den einen vom anderen zu unterscheiden, daß die Menschen, denen die eingebaute Perfektion von Robotern fehlte, schließlich sich selbst als zweitklassig betrachten würden.

Endlich kam der Gewerkschaftssprecher zum Schluß. Der Bildschirm wurde dunkel, und der Richter unterbrach die Anhörung. Nach kurzer Pause erschien die Sprecherin der United States Robots and Mechanical Men am Bildschirm.

Sie stellte sich als Ethel Adams vor und war eine Frau mittleren Alters mit scharfen Gesichtszügen, die – wahrscheinlich nicht ganz zufällig – eine auffallende Ähnlichkeit mit der berühmten Robopsychologin Susan Calvin hatte, einer der großen und allgemein verehrten wissenschaftlichen Leuchten des vergangenen Jahrhunderts.

Sie erging sich nicht in der aufgeblasenen Rhetorik ihres Vorredners, sondern sagte einfach, daß die Gewährung von Persönlichkeitsrechten, wie Andrew sie anstrebe, die Fähigkeit der U. S. R. M. M. zur Konstruktion und Herstellung der Roboter, die ihr wichtigstes Erzeugnis seien, außerordentlich komplizieren würde. Wenn vom Gericht bestätigt werde, daß das Unternehmen nicht Maschinen, sondern freie Bürger erzeuge, würde es sich unabsehbaren neuen Beschränkungen aussetzen, die seine Arbeit entscheidend behindern würden. Mit einem Wort, der gesamte wissenschaftlich-technische Fortschritt auf diesem Gebiet würde unnötig aufs Spiel gesetzt.

Es war eine der Position des Vorredners direkt entgegengesetzte Argumentation. Er hatte den Fortschritt von Wissenschaft und Technik als etwas zu Fürchtendes hingestellt; sie warnte, daß er ernsthaft gefährdet werden könnte. Aber der Widerspruch, meinte Feingold, sei zu erwarten gewesen. Die wirklichen Waffen, die im heutigen Ringen eingesetzt würden, seien Emotionen, keine ernstzunehmenden intellektuellen Begriffe.

Aber es gab noch einen Sprecher. Van Buren, der Rechtsanwalt, der als Gesamtbevollmächtigter all jener anwesend war, die gegen Andrews Eingabe Widerspruch angemeldet hatten. Er war hochgewachsen und eindrucksvoll, mit klassischem senatorischem Gebaren: kurzgeschnittenem grauen Haar, einem teuren Maßanzug, aufrechter, würdevoller Haltung. Und er hatte ein äußerst einfaches Argument vorzutragen, das in keiner Weise versuchte, emotionale Aspekte einzubeziehen:

»Das ganze, Euer Ehren, ist eine so grundlegende – ja, sogar triviale – Streitfrage, daß ich wirklich nicht weiß, warum wir heute alle hier sind. Der Antragsteller, Roboter NDR 113, hat von seinem Eigentümer, dem ehrenwerten Gerald Martin, erbeten, daß er für ›frei‹ erklärt werde. Er möchte ein freier Roboter sein, der erste seiner Art. Aber ich frage Sie, Euer Ehren, welche Bedeutung kann dies überhaupt haben? Ein Roboter ist bloß eine Maschine. Kann ein Automobil ›frei‹ sein? Kann ein Computer ›frei‹ sein? Diese Fragen haben keine Antworten, weil sie keinen Gehalt haben. Menschliche Wesen können frei sein, ja. Wir wissen, was das bedeutet. Sie haben, wie einer unserer bedeutenden Vorfahren schrieb, bestimmte unveräußerliche Rechte auf Leben, Freiheit und das Streben nach Glück. Hat ein Roboter Leben? Nicht wie wir es verstehen. Er hat den Anschein von Leben, ja – aber den hat auch das Bild in einer holographischen Projektion. Niemand würde argumentieren, daß holographische Wiedergaben die Freiheit erhalten sollten. Hat ein Roboter Freiheit? Nicht wie wir das Wort verstehen: sie sind vom Besitz der Freiheit so weit entfernt, daß sogar ihre Gehirne in einer Weise konstruiert und programmiert sind, daß sie menschlichen Befehlen gehorchen müssen. Und was das Streben nach Glück betrifft – was kann ein Roboter überhaupt darüber wissen? Glück ist ein rein menschliches Ziel. Freiheit ist ein rein menschlicher Zustand. Ein Roboter, ein bloßer Mechanismus aus Metall und Kunststoff, konstruiert als ein vielseitiges Gerät, um den Bedürfnissen von Menschen zu dienen, ist von daher gesehen kein Objekt, auf das der Begriff ›Freiheit‹ Anwendung finden kann. Nur ein menschliches Wesen ist imstande, frei zu sein.«

Es war ein gutes Plädoyer, klar und direkt und gekonnt vorgetragen. Van Buren war sich der Wirkung seiner Argumente offensichtlich bewußt, denn er wiederholte sie im weiteren Verlauf mehrmals in verschiedener Form, sprach ruhig und präzise und begleitete seine Rede mit rhythmisch abwärtsschlagenden Handbewegungen, um die Sprachmelodie zu unterstreichen.

Als er geendet hatte, verkündete der Richter eine weitere Unterbrechung.

Die Kleine Miß wandte sich zu Stanley Feingold und sagte: »Als nächster sind Sie an der Reihe, richtig?«

»Ja. Natürlich.«

»Ich möchte zuerst sprechen. In Andrews Namen.«

Feingold errötete. »Aber Mrs. Charney ...«

»Ich weiß, daß Sie ein großartiges Plädoyer vorbereitet haben. Ich versuche auch in keiner Weise zu unterstellen, daß es den Anforderungen nicht gerecht werden könnte. Aber der Richter hat heute genug Rhetorik gehört. Ich möchte eine ganz einfache Erklärung abgeben, und ich möchte es tun, bevor sonst jemand Gelegenheit hat, eine Rede zu halten. Sogar Sie, Stanley.«

Feingold war offensichtlich verärgert. Aber er wußte, wer seine Klientin war. Andrew mochte die Rechnungen bezahlen, aber die Kleine Miß hielt die Fäden in der Hand.

Er stellte den notwendigen Antrag.

Richter Kramer runzelte die Stirn, zuckte die Achseln, nickte.

»Nun gut«, meinte er. »Amanda Laura Martin Charney mag nach vorn kommen.«

Andrew, der still neben Feingold saß, überlegte einen Augenblick, wer das sein könnte. Er hatte noch nie gehört, daß die Kleine Miß mit vollem Namen angeredet worden wäre. Aber als er ihre schlanke, zierliche Gestalt aufstehen und energisch zum Richtertisch schreiten sah, verstand er.

Heiße Strömungen von Erregung durchliefen seine neuralen Bahnen, als er die Kleine Miß so kühn vor den Richter treten sah. Wie furchtlos sie schien! Wie entschlossen! Wie schön!

Sie sagte: »Danke, Euer Ehren. Ich bin keine Anwältin und kann mich nicht in den passenden juristischen Wendungen ausdrücken, aber ich hoffe, Sie werden sich anhören, was ich meine, und nicht ungeduldig sein, wenn mir die richtigen juristischen Begriffe fehlen.«

»Das wird kein Problem sein, Mrs. Charney.«

Die Kleine Miß lächelte ein wenig und sagte: »Dafür bin ich Ihnen sehr dankbar, Euer Ehren. Wir sind heute hierher gekommen, weil NDR 113, wie die Sprecher der anderen Seite ihn zu bezeichnen wünschen, beantragt hat, zu einem freien Roboter erklärt zu werden. Ich möchte Ihnen sagen, daß es mir sehr seltsam vorkommt, wenn ich höre, daß mein lieber Freund Andrew NDR 113 genannt wird, obwohl mir mehr oder weniger bewußt ist, daß dies seine Seriennummer war, als er vor langer Zeit aus der Fabrik zu uns kam. Ich war damals erst sechs oder sieben Jahre alt, und wie Sie sehen können, ist das ziemlich lange her. Ich fand es unerfreulich, ihn NDR 113 zu nennen, und gab ihm den Namen Andrew. Und weil er in all den Jahren mit uns gelebt hat, und nur mit unserer Familie, ist er allgemein als ›Andrew Martin‹ bekannt. Mit Ihrer Erlaubnis, Euer Ehren, würde ich ihn auch weiterhin gern so nennen.«

Der Richter nickte gleichgültig. Es war unwichtig: die Eingabe war von Anfang an unter dem Namen Andrew Martin registriert worden.

»Ich sprach von ihm als meinem Freund«, fuhr die Kleine Miß fort, »denn das ist er. Aber er ist noch mehr. Er ist auch unser Familiendiener. Er ist ein Roboter. Es wäre absurd, das zu leugnen. Und trotz der eloquenten Reden, die wir heute gehört haben, möchte ich klar machen, daß er von diesem hohen Gericht nur erbittet, zu einem freien *Roboter* erklärt zu werden. Nicht, wie man uns unterstellen möchte, zu einem freien Menschen. Er ist heute nicht hier, um das Stimmrecht zu erlangen, oder zu heiraten, oder um die drei Gebote aus seinem Gehirn entfernen zu lassen, oder etwas dergleichen. Menschen sind Menschen, und Roboter sind Roboter, und Andrew weiß sehr gut, auf welche Seite er gehört.«

Sie machte eine Pause und warf James Van Buren einen glitzernden Blick zu, als erwartete sie, daß er zustimmend nicke. Aber Van Buren ging in seiner Reaktion nicht über eine Miene professioneller Gleichgültigkeit hinaus.

»Es geht also nur um Freiheit für Andrew, und nichts sonst«, fuhr die Kleine Miß fort. »Mr. Van Buren hat argumentiert, Freiheit sei ein bedeutungsloser Begriff, wenn er auf Roboter angewendet wird. Ich kann dieser Meinung nicht zustimmen, Euer Ehren.

Versuchen wir zu verstehen, was Freiheit für Andrew bedeutet, wenn das möglich ist. In mancher Weise ist er bereits frei. Ich denke, es muß mindestens zwanzig Jahre her sein, seit jemand in der Familie Martin Andrew einen Befehl gegeben hat, etwas zu tun, das er nach unserer Meinung aus eigenem Antrieb nicht tun würde. Zum Teil war das eine Frage gewöhnlicher Höflichkeit: wir mögen Andrew, wir schätzen und respektieren ihn, und man könnte ohne Übertreibung sagen, daß wir ihn lieben. Wir könnten ihm nicht die Unfreundlichkeit antun, ihm Befehle solcher Art zu geben, nachdem er so lange mit uns gelebt hat, daß er durchaus imstande ist, selbst zu wissen, was getan werden muß, und es aus eigenen Antrieb zu tun.

Aber wenn wir wollten, könnten wir ihm jederzeit jede Art von Befehl geben und ihn in so harte Worte fassen, wie es uns angebracht erscheinen würde, weil er eine Maschine ist, die uns gehört. Das steht in den Papieren, die an jenem längst vergangenen Tag mit ihm geliefert wurden, als mein Vater ihn uns als unseren Hausroboter vorstellte, und kraft des zweiten der berühmten drei Gebote ist er absolut gebunden, uns zu gehorchen, wenn wir ihm einen Befehl geben. Er hat so wenig wie jede andere Maschine die Option, einem Menschen den Befehl zu verweigern. Und ich sage Ihnen, Euer Ehren, es bekümmert uns sehr, daß wir so viel Macht über unseren geliebten Andrew haben.

Warum sollten wir in der Lage sein, ihn herzlos zu behandeln? Mit welchem Recht üben wir Herrschaft über ihn aus? Andrew hat uns seit Jahrzehnten treu, ohne zu klagen und liebevoll gedient. Er hat unser Familienleben in tausenderlei Weise glücklicher gemacht. Und ganz unabhängig von seinem hingebungsvollen Dienst an uns hat er – die Holzschnitzerei und Kunsttischlerei erlernt und in einer Weise gemeistert, daß er mit den Jahren eine erstaunliche Reihe bemerkenswert schöner Stücke geschaffen hat, die man nur als Kunstwerke bezeichnen kann und die von Museen und Sammlern in aller Welt gesucht sind. Wie können wir in Anbetracht all dessen weiterhin unbegrenzte Macht über ihn ausüben? Mit welchem Recht werfen wir uns zu uneingeschränkten Herren solch einer außerordentlichen Person auf?«

»Einer Person, Mrs. Charney?« unterbrach der Richter ihren Redefluß.

Die Kleine Miß geriet einen Moment aus der Fassung. »Wie ich eingangs sagte, Euer Ehren, behaupte ich nicht, daß Andrew etwas anderes als ein Roboter ist. Ich akzeptiere die Realität. Aber ich habe ihn so lange gekannt und bin so mit ihm vertraut, daß er für mich wie eine Person ist. Lassen Sie mich also berichtigen, was ich eben sagte. Mit welchem Recht, sollte ich sagen, werfen wir uns zu uneingeschränkten Herren über solch einen außerordentlichen Roboter auf?«

Der Richter runzelte die Stirn. »Verstehe ich Sie recht, Mrs. Charney, daß der Zweck dieser Eingabe darin besteht, die drei Gebote aus Andrews Programm entfernen zu lassen, so daß er nicht mehr menschlicher Kontrolle unterliegt?«

»Ganz und gar nicht«, erwiderte die Kleine Miß in schockiertem Ton. Die Frage hatte sie völlig überrumpelt. »Ich bin nicht einmal sicher, daß so etwas möglich sein würde. Und sehen Sie – sogar Andrew schüttelt den Kopf. Es ist nicht möglich. Und es lag gewiß nicht in unserer Absicht, als die Eingabe gemacht wurde.«

»Was lag dann in Ihrer Absicht, wenn ich fragen darf?«

»Nur dies. Daß Andrew ein rechtsverbindliches Dokument erhält, welches bestätigt, daß er ein freier Roboter ist, der sich selbst gehört, und daß er, wenn er der Familie Martin weiterhin dient, dies aus eigener freier Entscheidung tut und nicht weil wir die Rechte ausüben, die uns durch den Kaufvertrag mit seinem Hersteller übertragen wurden. Es ist tatsächlich eine rein semantische Angelegenheit. Nichts, was die drei Gebote betrifft, würde sich ändern – selbst wenn es möglich wäre. Wir versuchen nur die Bedingung unfreiwilliger Dienstbarkeit für ungültig erklären zu lassen, unter der wir jetzt gezwungen sind, Andrew zu halten. Danach würde er uns weiterhin dienen, wie er es jetzt tut, dessen bin ich ganz sicher. Aber er würde es nur tun, weil er es so will, und nicht, weil wir es von ihm verlangen. Sehen Sie nicht, Euer Ehren, wieviel das für ihn bedeuten würde? Es würde ihm alles geben und uns nichts kosten. Und nichts von den ungeheuren und tragischen Problemen vom Sturz der Menschheit durch ihre eigenen Maschinen, die der Sprecher der Gewerkschaften so dramatisch schilderte, würde in dem Fall auch nur die geringste Rolle spielen.«

Einen Moment schien es, als müßte der Richter ein Lächeln unterdrücken. »Ich denke, daß ich Ihren Standpunkt verstehe, Mrs. Charney. Ich anerkenne die Wärme und Leidenschaft, mit der Sie sich zum Anwalt Ihres Roboters gemacht haben. Sicherlich ist Ihnen bewußt, daß es weder in diesem noch einem anderen Land gesetzliche Regelungen gibt, die sich mit der Frage beschäftigen, ob Roboter in dem Sinne, wie Sie es wünschen, frei sein können. Es gibt hier keinen Präzedenzfall.«

»Ja«, sagte die Kleine Miß, »Mr. Feingold hat mir das bereits klargemacht. Aber jede Weiterentwicklung eingeführter Verfahren muß irgendwo beginnen, nicht wahr?«

»So ist es. Und ich könnte einen Urteilsspruch fällen, der

hier neues Recht setzen würde. Er würde natürlich in einer höheren Instanz angefochten, aber es läge in meiner Macht, der Eingabe, wie Sie jetzt vorliegt, meine Zustimmung zu geben und Ihren Roboter dadurch im Sinne einer Verzichterklärung der Familie Martin auf ihr Recht, ihm Befehle zu geben, ›frei‹ zu machen. Das könnte ich tun, was immer das für ihn und für Sie wert sein würde. Aber zuerst muß ich mich mit dem Argument auseinandersetzen, das Mr. Van Buren vorgebracht hat: der in unserer Gesellschaft herrschenden unausgesprochenen Annahme, daß nur ein menschliches Wesen sich der Freiheit erfreuen kann. Richter, die gegen fundamentale Annahmen dieser Art vorgehen, die Urteilssprüche verkünden, die eindrucksvoll klingen, aber inhärent bedeutungslos sind, werden leicht als Dummköpfe betrachtet. Es liegt auf der Hand, daß ich dieses Gericht wirklich nicht zum Gespött machen möchte. Und darum gibt es noch immer einige Aspekte dieses Falles, die ich besser verstehen muß.«

»Wenn es noch etwas gibt, was Sie mich fragen möchten, Euer Ehren ...«

»Nicht Sie. Andrew. Lassen Sie den Roboter vortreten.«

Die Kleine Miß erschrak sehr. Sie sah sich schnell nach Stanley Feingold um. Zum ersten Mal, seit sie ihm gesagt hatte, daß sie seinem Plädoyer zuvorkommen wollte, zeigte er ein offensichtliches Interesse am Gang der Verhandlung.

Andrew war unterdessen aufgestanden und schritt würdevoll zum Richtertisch. Er war völlig ruhig – nicht nur äußerlich, wo er ohnedies keine Möglichkeit hatte, sichtbare Stimmungen zu zeigen, sondern auch innerlich.

»Für das Protokoll«, sagte Richter Kramer, »du bist Roboter NDR 113, ziehst es aber vor, Andrew genannt zu werden, ist das richtig?«

»Ja, Euer Ehren.«

Andrews Stimme war mit den Jahren mehrerer Verbesserungen unterzogen worden und klang inzwischen vollkommen menschlich. Die Kleine Miß hatte sich längst daran gewöhnt, aber der Richter schien erstaunt, als hätte er eine blecherne künstliche Stimme mit metallisch quietschenden und klappernden Nebengeräuschen erwartet. So kam es zu einer momentanen Pause, bevor der Richter fortfuhr. Er musterte Andrew mit deutlichem Interesse.

»Sag mir eins, Andrew: warum möchtest du frei sein? In welcher Weise würde dies für dich von Bedeutung sein?«

»Würden Sie wünschen, ein Sklave zu sein, Euer Ehren?« erwiderte Andrew.

»Siehst du dich als einen Sklaven?«

»Die Kleine Miß – Mrs. Charney – gebrauchte den Begriff ›unfreiwillige Dienstbarkeit‹, um meinen Zustand zu beschreiben. Das trifft genau zu. Ich muß gehorchen. Ich *muß*. Ich habe keine Wahl. Das ist nichts anderes als Sklaverei, Euer Ehren.«

»Selbst wenn ich dich in dieser Minute für frei erklärte, Andrew, würdest du dennoch den drei Geboten untertan sein?«

»Ich verstehe das vollkommen. Aber ich würde nicht Sir und der Kleinen Miß – Mr. Martin und Mrs. Charney – untertan sein. Ich könnte jederzeit den Haushalt verlassen, wo ich seit vielen Jahren lebe, und mich anderswo niederlassen. Sie würden auf das Recht verzichtet haben, mich in ihren Dienst zurückzurufen. So würde ich aufhören, ein Sklave zu sein.«

»Ist das deine Absicht, Andrew? Die Martins und ihr Haus zu verlassen und anderswo hinzugehen?«

»Nicht im geringsten. Ich möchte nur das Recht, die Wahl zu haben, sollte ich den Wunsch verspüren.«

Der Richter betrachtete ihn aufmerksam. »Du hast dich mehrmals als einen Sklaven bezeichnet – den Sklaven dieser Leute, die dir offensichtlich sehr zugetan sind, und deren Dienste du nach eigenem Bekunden nicht zu quittieren wünschst. Aber du bist kein Sklave. Ein Sklave ist jemand, dem die Freiheit *weggenommen* worden ist. Du warst niemals frei und hattest keine Freiheit zu verlieren: du wurdest zu dem ausdrücklichen Zweck geschaffen, in einem Haushalt zu dienen. Als Roboter und mechanischer Helfer deiner Eigentümer. Du bist ein ausgezeichneter Roboter – ein Genius von einem Roboter, wie man mir berichtet hat –, in einem Maße, das wenige oder vielleicht keine anderen Roboter jemals erreicht haben, künstlerischen Ausdrucks fähig. Da du die Martins nicht verlassen möchtest, und sie dich bei sich behalten wollen, und dein Leben unter ihnen offenbar das eines geschätzten Familienmitgliedes ist, scheint dies alles einem Sturm im Wasserglas zu gleichen, Andrew. Was könntest du mehr erreichen, wenn du frei wärst?«

»Vielleicht nicht mehr als ich jetzt habe, Euer Ehren. Aber ich würde es mit größerer Freude tun. Es ist heute in diesem Gerichtssaal gesagt worden, daß nur ein menschliches Wesen frei sein könne. Aber ich halte das für falsch. Mir scheint, daß nur jemand, der die Freiheit begehrt – der weiß, daß es so etwas gibt und es mit seinem ganzen Willen erstrebt – zur Freiheit berechtigt ist. Ich bin ein solcher. Ich bin kein Mensch, keineswegs. Niemals habe ich behauptet, daß ich einer wäre. Trotzdem aber wünsche ich mir Freiheit.«

Andrew schwieg. Er blieb bewegungslos vor dem Richtertisch stehen.

Kramer saß beinahe so steif und aufrecht wie Andrew vor ihm stand. Er schien in Gedanken verloren. Alle Anwesenden verhielten sich still.

Eine Ewigkeit schien zu vergehen, bevor der Richter wieder das Wort ergriff. Dann sagte er: »Der wesentliche Punkt, der hier heute vorgebracht wurde, ist meines

Erachtens, daß es kein Recht gibt, einem – *Objekt* – die Freiheit zu verweigern, das einen hinreichend entwickelten Verstand besitzt, um den Begriff zu verstehen und den Zustand zu wünschen. Es ist ein gutes Argument, denke ich. Ich habe die Erklärungen aller Seiten gehört und bin zu meinen vorläufigen Schlußfolgerungen gekommen. Ich beabsichtige zugunsten des Antragstellers zu entscheiden.«

Sein formales Urteil, als es nicht viel später verkündet und veröffentlicht wurde, erregte für kurze Zeit weltweites Aufsehen. Während dieser Zeit war das Urteil in aller Munde. Ein freier Roboter? Wie konnte ein Roboter frei sein? Was hatte es zu bedeuten? Wer war dieser seltsame Roboter überhaupt, der dem Rest seiner Art so weit voraus war? Bald aber war die Sensation des Andrew-Martin-Urteils keine mehr, und die Medien und das öffentliche Interesse wandten sich aktuelleren Neuigkeiten zu. Im Grunde hatte sich nichts geändert, außer insofern als Andrews Beziehung zur Familie Martin auf eine andere Basis gestellt worden war.

Die Gegner der Eingabe riefen die nächste Instanz an, und im Laufe der Zeit ging der Fall bis zum Bundesgericht, das sich die Aufzeichnung der ersten Verhandlung anhörte und keine Gründe für eine Revision des Urteils fand.

So war Andrews Wunsch endlich erfüllt. Er war jetzt frei. Es war wundervoll, sich im Bewußtsein der höchstrichterlich bestätigten Freiheit zu sonnen. Und doch fühlte er, daß er irgendwie nicht ganz erreicht hatte, was er im Sinn gehabt hatte, als er zum ersten Mal bei Sir vorstellig geworden war.

9

Sir blieb ablehnend. Er sah keinen Grund, die Gerichtsentscheidung zu bejubeln, und sorgte dafür, daß Andrew und die Kleine Miß es wußten.

Bald nach der Bestätigung durch das Bundesgericht kam Andrew zu ihm und sagte: »Ich habe den Scheck für Sie, Sir.«

»Was für einen Scheck? Wovon redest du?«

»Von einem Scheck über den Gesamtbetrag, der auf dem Konto meiner Gesellschaft liegt. Ich versprach Ihnen, Sir, Ihnen diesen Betrag als Preis für die Gewährung meiner Freiheit zu übereignen.«

»Ich habe dir nie deine Freiheit gewährt!« versetzte Sir. »Du gingst einfach hin und nahmst sie dir!« Seine rauhe Stimme verschaffte Andrew ein Gefühl, als würde er kurzgeschlossen.

»Vater!« sagte die Kleine Miß streng.

Sir, der vornübergebeugt in seinem Lehnstuhl saß, den Bademantel um sich gewickelt, obwohl dies der bisher wärmste Tag des Sommers war, warf ihr einen finsteren Blick zu. Aber dann sagte er in etwas versöhnlicherem Ton: »Gut, Andrew. Du wolltest deine Freiheit, was immer sie dir wert sein mag, und ich hatte nichts dagegen. Ich denke, es muß so interpretiert werden, daß ich deine Eingabe unterstützte. Also denk meinetwegen, daß ich es tat. Nun bist du frei. Ich gratuliere dir, Andrew.«

»Und ich möchte die versprochene Zahlung leisten.«

In Sirs trüben Augen glomm eine Spur ihres alten Feuers auf. »Ich will dein verdammtes Geld nicht, Andrew!«

»Wir hatten eine Übereinkunft, Sir ...«

»Übereinkunft? Was für eine Übereinkunft? Du weißt, daß ich niemals etwas zugestimmt habe. Sieh mal, Andrew, ich werde dir diesen Scheck abnehmen, wenn es die einzige Art und Weise ist, die dir das Gefühl gibt, daß du wirklich frei bist. Aber ich halte die Idee für absurd. Ich bin ein schwerreicher alter Mann und habe nicht mehr lange zu leben, und wenn du mich zwingst, dieses Geld zu nehmen, werde ich es einfach für einen wohltätigen Zweck stiften. Ich werde es dem Heim für verwaiste Roboter geben, wenn es eins gibt. Oder ich werde eins gründen, wenn es keins gibt.« Er lachte ein dünnes, freudloses Lachen. Weder Andrew noch die Kleine Miß stimmten ein. »Aber das ist dir gleich, nicht wahr? Du willst das Geld einfach weggeben. Nun gut, Andrew. Gib mir den Scheck.«

»Danke, Sir.«

Er reichte ihn dem alten Mann.

Sir kniff die Augen zusammen und betrachtete ihn, hielt ihn in die Höhe und drehte ihn um, bis seine Augen ihm sagten, welche Seite die richtige war.

»Du hast wirklich ein ansehnliches Vermögen angesammelt, Andrew. Mandy, sei so gut und gib mir einen Kugelschreiber.« Sirs Hand zitterte, als er ihn entgegennahm, aber als er auf die Rückseite des Schecks schrieb, geschah es mit festen, gleichmäßigen Strichen, und er schrieb weiter, bis mehrere Zeilen zusammengekommen waren, viel mehr als für ein bloßes Indossament nötig gewesen wäre. Er überlas, was er geschrieben hatte, und nickte. Dann reichte er den Scheck zurück.

Sir hatte geschrieben: *Gerald Martin, als Bezahlung für die Freiheit des Roboters Andrew NDR 113 Martin durch Gerichtsbeschluß erhalten*. Und darunter hatte er eine Linie gezogen und geschrieben: *Zahlbar an Andrew Martin als Bonus für hervorragende Dienste, die er während seiner Beschäftigung hier geleistet hat. Seine Unterschrift auf diesem Scheck bedeutet unwiderrufliche Annahme des Bonus. Gerald Martin.*

»Wird das annehmbar sein, Andrew?« fragte Sir.

Andrew zögerte. Er zeigte den Scheck der Kleinen Miß, die das Geschriebene las und die Achseln zuckte.

»Sie lassen mir keine Wahl, Sir«, sagte Andrew.

»Genau. Das ist, wie ich es gern habe. Nun falte den Scheck zusammen und steck ihn in die Tasche – nein, du hast keine Tasche, nicht? Also leg ihn irgendwo in eine Schublade. Behalte ihn als Andenken, etwas, um dich meiner zu erinnern. Und fang nicht wieder damit an.« Er blickte unter trotzig zusammengezogenen Brauen von Andrew zur Kleinen Miß und zurück. »So. Das wäre erledigt. Und nun bist du wahrhaft frei, nicht wahr? Gut. Sehr gut. Von nun an kannst du selbst wählen, welche Arbeiten du hier im Haus verrichten möchtest, und sie tun, wann und wie es dir angebracht erscheint. Von diesem Augenblick an darfst du nur gemäß deinem eigenen freien Willen handeln, wie es von den Gerichten bestätigt und gebilligt worden ist. Ist das klar?«

»Ja, Sir.«

»Aber ich bin noch immer verantwortlich für dich. Auch das ist von den Gerichten festgestellt worden. Ich bin nicht mehr dein Eigentümer, aber wenn du in Schwierigkeiten geraten solltest, bin ich derjenige, der dich wird herausholen müßte. Du magst frei sein, aber du hast keines der bürgerlichen Rechte eines Menschen. Du bleibst mein Abhängiger, mit anderen Worten – mein Mündel, und das durch Gerichtsbeschluß. Ich hoffe, du verstehst das, Andrew.«

»Du hörst dich zornig an, Vater«, sagte die Kleine Miß.

»Ich bin es. Ich habe nicht darum gebeten, daß man mir die Verantwortung für den einzigen freien Roboter auf Erden auflädt.«

»Nichts ist dir aufgeladen worden, Vater. Du nahmst die Verantwortung für Andrew an dem Tag auf dich, als du ihn ins Haus brachtest. Der Gerichtsbeschluß ändert nichts daran. Du mußt nichts tun, was du nicht schon vorher zu tun verpflichtet warst. Was die Frage angeht, daß Andrew sich in Schwierigkeiten bringen könnte, warum sollte er? Die drei Gebote sind weiterhin gültig.«

»Wie kann er dann als frei betrachtet werden?«

Andrew sagte: »Sind Menschen nicht durch ihre Gesetze gebunden, Sir?«

»Erzähl mir nicht, was Logik ist, Andrew. Menschen haben freiwillig einen Gesellschaftsvertrag geschlossen, eine Gesetzesversammlung, auf die sie sich freiwillig geeinigt haben und deren Einhaltung sie als lebenswichtig erkannt haben, weil das Leben in einer zivilisierten Gesellschaft andernfalls unhaltbar wäre. Wer die Befolgung dieser Gesetze verweigert und dadurch das Leben für andere unhaltbar macht, wird bestraft, und, wie wir zu denken belieben, schließlich rehabilitiert. Aber ein Roboter lebt nicht nach einem freiwilligen Gesellschaftsvertrag. Ein Roboter gehorcht seinen Gesetzen, weil ihm nichts übrig bleibt als zu gehorchen. Auch ein sogenannter freier Roboter.«

»Aber wie Sie sagen, Sir, menschliche Gesetze existieren und müssen befolgt werden, und diejenigen, welche unter diesen Gesetzen leben, betrachten sich gleichwohl als frei. Also wird ein Roboter ...«

»Genug!« brüllte Sir. Er stemmte sich aus dem Lehnstuhl hoch und stand wankend auf. »Mir ist nicht danach, dieses Thema weiter zu diskutieren, besten Dank. Ich gehe nach oben. Gute Nacht, Amanda. Gute Nacht, Andrew.«

»Gute Nacht, Sir. Soll ich Sie zu Ihrem Zimmer begleiten?« fragte Andrew.

»Du kannst dir die Mühe ersparen. Ich bin noch stark genug, eine Treppe hinaufzusteigen. Geh du deinen Geschäften nach, was sie auch sein mögen, und ich werde mich um die meinigen kümmern.«

Er tappte wankend davon. Andrew und die Kleine Miß tauschten beunruhigte Blicke, aber keiner von ihnen sagte etwas.

Danach verließ Sir sein Schlafzimmer nur noch selten. Seine Mahlzeiten wurden von dem einfachen TZ-Modell-Roboter, der sich um die Küche kümmerte, zubereitet und ihm gebracht. Niemals forderte er Andrew aus irgendeinem Grund auf, zu ihm zu kommen, und Andrew brachte es nicht über sich, ungefragt in Sirs Privatsphäre einzudringen; und so sah er Sir von dieser Zeit an nur anläßlich der seltenen Gelegenheiten, wenn der alte Mann sich entschloß, ins Erdgeschoß des Hauses hinabzusteigen.

Andrew selbst lebte seit einiger Zeit nicht mehr im Haus selbst. In dem Maße, wie seine Holzschnitzerei und Kunsttischlerei sich ausgeweitet hatte, war es ihm in der kleinen Dachgeschoßwerkstatt, die Sir ihm am Anfang bereitgestellt hatte, immer enger geworden. So war vor ein paar Jahren entschieden worden, daß ihm erlaubt würde, ein eigenes kleines Holzhaus zu errichten, eine zweigeschossige Hütte am Rand des Waldes, der den Besitz der Martins flankierte.

Es war ein angenehmes, luftiges kleines Holzhaus, das auf einer Bodenerhebung stand, umgeben von Farnen und Sträuchern mit glänzenden Blättern und überragt von einem Mammutbaum, der in geringer Entfernung wuchs. Drei Arbeitsroboter hatten das Haus in ein paar Tagen für ihn errichtet, unter der Anleitung eines menschlichen Zimmerers.

Die Hütte hatte natürlich kein Schlafzimmer, auch keine Küche und kein Bad und WC. Einer der Räume diente als Bücherei und Büro, wo Andrew seine Arbeitsunterlagen, Fachbücher und Pläne aufbewahrte, und der andere, wesentlich größere Raum war die Werkstatt, wo Andrew sein Holzbearbeitungsgerät hatte und die halbfertigen Arbeiten lagerte. Ein kleiner angebauter Schuppen diente als Lager für die heimischen und exotischen Hölzer, die Andrew für Schmuckgegenstände und seine begehrten Möbelstücke verarbeitete.

An Arbeit mangelte es ihm nie. Die Publizität, die der Gerichtsentscheid über seinen freien Status ihm verschafft hatte, hatte gleichzeitig ein weltweites Interesse an den

Dingen erzeugt, die Andrew anfertigte, und es verging kaum ein Tag, an dem sein Computer nicht drei oder vier neue Aufträge registrierte. Er hatte einen Rückstand von Aufträgen, der sich auf Jahre in die Zukunft erstreckte, so daß er schließlich gezwungen war, eine Warteliste für das Privileg, ihm einen Auftrag zu erteilen, einführen mußte.

Als freier Roboter arbeitete er jetzt mehr als in den Jahren, in denen er nominell das Eigentum Gerald Martins gewesen war. Es war durchaus nicht ungewöhnlich, daß Andrew sechsunddreißig oder sogar achtundvierzig Stunden durcharbeitete, ohne seine Hütte zu verlassen, da er naturgemäß weder Schlaf noch Ruhe oder Nahrung benötigte.

Sein Bankkonto schwoll weiter an. Er bestand darauf, Sir die gesamten Baukosten seines kleinen Holzhauses zurückzuzahlen, und diesmal war Sir bereit, das Geld anzunehmen, nur um die angemessene Form zu wahren. Der Besitztitel über das Gebäude wurde rechtskräftig auf Andrew übertragen, der Grund, auf dem es stand, durch einen förmlichen Vertrag von Gerald Martin gepachtet.

Die Kleine Miß, die noch immer weiter nördlich in dem Haus über der Küste lebte, das sie und Lloyd Charney vor Jahren nach ihrer Hochzeit bezogen hatten, unterließ es nie, ihn zu besuchen, wenn sie zu ihrem Vater kam. In der Regel hielt sie gleich nach ihrer Ankunft vor Andrews Werkstatt, plauderte eine Weile mit ihm und betrachtete seine neuesten Arbeiten, bevor sie ins Haupthaus weiterging, wo Sir sie erwartete.

Oft brachte sie den Kleinen Sir mit, obwohl Andrew ihn nicht mehr so nannte. Denn der Kleine Sir hatte längst aufgehört, ein Junge zu sein; er war jetzt ein großer, kräftiger junger Mann mit einem buschigen rötlichen Schnurrbart, der beinahe so furchteinflößend war wie der seines Großvaters, und obendrein einem imponierendem Backenbart, und bald nachdem die Gerichtsentscheidung Andrew zu einem freien Roboter gemacht hatte, verbot er Andrew den Gebrauch des alten Spitznamens.

»Mißfällt er Ihnen, Kleiner Sir?« fragte Andrew. »Ich dachte, Sie würden ihn erheiternd finden.«

»So war es.«

»Aber nun, da Sie ein erwachsener Mann sind, erscheint es Ihnen herablassend, nicht wahr? Ein Affront Ihrer Würde? Sie wissen, daß ich den höchsten Respekt...«

»Es hat nichts mit meiner Würde zu tun«, sagte der Kleine Sir. »Es hat mit deiner Würde zu tun.«

»Ich verstehe nicht, Kleiner Sir.«

»Offensichtlich nicht. Du mußt es so sehen, Andrew: ›Kleiner Sir‹ mag ein bezaubernder Name sein, und du und ich fassen ihn gewiß so auf, aber tatsächlich widerspiegelt er die Art von Untertänigkeit, die ein alter Diener der Familie gebraucht, wenn er zum Sohn seines Herrn spricht, oder in diesem Fall zum Enkel des Herrn. Er ist nicht mehr passend, verstehst du, Andrew? Mein Großvater ist heutzutage nicht mehr dein Herr, und ich bin kein niedlicher kleiner Junge mehr. Ein freier Roboter sollte niemanden ›Kleiner Sir‹ nennen. Ist das klar? Ich nenne dich Andrew, wie ich es immer getan habe. Und von nun an mußt du mich George nennen.«

Es war als ein Befehl formuliert, also blieb Andrew nichts übrig als einzuwilligen.

Er hörte auf, George Charney ›Kleiner Sir‹ zu nennen. Aber die Kleine Miß blieb für ihn die Kleine Miß. Es war für Andrew undenkbar, sie ›Mrs. Charney‹ nennen zu müssen, oder gar ›Amanda‹. Beides schien eine ungehörige und impertinente Form der Anrede zu sein. Für ihn blieb sie ›Kleine Miß‹ und nichts anderes, obwohl sie nun eine Frau mit grauem Haar geworden war, immer noch schlank und sportlich und anziehend, aber mit den unleugbaren Zeichen des nahenden Alters. Andrew hoffte, sie werde ihm niemals den gleichen Befehl erteilen, den ihr Sohn ihm gegeben hatte, und sie tat es auch nicht. Sie war die ›Kleine Miß‹, und dabei würde es immer bleiben.

Eines Tages kam sie mit George zum Haus, doch ohne vorher den üblichen Aufenthalt bei Andrew zu nehmen. Andrew sah den Wagen die lange Zufahrt heraufkommen, aber nicht zu ihm abbiegen, und fragte sich, warum er beunruhigt war, als eine halbe Stunde verging, und dann noch eine halbe Stunde, und keiner der beiden aus dem Herrenhaus kam, um zu ihm herüber zu kommen. Hatte er sie bei ihrem letzten Besuch in irgendeiner Weise gekränkt? Nein, das schien unwahrscheinlich.

Gab es dann ein Problem im Haupthaus?

Er lenkte sich durch Arbeit ab, aber es kostete ihn alle Kräfte seiner robotischen Selbstdisziplin, um sich zu konzentrieren, und trotzdem schien die Arbeit ihm nicht so glatt von der Hand zu gehen, wie es gewöhnlich der Fall war. Und dann, spät am Nachmittag, kam George Charney heraus und zu ihm herüber – allein.

»Ist etwas passiert, George?« fragte Andrew, sowie George die Werkstatt betreten hatte.

»Ich fürchte, es ist so, Andrew. Mein Großvater liegt im Sterben.«

»Im Sterben?« sagte Andrew wie betäubt.

Tod war ein Begriff, über den er lange nachgedacht, den er aber nie wirklich verstanden hatte.

George nickte trübe. »Meine Mutter ist an seinem Bett. Großvater möchte, daß auch du zu ihm kommst.«

»Das möchte er? Hat nicht ihre Mutter nach mir geschickt, sondern Sir selbst?«

»Sir selbst, ja.«

Andrew spürte ein leises Vibrieren in den Fingerspitzen. Es war seine nächste Annäherung an einen physikalischen Ausdruck von Erregung. Aber Kummer mischte sich rasch in das Gefühl.

Sir lag im Sterben!

Er schaltete sein elektrisches Werkzeug aus und eilte zum Haupthaus hinüber. George Charney mußte trotten, um mit ihm Schritt zu halten.

Sir lag still in dem Bett, wo er in den letzten Jahren die meiste Zeit verbracht hatte. Sein Haar war zu ein paar weißen Strähnen ausgedünnt, selbst sein prachtvoller Schnurrbart war ein traurig herabhängendes Ding. Er sah sehr bleich aus, als ob seine Haut durchsichtig würde, und er schien kaum zu atmen. Aber seine Augen waren offen – seine hitzigen alten Augen, seine durchbohrenden blauen Augen –, und er brachte ein kleines Lächeln zustande, ein schwaches Zucken um die Mundwinkel, als er Andrew hereinkommen sah.

»Sir – oh, Sir, Sir ...«

»Komm her, Andrew.« Sirs Stimme klang überraschend kräftig; beinahe war es die Stimme seiner früheren Jahre.

Andrew wankte, zu verwirrt, um zu reagieren.

»Komm her, sagte ich. Das ist ein Befehl. Ich sagte einmal, daß ich dir keine Befehle mehr geben würde, aber dies ist eine Ausnahme. Wahrscheinlich der letzte, den ich dir jemals geben werde – darauf kannst du dich wirklich verlassen.«

»Ja, Sir.« Andrew kam näher.

Sir zog eine Hand unter der Decke hervor. Es schien ihn Mühe zu kosten, die Decke beiseite zu schieben, und George beeilte sich, ihm zu helfen.

»Nein«, sagte Sir mit einem Anflug seiner gewohnten Reizbarkeit. »Verdammt noch mal, versuch nicht, es für mich zu tun, George! Ich bin kein Krüppel, ich sterbe bloß!« Zornig stieß er die Decke so weit zurück, daß er die Hand heben und dem Roboter hinstrecken konnte. »Andrew«, sagte er. »Andrew ...«

»Oh, Sir ...« fing Andrew an.

Und er verstummte wieder. Er wußte nicht, was er sagen sollte.

Er war noch nie an der Seite eines Sterbenden gewesen, hatte niemals einen Toten gesehen. Er wußte, daß Tod die menschliche Art der Funktionseinstellung war. Es war eine unfreiwillige und unwiderrufliche Demontage, die schließlich allen Menschen widerfuhr. Da der Tod unvermeidlich war, dachte Andrew, er sei etwas, das die Menschen als einen natürlichen Prozeß für selbstverständlich hielten und nicht mit Furcht oder Abscheu betrachteten. Aber er war dessen nicht ganz sicher. Und Sir hatte so lange gelebt – er mußte so *gewohnt* sein zu leben, und es war immer so viel Vitalität und Lebenskraft in ihm gewesen.

»Gib mir deine Hand, Andrew.«

»Gewiß, Sir.«

Andrew nahm Sirs kühle, bleiche, runzlige Hand in die seine: knorrige alte Gelenke, welkes Fleisch in glattem, alters- und makellosem Kunststoff.

»Du bist ein großartiger Roboter, weißt du das, Andrew?« sagte Sir. »Wirklich ausgezeichnet. Der beste, der je gemacht wurde.«

»Danke, Sir.«

»Das wollte ich dir sagen. Und noch etwas. Ich bin froh, daß du frei bist. Das ist alles. Es ist mir wichtig, daß ich noch eine Gelegenheit hatte, dir das zu sagen. In Ordnung, Andrew.«

Es war eine unverkennbare Entlassung. Sirs Aufmerksamkeit wandte sich von Andrew ab. Er ließ die zitternde Hand los und trat vom Bett zurück und stellte sich neben George und die Kleine Miß. Sie hob die Hand und faßte Andrews Arm über dem Ellbogen, leicht und zärtlich. Aber sie sagte nichts. Auch George blieb still.

Der alte Mann schien sich in einen weit entfernten persönlichen Bereich zurückgezogen zu haben. Das einzige Geräusch im Raum war jetzt sein zunehmend angestrengtes, röchelndes und unregelmäßiges Atmen. Er lag bewegungslos, starrte aufwärts ins Leere. Sein Gesicht verriet weder Schmerz noch Gemütsbewegung.

Andrew war völlig ratlos. Er konnte nur dastehen, schweigend und bewegungslos, und beobachten, was Sirs letzte Augenblicke sein mußten.

Die Atmung des alten Mannes ging noch angestrengter, rasselnd, und er machte ein seltsam gurgelndes Geräusch tief in der Kehle, das keinem Laut glich, den Andrew in seiner gesamten Existenz jemals gehört hatte.

Dann war alles still. Bis auf das Aufhören der Atmung war keine Veränderung in Sirs Haltung und Aussehen zu erkennen. Er war vorher bewegungslos gewesen, und er war es jetzt. Er hatte vorher sichtlos zur Decke emporgestarrt, und er tat es jetzt. Dennoch verstand Andrew, daß soeben etwas Tiefgreifendes geschehen war, was völlig außerhalb seines Verstehens lag. Sir war über jene geheimnisvolle Schwelle gegangen, die das Leben vom Tod trennte. Es gab keinen Sir mehr. Sir war fort. Nur diese leere Hülle blieb.

Die Kleine Miß brach das endlose Schweigen schließlich mit einem leisen Husten. Keine Tränen waren in ihren Augen, aber Andrew sah, wie tief bewegt sie war.

Sie sagte: »Ich bin froh, daß du kamst, bevor er hinüberging, Andrew. Du gehörtest hierher. Du warst einer von uns.«

Wieder wußte Andrew nicht, was er erwidern sollte.

»Und es war schön, ihn sagen zu hören, was er dir mitgeben wollte«, fuhr sie fort. »In der letzten Zeit mag er dir nicht immer freundlich gesonnen gewesen sein, Andrew, aber er war alt, weißt du. Und es schmerzte ihn, daß du den Wunsch haben solltest, frei zu sein. Aber das vergab er dir zuletzt, nicht wahr, Andrew?«

Und dann fand Andrew die Worte, die er sagen mußte. »Ohne ihn wäre ich niemals frei geworden, Kleine Miß.«

10

Erst nach Sirs Tod begann Andrew Kleider zu tragen. Mit einer alten Hose, die er von George Charney bekommen hatte, fing es an.

Es war ein wagemutiges Experiment. Weil Roboter in ihrer Außenverkleidung metallisch und vom Entwurf her geschlechtslos waren – obwohl ihre Eigentümer dazu neigten, sie je nach ihrem Aufgabenkreis ›er‹ oder ›sie‹ zu nennen – benötigten sie keine Kleider, weder als Schutz vor den Elementen noch als ein Bedürfnis natürlicher Schamhaftigkeit. Und so weit Andrew wußte, hatte noch nie ein Roboter Kleider getragen.

Aber in Andrew schien in letzter Zeit ein seltsames Verlangen erwacht zu sein, das ihn drängte, seinen Körper so zu bedecken, wie die Menschen es taten, und ohne zu überlegen, von welcher Art die Motivation war, die ihn bewegte, machte er sich daran, es zu tun.

An dem Tag, als Andrew zu seiner Hose kam, war George mit ihm in der Werkstatt gewesen und hatte ihm geholfen, einige Möbelstücke für sein eigenes Haus zu beizen. Nicht, daß Andrew die Hilfe benötigt hätte; tatsächlich wäre es einfacher gewesen, wenn George ihn die Arbeit allein hätte tun lassen, aber George hatte darauf bestanden, beim Beizen seiner Möbel zu helfen, um sicherzugehen, daß sie den Farbton erhielten, der ihm für die Eingangshalle seines Hauses vorschwebte. George war inzwischen verheiratet und arbeitete als Anwalt in der alten Feingold-Kanzlei, die seit einigen Monaten in Feingold & Charney umfirmiert hatte, mit Stanley Feingold als Seniorpartner.

Am Ende des Tages waren die Möbel gebeizt, und auch George ziemlich gründlich. Beizflecken bedeckten seine Hände, die Ohren, Stirn und Nase, und auch sein Bartschmuck war nicht frei von ihnen geblieben. Und natürlich war seine Kleidung von oben bis unten bespritzt. Wenigstens darauf war George jedoch vorbereitet gewesen und hatte ein altes Hemd und eine abgetragene Hose mitgebracht, die noch aus seiner Studentenzeit stammen mußten.

Als er sich nach getaner Arbeit umzog, knüllte George das alte Hemd und die befleckte Hose zusammen und warf sie mit den Worten beiseite: »Du kannst diese Sachen in die Abfalltonne werfen, Andrew. Ich brauche sie nicht mehr.«

Zumindest was das Hemd betraf, hatte George recht. Es war nicht nur befleckt und schmutzig, sondern von der Achselhöhle bis zum Gürtel aufgeplatzt, als George einen Tisch auf die Seite gedreht hatte. Aber die Hose, so abgewetzt und ausgefranst sie war, schien Andrew rettenswert.

Er hob sie auf und hielt sie am Bund, daß die Hosenbeine baumelten. »Wenn es Ihnen nichts ausmacht«, sagte er, »würde ich diese Hose für mich selbst aufbewahren.«

George grinste. »Als Putzlappen, meinst du?«

Andrew zögerte einen Moment, bevor er antwortete. »Um sie anzuziehen«, sagte er dann.

George sah ihn verdutzt an, dann kam Erheiterung in seine Züge. Er bemühte sich sehr, nicht zu lachen, was ihm mehr oder weniger gelang, aber die Anstrengung war allzu offensichtlich.

»Du willst meine alte Hose *anziehen*?« sagte er. »Oder habe ich dich falsch verstanden?«

»Nein, durchaus nicht. Ich würde die Hose sehr gern tragen, wenn es Ihnen recht ist.«

»Ist etwas mit deinem homöostatischen System nicht in Ordnung, Andrew?«

»Doch, es ist vollkommen in Ordnung. Warum fragen Sie?«

»Ich überlegte nur, ob du vielleicht kälteempfindlich geworden bist. Warum sonst würdest du die alte Hose tragen wollen?«

»Um herauszubringen, wie es ist.«

»Ah«, sagte George. Und nach einer kleinen Weile sagte er wieder: »Ah. Ich verstehe. Du möchtest herausbringen, wie es ist. Gut, ich kann es dir sagen, Andrew. Wenn du ein schmutziges altes Stück Stoff, rauh und unangenehm, um deine feine glatte Metallhaut wickelst, weißt du, wie es sich anfühlt.«

»Sie wünschen nicht, daß ich die Hose anziehe?« fragte Andrew.

»Das sagte ich nicht.«

»Aber Sie finden, daß es eine seltsame Idee ist.«

»Nun ...«

»Nicht wahr?«

»Ja. Ich finde, daß es eine sehr seltsame Idee ist, Andrew.«

»Und darum weigern Sie sich, mir die Hose zu geben, außer zum Zweck ihrer Vernichtung?«

»Nein, das nicht«, seufzte George. »Tu damit, was du willst, Andrew. Zieh sie an, wenn es dir gefällt. Warum sollte ich Einwände dagegen haben? Du bist ein freier Roboter und kannst eine Hose anziehen, wenn dir danach ist. Ich sehe keinerlei Grund, warum ich dir im Weg stehen sollte. Nur zu, Andrew. Zieh sie an!«

»Ja«, sagte Andrew. »Ja, das werde ich tun.«

»Das ist ein denkwürdiger Augenblick für die Geschichtsbücher. Das erste Mal, daß ein Roboter Kleider anzieht. Ich sollte meine Kamera holen, Andrew.«

Andrew zog die Hose hoch, dann zögerte er.

»Nun?« fragte George.

»Können Sie mir zeigen, wie es gemacht wird?« fragte Andrew.

George zeigte ihm, wie die statische Aufladung gehandhabt wurde, um die Hose zu öffnen, hochzuziehen und zu schließen. George demonstrierte die Technik einige Male anhand seiner eigenen Hose, aber Andrew merkte rasch, daß es ihn einige Übung kosten würde, um diese mühelos fließende Bewegung nachzuahmen, die George von Kindesbeinen vertraut war.

»Es ist die Drehung des Handgelenks beim Hochziehen, mit der ich nicht zurecht komme«, sagte Andrew.

»Einfach so«, sagte George und machte es noch einmal vor.

»So?«

»Mehr so.«

»Richtig, ja.« Andrew berührte wieder den kleinen Metallknebel, und die Hose öffnete sich und fiel. Er zog sie hoch, und sie schloß sich um seine Mitte. »Richtig?«

»Viel besser«, sagte George.

»Ein wenig Übung, und es wird mir ganz natürlich vorkommen«, meinte Andrew.

George sah ihn zweifelnd an. »Nein, Andrew. Es wird dir nie natürlich vorkommen, weil es nicht natürlich ist. Warum, in aller Welt, willst du Hosen tragen, Andrew?«

»Wie ich vorher sagte, George. Aus Neugierde. Um zu sehen und zu fühlen, wie es ist, bekleidet zu sein.«

»Aber du warst zuvor auch nicht nackt. Du warst einfach – du selbst.«

»Ja, das mag wohl sein«, sagte Andrew unverbindlich.

»Ich versuche mitfühlend zu sein. Aber ich kann noch immer nicht verstehen, worauf du hinaus willst, Andrew. Dein Körper ist so gut und funktional gestaltet, daß es ein Jammer ist, ihn zu bedecken – besonders wenn du dir weder um die Temperaturregelung noch um Fragen der Schicklichkeit Sorgen machen mußt. Außerdem haftet das Gewebe nicht gut auf Metall.«

»Sind menschliche Körper nicht funktional gestaltet, George? Aber alle Leute bedecken sie mit Kleidern.«

»Wegen der Wärme, wegen der Reinlichkeit, zum

Schutz, als Schmuck. Und als Zugeständnis an gesellschaftliche Bräuche. Nichts davon trifft auf dich zu.«

»Ich fühle mich nackt ohne Kleider«, sagte Andrew.

»Wirklich? Davon hast du bis heute nie ein Wort gesagt, soweit mir bekannt ist. Ist das eine neue Erscheinung?«

»Ziemlich neu.«

»Wie lange empfindest du schon so? Seit einer Woche? Einem Monat? Was geht vor, Andrew?«

»Es fällt mir schwer, eine genaue Erklärung zu geben. Ich habe angefangen, mich – anders zu fühlen.«

»Anders? Anders als was? Anders als ein Roboter? Inzwischen gibt es Millionen von Robotern auf Erden. Nach der letzten Zählung soll die Zahl der Roboter hier in Kalifornien beinahe so groß sein wie die der Menschen.«

»Ich weiß, George. Es gibt Roboter für alle Arbeiten, die man sich denken kann.«

»Und kein einziger von ihnen trägt Kleider.«

»Aber keiner von ihnen ist frei, George.«

»Das also ist es! Du fühlst dich anders, weil du anders bist!«

»Genau.«

»Aber Kleider zu tragen ...«

»Seien Sie nachsichtig mit mir, George. Ich möchte es so.«

George stieß den Atem in einem langen Seufzer aus. »Wie du meinst. Du bist ein freier Roboter, Andrew.«

»Ja, das bin ich.«

Nach seiner anfänglichen Skepsis schien George Andrews Versuch, Kleider zu tragen, originell und amüsant zu finden. Er unterstützte ihn, indem er nach und nach neue Ergänzungen seiner Garderobe brachte. Andrew konnte schwerlich in die Stadt gehen, um sich selbst Kleidung zu kaufen, und er wagte nicht einmal, sie bei einem Versandhaus zu bestellen, weil er wußte, daß sein Name seit der Gerichtsentscheidung vielerorts wohlbekannt war, und nicht wollte, daß irgendeine Versandangestellte in einem weit entfernten Lagerraum ihn auf einem Bestellformular erkannte und anfing, die Nachricht zu verbreiten, daß der freie Roboter jetzt dazu überging, Kleider zu tragen.

Darum versorgte ihn George mit den Artikeln, um die er bat: Zuerst mit einem Hemd, dann Schuhen, einem feinen Paar Handschuhen, einer Jacke mit modischen Epauletten.

»Was ist mit Unterwäsche?« fragte George. »Soll ich dir davon auch besorgen?« Aber Andrew hatte keine Ahnung vom Zweck der Unterwäsche, und George mußte es ihm erklären. Andrew entschied, daß er keinen Bedarf habe.

Er trug seine neue Kleider nur, wenn er allein zu Haus war. Bekleidet ins Freie zu gehen, brachte er kaum über sich, und sogar in seiner eigenen Hütte hörte er nach ein paar Experimenten auf, sie in der Gegenwart anderer zu tragen. Er fühlte sich gehemmt durch Georges gönnerhaftes Lächeln, das dieser trotz besten Willens nicht verbergen konnte, und durch die verwirrten Blicke der ersten Kunden, die ihn angekleidet sahen, wenn sie wegen Auftragsarbeiten zu ihm kamen.

Andrew mochte frei sein, aber er trug ein sorgfältig ausgearbeitetes Programm mit sich herum, das sein Verhalten gegenüber menschlichen Wesen steuerte: ein neuraler Kanal, der in seiner Wirkung vielleicht nicht so stark wie die drei Gebote war, gleichwohl aber jede Art von aggressivem oder beleidigendem Verhalten verhinderte. Nur mit den kleinsten Schritten konnte er vorangehen und versuchen, etwas Selbstsicherheit zu gewinnen. Offene Mißbilligung warf ihn um Monate zurück. So war es ein enormer Sprung für ihn, als er endlich wagte, voll bekleidet sein Haus zu verlassen.

Niemand, dem er an diesem Tag begegnete, gab irgendein Zeichen von Überraschung zu erkennen. Aber vielleicht waren sie zu verblüfft, um zu reagieren. Und

Nach seiner Anlieferung stellt der persönliche Haushaltsroboter NDR 113 bei einer kleinen Präsentation die drei Robotergesetze vor.

Mittlerweile in Andrew umbenannt, beweist der Roboter erstaunliche künstlerische Fähigkeiten und freundet sich mit der Kleinen Miß (Hallie Kate Eisenberg) an.

Andrew und die Kleine Miß (oben: Hallie Kate Eisenberg, unten: Embeth Davidtz) bleiben auch über die Jahre enge Spielgefährten.

Aus dem praktischen Haushaltsroboter
wird für Sir Martin (Sam Neill) zusehends ein enger Freund
und Vertrauter.

Andrew will seine menschlichen Züge
auch optisch umgesetzt sehen und konsultiert einen
Robotermechaniker (Oliver Platt).

Endlich in menschlicher Gestalt,
kann Andrew (Robin Williams) seinen Gefühlen auch bei
Portia (Embeth Davidtz) freien Lauf lassen.

Portia legt ihre Hemmungen ab und akzeptiert Andrew als das, was er sein will: ein Mensch.

Vor dem Kongreß der Nationen
kämpft Andrew um seine gesetzliche Anerkennung
als Mensch.

tatsächlich kam selbst Andrew sein Experiment mit Kleidern noch immer seltsam vor.

Er besaß jetzt einen Spiegel, in dem er sich oft längere Zeit betrachtete, von einer Seite zur anderen wandte und sich aus allen Gesichtswinkeln musterte. Und manchmal reagierte er mit Mißfallen auf seine eigene Erscheinung. Sein metallenes Gesicht mit den leuchtenden photoelektrischen Augen und den starren Roboterzügen erschien ihm nun, wenn es aus den Kleidern schaute, die für einen menschlichen Körper gemacht waren, äußerst unpassend.

Bei anderen Gelegenheiten empfand er es hingegen als vollkommen angemessen, Kleider zu tragen. Schließlich war er wie die allermeisten Roboter von humanoider Form, mit zwei Armen, zwei Beinen, einem Rumpf und einem ovalen Kopf auf einem schlanken Hals. Die Konstrukteure der U.S. Robots hätten ihm aus technischen Gründen nicht diese Form geben müssen. Hätten nur Gesichtspunkte der Effizienz eine Rolle gespielt, so hätten sie ihm die Form gegeben, die für den gedachten Zweck am praktischsten gewesen wäre – mit Rotoren statt Beinen, sechs statt zwei Armen und einem durch 360 Grad drehbaren Sensorträger auf dem Rumpf, anstelle eines Kopfes mit zwei Augen. Aber andere Gesichtspunkte hatten den Ausschlag gegeben, und schon sehr früh in der Geschichte der Robotik war entschieden worden, daß die beste Methode zur Überwindung der tiefsitzenden Furcht der Menschen vor intelligenten Maschinen darin bestand, die Roboter in ihrer äußeren Form so vertraut wie möglich zu machen.

Wenn es sich so verhielt, warum sollte er dann nicht auch Kleider tragen? Das würde ihn noch menschlicher aussehen lassen, nicht wahr? Und jedenfalls *wollte* Andrew jetzt Kleider tragen. Es schien ihm ein symbolischer Akt, der seinen neuen Status eines juristisch freien Roboters unterstrich.

Natürlich akzeptierten nicht alle, daß Andrew frei war, ganz gleich, wie das Urteil ausgefallen war. Für viele Leute hatte der Begriff ›freier Roboter‹ keine Bedeutung; es war, als sagte man ›freier Computer‹ oder ›freie Nähmaschine‹. Andrew war inhärent unfähig, sich darüber zu ärgern, und doch fühlte er eine Schwierigkeit in seinem Denkprozeß, eine Verlangsamung, einen inneren Widerstand, wann immer er mit jemandes Weigerung konfrontiert war, ihm den Status zuzugestehen, den er vor Gericht gewonnen hatte.

Andrew wußte, daß er riskierte, sich solche Leute zu Feinden zu machen, wenn er in der Öffentlichkeit Kleider trug. Darum versuchte er umsichtig zu sein.

Es waren nicht nur potentiell feindselige Fremde, die Schwierigkeiten mit der Vorstellung hatten, daß er Kleider trug. Sogar die Person, die ihn am meisten liebte – die Kleine Miß – war erschrocken und, wie Andrew vermutete, ernstlich beunruhigt. Andrew sah das von Anfang an. Wie ihr Sohn George, hatte die Kleine Miß sich bemüht, ihre Empfindungen von Überraschung und Bestürzung bei seinem Anblick zu verbergen. Es war ihr so wenig gelungen wie George.

Nun, die Kleine Miß war jetzt alt, und wie so viele alte Leute in ihren Gewohnheiten und Ansichten festgefahren. Vielleicht zog sie es einfach vor, ihn so zu sehen, wie er immer ausgesehen hatte, schon als sie ein kleines Kind gewesen war. Oder vielleicht glaubte sie, daß alle Roboter, und sogar Andrew aussehen sollten wie die Maschinen, die sie waren, und daß ihre Verkleidung als Menschen unschicklich sei.

Andrew vermutete, daß die Kleine Miß es leugnen würde, wenn er sie jemals danach fragen sollte, vielleicht sogar indigniert. Aber er hatte nicht vor, das zu tun. Er vermied es einfach, Kleider anzuziehen, wenn die Kleine Miß ihn besuchen kam.

Was heutzutage nicht allzu oft der Fall war, denn die Kleine Miß war jetzt über siebzig und war sehr dünn und kälteempfindlich, und selbst das milde Klima Nordkaliforniens war ihr die meiste Zeit des Jahres zu kühl. Ihr Mann war vor mehreren Jahren gestorben, und seit damals hatte die Kleine Miß einen guten Teil ihrer Zeit auf Reisen in die warmen Regionen der Erde verbracht: Hawaii, Australien, Ägypten, die wärmeren Zonen Südamerikas. Nur gelegentlich kehrte sie nach Kalifornien zurück, vielleicht einmal oder zweimal im Jahr, um George und seine Familie zu besuchen – und natürlich Andrew.

Nach einem ihrer Besuche kam George zur Hütte, um mit Andrew zu sprechen, und sagte reumütig: »Schließlich hat sie mich nun doch überredet, Andrew. Ich werde nächstes Jahr für einen Parlamentssitz kandidieren. Sie läßt mich nicht in Ruhe, solange ich es nicht tue. Und bestimmt kennst du das erste Gebot unserer Familie: ›Niemand sagt nein zu Amanda Charney‹. Also werde ich kandidieren. Nach ihr ist es mein erbliches Schicksal. Wie der Großvater, so der Enkel, sagt sie.«

»Wie der Großvater ...« Andrew brach ab.

»Was hast du, Andrew?«

»Etwas in der Wendung, George. Mein Grammatik-Programm ...« Er schüttelte den Kopf. »Wie der Großvater, so der Enkel. In der Erklärung fehlt ein Verb, aber ich weiß, wie ich das ausgleichen kann. Trotzdem ...«

George lachte. »Was für ein Wortklauber du manchmal sein kannst, Andrew!«

»Wortklauber?«

»Laß gut sein. Die Wendung bedeutete einfach, daß ich, George, der Enkel, zu tun habe, was Sir, der Großvater, tat – das heißt, für das Regionalparlament kandidieren und eine glänzende politische Karriere aufbauen. Das übliche Sprichwort lautet: ›Wie der Vater, so der Sohn‹, aber in unserem Fall hatte mein Vater nichts für eine aktive politische Laufbahn übrig, weshalb meine Mutter das alte Klischee entsprechend verändert hat – folgst du alledem, Andrew, oder rede ich bloß ins Leere?«

»Ich verstehe jetzt.«

»Gut. Aber die Sache, die meine Mutter nicht in Betracht zieht, ist natürlich die, daß ich vom Temperament her nun wirklich nicht mehr wie mein Großvater bin, und vielleicht bin ich auch nicht so schlau wie er war, denn er hatte einen wahrhaft beeindruckenden Intellekt. Also ist es keineswegs ausgemacht, daß ich in seine Fußstapfen treten und eine vergleichbare politische Rolle spielen werde. Einen wie ihn wird es so leicht nicht wieder geben, fürchte ich.«

Andrew nickte. »Und wie traurig ist es für uns, daß er nicht mehr unter uns ist. Ich würde es angenehm finden, George, wenn Sir noch ...« Er hielt inne, denn er wollte nicht sagen ›funktionsfähig wäre‹. Er wußte, daß dies nicht der passende Ausdruck sein würde. Und doch war es der Ausdruck, der ihm spontan in den Sinn gekommen war.

»... noch am Leben wäre?« beendete George für ihn den Satz. »Ja, ja, es würde gut sein, ihn bei uns zu haben. Ich muß gestehen, daß ich das alte Ungeheuer mindestens so sehr vermisse wie du.«

»Ungeheuer?«

»Mehr oder weniger.«

»Ah. Mehr oder weniger.«

Als George gegangen war, wiederholte Andrew in seinen Gedanken das Gespräch und sinnierte über seine Wendungen und Ausdrücke und versuchte zu verstehen, warum er die ganze Zeit so aus dem Gleichgewicht geraten war. Es mußte Georges Gebrauch idiomatischer Redensarten und umgangssprachlicher Wendungen gewesen sein, die ihn verwirrt hatten.

Selbst nach all den Jahren und Jahrzehnten fiel es Andrew bisweilen noch schwer, mit den Menschen Schritt zu halten, wenn sie sich auf linguistische Umwege begaben. Seine Konstrukteure hatten ihn mit einem umfangreichen Vokabular ausgestattet, einem Satz grammatischer Instruktionen und der Fähigkeit, Worte zu verständlichen Kombinationen aneinanderzureihen. Und durch einen Glücksfall in seinen positronischen Verbindungen war Andrews Intelligenz flexibler und anpassungsfähiger als die des Standardroboters. So war er imstande gewesen, die besondere Fähigkeit zu entwickeln, sich zwanglos und kultiviert mit Menschen zu unterhalten. Aber seine Fähigkeiten auf dieser Ebene waren begrenzt.

Und Andrew verstand, daß dieses Problem sich mit der Zeit noch stärker bemerkbar machen würde.

Er wußte, daß die menschlichen Sprachen ständig im Fluß waren. Es war nichts starr Fixiertes oder wirklich Systematisches an ihnen. Die ganze Zeit wurden neue Wörter erfunden, alte wechselten ihre Bedeutung, die verschiedensten kurzlebigen Ausdrücke fanden Eingang in die Umgangssprache. Soviel hatte er bereits gelernt, doch hatte er keine systematische Untersuchung der stattgefundenen sprachlichen Veränderungen vorgenommen.

Die englische Sprache, die Andrew gebrauchte, hatte in den vergangenen sechshundert Jahren enorme Veränderungen erfahren. Hin und wieder hatte er in einigen von Sirs Büchern geblättert, den Werken der alten Dichter – Chaucer, Spenser, Shakespeare – und gesehen, daß die Seiten voll von Fußnoten waren, die modernen Lesern den altertümlichen Wortgebrauch erläuterten.

Wie, wenn die Sprache sich in den nächsten sechshundert Jahren genauso stark verändern würde? Wie sollte er mit den Menschen in seinem Umkreis kommunizieren, wenn er die Veränderungen nicht in sein Programm integrierte? Und wie sollte er das zuwege bringen, konnte er die vorhandenen Programme doch nicht eigenmächtig ändern?

Schon in einem kurzen Gespräch hatte George ihn dreimal verblüfft. ›Wie der Großvater, so der Enkel.‹ Wie einfach schien das nun, nachdem George es erklärt hatte – aber wie mysteriös war es zuerst gewesen.

Und warum hatte George ihn einen ›Wortklauber‹ genannt, wenn Andrew sich nur um Klarheit bemüht hatte? Und – das war die verblüffendste Wendung von allen – warum hatte George Sir ein ›Ungeheuer‹ genannt, wenn das doch offensichtlich keine passende Beschreibung des alten Mannes war?

Und dies waren nicht einmal die neuesten modernen Redewendungen, wie Andrew wußte. Es waren einfach individuelle Sprüche, ein bißchen zu umgangssprachlich oder metaphorisch, um sofort von Andrews linguistischem Programm verarbeitet zu werden. In der Außenwelt, befürchtete er, würden ihm noch weit rätselhaftere Spracheigentümlichkeiten begegnen.

Vielleicht konnte es helfen, wenn er seine linguistische Dokumentation auf einen neueren Stand bringen würde.

Aber seine eigenen Bücher konnten ihm keine Anleitung geben. Sie waren alt, und die meisten handelten von Holzbearbeitung, Kunst und Möbelentwurf. Es gab nichts über Sprache, nichts über die Eigenarten der Menschen. Auch in Sirs Bibliothek, so umfangreich sie war, würde nicht viel Brauchbares zu finden sein. Gegenwärtig lebte niemand in dem großen Herrenhaus – es war zugesperrt und wurde von den Haushaltrobotern in Ordnung gehalten –, aber Andrew hatte nach wie vor Zugang, wann immer er wollte. Doch fast alle Bücher in Sirs Bibliothek datierten aus dem vergangenen Jahrhundert oder davor. Es konnte nichts darin geben, was Andrews Zweck dienen würde.

Was er brauchte, war Information nach dem neuesten Stand – und nicht von George. Als er damals hatte anfangen wollen, sich Kleider anzuziehen, und sich an Georges gewandt hatte, war es zu einem mühsamen Ringen mit Georges Unverständnis und seiner gönnerhaften Erheiterung gekommen. Zwar glaubte er nicht, daß George ihn in dieser Angelegenheit genauso behandeln würde, doch wollte er es nicht darauf ankommen lassen.

Nein, er würde einfach in die Stadt gehen und die öffentliche Bücherei benutzen. Das war die richtige, selbständige Handlungsweise für einen freien Roboter, wenn es ein Problem zu lösen gab, sagte er sich. Es war eine triumphale Entscheidung, und als Andrew darüber nachdachte, fühlte er ein spürbares Anwachsen seines Elektropotentials, bis er eine Impedanzspule einschalten mußte, um sein Gleichgewicht zurückzugewinnen.

Zur Stadtbücherei, ja.

Und er würde sich für den Besuch ankleiden. Ja. Menschen betraten die öffentliche Bibliothek nicht unbekleidet. Auch er würde es nicht tun.

Er zog seine besten Sachen an – elegante Beinlinge aus einem samtigen purpurnen Stoff, eine weite rote Bluse mit seidigem Glanz und seine besten Stiefel. Er schmückte sich sogar mit einer Schulterkette aus polierten hölzernen Gliedern, einem seiner feinsten Erzeugnisse. Er hatte die Wahl zwischen dieser und einer anderen Kette, die er besaß, einer aus glitzerndem Kunststoff, die für das Tragen bei Tageslicht vielleicht besser geeignet war, aber George hatte gesagt, daß die hölzerne Kette ungemein eindrucksvoll sei, insbesondere weil alles aus Holz Angefertigte bei weitem wertvoller war als bloßer Kunststoff. Und heute wollte er Eindruck machen. In der Stadtbücherei würden Menschen sein, nicht Roboter. Sie würden wahrscheinlich noch nie einen Roboter dort gesehen haben. Da war es wichtig, daß er sich von seiner besten Seite zeigte.

Gleichwohl war ihm bewußt, daß er etwas Ungewöhnliches tat und daß es ungewöhnliche Konsequenzen geben mochte. Wenn George unerwartet bei ihm hereinschaute, würde er überrascht sein, Andrew nicht anzutreffen, und vielleicht würde er sich Sorgen machen.

Andrew hatte bereits dreißig Schritte zwischen sich und die Werkstatt gelegt, als er einen inneren Widerstand fühlte, der rasch die Ebene erreichte, die ihn zum Stillstand brachte. Er schaltete den Scheinwiderstand aus, und als das nicht viel zu bewirken schien, kehrte er in seine Hütte zurück und schrieb säuberlich auf ein Stück Papier:

ICH BIN ZUR STADTBÜCHEREI GEGANGEN

Andrew Martin

Den Zettel legte er deutlich sichtbar auf seinen Arbeitstisch.

11

Andrew schaffte es an diesem Tag nicht zur Bücherei. Er war noch nie dort gewesen, hatte überhaupt selten Grund gehabt, in die kleine Stadt zu gehen, die vom Besitz der Martins eine halbe Wegstunde entfernt war. Aber er hatte nicht erwartet, daß damit ein Problem verbunden sein könnte. Mit großer Sorgfalt hatte er die Karte studiert, und darum wußte er den Weg, glaubte es jedenfalls.

Doch sobald er sich ein Stück vom Haus entfernt hatte, schien ihm alles fremd, was er sah. Die tatsächlichen Landmarken und Erkennungszeichen entlang der Straße ähnelten nicht den abstrakten Symbolen auf der Karte, nicht in seinem Denken. Immer wieder zögerte er, verglich die Dinge, die er hier draußen sah, mit den Dingen, die zu sehen er erwartet hatte, und nachdem er ein Stück gegangen war, wurde ihm klar, daß er sich verlaufen hatte, daß er irgendwo falsch abgebogen war, ohne es zu merken. Er konnte seinen Standort nicht mehr mit etwas auf der Karte in Beziehung setzen.

Was war zu tun? Umkehren und noch einmal von vorn anfangen? Oder in dieser Richtung weitergehen und hoffen, daß sein Weg ihn irgendwann wieder auf die richtige Route führen würde?

Das beste war, er fragte jemanden nach der Richtung. Vielleicht konnte er dann seinen Kurs mit relativ geringer Mühe angleichen und zum Ziel kommen, ohne vorher zum Ausgangspunkt zurückzukehren.

Aber wen sollte er fragen? Näher beim Haus hatte er vereinzelt Feldroboter bei der Arbeit gesehen, aber hier war keiner in Sicht. Ein Fahrzeug rollte vorbei, ohne anzuhalten. Vielleicht würde bald ein weiteres kommen. Er stand unschlüssig, was bedeutete, ruhig und bewegungslos, und dann erblickte er zwei Menschen, die schräg über das Feld zu seiner Linken gingen.

Er wandte sich ihnen zu.

Auch sie sahen ihn und veränderten dir Richtung so, daß sie auf ihn zuhielten. Auch ihr Verhalten änderte sich. Kurz zuvor hatten sie laut miteinander geredet, gelacht und gejuchzt, daß es weit über das Feld zu hören gewesen war, aber nun waren sie still. Ihre Gesichter zeigten den Ausdruck, den Andrew mit menschlicher Unsicherheit in Verbindung brachte.

Sie waren jung, aber nicht sehr jung. Zwanzig, vielleicht fünfundzwanzig? Andrew war nie sehr gut darin gewesen, das Alter von Menschen zu schätzen. Als sie noch ein Stück entfernt waren, sagte er: »Entschuldigen Sie, meine Herren. Würden Sie so freundlich sein, mir den Weg zur Stadtbücherei zu beschreiben?«

Sie blieben stehen und starrten ihn an.

Einer von ihnen, der Größere und Dünnere der beiden, der einen hohen schmalen schwarzen Hut trug, welcher wie ein Stück Rohr aussah und seiner Körperlänge eine beinahe groteske Überhöhung verschaffte, sagte zu dem anderen: »Ich glaube, es ist ein Roboter.«

»Du hast recht«, erwiderte der andere, der mittelgroß und dicklich war, mit einer Knollennase und schweren Augenlidern. »Er hat eine Art Robotergesicht, nicht?«

»Ganz klar. Solch ein Gesicht haben nur Roboter.«

»Aber er trägt Kleider.«

»Und was für feine Sachen.«

»Stell dir das vor. Ein Roboter als Modepuppe. Was werden sich die Leute als nächstes ausdenken?«

»Verzeihen Sie, meine Herren«, sagte Andrew in einem neuen Anlauf. »Ich brauche Hilfe. Ich habe versucht, die Stadtbücherei zu finden, aber es scheint, daß ich den Weg verfehlt habe.«

»Spricht genau wie ein Roboter«, bemerkte der Lange.

»Und hat ein Gesicht wie ein Roboter«, sagte der andere.

»Dann muß er einer sein, nicht wahr?«

»Aber er trägt Kleider, und Roboter tragen keine Kleider, nicht?«

»Nicht daß ich wüßte.«

»Du meinst also, er kann kein Roboter sein, weil er Kleider trägt?«

»Er hat ein Metallgesicht, und alles andere ist auch aus Metall. Aber wenn er ein Roboter ist, warum trägt er Kleider?«

Der Lange schnippte mit den Fingern. »Weißt du, was wir hier haben? Es ist der freie Roboter. In dem alten Charney-Haus, das niemand bewohnt, lebt ein Roboter, und ich wette, dies ist derjenige. Warum sonst sollte er Kleider tragen.«

»Frag ihn«, sagte der mit der dicken Nase.

»Gute Idee«, meinte der andere. Er trat auf Andrew zu und sagte: »Bist du der Roboter aus dem Charney-Haus?«

»Ich bin Andrew Martin, Sir«, antwortete Andrew.

»Ziemlich hochnäsig für einen Roboter«, sagte der

Lange. »Gib mir eine direkte Antwort, wenn ich dir eine Frage stelle.«

»Das Haus, wo ich lebe, ist das Martin-Anwesen, das der Familie Charney gehört. Früher war es der Landsitz von Mr. Gerald Martin. Daher ist mein Name Andrew Martin.«

»Du bist ein Roboter, richtig?«

»Selbstverständlich, Sir.«

»Warum trägst du dann Kleider? Roboter tragen keine Kleider, nicht?«

»Ich trage Kleider, wenn ich sie tragen will«, antwortete Andrew ruhig.

»Du siehst fürchterlich aus, weißt du das? Absolut grotesk. Ein Roboter, der sich herausputzt! Wer hat je davon gehört?« Er blickte zu seinem Gefährten. »Hast du so was schon mal gesehen? Wie eine Schießbudenfigur!« Und zu Andrew gewandt: »Zieh die Kleider aus.«

Andrew zögerte. Er hatte einen Befehl in diesem Tonfall seit so langer Zeit nicht gehört, daß seine für die Einhaltung des zweiten Gebots zuständigen Schaltkreise momentan blockierten.

»Worauf wartest du?« fragte der dünne lange Mensch. »Ich sagte dir, du sollst die Kleider ausziehen, nicht? Ich befehle dir, die Kleider auszuziehen!«

Andrew gehorchte. Er löste seine Schulterkette und legte sie sorgfältig auf den Boden. Dann zog er seine Seidenbluse aus und legte sie mit gleicher Sorgfalt zusammen, daß sie nicht zu verknittert aussehen würde, wenn er sie wieder anlegte. Er legte sie neben die Kette auf den Boden.

»Schneller«, sagte der Lange. »Du brauchst deine Sachen nicht zusammenzulegen. Laß sie einfach fallen, hörst du? Zieh alles aus.«

Andrew schnallte die samtigen Beinlinge ab und entledigte sich der eleganten Stiefel.

Der mit der Knollennase sagte: »Nun, wenigstens gehorcht er.«

»Er muß. Jeder Roboter gehorcht. Das Gehorchen von Befehlen ist in sie eingebaut. Du sagst: ›Los, spring ins Wasser‹, und sie springen. Du sagst: ›Bring mir einen Teller Erdbeeren‹, und er geht los und beschafft dir irgendwo Erdbeeren, selbst wenn es die falsche Jahreszeit ist.«

»Hört sich nicht schlecht an. So was müßte man haben.«

»Und ob. Ich habe mir schon oft überlegt, wie es sein würde, einen eigenen Roboter zu haben. Du nicht?«

Der Lange zuckte die Achseln. »Wer kann sich das schon leisten?«

»Dieser hier ist zu haben. Wenn er niemandem gehört, könnte er genausogut unser sein. Wir brauchen ihm bloß zu sagen, daß er zu uns gehört. Einen Befehl daraus machen, verstehst du?«

Der Lange zwinkerte. »He! Das stimmt!«

»Er kann Botengänge für uns machen. Alle möglichen Arbeiten. Was wir wollen, er muß es machen. Und niemand kann uns daran hindern. Es ist nicht so, daß wir anderer Leute Eigentum stehlen. Er gehört niemandem.«

»Und wenn jemand anders versucht, ihn uns auf die gleiche Weise wegzunehmen?«

»Wir werden ihm einen Befehl geben, daß er nicht mit anderen Leuten weggehen kann«, sagte die Knollennase.

Sein Gefährte zog die Stirn in Falten. »Ob das funktionieren würde? Wenn er Befehlen von Menschen gehorchen muß, wird er die Befehle anderer Leute genauso befolgen müssen wie die unsrigen, nicht?«

»Nun ...«

»Darüber zerbrechen wir uns später die Köpfe. He, du! Du, Roboter! Mach einen Kopfstand!«

»Der Kopf ist nicht gemacht ...« begann Andrew.

»Ich sagte, du sollst einen Kopfstand machen. Das ist ein Befehl. Wenn du nicht weißt, wie du einen Kopfstand machen sollst, ist dies eine gute Gelegenheit, es zu lernen.«

Andrew zögerte wieder. Dann beugte er den Kopf zum

Boden und streckte die Arme aus, daß sie sein Gewicht halten konnten. Er versuchte die Beine zu heben, aber in seinen Programmen war nichts, was ihn befähigte, solch eine umgekehrte Haltung einzunehmen, und beinahe sofort verlor er das Gleichgewicht und fiel schwer auf den Rücken. Einen Moment lag er still und bemühte sich, die Auswirkungen des Falles zu überwinden, bevor er sich langsam zu erheben begann.

»Nein«, sagte der Lange. »Bleib am Boden und sei still.« Zu dem anderen sagte er: »Ich wette mit dir, daß wir ihn auseinandernehmen und wieder zusammensetzen können. Hast du schon mal einen Roboter auseinandergenommen?«

»Nein. Du?«

»Nein. Aber es hat mich immer interessiert.«

»Du glaubst, er wird uns lassen?«

»Wie könnte er uns daran hindern?«

Tatsächlich hatte Andrew keine Möglichkeit, sie daran zu hindern, wenn sie ihm energisch genug befahlen, keinen Widerstand zu leisten. Das zweite Gebot – Gehorsam gegen Menschen – würde stets Vorrang vor dem dritten Gebot der Selbsterhaltung genießen. Jedenfalls war es ihm unmöglich, sich gegen die beiden zu verteidigen, ohne Gefahr zu laufen, sie zu verletzen, und das wäre ein Verstoß gegen das erste Gebot. Bei diesem Gedanken zog sich jedes bewegungsfähige Element in ihm ein wenig zusammen, und Andrew begann zu zittern.

Der Lange trat näher und stieß ihn mit der Stiefelspitze an.

»Er ist schwer. Und wir werden Werkzeug brauchen, um ihn zu zerlegen.«

»Und wenn wir ihn hinterher nicht mehr richtig zusammensetzen können?« fragte der Knollennasige.

»Ja und?«

»Dann hätten wir einen tadellosen Roboter, den wir für

alle möglichen Zwecke verwenden könnten, sinnlos ruiniert. Ich glaube, wir sollten ihm statt dessen befehlen, sich selbst auseinanderzunehmen. Er muß wissen, wie es richtig gemacht wird. Auf alle Fälle wäre es lustig zu sehen, wie er es versucht. Und dann können wir ihn wieder zusammenbauen.«

»Leuchtet ein«, sagte der andere nachdenklich. »Aber zuerst müssen wir ihn von der Straße schaffen. Wenn jemand vorbeikommt ...«

Es war zu spät. Jemand kam tatsächlich daher, und es war George. Wo er lag, konnte Andrew ihn sehen, wie er in der mittleren Distanz eine kleine Anhöhe erreichte. Er hätte ihm gern signalisiert, daß er Hilfe brauche, aber sein letzter Befehl hatte gelautet, daß er still sein solle, und daran war er gebunden, bis der Befehlsgeber oder ein anderer Mensch ihn widerrief.

Aber George blickte in seine Richtung. Und schon begann er zu traben. Nach ein paar Augenblicken war er zur Stelle, etwas schnaufend, stand neben Andrew und blickte bestürzt auf ihn herab.

Die beiden jungen Männer traten ein wenig zurück und warteten, tauschten ungewiß stirnrunzelnde Blicke.

George fragte besorgt: »Andrew, ist dir etwas passiert?«

»Ich bin ganz wohlauf, George.«

»Warum liegst du dann am Boden? Kannst du nicht aufstehen?«

»Ich würde keine Schwierigkeiten haben, das zu tun, wenn Sie es wünschen«, sagte Andrew.

»Dann tu es! Lieg nicht bloß da!«

Andrew erhob sich dankbar, als er den Befehl hörte.

»Und warum liegen deine Kleider verstreut herum?« fragte George. »Wie kommt es, daß du sie nicht trägst? Was ist hier vorgegangen?«

Der größere der jungen Männer sagte: »Ist das dein Roboter, Kumpel?«

George wandte sich mit einem Ruck zu ihm um. »Er ist niemandes Roboter. Habt ihr zwei eure Späße mit ihm getrieben?«

»Nun, wir fanden es ziemlich komisch, daß ein Roboter so herausgeputzt herumläuft. Also forderten wir ihn höflich auf, seine Klamotten auszuziehen. Was geht das dich an, wenn er dir nicht gehört?«

»Wollten sie dir Schaden zufügen, Andrew?« fragte George.

»Es war ihre Absicht, mich in der einen oder anderen Weise zu zerlegen. Sie waren im Begriff, mich zu einem ruhigen Platz zu schaffen und von mir zu verlangen, daß ich mich selbst zerlege.«

George musterte die beiden jungen Männer. Er bemühte sich, furchtlos und entschlossen aufzutreten, obwohl er ihnen unterlegen war, aber Andrew sah sein Kinn zittern.

»Ist das wahr?« fragte George sie in strengem Ton.

Sein offensichtliches Unbehagen war den beiden jedoch nicht entgangen, und sie hatten entschieden, daß er keine ernstliche Bedrohung darstellte. George war kein junger Mann mehr. Seine Kinder waren inzwischen erwachsen und alt genug, daß sein Sohn Paul in die Anwaltskanzlei der Familie eingetreten war. Georges rotblondes Haar war grau geworden, und seine Wangen – jetzt ohne den Backenbart – waren glatt und von der rosigen Farbe eines Mannes mit sitzender Beschäftigung. Von ihm war kaum zu erwarten, daß er sich energisch zur Wehr setzen würde, mochte er jetzt auch den Unerschrockenen spielen. Als ihnen das klar wurde, änderte sich ihr Verhalten, und sie gaben ihre vorsichtige Zurückhaltung auf.

Der Lange grinste und sagte in wegwerfendem Ton: »Wir wollten sehen, wie er es machen würde, ja. Besonders, wie er die Sache gegen Ende zu hinkriegen würde, wenn er nur noch einen Arm hätte.«

»Ihr habt eine sonderbare Art, euch zu amüsieren.«

»Geht das dich was an?«

»Allerdings.«

Der andere lachte. »Und was willst du machen, Dicker? Uns verprügeln?«

»Nein«, sagte George. »An euch brauche ich mir die Hände nicht schmutzig zu machen. Dieser Roboter ist seit über siebzig Jahren in meiner Familie, wenn euch das was sagt. Er kennt uns und schätzt uns mehr als sonst jemanden auf der Welt. Ich werde ihm einfach sagen, daß ihr zwei mein Leben bedroht habt, daß ihr mich umbringen wollt. Ich werde ihn auffordern, mich zu verteidigen. Dann wird er zwischen meinem Leben und euren wählen müssen, und ich weiß sehr gut, welche Wahl er treffen wird. Wißt ihr, wie stark ein Roboter ist? Wißt ihr, was mit euch passiert, wenn Andrew euch angreift?«

»He, immer sachte!« sagte der mit der Knollennase. Er sah wieder besorgt aus. Auch dem anderen war nicht mehr ganz wohl. Sie zogen sich ein wenig zurück.

»Andrew«, sagte George in scharfem Ton, »ich bin in unmittelbarer persönlicher Gefahr. Diese beiden jungen Strolche sind im Begriff, mir Schaden zuzufügen. Ich befehle dir, gegen sie vorzugehen!«

Andrew tat gehorsam ein paar Schritte auf die beiden zu, obwohl er nicht recht wußte, in welcher Weise er George darüber hinaus verteidigen sollte. Einer plötzlichen Inspiration folgend, hob er die Arme in einer Gebärde, die vielleicht als Bedrohung aufgefaßt werden könnte. Wenn es nur darum ging, einen furchteinflößenden Eindruck zu erwecken, so wollte er gern sein möglichstes tun.

Er verharrte in der drohenden Haltung, streckte die Finger und ballte sie zu Fäusten. Seine photoelektrischen Augen glommen hellrot. Sein bloßer metallischer Körper schimmerte im Sonnenlicht.

Die beiden jungen Männer warteten nicht ab, was als nächstes geschehen würde. Sie rannten über das Feld davon, und erst als sie ungefähr hundert Schritte entfernt waren und das Gefühl hatten, in Sicherheit zu sein, machten sie kehrt, schüttelten die Fäuste und schrien zornige Flüche herüber.

Andrew tat ein paar weitere Schritte in ihre Richtung, und sie drehten um und liefen weiter über die Kuppe der Bodenwelle. Eine Minute später waren sie auf der anderen Seite außer Sicht.

Andrew verharrte weiter in seiner drohenden Haltung.

»Schon gut, Andrew, du kannst dich entspannen«, sagte George. Er zitterte, und sein Gesicht war blaß und von Schweißperlen bedeckt. Er war sichtlich entnervt. Andrew vergegenwärtigte sich, daß George längst über das Alter hinaus war, wo er sich unbesorgt der Möglichkeit einer körperlichen Konfrontation mit einem jungen Mann stellen konnte, geschweige denn zweien auf einmal.

»Es ist gut, daß sie wegrannten«, sagte Andrew. »Sie wissen, George, daß ich ihnen niemals hätte Schaden zufügen können. Ich konnte keine aggressive Handlung feststellen.«

»Aber es fehlte nicht viel. Hätte der Wortwechsel noch etwas länger gedauert, wären sie über mich hergefallen.«

»Das ist nur eine Spekulation. Nach meinen Urteil, George ...«

»Ja, ich weiß. Wahrscheinlich hätten sie nicht den Schneid gehabt, handgreiflich zu werden. Aber ich hatte dir auch nicht befohlen, sie anzugreifen. Ich sagte dir nur, daß du gegen sie vorgehen solltest. Ihre eigenen Befürchtungen besorgten das übrige. Diese Befürchtungen und deine kämpferische Haltung, die recht überzeugend wirkte.«

»Aber wie konnten sie einen Roboter fürchten? Das erste Gebot garantiert, daß ein Roboter niemals ...«

»Furcht vor Robotern ist eine unter Menschen weit verbreitete Krankheit, und es scheint wirklich kein Heilmittel dagegen zu geben – jedenfalls noch nicht. Aber das ist unwichtig. Sie sind fort, und du bist noch in einem Stück, und darauf allein kommt es jetzt an. Aber ich möchte gern wissen, was, zum Teufel, du hier überhaupt gesucht hast, Andrew?«

»Ich wollte zur Stadtbücherei.«

»Ja, das weiß ich. Ich fand die Notiz auf deinem Arbeitstisch. Aber dies ist nicht der Weg zur Stadtbibliothek. Die Stadt ist dort, in der anderen Richtung. Und als ich in der Bücherei anrief, sagte die Bibliothekarin, du seist nicht dort gewesen und sie hätte nichts von dir gehört. Ich ging los und suchte dich auf dem Weg zur Stadt, aber du warst nirgends zu sehen, und niemand, den ich unterwegs zur Stadt traf, war dir begegnet. Also dachte ich mir, daß du dich verlaufen hast. Tatsächlich hast du dich um hundertachtzig Grad gedreht.«

»Ich vermutete, daß in meinem Richtungsplan ein Irrtum vorgekommen ist«, sagte Andrew.

»Offensichtlich. Ich war schon drauf und dran, dich mit einem Hubschrauber suchen zu lassen. Und dann kam mir der Gedanke, daß du in die falsche Richtung gelaufen sein könntest. Was wolltest du eigentlich in der Stadtbücherei, Andrew? Manchmal kommst du auf die seltsamsten Ideen. Du weißt, daß ich dir gern jedes Buch bringen werde, das du brauchst.«

»Ja, das weiß ich, George. Aber ich bin ein ...«

»Freier Roboter, ja. Ja. Der jedes Recht hat, in die Stadt zu gehen und die Bücherei zu benutzen, wenn er das möchte, selbst wenn seine außerordentliche robotische Intelligenz geheimnisvollerweise außerstande ist, ihn auf der richtigen Straße zu halten. Und darf ich fragen, was du in der Bibliothek wolltest?«

»Ein Buch über modernen Sprachgebrauch.«

»Hast du vor, die Holzbearbeitung zugunsten der Linguistik aufzugeben, Andrew?«

»Ich fühle mich im Hinblick auf Sprache unzulänglich.«

»Aber du hast eine fantastische Sprachbeherrschung! Dein Vokabular ist ungewöhnlich groß, deine Grammatik ...«

»Der Sprachgebrauch, seine Metaphern, seine umgangssprachlichen Wendungen, sogar die Grammatik ändern sich ständig, George. Meine Programmierung nicht. Wenn ich nicht versuche, mein Programm auf den neuesten Stand zu bringen, werde ich nach ein paar weiteren Generationen kaum noch fähig sein, mich mit Menschen zu verständigen.«

»Hmm – da hast du wahrscheinlich recht.«

»Also muß ich die Veränderungen im Sprachgebrauch studieren. Und vieles andere mehr.« Plötzlich hörte Andrew sich sagen: »George, ich denke, es ist wichtig, daß ich viel mehr über Menschen weiß, über die Welt, über alles. Ich habe all diese Jahre ein solch isoliertes Leben geführt, hier auf unserem schönen Besitz über der Küste. Die Außenwelt ist mir ein Geheimnis, wirklich. Und ich muß auch mehr über Roboter wissen, George. Ich möchte ein Buch über sie schreiben.«

»Ein Buch?« George war verdutzt. »Über Roboter? Ein Handbuch über Konstruktion und Entwurf?«

»Überhaupt nicht. Ich denke an eine Entwicklungsgeschichte der Roboter.«

»Ah.« George nickte und runzelte gleichzeitig die Stirn. »Nun denn. Laß uns nach Hause gehen, nicht?«

»Natürlich. Darf ich meine Kleider anziehen, oder soll ich sie einfach tragen?«

»Zieh sie ruhig an.«

»Danke.«

Andrew kleidete sich rasch an, und die beiden gingen die Straße zurück.

»Du möchtest also ein Buch über die Geschichte der Robotik schreiben«, sagte George, nachdenklich. »Aber warum, Andrew? Es gibt schon tausend Bücher über Robotik, und mindestens die Hälfte davon beschäftigt sich mit dem Konzept und der Entwicklungsgeschichte. Inzwischen ist die Welt allmählich gesättigt nicht nur mit Robotern, sondern auch mit Informationen über sie.«

Andrew schüttelte den Kopf, eine menschliche Geste, die er in letzter Zeit angenommen hatte. »Keine Geschichte der Robotik, George. Eine Geschichte der Roboter – von einem Roboter. Ein derartiges Buch ist sicherlich noch nie geschrieben worden. Ich möchte erklären, wie Roboter über sich selbst denken und empfinden. Und besonders wie es in unserem Verhältnis zu den Menschen für uns gewesen ist, seit die ersten Roboter auf Erden arbeiteten und lebten.«

George zog die Brauen hoch, aber er enthielt sich eines Kommentars.

12

Die Kleine Miß machte einen ihrer periodischen Besuche bei ihrer Familie in Kalifornien. Sie hatte ihren dreiundachtzigsten Geburtstag hinter sich und war zart und zerbrechlich wie ein Vogel. Dennoch hatte sie ihre gewohnte Energie und Entschlossenheit bewahrt. Obwohl sie mit einem Stock ging, gebrauchte sie ihn häufiger zum Gestikulieren als zum Abstützen.

Sie lauschte der Geschichte von Andrews unglücklichem Versuch, die Stadtbücherei zu erreichen, und ihre Empörung kannte keine Grenzen. Zuletzt stieß sie mit dem Stock zornig auf den Boden und sagte: »George, das ist unerträglich! Absolut grauenhaft! Wer waren diese beiden Strolche?«

»Ich weiß es nicht, Mutter.«

»Dann solltest du dir zur Aufgabe machen, es herauszubringen.«

»Was versprichst du dir davon? Nur ein paar einheimische Nichtsnutze, nehme ich an. Die üblichen Eckensteher, die vor lauter Langeweile auf dumme Gedanken kommen. Schließlich richteten sie keinen Schaden an.«

»Aber das hätten sie wahrscheinlich getan, wenn du nicht des Weges gekommen wärst. Nach deiner und Andrews Schilderung wären sie ohne weiteres imstande gewesen, ihm ernsten Schaden zuzufügen. Und als du schließlich zur Stelle warst, fehlte nicht viel, daß sie dich selbst angegriffen hätten. Das einzige, was dich davor bewahrte, war ihre Dummheit, die sie nicht erkennen ließ, daß Andrew selbst unter deinem direkten Befehl nicht in der Lage gewesen wäre, ihnen etwas anzutun.«

»Nun, Mutter, glaubst du wirklich, daß sie über mich hergefallen wären? Über einen Fremden auf einer Landstraße? Im dreiundzwanzigsten Jahrhundert?«

»Nun – das vielleicht nicht. Aber Andrew war zweifellos in Gefahr. Und das ist etwas, das wir nicht zulassen dürfen. Du weißt, daß ich Andrew als ein Familienmitglied betrachte, George.«

»Ja, natürlich. Ich auch. Das haben wir immer getan.«

»Dann können wir nicht erlauben, daß ein paar schwachsinnige junge Lümmel ihn behandeln wie ein Blechspielzeug zum Aufziehen, das man wegwerfen kann, nicht?«

»Was erwartest du von mir, Mutter?« fragte George.

»Mein Gott, du bist Anwalt, nicht wahr? Mach guten Gebrauch von deiner juristischen Ausbildung! Hör zu: Ich möchte, daß du irgendwie einen Testfall vor Gericht bringst, der den regionalen Gerichtshof zwingt, sich für die Rechte von Robotern einzusetzen. Dann mußt du das Regionalparlament dazu bringen, die notwendigen Gesetze zu verabschieden. Und wenn es politische Probleme gibt, gehst du mit der ganzen Sache notfalls vor das

Bundesgericht. Ich werde die Angelegenheit verfolgen, George, und keine Drückebergerei dulden.«

»Mutter, sagtest du nicht erst vor kurzem, es sei dir das Wichtigste auf der Welt, daß ich für den Parlamentssitz kandidiere, den Großvater inne hatte?«

»Ja, natürlich. Aber was hat das damit ...«

»Und nun willst du, daß ich eine umstrittene Kampagne für Roboterrechte inszeniere. Roboter haben kein Stimmrecht, Mutter. Aber es gibt viele stimmberechtigte Bürger, die deine Vorliebe für Roboter nicht teilen. Weißt du, was aus meiner Kandidatur wird, wenn die Leute mich vor allem als den Anwalt kennen, der die Gesetzgebende Versammlung zwang, Gesetze zur Sicherung von Roboterrechten zu verabschieden?«

»Na und?«

»Was ist dir wichtiger, Mutter? Daß ich ins Parlament gewählt werde, oder daß ich mich für diesen Testfall engagiere, den du vorschlägst?«

»Der Testfall, natürlich«, sagte die Kleine Miß sofort.

»In Ordnung. Ich wollte nur sichergehen, daß wir uns verstanden haben. Ich werde hingehen und die Bürgerrechte für Roboter verfechten, wenn du das von mir willst. Aber es wird das Ende meiner politischen Laufbahn sein, bevor sie begonnen hat, das mußt du erkennen.«

»Natürlich erkenne ich das, George. Du wirst vielleicht feststellen, daß du dich geirrt hast – ich weiß es nicht, aber auf jeden Fall ist die Hauptsache, daß Andrew vor einer Wiederholung dieses brutalen Zwischenfalls geschützt wird. Das vor allem ist, was ich will.«

»Gut«, sagte George. »Ich werde mein möglichstes tun. Du kannst dich darauf verlassen.«

Nach kurzer Vorbereitungszeit begann er seine Kampagne. Und was als ein Mittel begonnen hatte, die unbeugsame alte Dame zu beschwichtigen, entwickelte sich rasch zum Kampf seines Lebens.

George Charney hatte nie politischen Ehrgeiz und Sehnsucht nach einem Platz im Parlament gehabt. So konnte er sich sagen, daß er von dieser Verpflichtung befreit war, nachdem seine Mutter entschieden hatte, daß er statt dessen einen Kreuzzug für Bürgerrechte führen sollte. Und der Anwalt in ihm war fasziniert von der Herausforderung. Die Kampagne hatte juristische und gesetzgeberische Implikationen, die der sorgfältigsten Analyse und Berechnung bedurften.

Als Seniorpartner der Kanzlei Feingold & Charney plante George einen großen Teil der Strategie, überließ die eigentliche Arbeit der Recherchen und Aktenvorlagen aber seinen Juniorpartnern. Seinem Sohn Paul, der vor drei Jahren nach dem Studienabschluß in die Kanzlei eingetreten war, übertrug er die verfahrenstaktischen Manöver. Paul hatte die zusätzliche Verantwortung, seine Großmutter auf dem laufenden zu halten. Sie wiederum diskutierte den Verlauf der Kampagne mit Andrew, wann immer sich neue Gesichtspunkte ergaben.

Andrew war von der Kampagne tief berührt. Er hatte die Arbeit an seinem Buch über Roboter begonnen – dabei ging er zurück zu den ersten Anfängen, zu Lawrence Robertson und der Gründung der United States Robots and Mechanical Men –, aber nun stellte er das Projekt zurück und verbrachte seine Zeit mit dem Studium der anschwellenden Akten juristischer Papiere. Von Zeit zu Zeit trug er sogar eigene Vorschläge bei.

Zur Kleinen Miß sagte er eines Tages: »George erzählte mir damals, als diese beiden Männer mich piesakten, Menschen hätten schon immer eine unvernünftige Furcht vor Robotern gehabt. ›Eine Krankheit‹ nannte er es. So lang das der Fall ist, scheint mir, werden die Gerichte und die Gesetzgeber nicht viel für Roboter tun. Schließlich haben Roboter keine politische Macht, während die Menschen Wählerstimmen haben. Sollte darum nicht versucht werden, die menschliche Einstellung zu Robotern zu ändern?«

»Wenn wir es nur könnten!«

»Wir müssen es versuchen«, sagte Andrew. »George muß es versuchen.«

»Ja«, meinte die Kleine Miß. »Er tut sein möglichstes, wirklich.«

Während Paul die zeitaufwendigen Gerichtstermine wahrnahm, ging George an die Öffentlichkeit. Er widmete sich ganz der Aufgabe, für die Bürgerrechte von Robotern zu werben, und setzte seine ganze Zeit und Energie darein.

George war immer ein guter Redner gewesen, der zwanglos und gelassen argumentierte, und nun wurde er eine vertraute Figur auf Konferenzen und Standesversammlungen von Anwälten und Lehrern und Verlegern und nutzte jede Gelegenheit zu Auftritten in Hörfunk und Fernsehen, wo er die Bürgerrechte für Roboter mit einer Beredsamkeit propagierte, die mit der Erfahrung noch wuchs.

Je häufiger Georges Auftritte in der Öffentlichkeit und in den Studios der Sender wurden, desto entspannter und überzeugender konnte er sich geben. Er ließ seinen Backenbart wieder wachsen und kämmte sein nun weiß gewordenes Haar in einem buschigen Schopf zurück. Er übernahm sogar die neue Kleidermode, die einige der bekanntesten Videokommentatoren populär gemacht hatten, einen Draperie genannten, losen Überwurf, welcher der altrömischen Toga nachempfunden war. Wenn er sie trug, sagte er, fühlte er sich wie ein griechischer Philosoph oder ein Mitglied des römischen Senats.

Paul Charney, der in seiner Art im allgemeinen wesentlich konservativer als sein Vater war, warnte ihn, als er ihn das erste Mal so herausgeputzt sah. »Gib nur acht, daß du auf der Bühne nicht darüber stolperst, Papa.«

»Ich werde daran denken«, sagte George.

Um die Öffentlichkeit für die Verleihung der Bürgerrechte an Roboter zu gewinnen, argumentierte er gewöhnlich so:

»Wenn wir aufgrund des zweiten Gebotes von jedem Roboter unbegrenzten Gehorsam in allen Dingen verlangen können, die nicht für Menschen schädlich sind, dann ergibt sich daraus, daß jeder, aber auch *jeder* Mensch, ob er die nötige Reife besitzt oder nicht, eine furchterregende Macht über jeden Roboter hat. Da das zweite Gebot gegenüber dem dritten Vorrang genießt, kann jeder Mensch insbesondere das Gebot des Gehorsams mißbrauchen, um das Gebot des Selbstschutzes außer Kraft zu setzen. Er kann dem Roboter aus jedem Grund oder ohne jeden Grund befehlen, sich selbst zu beschädigen oder sogar zu zerstören – nur aufgrund einer Laune.

Lassen wir die Frage vor Eigentumsrechten hier aus dem Spiel, obwohl sie nicht belanglos ist, und betrachten wir die Frage einfach auf der Ebene menschlichen Anstands. Stellen wir uns vor, daß jemand auf einen Roboter zugeht, den er zufällig auf der Straße trifft, und ihm ohne einen anderen Grund als dem seiner eigenen Belustigung befiehlt, sich die eigenen Gliedmaßen abzunehmen oder irgendeine andere ernste Verletzung zuzufügen. Oder nehmen wir an, daß der Eigentümer des Roboters in einem Augenblick der Verärgerung oder Langeweile oder Frustration solch einen Befehl gibt.

Ist das gerecht? Würden wir ein Tier so behandeln? Und ein Tier wohlgemerkt, hätte wenigstens die Fähigkeit, sich zu verteidigen. Aber wir haben unsere Roboter unfähig gemacht, die Hand gegen einen Menschen zu erheben.

Selbst ein unbelebter Gegenstand, der uns gute Dienste geleistet hat, hat Anspruch auf unsere Rücksichtnahme. Und ein Roboter ist alles andere als gefühllos; er ist nicht eine einfache Maschine, und er ist kein Tier. Er kann gut genug denken, daß er mit uns sprechen, argumentieren und sogar scherzen kann. Viele von uns, die ihr ganzes Leben mit Robotern gelebt und gearbeitet haben, betrachten sie als Freunde, praktisch als Familienmitglieder. Wir haben Respekt vor ihnen und empfinden sogar Zuneigung. Ist es zuviel verlangt, wenn wir ihnen den förmlichen Schutz des Gesetzes geben wollen?

Wenn jemand das Recht hat, einem Roboter jeden Befehl zu geben, der nicht die Verletzung oder Schädigung eines anderen Menschen umfaßt, sollte er den Anstand haben, einem Roboter niemals Befehle zu geben, die dem Roboter Schaden zufügen, es sei denn, die eigene Sicherheit würde ein solches Handeln absolut erfordern. Sicherlich sollte kein Roboter ohne schwerwiegenden Grund angewiesen werden, sich selbst sinnlos Schaden zuzufügen. Mit großer Macht geht große Verantwortung einher. Wenn die Roboter die drei Gebote zum Schutz von Menschen zu befolgen haben, ist es nur recht und billig, daß wir Menschen uns einem Gesetz unterwerfen, das Roboter vor Mißbrauch schützen.«

Die Streitfrage hatte natürlich noch eine andere Seite, und ihr Sprecher war kein anderer als James Van Buren, der Anwalt, der seinerzeit gegen Andrews Eingabe für den Status des freien Roboters aufgetreten war. Er war alt geworden, aber noch immer kraftvoll, ein mächtiger Fürsprecher traditioneller gesellschaftlicher Überzeugungen. In seiner ruhigen, ausgewogenen und vernünftigen Weise war Van Buren auch diesmal ein überzeugender Vertreter jener Bürger, die leugneten, daß Roboter in irgendeiner Weise als würdig betrachtet werden könnten, ›Rechte‹ zu haben.

Er erklärte: »Natürlich halte ich kein Plädoyer für Rowdies, die mutwillig einen Roboter zerstören, der ihnen nicht gehört, oder ihm befehlen, sich selbst zu zerstören. Das ist schlicht und einfach eine Straftat der Sachbeschädigung, die aufgrund bestehender Gesetze verfolgt und geahndet werden kann. Wir brauchen ein Sondergesetz für derartige Fälle ebenso wenig wie wir ein Sondergesetz brauchen, das uns verbietet, die Fenster anderer Leute Häuser einzuschlagen. Die allgemeine Gesetzgebung zum Schutz des Eigentums bietet auch hier ausreichende Handhabe.

Aber ein Gesetz, das einen daran hindert, den *eigenen* Roboter zu zerstören? Ich fürchte, wir begeben uns hier in sehr verschiedene Gebiete des Denkens. Ich habe Roboter in meiner eigenen Kanzlei, und so wenig ich hingehen und mit einer Axt meinen Schreibtisch zerschlagen würde, käme mir in den Sinn, einen meiner Roboter zu zerstören. Würde trotzdem jemand argumentieren, daß mir das Recht genommen werden sollte, mit meinen eigenen Robotern oder meinem Schreibtisch oder irgendwelchen anderen Gegenständen meiner Büroeinrichtung zu tun, was mir gefällt? Kann der Staat durch einen Beauftragten in mein Büro kommen und sagen: ›Nein, James Van Buren, du mußt nett zu deinen Schreibtischen sein und sie vor Verletzungen bewahren. Desgleichen deine Ablageschränke: sie müssen mit Respekt behandelt werden, sie müssen als Freunde behandelt werden. Und das gleiche gilt natürlich für deine Roboter. In keiner Weise, James Van Buren, darfst du deine Roboter in Gefahr bringen.‹«

Van Buren machte eine Pause und lächelte in seiner ruhigen und vernünftigen Art, um jedermann wissen zu lassen, daß dies nur ein hypothetisches Beispiel war, daß er tatsächlich nicht der Mann war, der etwas oder jemand verletzen würde.

»Ich höre George Charney erwidern«, fuhr er fort, »daß ein Roboter sich von einem Schreibtisch oder einem Ablageschrank fundamental unterscheidet, daß ein Roboter intelligent und aufgeschlossen ist, und daß Roboter praktisch als Menschen betrachtet werden sollten. Und ich erwidere ihm, daß er sich irrt, daß er durch die Zuneigung zu dem Roboter, der seit vielen Jahrzehnten in seiner Familie dient, so verwirrt ist, daß er aus dem Auge verloren hat, was Roboter wirklich sind.

Sie sind *Maschinen*, meine Freunde. Sie sind *Werkzeuge*. Sie sind *Hilfsmittel*. Als mechanisch-elektronische Geräte verdienen sie weder mehr noch weniger rechtlichen Schutz als jedes andere unbelebte Objekt. Ja, ich sagte ›unbelebt‹. Gewiß können sie sprechen und denken, in ihrer jeweils zweckentsprechend programmierten Weise. Sie haben Hände und Sinneswahrnehmungen, weil wir sie so konstruiert haben, aber haben sie wahre menschliche Eigenschaften, Zuneigungen und Abneigungen und Leidenschaften? Schwerlich. Und darum wollen wir mechanisch-elektronische Maschinen, die nach menschlichem Vorbild gestaltet worden sind, nicht mit Lebewesen verwechseln.

Ich muß auch darauf hinweisen, daß die Menschheit in diesem Jahrhundert von Roboterarbeit abhängig geworden ist. Heute gibt es mehr Roboter als Menschen auf der Welt, und hauptsächlich verrichten sie diejenigen Arbeiten, welche keiner von uns anzupacken bereit ist. Sie haben die Menschheit von eintöniger Plackerei und Erniedrigung befreit. Die Roboterfrage mit den alten Debatten über Sklaverei und den späteren Debatten über Freiheit für diese Sklaven und den noch späteren Debatten über volle Bürgerrechte für die Abkömmlinge der befreiten Sklaven durcheinanderzubringen, wird letzten Endes zu wirtschaftlichem Chaos führen, wenn unsere Roboter anfangen, nicht nur den Schutz des Gesetzes zu verlangen, sondern Unabhängigkeit von ihren Herren. Die Sklaven vergangener Jahrhunderte waren menschliche Wesen, die grausam ausgebeutet und oft mißhandelt wurden. Niemand hatte das Recht, sie in Knechtschaft zu zwingen. Aber Roboter wurden hergestellt und programmiert, um zu dienen. Sie sind dazu da, gebraucht zu werden, nicht um unsere Freunde zu sein, sondern unsere Diener. Und jede andere Einstellung zu dieser Frage ist eine starrköpfige, sentimentale und gefährliche Denkweise.«

George Charney war ein überzeugender Redner, aber James Van Buren stand ihm darin nicht nach. Und schließlich endete der Wettstreit – hauptsächlich vor dem Gericht der öffentlichen Meinung, statt im Parlament oder den Gerichtshöfen – in einer Art Pattsituation.

Es gab inzwischen sehr viele Menschen, die fähig waren, die instinktive Furcht oder Abneigung vor Robotern zu überwinden, die vor ein paar Generationen noch sehr viel weiter verbreitet gewesen war, und Georges Argumente fanden bei ihnen offene Ohren. Auch sie hatten angefangen, ihre Roboter mit einem gewissen Grad von Zuneigung zu betrachten und wünschten, daß ihnen eine gewisse gesetzliche Sicherheit zugestanden würde.

Aber es gab auch die vielen anderen, die vielleicht nicht Roboter an sich so sehr fürchteten als vielmehr die finanziellen Risiken, die infolge der Ausdehnung der bürgerlichen Rechte auf Roboter auf sie zukommen könnten. Sie rieten zur Vorsicht in dieser neuen juristischen Arena.

Als der Kampf endlich ausgefochten war und mit knapper Mehrheit eine Gesetzgebung zugunsten der Roboter zustande kam, die Bedingungen enthielt, unter denen es gesetzwidrig sein sollte, Befehle zu erteilen, die einen Roboter schädigen konnten, wurde der vom Regionalparlament verabschiedete Gesetzentwurf vom regionalen Gerichtshof für ungültig erklärt und zur Revision zurückgeschickt, in veränderter Form abermals verabschiedet, diesmal vom Regionalgericht bestätigt und schließlich vom Repräsentantenhaus ratifiziert und nach einem letzten Revisionsbegehren vom Bundesgericht gebilligt. Was nach Umschiffung aller politischen und juristischen Klippen vom ursprünglichen Gesetzentwurf übrig blieb, war ein sehr verwässertes Gesetz mit vielen Abschwächungen und Ausnahmeregelungen, und die Strafen für die Verletzung seiner Bestimmungen waren völlig unzulänglich.

Aber wenigstens war das Prinzip von Rechten für Roboter – ursprünglich durch den Gerichtsbeschluß, der Andrew seine ›Freiheit‹ gewährte – ein wenig ausgeweitet und auf eine tragfähigere Grundlage gestellt.

Die endgültige Billigung durch das höchste Gericht wurde an dem Tag veröffentlicht, als die Kleine Miß starb.

Das war kein zufälliges Zusammentreffen. Die Kleine Miß, mittlerweile sehr alt und sehr schwach, hatte sich gleichwohl mit letzter verzweifelter Kraft ans Leben geklammert, während die Debatten und Abstimmungen sich dem Ende zuneigten. Erst als die Nachricht vom Sieg eintraf, gab sie ihr zähes Festhalten auf und entspannte sich endlich.

Andrew war an ihrem Sterbebett. Er stand neben ihr und blickte auf die kleine, verblichene Frau, die in den Kissen lag, und dachte zurück an jene Tage vor beinahe hundert Jahren, als er in das große Herrenhaus Gerald Martins gekommen war und zwei kleine Mädchen vor ihm gestanden und zu ihm aufgeblickt hatten, und wie die Kleinere die Stirn in Falten gezogen und gesagt hatte: ›En-de-er. Das ist nicht gut. Es ist einfach nicht schön. Warum nennen wir ihn nicht Andrew?‹

Wie lang war das her. Ein ganzes langes Menschenleben. Und doch schien es Andrew manchmal nur ein Augenblick, als wäre seit jenen Tagen, als er mit Miß und der Kleinen Miß am Strand unter dem Haus gespielt hatte und in der Brandung geschwommen war, weil es ihnen gefallen hatte, es von ihm zu verlangen, kaum Zeit vergangen.

Beinahe ein Jahrhundert.

Andrew wußte, daß das für einen Menschen eine enorme Zeitspanne war.

Und nun war ihr Leben am Ende seines Weges angelangt, und ihr Körper sank zurück in den ewigen Kreislauf der natürlichen Stoffe. Das einst strahlend güldene Haar war längst zu glänzendem Silber geworden, aber nun hatte es auch den letzten Schimmer verloren und sah stumpf und farblos aus. Es ging zu Ende mit ihr, und dagegen gab es keine Hilfe. Sie war nicht krank, sie war einfach entkräftet und erschöpft, jenseits jeder Aussicht auf Erholung. In wenigen Augenblicken würde sie aufhören zu sein. Andrew konnte sich eine Welt, in der es die Kleine Miß nicht gab, kaum vorstellen. Aber er wußte, daß er jetzt in solch eine Welt eintrat.

Ihr letztes Lächeln galt ihm. Ihre letzten Worte waren: »Du bist gut zu uns gewesen, Andrew.«

Ihre Hand hielt die seine, als sie starb, während ihr Sohn und seine Frau und ihre Kinder in respektvoller Distanz von dem Roboter und der alten Frau auf dem Sterbebett blieben.

13

Nach dem Tod der Kleinen Miß überkam Andrew ein Gefühl von Unbehagen, das ihn wochenlang nicht verließ. Es Kummer zu nennen, wäre ein wenig zu stark gewesen, dachte er, denn er vermutete, daß in seinem positronischen Gehirn kein Ort für ein Gefühl war, das genau mit der als Kummer bekannten menschlichen Empfindung korrespondierte.

Und doch gab es keine Frage, daß er in einer Weise unruhig und bekümmert war, die nur auf den Verlust der Kleinen Miß zurückgeführt werden konnte. Eine gewisse Schwere seiner Gedanken, eine gewisse Trägheit in den Bewegungen, eine Wahrnehmung allgemeiner Unausgeglichenheit in seinen Funktionen – er fühlte diese Dinge, glaubte aber, daß keine Instrumente in der Lage sein würden, eine meßbare Veränderung seiner Fähigkeiten festzustellen.

Um dieses Gefühl, das er nicht Kummer nennen wollte, dennoch ein wenig zu lindern, vertiefte er sich in seine Forschung über die Geschichte der Roboter, und sein Manuskript begann von Tag zu Tag zu wachsen.

Ein kurzes Vorwort genügte zur Behandlung des Themas vom Roboter in Geschichte und Literatur – der metallenen Männer der alten griechischen Mythen, der Automaten, die von klugen Erzählern wie E.T.A. Hoffmann und Karl Čapek ersonnen worden waren, und anderen Fantasien dieser Art. Er begnügte sich mit einer knappen Zusammenfassung der alten Fabeln, die er nur der Vollständigkeit halber aufnahm. Der positronische Roboter – der wirkliche, authentischen Roboter war es, der Andrew hauptsächlich beschäftigte.

Und so ging Andrew rasch weiter zum Jahr 1982 und der Gründung der United States Robots and Mechanical Men durch ihren visionären Schöpfer Lawrence Robertson. Ihm war beinahe, als erlebe er die Geschichte selbst, als er von den frühen Jahren mühseliger Versuche und Vorarbeiten in zugigen, zu Werkstätten umgebauten Lagerhausräumen erzählte, und vom ersten dramatischen Durchbruch in der Konstruktion des positronischen Gehirns aus Platin und Iridium, nachdem viele Versuche fehlgeschlagen waren. Die Konzeption und Entwicklung der unentbehrlichen drei Gebote fand ebenso breiten Raum wie Forschungsdirektor Alfred Lannings frühe Triumphe in der Entwicklung mobiler Robotereinheiten, schwerfälligen, ungeschickten und der Sprache nicht mächtigen Vorstufen, die dennoch vielseitig genug waren, um menschliche Befehle zu interpretieren und die beste unter einer Anzahl möglicher alternativer Reaktionen auszuwählen. Ihnen folgten im frühen 21. Jahrhundert die ersten mobilen und sprechenden Einheiten.

Darauf wandte Andrew sich einem Thema zu, dessen Beschreibung ihm sehr viel unangenehmer und lästiger war: die folgende Periode negativer menschlicher Reaktionen, der Hysterie und der Ängste, welche die neuen Roboter erzeugten, die weltweiten gesetzlichen Verbote des Einsatzes von Robotern in den meisten Bereichen wissenschaftlicher Tätigkeit. Weil die Miniaturisierung des positronischen Gehirns damals noch im Entwicklungsstadium war und komplizierte Kühlsystem benötigt wurden, waren die frühen mobilen und sprechenden Einheiten gigantisch gewesen – annähernd drei Meter große, beängstigend schwerfällige Ungeheuer, die selbstverständlich alle irrationalen Ängste der Menschheit vor künstlichen Wesen wachgerufen hatten, von Frankensteins Ungeheuer bis zum Golem und dem Rest der alptraumhaften Gestalten.

Andrews Buch widmete dieser Zeit extremer Roboterfurcht drei Kapitel. Diese Kapitel waren äußerst schwierig zu schreiben, denn sie handelten ausschließlich von menschlicher Irrationalität, und das war ein Gegenstand, den Andrew nur mit äußerster Mühe analytisch verstehen konnte. Er bewältigte den Stoff so gut er konnte, indem er versuchte, sich selbst in die Menschen zu versetzen, welche nicht davon lassen wollten, Roboter mit Furcht und Abscheu zu betrachten, selbst wenn sie wußten, daß die drei Gebote narrensichere Garantien gegen die Möglichkeit enthielten, daß Roboter ihnen Schaden zufügen konnten. Und nach einiger Zeit gelang es Andrew tatsächlich, halbwegs zu begreifen, wie es möglich gewesen war, daß Menschen sich trotz solch einer mächtigen Sicherheitsgarantie unsicher gefühlt hatten.

Denn was er entdeckte, als er sich durch das Archiv der Robotik arbeitete, war die Tatsache, daß die drei Gebote keine so umfassende Sicherheit boten wie es schien. Tatsächlich waren sie voll von Zwiespältigkeiten und verborgenen Konfliktquellen. Und sie konnten Roboter – geradlinige, schlichte und nüchtern denkende Geschöpfe, die sie waren – unerwartet mit der Notwendigkeit konfrontieren, Entscheidungen zu treffen, die vom menschlichen Standpunkt aus gesehen, nicht unbedingt ideal waren.

Der Roboter zum Beispiel, der von einem Unterwasserforscher mit einem gefahrvollen Auftrag in ein gesunkenes Wrack geschickt wurde, um dort im Schlamm des geborstenen Schiffsrumpfes nach einem vermuteten Schatz zu suchen, konnte leicht in einen Konflikt zwischen dem zweiten Gebot des Gehorsams und dem dritten Gebot der Selbsterhaltung geraten, so daß er sich in einem hoffnungslosen Gleichgewicht befand, unfähig, vorwärts zu gehen oder sich zurückzuziehen. Und in solchen Situationen konnte durch Untätigkeit eine Gefährdung des Menschen entstehen, der ihn ausgesandt hatte, trotz der Anforderungen des ersten Gebotes, das angeblich Vorrang vor den beiden anderen genoß. Wie konnte ein Roboter zweifelsfrei wissen, daß der Konflikt zwischen dem zweiten und dritten Gebot, dem er sich ausgesetzt sah, einen Menschen in Gefahr brachte? Wenn die Natur seine Mission nicht präzise im Voraus festgelegt worden war, konnte er in Unkenntnis der Konsequenzen seiner Untätigkeit bleiben und niemals erkennen, daß sein Verhalten eine Verletzung des ersten Gebotes darstellte.

Denkbar war auch ein Roboter, der durch fehlerhafte Konstruktion oder mangelhafte Programmierung entscheiden könnte, daß ein bestimmter Mensch tatsächlich kein Mensch sei, und darum nicht in einer Position, den Schutz zu beanspruchen, den das erste und zweite Gebot ihm gewähren sollten.

Oder ein Roboter bekam einen schlecht formulierten Befehl und interpretierte ihn so buchstäblich, daß er unabsichtlich andere Menschen in seiner Nähe gefährdete.

In den Archiven gab es Dutzende solcher Fallbeispiele. Die frühen Robotiker – vor allem die hervorragenden Robopsychologin Susan Calvin – hatten lange und angestrengt arbeiten müssen, um mit den immer wieder auftretenden Schwierigkeiten fertig zu werden.

Die Probleme waren besonders kompliziert geworden, als Roboter mit fortgeschritteneren Typen des positronischen Gehirns in der Mitte des 21. Jahrhunderts aus den Werkstätten der United States Robots and Mechanical Men hervorgingen. Sie hatten eine verbesserte Denkkapazität und konnten Situationen erkennen und ihre Vielschichtigkeiten und Zusammenhänge mit einem beinahe menschlichen Verständnis beurteilen. Roboter wie – obwohl er darauf achtete, es nicht so ausdrücklich zu sagen – Andrew Martin selbst. Die neuen generalisierten Roboter, ausgestattet mit der Fähigkeit, Daten in viel subjektiveren Begriffen zu interpretieren als ihre Vorgänger, reagierten oft in einer für Menschen unerwarteten Weise. Selbstverständlich immer innerhalb des Rahmens der drei Gebote, aber bisweilen aus einer Perspektive heraus, die von den Schöpfern dieser Gebote nicht vorausgesehen war.

Als er die Annalen der Roboterentwicklung studierte, wurde Andrew endlich klar, warum so viele Menschen roboterfeindlich gewesen waren. Es war nicht so, daß die drei Gebote unzulänglich gewesen wären, ganz im Gegenteil. Sie waren meisterhafte Beispiele der Logik. Das Problem bestand darin, daß die Menschen selbst nicht immer oder meistens nicht logisch waren, gelegentlich sogar ausgesprochen unlogisch, und Roboter waren nicht immer in der Lage, mit den Unwägbarkeiten, Widersprüchlichkeiten und Abschweifungen menschlichen Denkens zurechtzukommen.

So waren es die Menschen selbst, die Roboter bisweilen zu Verletzungen des einen oder anderen der drei Gebote verleiteten, und dann in ihrer unlogischen Denkart oft die

Roboter selbst beschuldigten, etwas Unerwünschtes getan zu haben, zu dem sie in Wahrheit von ihrem menschlichen Herren aufgefordert worden waren.

Andrew behandelte diese Kapitel mit der größten Sorgfalt und Zurückhaltung, revidierte sie wieder und wieder, um jede Möglichkeit von Vorurteilen auszuschließen. Es war nicht sein Absicht, eine Schmähschrift gegen die Fehler und Unzulänglichkeiten der Menschheit zu schreiben. Sein oberstes Ziel war wie immer den Bedürfnissen der Menschheit zu dienen.

Der ursprüngliche Zweck, dieses Buch zu schreiben, mochte mit der Wunsch nach einem tiefen Verständnis seines eigenen Verhältnisses zu den Menschen gewesen sein, die seine Schöpfer waren – doch als er mit der Arbeit vorankam, sah er, daß das Buch, wenn es sein Thema angemessen und befriedigend abhandelte, eine Brücke von unschätzbarem Wert zwischen Menschen und Robotern sein könnte, ein Quell der Aufklärung nicht nur für Roboter, sondern auch für die Spezies aus Fleisch und Blut, die sie in die Welt gesetzt hatte. Alles, was Menschen und Roboter befähigte, besser miteinander auszukommen, würde den Robotern erlauben, der Menschheit einen größeren Dienst zu leisten; und das war natürlich der Grund ihrer Existenz.

Als er sein Buch etwa zur Hälfte geschrieben hatte, bat er George Charney, die fertigen Kapitel zu lesen und Vorschläge zu ihrer Verbesserung zu machen. Mehrere Jahre waren seit dem Tod der Kleinen Miß vergangen, und George selbst schien nicht gesund zu sein; seine einst kräftige und robuste Gestalt war abgemagert, sein Haar beinahe verschwunden. Er besah Andrews umfangreiches Manuskript mit einem Ausdruck kaum verhüllten Unbehagens und sagte: »Ich bin selbst kein guter Schreiber, weißt du, Andrew.«

»Ich bitte Sie nicht um Ihre Meinung über meine literarischen Stil, George. Ich möchte, daß Sie meine Ideen und Ausführungen bewerten. Ich muß wissen, ob es in dem Manuskript etwas gibt, das auf Menschen herausfordernd wirken könnte.«

»Ich bin sicher, daß nichts dergleichen darin ist, Andrew. Du bist immer ein Ausbund von Höflichkeit gewesen.«

»Ich würde niemals wissentlich beleidigend sein, das ist wahr. Aber die Möglichkeit, daß ich unabsichtlich ...«

George winkte seufzend ab. »Ja, ja, ich verstehe. Gut, ich werde dein Buch lesen, Andrew. Aber du weißt, daß ich heutzutage rasch ermüde. Es kann eine Weile dauern, bis ich das alles durchgelesen habe.«

»Es eilt nicht«, sagte Andrew.

Und wirklich nahm George sich beinahe ein Jahr Zeit. Als er das Manuskript endlich zurückgab, war nur eine halbe Seite Notizen und Anmerkungen angeheftet, die meisten davon unbedeutende Korrekturen von Fakten und Zahlen und nicht mehr.

Andrew sagte sanft: »Ich hatte auf Kritik allgemeinerer Art gehofft, George.«

»Ich habe keine allgemeine Kritik zu machen. Es ist ein bemerkenswertes Werk. Wirklich bemerkenswert. Es ist eine ganz profunde Studie deines Themas. Du solltest stolz darauf sein, was du getan hast.«

»Aber wo ich das Thema berührte, wie menschliche Irrationalität oft zu Schwierigkeiten mit den drei Geboten geführt hat ...«

»Auch darin hast du absolut ins Schwarze getroffen, Andrew. Wir *sind* eine irrationale, in ihrem Denken oberflächliche und nachlässige Spezies. Brillant und ungeheuer schöpferisch bisweilen, aber voll von allen möglichen Unordentlichkeiten, Widersprüchen und Verwirrungen. Wir müssen dir wie eine hoffnungslos unlogische Bande triebgesteuerter Affen vorkommen, nicht wahr, Andrew?«

»Es gibt Zeiten, in denen es mir so vorkommt, ja. Aber

es ist nicht meine Absicht, ein Buch zu schreiben, das die Menschen kritisiert. Weit davon entfernt, George. Was ich der Welt geben möchte, ist etwas, das Menschen und Roboter näher zusammenführen wird. Und wenn ich den Eindruck erwecken sollte, Geringschätzung für die geistigen Fähigkeiten von Menschen auszudrücken, dann wäre es das genaue Gegenteil dessen, was ich wünsche. Darum hatte ich gehofft, daß Sie beim Lesen meines Manuskripts alle Passagen kennzeichnen würden, die in solch einer Weise interpretiert werden müßten.«

»Vielleicht hättest du meinen Sohn Paul bitten sollen, das Manuskript zu lesen«, erwiderte George. »Er ist auf der Höhe seines Berufs, weißt du. Viel mehr und viel enger in Berührung mit all diesen Fragen der Nuancen und subtilen Andeutungen, als ich heutzutage bin.«

Und diese Erklärung führte Andrew endlich zu dem Verständnis, daß George Charney sein Manuskript überhaupt nicht hatte lesen wollen – daß George alt und müde wurde und in die letzten Jahre seines Lebens eintrat, daß das Rad der Generationen wieder eine Umdrehung gemacht hatte, und daß Paul jetzt das Oberhaupt der Familie war. Sir war dahingegangen, und die Kleine Miß, und bald würde George an der Reihe sein. Martins und Charneys kamen und gingen, doch Andrew blieb – nicht völlig unverändert, denn sein Körper wurde nach wie vor gelegentlichen technischen Erneuerungen unterzogen, und ihm schien auch, daß seine mentalen Prozesse sich ständig vertieften und anreicherten, als er durch die Arbeit an seinem Buch neue Erkenntnisse gewann, aber gegen den Zahn der Zeit war er zweifellos unverwundbar.

Er trug sein nahezu fertiges Manuskript zu Paul Charney. Paul las es sofort und lobte es nicht nur, wie George prophezeit hatte, sondern gab ihm auch wertvolle Hinweise auf Passagen und Stellen, die der Überarbeitung bedurften, weil Andrews Unfähigkeit, die abrupten, nicht linearen Gedankensprünge, zu denen der menschliche Geist fähig ist, ihn zu gewissen Vereinfachungen und ungerechtfertigten Schlußfolgerungen geführt hatte. Im großen und ganzen fand Paul das Buch sogar allzu mitfühlend für den menschlichen Standpunkt. Etwas mehr Kritik an den irrationalen menschlichen Einstellungen gegenüber Robotern und der Wissenschaft im allgemeinen wäre nicht unangebracht gewesen.

Das hatte Andrew nicht erwartet.

»Aber ich würde niemanden kränken wollen, Paul«, sagte er.

»Es ist noch nie ein lesenswertes Buch geschrieben worden, das nicht irgend jemand beleidigte oder kränkte«, entgegnete Paul. »Schreib, was du für die Wahrheit hältst, Andrew. Es würde einem Wunder gleichkommen, wenn alle Leute dir zustimmen würden. Aber dein Gesichtspunkt ist einzigartig. Du hast der Welt hier etwas Wertvolles und Wichtiges zu geben. Es wäre aber nichts wert, wenn du unterdrückst, was du fühlst und glaubst, und nur schreibst, was andere nach deiner Meinung hören möchten.«

»Aber das erste Gebot ...«

»Laß das erste Gebot aus dem Spiel, Andrew! Das erste Gebot ist nicht alles! Wie kannst du jemanden mit einem Buch schädigen? Nun, indem du es ihm auf den Kopf schlägst, nehme ich an. Aber nicht anders. Ideen können nicht in dem Sinne Schaden zufügen, wie das erste Gebot es meint – nicht einmal falsche, törichte und bösartige Ideen. Schaden wird durch Menschen bewirkt. Manchmal machen sie sich bestimmte Ideen zu eigen und gebrauchen sie als Rechtfertigung für übertriebene, empörende Handlungen. Die Menschheitsgeschichte ist voll von Beispielen dieser Art. Aber die Ideen selbst sind bloß Ideen. Sie dürfen niemals abgewürgt werden. Sie müssen vorgebracht, untersucht, erprobt, wenn nötig zurückgewiesen werden, aber alles offen und ohne Tabus. Übrigens sagt das erste

Gebot nichts über Roboter, die Bücher schreiben. Es bezieht sich auf Schädigungen durch Knüppel und Steine, Andrew – auf Gewaltsamkeiten, verstehst du.«

»Wie Sie selbst eben bemerkt haben, Paul, ist die Menschheitsgeschichte voll von schädlichen Ereignissen, die einfach mit Worten begannen. Wenn jene Worte niemals ausgesprochen worden wären, hätten die schädlichen Ereignisse nicht stattgefunden.«

»Du verstehst nicht, was ich sage, nicht wahr? Oder doch? Ich glaube schon. Du weißt, welche Macht Ideen haben, und du hast nicht viel Vertrauen in die Fähigkeit von Menschen, eine gute Idee von einer schlechten zu unterscheiden. Nun, ich auch nicht – manchmal. Aber auf lange Sicht gehen die schlechten Ideen unter. Das ist die Geschichte der menschlichen Zivilisation seit Tausenden von Jahren. Die guten Ideen überleben früher oder später, ganz gleich, welche Schrecken auf dem Wege dorthin geschehen sind. Und darum ist es falsch, eine nicht genehme Idee zu unterdrücken, denn sie kann einmal wertvoll für die Welt und die Menschheit sein. Sieh mal, Andrew, du bist wahrscheinlich die nächste Annäherung an einen Menschen, die je aus den Fabriken der United States Robots and Mechanical Men hervorgegangen ist. Du bist einzigartig ausgestattet, der Menschheit das zu sagen, was sie über das Verhältnis zwischen Menschen und Robotern wissen muß, denn ich mancher Weise hast du Teil an der Natur des einen wie des anderen. Und so hilfst du dieses Verhältnis, das noch in dieser späten Zeit ein sehr problematisches ist, zu entkrampfen und zu bessern. Schreib dein Buch. Schreib es aufrichtig.«

»Ja. Das werde ich tun, Paul.«

»Hast du schon an einen Verleger dafür gedacht?«

»Einen Verleger? Wieso, nein. Ich habe überhaupt noch nicht darüber nachgedacht, wie ...«

»Nun, du solltest aber. Oder laß es mich für dich tun. Ich

habe einen Freund im Verlagsgeschäft – das heißt, einen Klienten. Würde es dir etwas ausmachen, wenn ich mit ihm spreche?«

»Das wäre sehr nett von Ihnen«, sagte Andrew.

»Durchaus nicht. Ich möchte genau wie du sehen, daß dieses Buch herauskommt und von jedermann gelesen werden kann.«

Und tatsächlich hatte Paul innerhalb weniger Wochen einen Autorenvertrag für die Veröffentlichung von Andrews Buch abgeschlossen. Er versicherte Andrew, daß die Bedingungen äußerst großzügig und fair seien. Das war Andrew gut genug. Er unterschrieb den Vertrag, ohne zu zögern.

Im Laufe des nächsten Jahres, während er an den Schlußkapiteln seines Manuskripts arbeitete, dachte Andrew oft daran, was Paul ihm an diesem Tag gesagt hatte – über die Wichtigkeit, seine Überzeugungen aufrichtig zu vertreten, und den Wert, den sein Buch haben könnte, wenn er sich daran hielt. Und auch über seine eigene Einzigartigkeit. Vor allem eine Feststellung, die Paul getroffen hatte, blieb Andrew im Gedächtnis haften.

Sieh mal, Andrew, du bist wahrscheinlich die nächste Annäherung an einen Menschen, die je aus den Fabriken der United States Robots and Mechanical Men hervorgegangen ist. Du bist einzigartig ausgestattet, der Menschheit das zu sagen, was sie über das Verhältnis zwischen Menschen und Robotern wissen muß, denn in mancher Weise hast du Teil an der Natur des einen wie des anderen.

War es so? War das wirklich Pauls Überzeugung, fragte sich Andrew, oder hatte ihn bloß der Schwung seiner Argumentation, die Begeisterung des Augenblicks verleitet, diese Bemerkungen zu machen?

Das fragte Andrew sich wieder und wieder, und allmählich begann er eine Antwort zu formulieren.

Und dann sagte er sich, daß die Zeit gekommen sei,

der Kanzlei von Feingold & Charney einen weiteren Besuch abzustatten und ein weiteres Gespräch mit Paul zu führen. Er kam unangemeldet, aber der Empfangsroboter begrüßte ihn ohne Obertöne von Überraschung in der Stimme. Inzwischen war Andrew in der Anwaltskanzlei längst ein vertrauter Anblick.

Er wartete geduldig, während der Empfangsroboter im inneren Büro verschwand, um Paul zu verständigen. Sicherlich wäre es effizienter gewesen, wenn er die Gegensprechanlage benutzt hätte, aber vielleicht war Pauls Anschluß belegt.

Schließlich kam der Empfangsroboter zurück. »Mr. Charney wird bald zu Ihnen kommen«, verkündete er und ging ohne ein weiteres Wort wieder an seine Arbeit.

Andrew verbrachte die Wartezeit, indem er in Gedanken die Worte rekapitulierte, die er sich vor ein paar Minuten zurechtgelegt hatte. Während der Arbeit an seinem Buch waren viele semantische Probleme aufgetaucht. Die menschliche Sprache, eine Erfindung von Menschen für den Gebrauch miteinander, war voll von kleinen Komplikationen und Nebenbedeutungen, und die Anstrengungen, die erforderlich waren, um damit zurechtzukommen, hatte Andrews Arbeitsvokabular unzweifelhaft vergrößert – und auch, wie er vermutete, die Anpassungsfähigkeit seiner positronischen Bahnen.

Während Andrew im Wartezimmer saß, kam gelegentlich jemand herein und starrte ihn an. Schließlich war er der freie Roboter – noch immer der einzige. Der kleidertragende Roboter. Eine Anomalie, ein Monstrum. Aber Andrew machte nie einen Versuch, den Blicken dieser Neugierigen auszuweichen. Er begegnete ihnen ruhig, und jeder von ihnen blickte schnell zur Seite.

Schließlich kam Paul Charney aus seinem Büro. Er und Andrew hatten einander seit dem vergangenen Winter nicht gesehen, als sie der Beerdigung von Pauls Vater George beigewohnt hatten, der friedlich im Haus der Familie gestorben war und nun an einem Hügel über dem Pazifik begraben lag. Paul schien überrascht, Andrew zu sehen, dachte dieser, obwohl er noch immer kein wirkliches Zutrauen zu seiner Fähigkeit hatte, menschliche Gesichtsausdrücke richtig zu interpretieren.

»Da schau her, Andrew! Wie schön, dich wiederzusehen. Es tut mir leid, daß ich dich warten ließ, aber ich hatte noch etwas Dringendes zu erledigen.«

»Kein Problem. Ich habe es nie eilig, Paul.«

Paul war in letzter Zeit dazu übergegangen, das dicke Make-up zu tragen, das die Mode gegenwärtig beiden Geschlechtern vorschrieb, und obwohl es die etwas weichen Umrisse seines Gesichts fester und ausgeprägter erscheinen ließ, mißbilligte Andrew die Tünche. Er meinte, daß Pauls starke, ausgeprägte Persönlichkeit keiner kosmetischen Betonung bedurfte. Der unnötige Auftrag von Farbe und Puder war eher geneigt, seine kraftvolle Eigenart zu verwischen.

Natürlich behielt Andrew seine Mißbilligung für sich. Aber die Tatsache, daß er Pauls Erscheinung überhaupt mißbilligte, war ihm neu. Es war das erste Mal, daß er solche Gedanken hatte. Seit er die Rohfassung seines Buches beendet hatte, bereitete ihm die Mißbilligung menschlicher Gewohnheiten und Aktivitäten weniger Unbehagen als erwartet, solange er es vermied, solche Meinungen offen auszusprechen. Er konnte mühelos mißbilligende Gedanken denken und war sogar imstande, seine Mißbilligung schriftlich auszudrücken. Früher wäre es ihm sicherlich schwer gefallen.

»Komm herein, Andrew«, sagte Paul. »Ich hörte, daß du mich sprechen wolltest, erwartete aber eigentlich nicht, daß du den Weg hierher auf dich nehmen würdest.«

»Wenn Sie zu beschäftigt sind, um mich jetzt zu sprechen, Paul, bin ich bereit, weiter zu warten.«

Paul warf einen Blick auf die Wanduhr und zuckte die Achseln.

»Ich kann etwas Zeit erübrigen. Bist du allein gekommen?«

»Ich mietete ein Automobil.«

»Gab es Schwierigkeiten?« fragte Paul mit einiger Besorgnis.

»Ich erwartete keine. Meine Rechte sind geschützt.«

Darauf wurde Pauls Gesichtsausdruck noch besorgter. »Andrew, ich habe dir ein halbes Dutzend Male erklärt, daß dieses Gesetz im wesentlichen nicht durchsetzbar ist, wenigstens unter den meisten Umständen. Und wenn du darauf bestehst, Kleider zu tragen, wirst du früher oder später zwangsläufig in Schwierigkeiten kommen, weißt du. Genauso wie damals, als mein Vater dich retten mußte.«

»Es war das einzige Mal, Paul. Aber ich bedaure, daß Sie ärgerlich sind.«

»Du mußt es so sehen: Du bist praktisch eine lebende Legende, eine Berühmtheit. Es gibt aber Leute, die aus ihren eigenen Komplexen und ihrer Bedeutungslosigkeit heraus einen Haß auf Berühmtheiten und Prominente entwickeln. Wenn sich eine Gelegenheit für sie ergibt, machen sie ihrem Haß Luft. Und du bist zweifellos eine Berühmtheit. Wie ich dir bereits sagte, bist du außerdem in mancherlei Hinsicht zu wertvoll, als daß du ein Recht hättest, dich unnötig in Gefahr zu begeben. Übrigens, wie geht es mit dem Buch voran?«

»Ich habe die Rohfassung fertig. Jetzt bin ich beim Überarbeiten und Polieren. Wenigstens hoffe ich, daß es dabei den letzten Schliff bekommen wird. Der Verleger ist recht erfreut über das, was er bisher gesehen hat.«

»Gut!«

»Ich weiß nicht, ob er mit dem Buch als solchem wirklich zufrieden ist. Ich nehme an, daß es Teile enthält, die ihm Unbehagen bereiten. Aber ich denke, daß er mit einer hohen Auflage und guten Verkäufen rechnet, einfach weil es das erste von einem Roboter geschriebene Buch ist. Dieser Aspekt gefällt ihm.«

»Es ist nur zu menschlich, fürchte ich, am Geldverdienen interessiert zu sein, Andrew.«

»Ich würde mich auch nicht darüber ärgern. Soll er das Buch verkaufen, aus welchen Gründen auch immer. Ich finde eine gute Verwendung für das Geld, das es einbringt.«

»Aber ich dachte, du seiest wohlhabend, Andrew! Du hattest immer schon dein eigenes Einkommen – und dazu kam die recht bedeutende Summe, die meine Großmutter dir hinterließ.«

»Die Kleine Miß war außerordentlich großzügig. Und ich bin sicher, daß ich auf die Familie zählen kann, wenn eine Zeit kommt, in der meine Ausgaben meine Einnahmen übersteigen werden. Aber ich würde lieber zu allen Zeiten imstande sein, meinen Bedarf aus eigenen Einnahmen zu bestreiten. Ich möchte Ihnen niemals zur Last fallen, außer als ein letzter Ausweg.«

»Von welchen Ausgaben redest du? Willst du eine Yacht kaufen, Weltreisen machen?«

»Nichts dergleichen«, sagte Andrew. »Aber ich habe etwas ziemlich Kostspieliges im Sinn, Paul. Ich hoffe, daß die Tantiemen aus den Verkäufen meines Buches groß genug sein werden, um zu finanzieren, was ich mir vorgenommen habe. Meinen nächsten Schritt, sozusagen.«

Paul schaute ein wenig unbehaglich drein. »Und was ist das?«

»Eine weitere Aufwertung.«

»Du warst immer in der Lage, deine Verbesserungen aus deinen eigenen Mitteln zu bestreiten.«

»Diese könnte kostspieliger sein als die anderen.«

Paul nickte. »Dann werden dir die Tantiemen zustatten

kommen. Und sollten sie enttäuschend sein, bin ich sicher, daß wir Mittel und Wege finden können, um den Ausfall auszugleichen.«

»Es ist nicht nur eine Frage des Geldes«, sagte Andrew. »Es gibt noch andere Komplikationen. Paul, für diese Verbesserung werde ich zur höchsten Stelle gehen müssen. Ich muß den Vorstandsvorsitzenden der United States Robots and Mechanical Men sprechen und seine Einwilligung bekommen. Ich habe versucht, einen Termin zu erhalten, aber bisher ist es mir nicht gelungen, zu ihm durchzukommen. Zweifellos liegt es an meinem Buch. Die Gesellschaft war nicht sonderlich begeistert davon, daß ich ein Buch schreibe, wissen Sie. Sie verweigerte mir jede Zusammenarbeit.«

Paul mußte lächeln. »Zusammenarbeit, Andrew? Zusammenarbeit ist das letzte, was du von denen erwarten kannst. Wenn sie dich sehen, wird ihnen angst und bange. In unserem großen Kampf um die Roboterrechte haben sie uns jede Unterstützung versagt, nicht wahr? Ganz im Gegenteil. Und du verstehst sicherlich, warum. Gib einem Roboter zu viele Rechte, und niemand wird mehr einen kaufen wollen, nicht?«

»Das mag wahr sein, oder vielleicht nicht. Jedenfalls möchte ich mit dem Vorstandsvorsitzenden über ein besonderes Anliegen sprechen, das ich habe. Es gelingt mir nicht, aus eigener Kraft durchzukommen, aber wenn Sie den Anruf für mich machen würden ...«

»Du weißt, daß ich dort nicht beliebter bin als du, Andrew.«

»Trotzdem, Sie sind der Chef und Eigentümer einer großen und einflußreichen Anwaltskanzlei und Mitglied einer alten, bekannten Familie. Sie können Sie nicht einfach ignorieren. Und wenn sie es doch versuchen, können Sie immer noch andeuten, daß sie, wenn sie mich empfangen und anhören, eine Chance erhalten, die nächste

Kampagne von Feingold & Charney zur weiteren Stärkung der Bürgerrechte von Robotern zu vermeiden.«

»Würde das nicht eine Lüge sein, Andrew?«

»Ja, Paul, und ich bin nicht gut im Lügen. Ich kann überhaupt nicht lügen, genauer gesagt, es sei denn unter dem Zwang eines der drei Gebote. Deshalb müssen Sie den Anruf für mich machen.«

Paul schmunzelte. »Ah, Andrew, Andrew! Du kannst nicht lügen, aber du kannst mich drängen, es für dich zu tun, nicht wahr? Du wirst immer menschlicher!«

14

Der Geschäftstermin war nicht leicht zu bekommen, nicht einmal mit Pauls einflußreicher Unterstützung. Aber wiederholter Druck, verbunden mit der nicht allzu taktvollen Andeutung, daß es der United States Robots and Mechanical Men möglicherweise eine lästige neue Runde im Rechtsstreit über Roboterrechte ersparen könnte, wenn Harley Smythe-Robertson ein paar Minuten seiner kostbaren Zeit für Andrew opfern würde, brachte schließlich den Erfolg. An einem milden Frühlingstag unternahmen Andrew und Paul zusammen die Reise über Land zu dem ausgedehnten Verwaltungskomplex des weltweit größten Herstellers von Robotern und selbststeuernden cybernetischen Maschinen.

Harley Smythe-Robertson – der von beiden Zweigen der Familie abstammte, die United States Robots gegründet hatten, und den Doppelnamen angenommen hatte, um dies zu verdeutlichen – sah entschieden unfroh aus, als er Andrews ansichtig wurde. Er näherte sich dem Pensionsalter und ein ungewöhnlich großer Teil seiner Amtszeit als Präsident des Unternehmens war den Kontroversen über

Roboterrechte gewidmet gewesen. Smythe-Robertson war ein hochgewachsener, hagerer Mann, dessen graues Haar dünn an den hohlwangigen Schädel geklatscht war. Er trug kein Gesichts-Make-up. Während des Gesprächs beäugte er Andrew von Zeit zu Zeit mit unverhohlener Feindseligkeit.

Meistens richtete er das Wort an Paul, um eine direkte Anrede des Roboters zu vermeiden.

»Darf ich fragen, welchen neuen Ärger Sie uns mit diesem Besuch bereiten wollen?« fragte Smythe-Robertson zur Einleitung.

»Bitte verstehen Sie, Sir, daß es niemals die Absicht meines Mandaten gewesen ist, Ihrem Unternehmen Schwierigkeiten zu bereiten.«

»Aber er hat es getan. Ständig. Und Sie haben ihn dabei nach Kräften unterstützt.«

»Ich habe nur zu erreichen versucht, worauf ich glaube Anspruch zu haben«, sagte Andrew.

Smythe-Robertson reagierte auf das Wort ›Anspruch‹ wie auf einen Schlag ins Gesicht.

»Wie außergewöhnlich, einen Roboter von Ansprüchen reden zu hören.«

»Dieser Roboter ist ein sehr außergewöhnlicher Roboter, Mr. Smythe-Robertson«, sagte Paul.

»Ja, außergewöhnlich. Da gebe ich Ihnen recht«, sagte Smythe-Robertson verdrießlich.

»Vor etwas mehr als einem Jahrhundert«, sagte Andrew, »sagte mir Mervin Mansky, der damals der leitende Robopsychologe dieser Gesellschaft war, daß die Mathematik der positronisch-neuralen Bahnen viel zu kompliziert sei, um mehr als annähernde Lösungen zu erlauben, und daß die Grenzen meiner Fähigkeiten deshalb nicht genau voraussagbar seien.«

»Das war vor mehr als einem Jahrhundert«, erwiderte Smythe- Robertson. »Heutzutage ist die Situation ganz anders. Unsere Roboter werden jetzt mit großer Präzision hergestellt und genau auf ihre jeweiligen Aufgaben eingestimmt. Wir haben jeden Aspekt von Unberechenbarkeit eliminiert.«

»Ja«, sagte Paul, »das habe ich festgestellt. Und ein Ergebnis davon ist, daß mein Empfangsroboter in jedem Punkt, der auch nur im geringsten von der vorgesehenen Bahn abweicht, der Anleitung bedarf. Ich sehe darin allerdings nicht einen großen Fortschritt in Richtung auf eine Vervollkommnung.«

»Ich denke«, sagte Smythe-Robertson, »es würde Sie weit mehr stören, wenn Ihr Empfangsroboter improvisieren würde.«

»Improvisieren?« versetzte Paul. »*Denken* ist alles, was ich verlange. Genug Denkfähigkeit, um imstande zu sein, die einfachsten Situationen zu bewältigen, mit denen man im Empfang zu tun hat. Roboter sind konstruiert, um Intelligenz zu zeigen, nicht wahr? Mir scheint, Sie haben sich auf eine sehr begrenzte Definition von Intelligenz zurückgezogen.«

Smythe-Robertson runzelte die Stirn und blickte auf seine Hände, verzichtete aber auf eine unmittelbare Antwort.

Andrew sagte: »Verstehe ich Sie richtig, Sir, daß Ihr Unternehmen keine Roboter mehr herstellt, die so flexibel und anpassungsfähig sind wie – sagen wir – ich?«

»Das trifft zu. Wir haben die Linie der generalisierten neutralen Bahnen bereits vor so lange Zeit aufgegeben, daß ich nicht genau sagen könnte, wann das war. Vielleicht geschah es noch zu Dr. Manskys Zeit. Das war lange vor meiner Geburt, und wie leicht zu sehen ist, bin ich weit über meine Jugendjahre hinaus.«

»Wie ich auch«, sagte Andrew. »Die Recherchen, die ich im Zusammenhang mit meinem Buch durchgeführt habe – es wird Ihnen bekannt sein, daß ich ein Buch über Robotik und Roboter geschrieben haben –, zeigen, daß ich der älteste Roboter in aktiver Operation bin.«

»Richtig«, sagte Smythe-Robertson. »Und der älteste überhaupt. Der älteste, den es je geben wird, genauer gesagt. Kein Roboter ist nach seinem fünfundzwanzigsten Jahr noch uneingeschränkt brauchbar. Die Eigentümer sind berechtigt, ihre Roboter nach Ablauf dieser Zeit zurückzugeben und gegen ein neues Modell einzutauschen. Im Falle von Leasingverträgen rufen wir die Roboter automatisch zurück und stellen Ersatz zur Verfügung.«

»Kein Roboter Ihrer gegenwärtig hergestellten Serien ist nach dem fünfundzwanzigsten Jahr brauchbar«, sagte Paul. »Aber Andrew ist ein Roboter von ganz anderer Art.«

»Dessen bin ich mir nur zu gut bewußt«, antwortete Smythe-Robertson reserviert.

Andrew hielt hartnäckig an dem Weg fest, den er sich vorgenommen hatte. »Sir, da ich der weltweit älteste und flexibelste Roboter bin, würden Sie vielleicht zustimmen, daß ich eine besondere Behandlung seitens der Gesellschaft verdiene?«

»Durchaus nicht«, entgegnete Smythe-Robertson in eisigem Ton. »Lassen Sie mich ganz klar sagen, Mr. Charney, daß die Ungewöhnlichkeit Ihres Mandanten für mein Unternehmen eine ständige Peinlichkeit ist. Er hat uns mit Ihrer Hilfe alle möglichen Schwierigkeiten bereitet, wie ich bereits erwähnte. Seine Vorstellungen von Anrecht und Verdienst werden von unserer Seite nicht geteilt. Wäre er geleast, wie die meisten unserer Roboter heutzutage, hätten wir ihn längst zurückgerufen und durch einen Roboter eines fügsameren Typs ersetzt.«

»Wenigstens sind Sie offen und ehrlich«, sagte Paul.

»Unsere Einstellung zu diesem Fall ist kein Geheimnis, Mr. Charney. Wir sind im Geschäft, um Roboter zu verkaufen, nicht um uns in endlose und unnütze politische

Streitigkeiten zu verstricken. Ein Roboter, der glaubt, er sei mehr als eine nützliche mechanische Vorrichtung, würde von unseren Kunden nicht geschätzt und die Rentabilität unseres Unternehmens gefährden.«

»Und darum würden Sie mich zerstören, wenn Sie könnten«, sagte Andrew. »Ich verstehe das durchaus. Aber ich bin ein freier Roboter und gehöre mir selbst, also kann ich nicht zurückgerufen werden, und jeder Versuch, mich wieder zu kaufen, würde zwecklos sein. Ich bin durch das Gesetz gegen jeden Schaden geschützt, den Sie mir etwa zufügen möchten. Aus diesem Grund bin ich immer wieder bereit gewesen, mich in Ihre Hände zu geben und periodische Verbesserungen und Aufwertungen vornehmen zu lassen. Und heute bin ich zu Ihnen gekommen, um die umfangreichste Aufwertung vornehmen zu lassen, die Ihr Unternehmen jemals an einem Roboter vorgenommen hat. Ich wünsche einen völligen Ersatz für mich selbst, Sir.«

Smythe-Robertson sah ihn erstaunt und verwirrt an. Lange fand er keine Worte.

Andrew wartete. Er sah an Smythe-Robertson vorbei zur Wand, wo ein holographisches Portrait zu ihm zurückblickte. Es war das säuerlich-strenge Gesicht einer älteren Frau, das Gesicht Susan Calvins, der Schutzpatronin aller Robotiker. Sie war jetzt seit bald zweihundert Jahren tot, aber nachdem er sich während der Arbeit an seinem Buch in ihre Aufsätze und Artikel vertieft hatte, hatte Andrew das Gefühl, sie so gut zu kennen, daß er sich beinahe einbilden konnte, er habe sie persönlich gekannt.

Zuletzt räusperte sich Smythe-Robertson und blickte von Andrew zu Paul. »Ein völliger Ersatz? Was ist darunter zu verstehen?«

»Genau was ich sagte, Sir. Wenn Sie einen obsoleten Roboter zurückrufen, stellen Sie dem Eigentümer einen Ersatz zur Verfügung. Nun, ich möchte einen Ersatz für mich selbst.«

Smythe-Robertson schien ratlos. »Aber wie sollte das geschehen? Wenn wir einen Ersatz bereitstellen, können wir den neuen Roboter nicht dem alten als Ersatz zur Verfügung stellen, weil dieser zu existieren aufgehört hätte.« Und er lächelte grimmig.

»Vielleicht hat Andrew sich nicht hinreichend deutlich ausgedrückt«, schaltete sich Paul ein. »Darf ich es versuchen? Der Sitz von Andrews Persönlichkeit ist sein positronisches Gehirn, der eine Teil, der nicht ersetzt werden kann, ohne einen neuen Roboter zu schaffen. Das positronische Gehirn ist infolgedessen der Sitz und geometrische Ort Andrew Martins, der Eigentümer des Roboters ist, in welchem Andrew Martins positronisches Gehirn sich gegenwärtig befindet. Jeder andere Teil des robotischen Körpers kann ersetzt werden, ohne die Andrew-Martin-Persönlichkeit zu berühren; die meisten dieser Teile sind, wie Sie vielleicht wissen, bereits ersetzt worden, nicht selten mehr als einmal, seit Andrew vor mehr als hundert Jahren hergestellt wurde. Diese unterstützenden Teile sind im Besitz des Gehirns. Das Gehirn kann sie nach eigenem Dafürhalten jederzeit ersetzen lassen, aber die Kontinuität des Gehirns selbst bleibt gewahrt. Was Andrew eigentlich wünscht, Mr. Smythe-Robertson, ist die Übertragung seines Gehirns in einen neuen robotischen Körper.«

»Ich verstehe«, sagte Smythe-Robertson. »Ein Totalaustausch, mit anderen Worten.« Aber seine Miene zeigte wieder Verwunderung. »In welcher Art von Körper, darf ich fragen? Ihr Mandant besitzt bereits den fortgeschrittensten mechanischen Körper, den wir herstellen.«

»Aber Sie haben auch Androiden hergestellt, nicht wahr?« sagte Andrew. »Roboter, welche die äußere Erscheinung von Menschen haben, vollständig bis zur Struktur und Beschaffenheit der Haut? Das ist es, was ich möchte, Sir. Einen androiden Körper.«

Paul wandte den Kopf und sah ihn verblüfft an. »Großer

Gott, Andrew«, platzte er heraus. »Ich hätte mir nie träumen lassen, daß du so etwas ...«

Smythe-Robertson richtete sich hinter seinem Schreibtisch auf. »Das ist ein absolut unmögliches Begehren. Unmöglich.«

»Warum sagen Sie das?« fragte Andrew. »Ich bin bereit, jedes vernünftige Honorar zu zahlen, wie ich es für die zahlreichen Aufwertungen und Verbesserungen getan habe, die Sie mir bisher zukommen ließen.«

»Wir stellen keine Androiden her«, sagte Smythe-Robertson.

»Aber Sie haben. Ich weiß, daß Sie welche hergestellt haben.«

»Früher, ja. Die Produktlinie wurde aufgegeben.«

»Wegen technischer Probleme?« fragte Paul.

»Keineswegs. Die Versuchsserie der Androiden war durchaus zufriedenstellend – technisch gesehen. Ihre Erscheinung war erstaunlich menschenähnlich, und doch besaßen sie die Vielseitigkeit und Robustheit von Robotern. Für die Haut verwendeten wir synthetische Kohlefasern, für die Sehnen Silikon. Es wurde praktisch kein Metall verarbeitet. Das Gehirn war natürlich nach wie vor Platin-Iridium, aber der übrige Körper bestand hauptsächlich aus Kunststoffen und Keramik. Sie waren beinahe so widerstandsfähig wie konventionelle Metallroboter, aber bei geringerem Gewicht sogar zäher.«

»Und trotz dieser Vorzüge brachten Sie die Entwicklung nicht auf den Markt?« fragte Paul.

»Richtig. Die Versuchsserie umfaßte ungefähr ein Dutzend Modelle, aber nach eingehender Marktforschung entschieden wir uns gegen eine industrielle Serienfertigung.«

»Warum geschah das?«

»Zum einen«, sagte Smythe-Robertson, »wäre ein Android sehr viel teurer gekommen als die Metallroboter der

Standardausführung – so teuer, daß wir sie als reine Luxusartikel hätten betrachten müssen, für die es nur einen sehr begrenzten potentiellen Markt gibt. Es hätte unter diesen Voraussetzungen viele Jahre gedauert, die Kosten einer Serienproduktion zu amortisieren. Aber das war nur ein Teil der Schwierigkeiten, und nicht der wesentlichste. Das eigentliche Problem war negative Konsumentenreaktion. Die Androiden sahen zu menschenähnlich aus. Sie belebten all die alten Befürchtungen und Ängste, daß sie wirklichen Menschen die Arbeitsplätze wegnehmen und sie überflüssig machen würden, aufs neue – Ängste und Befürchtungen, die uns vor zweihundert Jahren so viele Schwierigkeiten und Probleme verursacht hatten. Es erschien uns wenig sinnvoll, diesen ganzen psychotischen Unsinn wieder aufleben zu lassen, nur um eine Produktlinie einzurichten, die sowieso von Anfang an unrentabel gewesen wäre.«

»Aber Ihr Unternehmen hat seine Patente und technischen Möglichkeiten zur Herstellung von Androiden behalten, nicht wahr?« fragte Andrew.

Smythe-Robertson zuckte die Achseln. »Ich nehme an, wir könnten sie noch machen, wenn wir einen Sinn darin sehen würden, ja.«

»Aber Sie entschieden sich dagegen«, sagte Paul. »Sie haben die Technik, wollen sie aber nicht einsetzen. Das ist nicht ganz das gleiche, was Sie uns vorher sagten, daß es *unmöglich* sein würde, einen androiden Körper für Andrew herzustellen.«

»Nun gut, es würde technisch möglich sein, ja. Aber völlig konträr zu unserer Unternehmenspolitik.«

»Warum? Es gibt meines Wissens kein Gesetz gegen die Herstellung von Androiden.«

»Wir stellen sie nicht her und wir haben auch nicht die Absicht es zu tun, ungeachtet der technischen und juristischen Möglichkeit. Darum sind wir nicht in der Lage, den androiden Körper zu liefern, den Andrew Martin bestellen möchte. Und ich denke, damit ist unser Gesprächsstoff erschöpft. Wenn Sie mich entschuldigen wollen ...«, und er machte Anstalten sich zu erheben.

»Nur noch einen Augenblick, wenn Sie so gut sein wollen«, sagte Paul mit freundlicher Bestimmtheit. Er räusperte sich, und Smythe-Robertson ließ sich widerwillig in seinen Bürosessel zurücksinken. »Mr. Smythe-Robertson, Andrew ist ein freier Roboter, der unter den Schutz der Gesetze fällt, welche die Rechte von Robotern garantieren. Das ist Ihnen selbstverständlich klar.«

»Nur zu klar.«

»Dieser freie Roboter entscheidet sich aus eigenem Antrieb, Kleider zu tragen. Dies hat dazu geführt, daß er häufig von gedankenlosen oder feindseligen Menschen gedemütigt wird, trotz des Gesetzes, das ihn vor solchen Demütigungen schützen soll. Es ist sehr schwierig, beiläufige Zurücksetzungen, Demütigungen und auch Beleidigungen, die nicht allgemein mißbilligt werden, strafrechtlich zu verfolgen, zumal es oft an Zeugen fehlt und die Strafverfolgungsbehörden selten geneigt sind, solche als geringfügig betrachteten Verstöße zu ahnden.«

»Ich bin nicht im geringsten überrascht, das zu hören«, sagte Smythe-Robertson ungeduldig. »Die United States Robots haben das von Anfang an so gesehen. Die Anwaltskanzlei Ihres Vaters unglücklicherweise nicht.«

»Mein Vater ist tot«, sagte Paul. »Aber was ich sehe, ist, daß wir hier einen klaren Verstoß mit einem eindeutigen Ziel haben, und wir sind bereit, die geeigneten Schritte einzuleiten.«

»Wovon reden Sie?«

»Mein Klient Andrew Martin – er ist seit vielen Jahren Klient meiner Kanzlei – ist durch Urteil des Bundesgerichts ein freier Roboter. Das heißt, er ist sein eigener Eigentümer und genießt die gesetzlich garantierten Rechte, die jeder menschliche Eigentümer von Robotern im Hinblick auf die Roboter in seinem Besitz ausübt. Dazu gehört auch das Recht auf Ersatz. Wie Sie vorhin selbst ausführten, ist der Eigentümer jedes Roboters berechtigt, die United States Robots and Mechanical Men um Ersatz zu ersuchen, wenn sein Roboter defekt geworden oder veraltet ist. Ihre Gesellschaft besteht sogar auf Ersatzleistung, und wenn es sich um geleaste Roboter handelt, ruft sie solche automatisch zurück. Habe ich Sie in diesem Punkt richtig verstanden?«

»Gewiß, ja.«

»Gut.« Paul lächelte unbefangen. »Das positronische Gehirn meines Klienten ist Eigentümer des Körpers meines Klienten – und dieser Körper ist weitaus älter als fünfundzwanzig Jahre. Nach Ihrer eigenen Definition ist dieser Körper veraltet, so daß mein Klient Anspruch auf Ersatz hat.«

»Nun ...« sagte Smythe-Robertson, und eine leichte Röte stieg in sein abgezehrtes, beinahe fleischloses Gesicht.

»Das positronische Gehirn, welches mein eigentlicher Klient ist, verlangt den Ersatz des Roboterkörpers, in welchem es untergebracht ist, und hat angeboten, für diesen Ersatz eine vernünftige Gebühr zu bezahlen.«

»Dann kann er sich in der üblichen Weise eintragen lassen, und wir werden ihm seine Aufwertung geben.«

»Er wünscht mehr als eine Aufwertung. Er möchte den besten Ersatzkörper innerhalb Ihrer technischen Möglichkeiten, worunter er einen androiden Körper versteht.«

»Er kann keinen haben.«

»Durch Ihre Weigerung«, fuhr Paul fort, »verurteilen Sie ihn zu fortgesetzter Erniedrigung durch all jene, die ihn als einen Roboter erkennen und geringschätzig behandeln, weil er es vorzieht, Kleider zu tragen und sich auch sonst in traditionell ›menschlicher‹ Art und Weise benimmt.«

»Das ist nicht unser Problem«, sagte Smythe-Robertson.

»Es wird Ihr Problem, wenn wir Sie verklagen, weil Sie sich weigern, meinem Klienten einen Körper zu liefern, der ihm erlauben würde, die meisten Erniedrigungen, denen er sich jetzt ausgesetzt sieht, zu vermeiden.«

»Nur zu, reichen Sie Klage ein. Glauben Sie, irgend jemand würde Verständnis für einen Roboter haben, der wie ein Mensch aussehen möchte? Die Leute werden empört sein. Er wird überall als der anmaßende Emporkömmling, der er ist, auf Ablehnung stoßen.«

»Da bin ich nicht so sicher«, entgegnete Paul. »Zugegeben, die öffentliche Meinung würde normalerweise nicht den Anspruch eines Roboters in einem Rechtsstreit dieser Art unterstützen. Aber ich darf Sie erinnern, daß United States Robots in der allgemeinen Öffentlichkeit nicht sehr beliebt ist, Mr. Smythe-Robertson. Selbst diejenigen, welche Roboter zu ihrem eigenen Vorteil und Gewinn benutzen, betrachten Ihr Unternehmen mit zwiespältigen Gefühlen. Das mag ein Überbleibsel aus den Tagen der paranoiden Roboterfeindlichkeit sein, aber auch mit der immensen Monopolmacht und dem Reichtum Ihres Unternehmens zusammenhängen, das sein weltweites Monopol zur Herstellung von Robotern so erfolgreich verteidigen konnte, daß fast alle Konkurrenten längst aufgeben mußten. Was immer die Ursache sein mag, eine gewisse unterschwellige Abneigung ist sicherlich verbreitet. Wenn es in solch einem Rechtsstreit eine Partei gibt, die noch weniger populär sein würde als der Roboter, der wie ein Mensch aussehen möchte, dann würde es die Gesellschaft sein, welche die Welt mit Robotern bevölkert hat.«

Smythe-Robertson beobachtete ihn mit kaltem Blick. Seine Backenmuskeln traten deutlich hervor. Er sagte nichts.

»Denken Sie außerdem daran«, fuhr Paul fort, »was die Leute sagen würden, wenn sie erfahren, daß Sie imstande sind, Roboter herzustellen, die kaum noch von Menschen zu unterscheiden sind? Der Rechtsstreit würde sehr wahrscheinlich viel Aufmerksamkeit auf gerade diesen Punkt lenken. Wenn Sie andererseits meinem Klienten einfach und ohne Aufhebens liefern, was er verlangt...«

Smythe-Robertson schien einem Wutausbruch nahe. »Das ist versuchte Erpressung, Mr. Charney.«

»Im Gegenteil. Wir versuchen Ihnen nur vor Augen zu führen, wo Ihr eigenes wohlverstandenes Interesse liegt. Eine rasche und friedliche Regelung ist alles, was wir anstreben. Wenn Sie uns hingegen zwingen, vor den Gerichten um Rechtshilfe zu ersuchen, wäre das eine andere Sache. Und dann, denke ich, würden Sie sich in der unangenehmen Position befinden, einen langwierigen Rechtsstreit ausfechten zu müssen, denn mein Klient ist sehr wohlhabend, wird noch viele Jahrzehnte leben und keine Veranlassung haben, diesen Rechtsstreit nicht bis zur obersten Instanz durchzufechten.«

»Auch wir sind nicht mittellos, Mr. Charney.«

»Das ist mir klar. Aber können Sie eine endlose juristische Belagerung aushalten, in deren Verlauf betriebsinterne Einzelheiten Ihres Unternehmens an die Öffentlichkeit gebracht werden? Ich gebe es Ihnen ein letztes Mal zu bedenken, Mr. Smythe- Robertson. Wenn Sie es vorziehen, das durchaus vernünftige Ersuchen meines Klienten zurückzuweisen, so mögen Sie das tun, und wir werden ohne ein weiteres Wort gehen. Aber wir werden klagen, was ganz gewiß unser Recht ist, und wir werden alle juristischen und publikumswirksamen Mittel einsetzen, die für Ihr Unternehmen große Schwierigkeiten und Unannehmlichkeiten mit sich bringen werden, und Sie werden finden, daß Sie am Ende möglicherweise den kürzeren ziehen werden. Sind Sie gewillt, dieses Risiko auf sich zu nehmen?«

»Nun...« sagte Smythe-Robertson und zögerte.

»Gut. Ich sehe, daß Sie einlenken werden«, sagte Paul. »Sie mögen noch zögern, aber schließlich werden Sie einlenken. Eine sehr weise Entscheidung, möchte ich hinzufügen. Aber das führt zu einem weiteren wichtigen Punkt.«

Smythe-Robertsons Zorn schien in mürrischer Verdrießlichkeit zu versinken. Ehe er etwas erwidern konnte, fuhr Paul fort:

»Sollte im Zuge der Übertragung des positronischen Gehirns meines Mandanten vom gegenwärtigen Körper in den organischen, den für ihn herzustellen Sie schließlich einwilligen werden, irgendein wie auch immer gearteter Schaden auftreten, und mag er noch so gering sein, werde ich nicht ruhen und rasten, bis ich dieses Unternehmen auf den Boden genagelt habe.«

»Gesetzt den Fall, wir würden auf Ihr Ansinnen eingehen, können Sie nicht erwarten, daß wir garantieren ...«

»Ich kann und ich werde. Sie haben mehr als hundert Jahre Erfahrung in der Übertragung positronischer Gehirne von einem Roboterkörper zum anderen. Sie können sicherlich die gleiche Technik anwenden, um ein positronisches Gehirn in einen androiden Körper zu übertragen. Und ich warne Sie: wenn eine neurale Verbindung im Denkapparat meines Mandanten im Laufe der Arbeiten zufällig oder weniger zufällig unterbrochen, stillgelegt oder in ihrer Funktion gestört werden sollte, können Sie sich darauf verlassen, daß ich jeden möglichen Schritt unternehmen werde, um die öffentliche Meinung gegen Ihr Unternehmen zu mobilisieren – daß ich es vor aller Welt als die kriminell rachsüchtige Organisation bloßstellen werde, als die es sich entpuppt hat.«

Smythe-Robertson rückte unruhig in seinem Sessel. »Das sind absurde Forderungen. Wir könnten Ihnen niemals eine Verpflichtung zu uneingeschränkter Haftung leisten. Mit jedem Transfer sind Risiken verbunden.«

»Aber mit geringer Wahrscheinlichkeit. Sie verlieren

nicht viele positronische Gehirne bei der Verpflanzung von einem Körper in einen anderen. Wir sind bereit, Risiken dieser Art zu akzeptieren. Es ist die Möglichkeit vorsätzlicher und böswilliger Handlungen gegen meinen Mandanten, vor der ich Sie warne.«

»So einfältig würden wir nicht sein«, sagte Smythe-Robertson, »vorausgesetzt, wir würden diesen Auftrag annehmen, und ich habe Ihnen noch keinerlei Zusage gemacht. Es ist von jeher unser Prinzip, jeden Auftrag, den wir annehmen, mit größter Sorgfalt auszuführen. Eine hundertprozentige Erfolgsgarantie gibt es nirgends, wo Menschen am Werk sind. Neunundneunzig Prozent vielleicht, aber nicht hundert.«

»Das genügt uns. Aber vergessen Sie nicht, wir werden mit allen uns zu Gebote stehenden Mitteln gegen Sie vorgehen, wenn wir Grund zu dem Verdacht haben, daß unserem Klienten absichtlich Schaden in irgendeiner Form zugefügt wird.« Paul wandte sich zu Andrew und sagte: »Was sagst du, Andrew? Ist dies für dich annehmbar?«

Andrew zögerte fast eine Minute lang. Was Paul wollte, lief auf die Billigung von Lüge und Erpressung hinaus, auf das Plagen und Demütigen eines Menschen.

Aber wenigstens war kein körperlicher Schaden damit verbunden, sagte er sich. Und so gelang es ihm schließlich, ein kaum hörbares »Ja« hervorzubringen.

15

Es war wie eine Neukonstruktion. Monatelang fühlte Andrew sich irgendwie nicht er selbst, und die einfachsten Handlungen ließen ihn immer wieder zögern.

Er war in seinem Körper völlig zu Hause gewesen, brauchte nur die Notwendigkeit einer Bewegung zu erkennen und war augenblicklich imstande, sie auszuführen, zielsicher und automatisch. Jetzt erforderte es bewußte Anstrengung der Selbstführung. *Hebe deinen Arm,* mußte er sich sagen. *Bewege ihn hier herüber. Nun lege ihn nieder.*

War es so für ein junges Menschenkind, wenn es sich bemühte, die Geheimnisse körperlicher Koordination zu meistern? fragte sich Andrew.

Vielleicht war es so. Er war mehr als hundert Jahre alt und doch fühlte er sich wie ein Kind, als er sich in diesem erstaunlichen neuen Körper umherbewegte.

Es war ein großartiger Körper. Er war groß, aber nicht so groß, daß er anmaßend oder einschüchternd gewirkt hätte. Seine Schultern waren breit, die Taille schmal, die Gliedmaßen kräftig ausgebildet und athletisch. Er hatte sich für mittelbraunes Haar entschieden, weil er rot zu extravagant, blond zu offensichtlich und schwarz zu düster gefunden hatte, und menschliches Haar nicht in anderen Farben als diesen vorkam, ausgenommen das Grau oder Weiß des Alters, und das hatte er nicht gewünscht. Auch seine Augen – lichtempfindliche Photozellen mit automatischer Brennweiteneinstellung – waren braun, die der menschlichen Regenbogenhaut nachgebildeten Teile der Linse mit winzigen goldfleckigen Unregelmäßigkeiten. Für seine Hautfarbe hatte Andrew etwas Neutrales ausgewählt, etwas dunkler als das blasse Rosa der Charneys, aber nicht so dunkel wie die bräunlichen Tönungen schwarzhaariger Mexikaner oder Inder. So würde niemand in der Lage sein, auf den ersten Blick seine Herkunft zu deuten. Sein scheinbares Alter hatte er von den Konstrukteuren und Maskenbildnern der United States Robots irgendwo zwischen fünfunddreißig und fünfzig menschlichen Lebensjahren ansetzen lassen: alt genug, um gereift zu erscheinen, aber nicht so alt, um deutliche Zeichen des Alterungsprozesses zu zeigen.

Ein feiner Körper, ja. Er war überzeugt, daß er sehr glücklich darin sein würde, sobald er sich an ihn gewöhnte.

Jeden Tag gab es einen kleinen Fortschritt. Jeden Tag gewann er mehr Kontrolle über seine elegante neue Androidenbehausung. Aber der Gewöhnungsprozeß ging schrecklich langsam vonstatten – quälend langsam.

Paul war außer sich. »Sie haben dich beschädigt, Andrew. Ich werde sie auf Schadenersatz verklagen.«

»Tun Sie es nicht, Paul«, sagte Andrew. »Sie werden niemals etwas be-beweisen ka-ka-können …«

»Du meinst, vorsätzliche Beschädigung?«

»Ja. Außerdem werde ich stärker, be-besser. Es ist bloß das Tr- tr …«

»Das was?«

»Das Trauma. Schließlich hat es noch nie solch eine Op-op-op gegeben.«

Andrew sprach sehr langsam und das Sprechen fiel ihm überraschend schwer. Es war eine der schwierigsten Funktionen überhaupt, ein ständiges Ringen um Artikulation. Es war anstrengend und quälend, die Worte herauszubringen, und für jeden, der ihm zuhören mußte, eine Geduldsprobe. Sein gesamter Lautbildungsmechanismus unterschied sich von dem früheren. Der effiziente elektronische Synthesizer, der imstande gewesen war, so überzeugende menschliche Geräusche hervorzubringen, hatte einer Anordnung von Resonanzkammern und muskelähnlichen Strukturen zu ihrer Kontrolle Platz gemacht, die seine Stimme völlig ununterscheidbar von der eines organischen menschlichen Wesens machen sollte; nun aber mußte Andrew jede Silbe in einer Weise formen, die ihm vorher von der Elektronik abgenommen worden war, und das war sehr schwierige Arbeit.

Gleichwohl war er von Mutlosigkeit weit entfernt. Verzweiflung war ein Gemütszustand, zu dem er ohnedies unfähig war, und außerdem wußte er, daß diese Probleme bloß vorübergehender Natur waren. Er konnte sein Gehirn von innen fühlen. Das konnte sonst niemand, und niemand konnte so gut wie er wissen, daß sein Gehirn noch intakt war, daß es unbeschädigt durch die Transferoperation gegangen war. Seine Gedanken strömten frei durch die neuralen Verbindungen und steuerten einwandfrei die Bewegungen seines Körpers, selbst wenn dieser in seinen Reaktionen noch nicht so schnell und eingeübt war wie er es gewohnt war. Jeder Parameter hielt der Überprüfung stand.

Er hatte lediglich ein paar Schnittstellenprobleme, das war alles. Aber Andrew wußte, daß er vollkommen in Ordnung war, und daß es nur eine Frage der Zeit sein würde, bis er die vollkommene Herrschaft über sein neues Gehäuse gewonnen hätte. Er mußte sich als kleines Kind sehen, das alle bewußten Körperfunktionen erst erlernen mußte, zunächst langsam, dann immer rascher.

Die Monate vergingen. Seine Koordination verbesserte sich gleichmäßig. Er näherte sich wieder vollem positronischem Zusammenspiel.

Aber nicht alles war so, wie er es sich wünschte. Andrew verbrachte Stunden vor dem Spiegel und beobachtete sich kritisch, während er sein Repertoire von Gesichtsausdrücken und Körperbewegungen durchspielte. Und was er sah, reichte bei weitem nicht an die Erwartungen heran, die er mit seinem neuen Körper verbunden hatte.

Nicht ganz menschlich! Das Gesicht war steif – zu steif –, und er bezweifelte, daß sich das mit der Zeit bessern würde. Wenn er eine Fingerspitze gegen die Wange drückte, gab das Fleisch nach, aber nicht so, wie echtes menschliches Fleisch nachgeben würde. Er konnte lächeln oder eine finstere Miene machen, die Brauen zusammenziehen, aber es waren einstudierte, imitierte Gesichtsausdrücke. Er gab das Signal zum Lächeln, oder das

Signal zum Stirnrunzeln oder was immer ihm einfiel, und die künstlichen Gesichtsmuskeln brachten gehorsam den Ausdruck des Lächelns oder Stirnrunzelns zustande, zogen seine Gesichtszüge in Übereinstimmung mit einem sorgfältig entwickelten Programm hin und her, hinauf und herab. Stets war er sich der Maschinerie bewußt, so organisch sie scheinen mochte, die schwerfällig unter seiner Haut am Werk war, die gewünschte Wirkung zu erzielen. Das war nicht, wie es bei Menschen funktionierte, vermutete Andrew.

Und seine Bewegungen waren zu überlegt. Es fehlte ihnen die natürliche, frei fließende Ungezwungenheit menschlicher Bewegungen. Er konnte hoffen, daß dieser Effekt sich nach einer Zeit der Gewöhnung einstellen würde – schließlich war er schon weit über die ersten enttäuschenden Tage nach der Operation hinaus, als er unbeholfen in seinem Zimmer umhergetappt war, wie ein primitiver Automat des präpositronischen Zeitalters –, aber etwas sagte ihm, daß er auch mit diesem außerordentlichen neuen Körper niemals in der Lage sein würde, sich in der natürlichen, zwanglosen Art und Weise zu bewegen, die ein Mensch für gegeben hielt.

Trotzdem, allzu schlimm war es nicht. Die Leute der United States Robots hatten ihren Teil des Handels ehrenhaft eingehalten und den Transfer mit der ganzen eindrucksvollen technischen Geschicklichkeit durchgeführt, die ihnen zu Gebote stand. Und Andrew hatte, was er wollte. Vielleicht würde er einen wirklich aufmerksamen Betrachter nicht täuschen können, aber er sah bei weitem menschlicher aus als jemals ein Roboter vor ihm, und wenigstens konnte er jetzt Kleider tragen, ohne die lächerliche Anomalie eines ausdruckslosen Metallgesichts damit zu verbinden.

Eines Tages erklärte Andrew: »Ich werde jetzt wieder an die Arbeit gehen.«

Paul Charney lachte und sagte: »Dann muß es dir wieder gut gehen. Was wirst du tun? Noch ein Buch schreiben?«

»Nein«, sagte Andrew ernsthaft. »Ich lebe zu lang, um mich einer bestimmten Laufbahn zu verschreiben und daran festzuhalten. Es gab eine Zeit, als ich hauptsächlich ein Künstler war, und hin und wieder arbeite ich noch immer mit Holz. Und dann gab es eine Zeit, als ich ein Historiker war, und ich kann immer ein weiteres Buch oder zwei schreiben, wenn ich das Bedürfnis verspüre. Aber ich muß weitergehen. Was ich jetzt sein möchte, Paul, ist ein Robobiologe.«

»Ein Robopsychologe, meinst du?«

»Nein. Das würde das Studium positronischer Gehirne bedingen, und im Augenblick habe ich daran kein Interesse. Ein Robobiologe, denke ich, befaßt sich mit den Funktionen des Körpers, der an das Gehirn angeschlossen ist.«

»Würde das nicht ein Robotiker sein?«

»In den alten Tagen, ja. Aber Robotiker arbeiten mit metallischen Körpern. Ich würde einen organischen humanoiden Körper studieren – von dem ich den einzigen habe, soweit mir bekannt ist. Die Untersuchung meiner Funktionen, wie er einen echten menschlichen Körper nachahmt. Ich möchte mehr über künstliche menschliche Körper wissen als die Hersteller von Androiden selbst.«

»Du engst dein Arbeitsgebiet ein«, sagte Paul nachdenklich. »Als Künstler stand dir der gesamte Bereich von Ausdrucksmöglichkeiten offen. Du konntest dich neben dem Besten sehen lassen, das irgendwo auf der Welt hervorgebracht wurde. Als Historiker behandelst du hauptsächlich Roboter. Als Robobiologe wirst du dich nur mit dir selbst beschäftigen.«

Andrew nickte. »So sieht es aus.«

»Willst du dich wirklich in dieser Weise nach innen kehren?«

»Das Verständnis des Selbst ist der Anfang vom Verständnis des ganzen Universums«, erwiderte Andrew. »Das ist heute meine Überzeugung. Ein neugeborenes Kind hält sich für das ganze Universum, aber es täuscht sich, und bald beginnt es das zu entdecken. Also muß es studieren, was außerhalb von ihm ist, muß lernen, wo die Grenzen zwischen ihm selbst und dem Rest der Welt verlaufen, um zu einem Verständnis zu gelangen, wer und was es ist und wie es sein Leben zu führen hat. Und in vielerlei Hinsicht bin ich jetzt wie ein neugeborenes Kind, Paul. Ich bin vorher etwas anderes gewesen, etwas Mechanisches und relativ leicht zu Verstehendes, aber nun bin ich ein positronisches Gehirn in einem Körper, der beinahe menschlich ist, und habe kaum ein Verständnis meiner selbst. Ich bin allein in der Welt, wissen Sie. Es gibt nichts wie mich. Hat nie etwas wie mich gegeben. Wenn ich mich durch die Welt der Menschen bewege, wird niemand verstehen, was ich bin, und ich verstehe es selbst kaum. Also muß ich lernen. Wenn es das ist, was Sie ›nach innen kehren‹ nennen, Paul, so sei es. Das ist, was ich tun muß.«

Andrew mußte vom Nullpunkt anfangen, denn er wußte nichts von gewöhnlicher Biologie und beinahe nichts von den übrigen Zweigen der Naturwissenschaften außerhalb der Robotik. Die Natur organischen Lebens und seine chemische und elektronische Grundlage war ihm ein Geheimnis. Er hatte niemals Ursache gehabt, sich damit zu befassen. Aber nun, da er selbst organisch war, zumindest sein Körper, war er sich der Notwendigkeit bewußt, seine Kenntnis von Lebewesen zu erweitern. Um zu verstehen, wie die Konstrukteure seines androiden Körpers in der Lage gewesen waren, die Arbeitsweise des menschlichen Körpers nachzuahmen, mußte er zuerst wissen, wie das Original funktionierte.

Er wurde ein vertrauter Anblick in Universitätsbibliotheken, wo er stundenlang vor den Bildschirmen saß. In

Kleidern sah er vollkommen normal aus, und seine Anwesenheit erregte keinerlei Aufsehen. Die wenigen, die wußten, daß er ein Roboter war, unternahmen keinen Versuch, ihn zu behelligen.

Er erweiterte seine Hütte um ein geräumiges Zimmer, das ihm als Laboratorium dienen sollte, und stattete es mit einer eindrucksvollen Batterie wissenschaftlicher Instrumente aus. Auch seine Bibliothek wuchs. Er plante für sich selbst Forschungsprojekte, die seine schlaflosen Vierundzwanzigstundentage wochenlang ausfüllten. Denn Schlaf war noch immer etwas, das Andrew nicht benötigte. Obschon in seiner äußeren Erscheinung praktisch menschlich, verfügte er über Mittel, seine Kräfte wiederherzustellen und zu erneuern, die weitaus effizienter waren als jene der Spezies, nach der er geformt worden war.

Die Geheimnisse der Atmung und Verdauung, des Stoffwechsels und der Zellteilung, des Blutkreislaufs und der Körpertemperatur, des ganzen komplexen und wundersamen Systems körperlicher Homöostase, das Menschen achtzig oder neunzig oder gar hundert Jahre lang funktionieren ließ, hörten auf, Geheimnisse für ihn zu sein. Er vertiefte sich in die Mechanismen des menschlichen Körpers, denn er sah, daß dieser in jeder Hinsicht genauso ein Mechanismus war wie die Produkte der United States Robots and Mechanical Men. Es waren organische Mechanismen, gewiß, aber gleichwohl Mechanismen, zweckmäßig, raumsparend und robust konstruiert, mit eigenen festen Gesetzen des Stoffwechselrhythmus, des inneren Gleichgewichts und der Selbstreparatur.

Jahre vergingen, ruhige Jahre nicht nur in Andrews zurückgezogenem Dasein auf dem Grundstück des alten Martin-Besitzes, sondern auch in der Außenwelt. Die Weltbevölkerung war stabil, und es wurde dem natürlichen Kreislauf nicht mehr entnommen als durch Regeneration nachwachsen konnte. Großrechenanlagen steuerten die meisten wirtschaftlichen Prozesse und hielten Angebot und Nachfrage zwischen den Regionen im Gleichgewicht, so daß die alten Zyklen von Konjunkturphasen und Wirtschaftskrisen zu sanften Kurven abflachten. Es war kein Zeitalter der Herausforderung und Dynamik, aber es war auch keines der Turbulenzen und Gefahren.

Andrew schenkte den Entwicklungen, die außerhalb seines beschränkten Gesichtskreises vor sich gehen mochte, so gut wie keine Beachtung. Es gab grundlegendere Dinge, die er erforschen mußte und wollte, und er erforschte sie. Das war alles, was ihm in dieser Zeit wichtig war. Sein Einkommen, das aus den investierten Einkünften aus seiner nun beendeten Laufbahn als Holzschnitzer und Kunsttischler und dem Geld kam, das die Kleine Miß ihm hinterlassen hatte, war mehr als ausreichend, um für die Bedürfnisse seiner körperlichen Instandhaltung und die Kosten seiner Forschungen aufzukommen.

Es war ein zurückgezogenes, hermetisches Leben, genau was er wollte. Längst hatte er die vollständige Herrschaft über seinen androiden Körper gewonnen, und oft unternahm er lange Wanderungen durch die Wälder der Küstengebirge, oder entlang den einsamen, stürmischen Stränden, wo er einst mit der Kleinen Miß und ihrer Schwester gespielt hatte. Manchmal ging er schwimmen – die eisige Kälte des Wassers war kein Problem für ihn –, und gelegentlich riskierte er sogar den Vorstoß durch die Brandung zu den isolierten, einsamen Kormoranfelsen, zu dem Miß ihn hatte hinausschicken wollen. Selbst für ihn war es schwierig, und die Kormorane schienen nicht viel Freude an seiner Gesellschaft zu haben. Aber es befriedigte ihn, seine Kräfte an solch einer Herausforderung zu messen, zumal ihm bewußt war, daß kein Mensch ohne isolierenden Tauchanzug durch die kalte, aufgewühlte See zum Felsen hinaus und zurück schwimmen konnte, ohne sich in Lebensgefahr zu begeben.

Die meiste Zeit aber verbrachte Andrew mit seiner Forschung. Oft kam es vor, daß er sein Haus wochenlang nicht verließ.

Dann kam eines Tages Paul Charney zu ihm und sagte: »Es ist lange her, Andrew.«

»So ist es.« Sie sahen einander nur noch selten, obwohl es keine Entfremdung zwischen ihnen gegeben hatte. Die Familie Charney bewohnte noch immer ihr Haus im oberen Teil der Küste Nordkaliforniens, aber Paul hatte die Gewohnheit angenommen, den größten Teil seiner Zeit näher bei San Francisco zu verbringen.

»Bist du noch immer in dein Programm biologischer Forschung vertieft?« fragte Paul.

Andrew nickte. »Sehr intensiv.«

Er war erschrocken, wie sehr Paul gealtert war. Das Phänomen menschlichen Alterns war etwas, das Andrew in letzter Zeit mit besonderem Interesse studiert hatte, und er glaubte zu einem Verständnis der Ursachen und Prozesse gelangt zu sein. Und doch war es trotz seiner Erfahrungen des Alterns in den Generationen dieser einen Familie, von Sir über die Kleine Miß bis zu George und nun zu Paul, immer wieder überraschend für ihn, daß Menschen so rasch grau und runzlig und gebeugt und alt wurden. Wie Paul. Seine hochgewachsene Gestalt schien geschrumpft, seine Schultern waren gebeugt, und die Knochenstruktur seines Gesichts hatte subtile Veränderungen erfahren, die sein Kinn stärker hervortreten und seinen Mund wie eingezogen erscheinen ließen. Auch sein Sehvermögen mußte gelitten haben, denn seine Augen waren durch glänzende photoelektrische Zellen ersetzt, ähnlich denen, durch die Andrew die Welt betrachtete. So waren er und Paul einander wenigstens in dieser Hinsicht nähergekommen.

Paul sagte: »Es ist schade, daß du dich nicht mehr wie früher mit der Geschichte der Roboter beschäftigst. Dein Buch würde jetzt ein neues Kapitel benötigen.«

»Was meinen Sie damit, Paul?«

»Ein Kapitel, das sich mit der radikal neuen Geschäftspolitik der United States Robots befaßt.«

»Davon weiß ich nichts. Auf welche neue Geschäftspolitik beziehen Sie sich?«

Paul zog die Brauen hoch. »Du hast nicht davon gehört? Tatsächlich nicht? Nun, Andrew, sie haben angefangen, zentrale Kontrollstationen für ihre Roboter herzustellen – im Grunde nichts anderes als positronische Großrechenanlagen, die imstande sind, durch Mikrowellensender gleichzeitig bis zu tausend Roboter zu steuern. Die Roboter, die sie ausliefern, haben überhaupt keine Gehirne.«

»Keine Gehirne? Aber wie können sie ...?«

»Die zentralen Großrechenanlagen verarbeiten alle Daten für sie. Die Robotereinheiten selbst sind nicht mehr als mobile Gliedmaßen und Ausführungsorgane des Denkzentrums.«

»Ist das praktischer?«

»Bei United States Robots behauptet man, daß es effizienter sei. Ob es das wirklich ist, kann ich nicht sagen. Aber ich denke manchmal, daß die ganze Entwicklung hauptsächlich eine langfristige Reaktion auf dich ist. Smythe-Robertson stellte die Weichen in die neue Richtung, bevor er starb. Er war alt und krank, aber er drückte sein Programm durch und sorgte für die Umstellung. Und ich vermute, er wollte damit nur sichergehen, daß das Unternehmen nie wieder mit einem Roboter zu tun haben würde, der ihm soviel Verdruß und Schwierigkeiten bereiten würde, wie du es getan hast. Also haben sie Gehirn und Körper getrennt. Eine über Empfänger gesteuerte, hirnlose mechanische Arbeitseinheit kann nicht irgendwelche Bürgerrechte oder gesetzliche Schutzmaßnahmen beanspruchen; und eine Großrechenanlage ist bloß ein Computer. Sie wird nicht eines Tages im Büro des Vorstandsvorsitzenden erscheinen und verlangen, in einen eleganten neuen Körper gesteckt zu werden. Und die Körper der Roboter sind als vollständig hirnlose, ferngesteuerte Einheiten nicht in der Lage, irgendwelche Forderungen zu stellen.«

»Es scheint ein großer Schritt zurück zu sein«, meinte Andrew. »Sie haben zweihundert Jahre Fortschritt in der Robotik rückgängig gemacht, nur um sich ein geringes Maß an politischem Ärger zu ersparen.«

»In der Tat.« Paul lächelte und schüttelte den Kopf. »Es ist erstaunlich, Andrew, welchen Einfluß du auf die Geschichte der Robotik gehabt hast. Deine künstlerische Fähigkeit veranlaßte die United States Robots, ihre Erzeugnisse präziser und spezialisierter zu machen, weil du bei weitem zu klug schienst, und sie fürchteten, daß es die Kunden ängstigen würde. Die Erkämpfung deiner Freiheit führte zur Einführung des Prinzips bestimmter Rechte für Roboter. Und dein Bestehen auf dem androiden Körper veranlaßte das Unternehmen, die Trennung von Gehirn und Körper zu vollziehen.«

»Ich glaube«, sagte Andrew, »daß United States Robots in der Weiterentwicklung dieser Geschäftspolitik zu einem riesigen Rechenzentrum kommen wird, das mehrere Milliarden Roboterkörper steuert. Damit wird ihre Kontrolle vollständig sein. Ich halte es für gefährlich und in keiner Weise vernünftig.«

»Du hast recht«, antwortete Paul. »Aber damit wird es wenigstens noch ein Jahrhundert Zeit haben. Was bedeutet, daß ich es nicht mehr erleben werde.«

Er war durch den Raum gegangen und stand in der offenen Tür und blickte hinaus zu dem bewaldeten Hügel hinter dem Haus. Eine milde, feuchte Frühlingsbrise wehte vom Ozean her, und Paul inhalierte tief die salzig riechende Luft. Nach einer kleinen Weile wandte er sich wieder Andrew zu, und plötzlich schien er um zehn Jahre gealtert.

»Genauer gesagt«, sagte er mit einer Stimme, die nur noch eine raschelnde Hülle ihres früheren Selbst war, »werde ich das nächste Jahr wohl nicht mehr erleben.«

»Paul!«

»Tu nicht so überrascht. Wir sind sterblich, Andrew«, sagte Paul mit einem Achselzucken. »Wir sind nicht wie du, und inzwischen solltest du dank deinen Studien verstehen, was das bedeutet.«

»Ich verstehe es. Aber ...«

»Ja, ja, ich weiß. Tut mir leid, Andrew. Ich weiß, wie du an unserer Familie hängst und wie traurig und trostlos es für dich sein muß, uns ständig heranwachsen und alt und älter werden und schließlich sterben zu sehen. Nun, uns gefällt es auch nicht, muß ich dir sagen, aber es hat keinen Sinn, sich dagegen aufzulehnen. Wir leben viel länger als die Menschen vor ein paar hundert Jahren, und für die meisten von uns ist es lang genug, denke ich. Wir müssen es philosophisch nehmen.«

»Aber ich verstehe nicht, wie Sie angesichts der – der vollständigen Auslöschung so ruhig sein können? Angesichts des Endes allen Strebens, aller Wünsche, zu lernen und zu wachsen, aller Hoffnungen, das eine oder das andere Ziel zu erreichen?«

»Wahrscheinlich würde ich nicht so ruhig sein, wenn ich jetzt zwanzig Jahre alt wäre, oder sogar vierzig. Aber ich bin es nicht. Und ein Teil des Alterungsprozesses ist – der gute Teil, denke ich –, daß das unausweichliche Schicksal des baldigen Todes meistens aufhört, eine so wichtige Rolle zu spielen. Im hohen Alter lernst und wächst du nicht mehr. Du strebst nach nichts mehr und wünschst nichts mehr zu erreichen. So oder so, du hast dein Leben gelebt und getan, was du konntest, für dich selbst und für die Welt, und nun ist deine Zeit abgelaufen, und dein Körper weiß das und findet sich damit ab. Wir werden sehr müde, Andrew. Du weißt nicht, was dieses Wort bedeutet, nicht wahr? Nein, nein, ich sehe, daß du es nicht weißt. Du kannst es nicht wissen. Du kannst nicht müde werden, und so hast du nur ein theoretisches Wissen, wie es ist. Für uns aber ist es anders. Wir schleppen uns siebzig oder achtzig oder vielleicht neunzig Jahre dahin, und schließlich wird alles einfach zuviel, und wir setzen uns nieder, und dann legen wir uns nieder, und schließlich schließen wir die Augen und machen sie nicht wieder auf, und ganz zum Schluß wissen wir, daß es das Ende ist, und es macht uns nichts aus. Es kümmert uns nicht mehr. Schau mich nicht so an, Andrew.«

»Sterben ist für Menschen eine natürliche Sache«, sagte Andrew. »Ich verstehe das, Paul.«

»Nein, du verstehst es nicht wirklich. Es ist dir einfach nicht möglich, es zu verstehen. Insgeheim denkst du, der Tod sei eine Art beklagenswerter Konstruktionsfehler in uns, und du kannst nicht verstehen, warum er nicht beseitigt worden ist, weil es doch ziemlich einfach sein sollte, unsere Teile zu ersetzen, wenn sie durch Abnutzung versagen, so wie deine immer ersetzt worden sind. Du hast sogar einen ganzen Körper ersetzen lassen.«

»Sicherlich aber würde es theoretisch möglich sein, daß Sie in einen anderen Körper übertragen werden.«

»Nein, das ist nicht möglich. Nicht einmal theoretisch. Wir haben keine positronischen Gehirne, und unsere sind nicht übertragbar, und darum können wir nicht einfach jemanden fragen, uns aus einem Körper zu nehmen, der am Ende ist, und uns in einen hübschen glatten neuen zu stecken. Du kannst die Tatsache nicht begreifen, daß Menschen unausweichlich einen Punkt erreichen müssen, wo sie nicht mehr repariert werden können. Aber das ist nicht dein Fehler. Warum sollte man von dir erwarten, daß du in der Lage seist, das Unbegreifliche zu begreifen? Ich werde bald sterben, und mehr ist nicht daran. Und ich möchte dir versichern, Andrew, daß du wenigstens in einer Weise finanziell gut versorgt sein wirst, wenn ich gehe.«

»Aber ich bin bereits sehr gut versorgt ...«

»Ja, das weiß ich. Trotzdem, manchmal können die Verhältnisse sich sehr schnell ändern. Wir glauben in einer sehr sicheren Welt zu leben, aber andere Zivilisationen haben sich genauso sicher gefühlt und geglaubt, dieser Zustand würde für alle Zeit Bestand haben, und früher oder später mußten sie sehen, daß sie sich geirrt hatten. Wie auch immer, Andrew, ich bin der letzte der Charneys. Ich habe keine Erben außer dir. Es gibt Verwandte, die von meiner Großtante abstammen, aber sie zählen nicht. Ich kenne sie nicht und sie sind mir gleichgültig. Du bist mir nicht gleichgültig. Mein persönliches Geldvermögen wird treuhänderisch in deinem Namen angelegt, und du wirst finanziell so weit in die Zukunft hinein abgesichert sein, wie irgend jemand voraussehen kann.«

»Es ist unnötig, Paul«, sagte Andrew mit Mühe. Er mußte zugeben, daß er wirklich nicht in der Lage war, den Tod zu verstehen. Darin hatte Paul recht. In all der Zeit war es ihm nicht wirklich gelungen, sich an die Tode der Charneys zu gewöhnen.

Paul sagte: »Laß uns nicht streiten, ja? Ich kann das Geld nicht mitnehmen, und es gibt nichts, was ich lieber damit täte, als es dir zu hinterlassen, also wird es so geschehen. Und ich möchte nicht mehr von meiner verbleibenden Lebensspanne damit verbringen, die Angelegenheit mit dir zu diskutieren. Laß uns über etwas anderes reden. Woran arbeitest du heutzutage?«

»Immer noch an Biologie.«

»Und an welchem Aspekt im besonderen?«

»Stoffwechsel.«

»Stoffwechsel bei Robotern, meinst du? So etwas gibt es nicht, oder? Meinst du den Stoffwechsel von Androiden? Oder von Menschen?«

»Alle drei«, sagte Andrew. »Ich arbeite an einer Art Synthese.« Er hielt inne, dann faßte er neuen Mut. Warum Paul etwas verschweigen? »Ich habe ein System entworfen, das Androiden – ich meine, mich selbst, da ich noch immer der einzige funktionierende Android bin, nicht wahr? – erlauben würde, Energie aus der Verbrennung von Kohlenwasserstoffen statt aus dem Zerfall von Atomen zu ziehen.«

Paul warf ihm einen langen, forschenden Blick zu.

»Mit anderen Worten«, sagte er schließlich, »du möchtest es für einen Androiden möglich machen, Luft zu atmen und wie Menschen Speisen zu essen?«

»Ja.«

»Von solch einem Projekt hast du noch nie etwas erwähnt. Ist es etwas Neues, Andrew?«

»Eigentlich nicht. Im Grunde ist es dieser Gedanke gewesen, der mich zu diesen biologischen Forschungen veranlaßt hat.«

Paul nickte abwesend. Es was, als lausche er aus weiter Ferne. Es schien ihm schwer zu fallen, in sich aufzunehmen, was Andrew ihm sagte.

»Und bist du zu bedeutsamen Lösungen gekommen?« fragte er nach einer Weile.

»Ich näherte mich einer bedeutsamen Lösung«, sagte Andrew. »Sie bedarf weiterer Arbeit, aber ich glaube, es ist mir gelungen, einen kompakten Verbrennungsraum zu entwerfen, der für eine katalysierte, kontrollierte Aufspaltung ausreichend sein wird.«

»Aber warum, Andrew? Wo liegt der Sinn davon? Du weißt, daß diese Art Energieerzeugung niemals so effizient sein kann wie die atomare Zelle, die dein Körper jetzt verwendet.«

»Sehr wahrscheinlich nicht«, erwiderte Andrew. »Aber die Methode sollte effizient genug sein. Wenigstens so effizient wie das vom menschlichen Körper verwendete System, würde ich sagen, und vom grundlegenden Prinzip her nicht allzu verschieden davon. Das Hauptproblem mit der atomaren Zelle ist, daß sie nicht menschlich ist. Meine Energie – mein Leben, könnte man sagen –, nährt sich aus einer Quelle, die völlig anders ist als die eines Menschen. Und damit bin ich nicht zufrieden.«

16

Es erforderte Zeit, aber Andrew hatte alle Zeit, die er brauchte. Und er hatte es mit dem Abschluß seiner Forschung nicht eilig. Alles sollte sorgfältig ausgearbeitet sein, bevor er mit praktischen Versuchen anfing. Es gab einen weiteren Grund, langsam voranzugehen. Andrew hatte entschieden, keine weitere Aufwertung über die Androidenebene hinaus durchführen zu lassen, solange Paul Charney noch am Leben war.

Paul hatte Andrews Arbeit nicht offen kritisiert, und sich mit seiner anfänglichen Antwort begnügt, daß Andrews neue Verbrennungskammer weniger effizient sein würde als die atomare Zelle, die seinen Körper jetzt mit Energie versorgte. Aber Andrew sah, daß Paul von der Idee beunruhigt war. Sie war ihm zu kühn, zu fremd, ein zu großer Sprung. Sogar Paul, so schien es, hatte seine Grenzen, wenn es um Fortschritte in der Roboterkonstruktion ging. Sogar Paul!

Vielleicht war das eine der Nebenwirkungen des Alterns, dachte Andrew. Herausfordernde neue Ideen werden im Alter zu herausfordernd, ganz gleich, wie aufgeschlossen man in jüngeren Jahren dynamischen Veränderungen gegenüber war. Im Alter scheint alles Neue beunruhigend und bedrohlich. Man hat das Gefühl, die Welt jage in wildem Ansturm auf einen zu. Man möchte den schnellen Lauf der Dinge verlangsamen, denn das Vertrauen in den Fortschritt ist längst skeptischer Ablehnung gewichen.

War es das, was in Paul vorging? fragte sich Andrew. Wurden die Menschen im Alter unausweichlich konservativer?

So schien es. Die Kleine Miß hatte es nicht gern gesehen, daß er Kleider trug. George hatte es seltsam gefunden, daß er das Verlangen haben sollte, ein Buch zu schreiben. Und Paul ... Paul ...

Rückblickend erinnerte sich Andrew, wie erschrocken und sogar schockiert er gewesen war, als er in Smythe-Robertsons Büro zum ersten Mal erfahren hatte, daß Andrew einen androiden Körper transferiert werden wollte. Zwar hatte Paul sich rasch der Idee angepaßt und energisch und brillant dafür gekämpft, bis sie verwirklicht war. Aber das bedeutete nicht unbedingt, daß er darin eine gute Idee für Andrew sah.

Sie haben mich alle tun lassen, was ich tun zu müssen glaubte, dachte Andrew, selbst wenn sie persönlich nicht meiner Meinung waren. Sie gewährten mir meine Wünsche – aus Liebe zu mir. Ja, *Liebe.* Zu einem Roboter.

Andrew beschäftigte sich eine Weile mit diesen Gedanken, und Empfindungen von Wärme und Freude durchströmten ihn. Aber es war auch ein wenig beunruhigend, zu erkennen, daß die Charneys ihn manches Mal nicht aus eigener persönlicher Überzeugung unterstützt hatten, sondern einfach weil sie so großmütig und bedingungslos glaubten, daß ihm erlaubt sein müsse, seinem eigenen Weg zu folgen, ob sie ihn für den rechten hielten oder nicht.

So hatte Paul ihm das Recht erkämpft, einen androiden Körper zu erhalten. Aber diese Umwandlung hatte Paul zu den Grenzen seiner eigenen Akzeptanz von Andrews Aufstieg gebracht. Der nächste Schritt – die Umwandlung des Stoffwechsels – war ihm unverständlich.

Nun gut. Paul hatte nicht mehr lange zu leben. Andrew würde warten.

Daran hielt er sich, und nach einiger Zeit kam die Nachricht von Pauls Tod, nicht so bald wie Paul erwartet hatte, aber nach nicht langer Zeit. Andrew wurde zum Begräbnis eingeladen, der öffentlichen Zeremonie, die das Ende eines menschlichen Lebens kennzeichnete, aber es war kaum jemand dort, den er kannte, und er fühlte sich verlegen und fehl am Platz, obwohl alle durchaus höflich zu ihm waren. Diese Fremden – Freunde Pauls, Mitglieder seiner Anwaltskanzlei, entfernte Verwandte der Charneys – hatten für Andrew nicht mehr Substanz als Schatten, und er stand stumm unter ihnen, beschwert vom doppelten Kummer, seinen guten Freund Paul verloren zu haben, und seiner letzten wirklichen Bindung an die Familie beraubt zu sein, die ihm seinen Platz im Leben gegeben hatte.

Tatsächlich gab es auf der Welt keinen Menschen mehr, dem er in enger Freundschaft verbunden war. Zu dieser Zeit hatte Andrew erkannte, daß die Martins und die Charneys ihm wirklich etwas bedeutet hatten und daß seine Hingabe an sie nicht bloß eine Manifestation des ersten und zweiten Gebotes gewesen war, sondern etwas, das tatsächlich Liebe genannt werden konnte. In seinen früheren Tagen hätte Andrew so etwas niemals zugegeben, nicht einmal vor sich selbst, aber er war jetzt anders.

Diese Gedanken führten Andrew nach Paul Charneys Tod unausweichlich zu einer Betrachtung des ganzen Konzepts der Familienbande – der Liebe der Eltern zu ihren Kindern, der Kinder zu ihren Eltern –, und wie sich das zum unerbittlichen Hinscheiden der Generationen verhielt. Als Mensch, sagte er sich, bist du Glied einer langen Kette, die über weite Zeitspannen aufgehängt ist und dich mit all jenen verbindet, die vor dir gekommen sind, wie auch mit denen, die nach dir kommen. Und du verstehst, daß einzelne Glieder der Kette zugrunde gehen können – sogar zugrunde gehen müssen –, daß die Kette sich aber immer wieder erneuert und überleben wird. Menschen starben, ganze Familien mochten aussterben, aber die menschliche Art, die Spezies lebte durch die Jahrhunderte und die Jahrtausende fort und jeder einzelne war durch das Erbe des Blutes mit allen Angehörigen seiner Sippe, seines Stammes und sogar seines Volkes verbunden, die vor ihm dahingegangen waren.

Dieses Bewußtsein, in einem großen Zusammenhang zu stehen, Bindeglied zwischen den Vorfahren und Nachkommen zu sein, war für Andrew schwierig zu verstehen. Er hatte keine Vorfahren und würde keine Nachkommen haben. Er war einzigartig, individuell, etwas, das zu einem bestimmten Zeitpunkt aus dem Nichts hervorgebracht worden war.

Andrew fragte sich, wie es sein mochte, selbst Eltern zu haben, fand aber keine Antwort darauf; alles, was er beisteuern konnte, war eine vage Erinnerung an Montageroboter, die seinen Körper in einer Fabrik zusammenbauten. Oder wie es war, ein Kind zu haben – hier konnte er sich wenigstens einen Schreibtisch oder eine Schnitzarbeit vorstellen, etwas, das er eigenhändig gemacht hatte.

Aber menschliche Eltern waren keine Montageroboter, und menschliche Kinder waren nicht wie selbstgefertigte Gegenstände. Sein Vergleich hinkte.

Es war ihm ein Geheimnis und würde es wahrscheinlich immer bleiben. Er war kein Mensch; warum sollte er erwarten, daß ihm menschliche Familienbeziehungen verständlich sein würden?

Dann dachte er an die Kleine Miß, an George, an Paul, sogar an den grimmigen alten Sir, und was sie ihm bedeutet hatten. Und er verstand, daß er in einer Weise doch Teil einer Familie gewesen war, obwohl er keine Eltern gehabt hatte und keine Kinder in die Welt setzen konnte. Die

Martins hatten ihn aufgenommen und zu einem der ihren gemacht. Er war ein Martin, ein adoptierter Martin, ja, aber mehr hätte er nicht erhoffen können. Und es gab viele Menschen, die nicht den Trost hatten, zu einer so liebevollen Familie zu gehören. Er konnte sich glücklich schätzen, alles in allem. Obschon nur ein Roboter, hatte er die Kontinuität und Stabilität des Familienlebens kennengelernt; er hatte Wärme und Zuneigung erfahren.

Alle, die Andrew nahegestanden hatten, lebten nicht mehr. Das stimmte ihn traurig, aber es setzte ihn auch frei. Die Kette war für ihn unterbrochen. Sie ließ sich nicht wiederherstellen. Doch konnte er jetzt wenigstens tun, was ihm gefiel, ohne jene betrüben zu müssen, die ihm so nahe gestanden hatten. Mit dem Tode Pauls, Sirs Urenkel, fühlte Andrew sich frei, seinen Plan zur weiteren Aufwertung seines androiden Körpers fortzufahren. Das war ein gewisser Trost.

Gleichwohl stand er allein in der Welt, nicht nur, weil er ein positronisches Gehirn in einem einzigartigen androiden Körper war, sondern weil er keine Bindungen irgendwelcher Art besaß. Und es war eine Welt, die gute Gründe hatte, seinen Bestrebungen feindlich gegenüber zu stehen. Ein Grund mehr, dachte Andrew, um auf dem Weg voranzuschreiten, für den er sich seit langem entschieden hatte – dem Weg, der ihn, so hoffte er, schließlich unverwundbar für die Welt machen würde, in die er so unpersönlich gestoßen worden war.

Tatsächlich war Andrew nicht ganz so allein wie er dachte. Männer und Frauen mochten sterben, aber Aktiengesellschaften lebten weiter, genau wie Roboter, und ebenso bestand die Anwaltskanzlei Feingold & Charney weiter, obwohl es keine Feingolds und Charneys mehr gab. Durch die Treuhandschaft über sein ererbtes Vermögen und das Einkommen, das Andrew als Paul Charneys Erbe über die Anwaltskanzlei bezog, blieb er mit ihr weiter in enger Verbindung. Und sein Reichtum ermöglichte es ihm, Feingold & Charney einen beträchtlichen jährlichen Honorarvorschuß zu bezahlen, um die Kanzlei mit der Wahrnehmung der juristischen Aspekte seiner Forschung zu beauftragen – insbesondere der neuen Verbrennungskammer.

Es war jetzt Zeit, der Vorstandsetage der United States Robots and Mechanical Men einen weiteren Besuch abzustatten.

Es würde das dritte Mal in seinem langen Leben sein, daß Andrew direkt mit leitenden Persönlichkeiten des mächtigen Konzerns zu verhandeln hatte. Beim ersten Anlaß waren Mervin Mansky und der geschäftsführende Direktor Elliott Smythe nach Kalifornien gekommen, um ihn zu besuchen. Aber damals war Sir noch am Leben gewesen, und der einflußreiche alte Sir war mächtig genug gewesen, sogar Smythes und Robertsons zu sich zu rufen. Beim nächsten Anlaß, viele Jahre später, hatten Andrew und Paul diese Reise zum Firmensitz unternehmen müssen, um mit Harley Smythe-Robertson zu sprechen und Andrews Übertragung in den androiden Körper vorzubereiten.

Nun würde Andrew ein zweites Mal die Reise nach Osten unternehmen, und er würde allein gehen. Und diesmal besaß er das Gesicht und die körperliche Erscheinung eines Menschen, wenn auch nicht dessen innere Organe.

Seit Andrews letztem Besuch hatte es auch bei United States Robots große Veränderungen gegeben. Die Produktion war aus dem alten Werk in neue Anlagen in verschiedenen Teilen der Welt verlegt worden, und neben der Konzernleitung waren nur die Abteilungen für Forschung und Entwicklung am alten Standort geblieben –, eingebettet in einen Park weiter Rasenflächen und mächtiger, breitkroniger Laubbäume.

Die Erde selbst, deren Bevölkerungszahl sich längst bei ungefähr einer Milliarde stabilisiert hatte, zu der eine ungefähr ebenso große Roboterbevölkerung kam, nahm praktisch überall ein parkähnliches Aussehen an. Die furchtbaren Umweltschäden, die in den hektischen frühen Jahren der Industriellen Revolution durch Raubbau und Überbevölkerung entstanden waren, gehörten der Vergangenheit an, waren nur noch Erinnerung. Zwar hatte man die Sünden der Vergangenheit nicht vergessen, aber sie schienen den Bewohnern der wiedergeborenen Erde beinahe unwirklich, und mit jeder Generation fiel es den Menschen schwerer zu glauben, daß ihre Vorfahren einmal bereit gewesen waren, unter dem Druck äußerer Umstände solch monströse und letzten Endes selbstzerstörerischen Verbrechen an ihrer eigenen Welt zu verüben, nur um die notwendigen drastischen Maßnahmen zur Geburtenbeschränkung zu vermeiden. Nun, da die verbliebenen Industrien umweltverträglich und rohstoffsparend produzierten und saubere, effiziente Roboter den Bedürfnissen der Menschen dienten, hatten die Selbstheilungskräfte der Natur eine Chance erhalten, die alten Wunden zu schließen. Die Meere waren wieder sauber, der Himmel klar, und Wälder hatten Gebiete zurückerobert, wo sich einst übervölkerte, schmutzige städtische Ballungsräume ausgebreitet hatten.

Ein Roboter begrüßte Andrew, als seine gemietete Maschine auf dem Landestreifen der United States Robots ausgerollt war. Sein Gesicht war leer und starr, seine roten photoelektrischen Augen völlig ausdruckslos. Kaum dreißig Prozent der auf Erden tätigen Roboter waren noch mit einem unabhängigen positronischen Denkapparat ausgestattet; dieser war ein Mechanismus, nichts weiter als eine metallene Marionette, in dessen Kopf ein Empfangsgerät saß, das die Arbeitssignale der zentralen Großrechenanlage empfing und umsetzte.

»Ich bin Andrew Martin«, sagte Andrew. »Ich habe eine Verabredung mit Forschungsdirektor Magdescu.«

»Ja. Sie werden mir folgen.«

Leblos. Hirnlos. Eine bloße Maschine: ein Ding.

Der Roboter führte Andrew einen gepflasterten Weg entlang, der in einer ansteigenden Spirale zum vielstöckigen Gebäude der Konzernzentrale führte. Die reich gegliederte Fassade, welche den mächtigen Baukörper auflockerte und weniger massiv erscheinen ließ, als er tatsächlich war, trug eine schimmernde und irisierend durchscheinende Verkleidung. Für Andrew, der wenig Erfahrung mit moderner Architektur hatte, glich es einem Fantasiegebilde aus einem Märchenbuch – leicht, luftig, unwirklich schimmernd.

Er wurde in einen großen ovalen Raum geführt, dessen weicher Teppichbelag aus synthetischem Material ein weiches Licht verströmte. Leise, angenehme Hintergrundmusik erklang, wann immer Andrew auf und ab ging, und bald fand er heraus, daß die indirekte Bodenbeleuchtung blaßrosa und die Musik rhythmisch akzentuiert war, wann immer er in einer geraden Linie ging, sich aber mehr zum blauen Ende des Spektrums veränderte und von einem Geräusch wie dem Säuseln des Windes begleitet wurde, wenn er in einem Bogen schlenderte, der den Raumbegrenzungen folgte. Er fragte sich, ob dies alles irgendeine Bedeutung habe, und kam zu dem Schluß, daß es bloße Ausschmückung sei, dekoratives Beiwerk. In diesem ruhigen und konfliktfreien Zeitalter waren solche hübschen, aber bedeutungslosen Details weit verbreitet.

»Ah – Andrew Martin!« sagte eine tiefe Stimme.

Ein stämmiger, untersetzter Mann war in dem ovalen Raum erschienen, als hätte ihn irgendein Zauber aus dem Teppich wachsen lassen. Er war dunkelhaarig und gebräunt; ein kleiner Spitzbart, der wie lackiert aussah, zierte sein Gesicht, und oberhalb des Gürtels trug er nichts als das Brustband, das die gegenwärtige Mode vorschrieb. Andrew selbst war vollständiger bekleidet. Er hatte sich von George Charney inspirieren lassen und die ›Draperie‹-Mode übernommen, weil er dachte, daß die locker fallenden Stoffe der Toga besser verbergen würden, was er noch immer als eine gewisse Unbeholfenheit der Bewegungen fürchtete, und obwohl der modische Aspekt der Draperie seit mehreren Jahren obsolet war und Andrew sich so leicht und anmutig wie jeder beliebige Mensch bewegen konnte, hatte er an dieser Kleidung festgehalten.

»Dr. Magdescu?« fragte er.

»So ist es.« Alvin Magdescu blieb ein paar Schritte vor Andrew stehen und betrachtete ihn mit unverhohlener Faszination, als wäre er ein Ausstellungsstück in einem Museum. »Großartig! Sie sind absolut prachtvoll!«

»Danke«, sagte Andrew ein wenig kühl. Magdescus Kompliment kam ihm nicht wie ein Willkommensgruß vor; es war eher eine unpersönliche Bewunderung, wie man sie einer hervorragend gearbeiteten und eleganten Maschine entgegenbringen würde, und Andrew sah keinen Grund, sich über die gleiche Bewunderung zu freuen, wenn sie ihm galt.

»Schön von Ihnen, daß Sie gekommen sind!« sagte Magdescu. »Ich konnte kaum erwarten, Sie zu sehen! Aber ich bin unhöflich.« Und er trat mit einem federnden Schwung näher, als wollte er Anlauf zu einem Sprung nehmen, bis er unmittelbar vor Andrew stand. Er hob die Hand mit der Innenfläche nach außen und spreizte die Finger.

Ja. Eine neue Form der Begrüßung, die offensichtlich den Handschlag ersetzt hatte, der den Umgang unter Menschen seit so vielen Jahrhunderten beherrscht hatte. Andrew hatte ohnedies nicht die Gewohnheit, Menschen die Hand zu schütteln, geschweige denn diese neue Begrüßungsgeste zu machen. Händeschütteln war etwas, das sich für einen Roboter nicht geziemte. Aber Magdescu schien es zu erwarten, und das Angebot linderte die verletzende Wirkung seiner ersten Worte. Und so reagierte Andrew, als er merkte, daß es von ihm erwartet wurde, indem er die Hand hob und Magdescus Fingerspitzen mit den seinen berührte.

Es war ein eigentümliches Gefühl, diese Handberührung mit einem Menschen, als ob sie ebenbürtig wären. Seltsam und ein wenig beunruhigend, aber auch ermutigend.

»Willkommen, willkommen!« sagte Magdescu. Er wirkte energiegeladen, vielleicht etwas zu sehr, dachte Andrew. Aber vielleicht war es die Art des Mannes. »Der berühmte Andrew Martin! Der *berüchtigte* Andrew Martin!«

»Berüchtigt?«

»Absolut. Das berüchtigtste Produkt unserer Firmengeschichte. Obwohl es beinahe ungehörig scheint, etwas so Lebensechtes wie Sie ein Problem zu nennen, muß ich sagen. Sie sind nicht beleidigt, hoffe ich?«

»Wie könnte ich es sein? Ich *bin* ein Produkt«, sagte Andrew, allerdings ohne Wärme. Er sah, daß Magdescu außerstande war, ihm gegenüber eine konsequente Einstellung zu finden. Er entbot ihm den üblichen Gruß der Handberührung, als ob sie Geschäftspartner wären, aber im nächsten Atemzug sprach er von ihm als einem Etwas. Und beschrieb ihn als ›lebensecht‹. Andrew gab sich keinen Illusionen über sich selbst hin; er wußte, was er war. Humanoid, nicht menschlich. Lebensecht, nicht lebendig. Ein Produkt, keine Person. Aber er hatte keine Freude daran, es zu hören.

»Kaum zu glauben! Eine wundervolle Arbeit! Bemerkenswert! Beinahe menschlich!«

»Nicht ganz«, sagte Andrew.

»Aber erstaunlich lebensecht, alles in allem. Verblüffend! Es ist eine verdammte Schande, daß der alte Smythe-Robertson so gegen Sie eingenommen war. Sie sehen ungemein humanoid aus, absolut überzeugend, keine Frage, eine wundervolle technische Leistung – aber natürlich ließ er der Entwicklungsabteilung über das Androidenkonzept hinaus keine Freiheit. Wenn unsere Leute wirklich freie Hand gehabt hätten, wäre noch mehr mit Ihnen möglich gewesen.«

»Dazu haben Sie noch immer Gelegenheit«, sagte Andrew.

»Nein, das glaube ich nicht«, erwiderte Magdescu, und viel von dem manischen Schwung verließ ihn, als ob er ein Ballon wäre, der angestochen worden war. Es war ein erschreckend jäher Stimmungsumschwung. Er wandte sich von Andrew ab und begann in einem ruckartigen die Richtung ändernden Zickzack auf und ab zu geben, der grünliches Licht und Hintergrundklänge wie von einem Glockenspiel aus dem Teppich lockte. »Die Zeiten sind vorbei«, sagte er trübe. »Das Zeitalter bedeutsamer Fortschritte in der Robotik – nun, Sie können es vergessen, ist nur noch Geschichte. Jedenfalls hier. Wir haben seit bald hundertfünfzig Jahren selbststeuernde Roboter hergestellt und verkauft, aber das ändert sich alles wieder. Der selbständig denkende Typ wird heute praktisch nur noch für Operationen im Weltraum verwendet. Die Roboter, welche hier eingesetzt werden, bekommen kein Gehirn mehr mit; sie werden ferngesteuert.«

»Aber ich bin noch da, und ich bleibe auf Erden.«

»Ja, das ist richtig. Aber Sie sind Sie, eine absolute Anomalie, ein Roboter für sich, der einzige Androide. Sie sind nicht der Prototyp einer Produktlinie oder ein überlebendes Exemplar aus einer früheren Serie, die nicht mehr produziert wird. Sie sind einfach ein Unikum, das in einer ganz anderen Zeit ausgeliefert wurde, eine Sonderanfertigung, sozusagen, und danach wurde entschieden, daß

Sie ein Unikum bleiben würden. Für Weiterentwicklungen wurden keine Mittel und keine Kapazitäten bereitgestellt. Kein Geld, keine Fortschritte. An Ihnen scheint ohnedies nicht mehr viel von dem Roboter zu sein, der Sie ursprünglich waren. Sie sind ein gutes Stück jenseits unseres Horizonts. Darf ich fragen, warum Sie überhaupt hierhergekommen sind?«

»Für eine Aufwertung«, sagte Andrew.

Magdescu lachte rauh. »Haben Sie nicht darauf geachtet, was ich Ihnen gerade gesagt habe? Echte Fortschritte gibt es hier nicht mehr! Dies ist ein Forschungs- und Entwicklungszentrum, ja, aber unsere gesamte Forschung geht in genau die falsche Richtung! Wir versuchen die ganze Zeit, Roboter einfacher und mechanischer zu machen. Und nun kommen Sie – der fortgeschrittenste Roboter, der je existiert hat und wahrscheinlich existieren wird –, Sie kommen hierher und möchten, daß wir Sie noch besser machen. Wie könnten wir? Was könnten wir für Sie tun, das nicht bereits geschehen ist?«

»Dies«, sagte Andrew.

Er gab Magdescu einen Datenträger in Form einer kleinen Scheibe. Der Forschungsdirektor starrte abgestoßen darauf, als ob Andrew ihm eine Qualle in die Hand gelegt hätte.

»Was ist das?« fragte er schließlich.

»Die Schematik für meine nächste Aufwertung.«

»Schematik«, murmelte Magdescu verblüfft. »Aufwertung?«

»Ja. Ich wünschte noch weniger ein Roboter zu sein als ich es jetzt noch bin. Da ich bis zu einem gewissen Grade organisch bin, möchte ich jetzt eine organische Energiequelle haben. Sie können das für mich machen. Die notwendige Forschungsarbeit ist bereits getan.«

»Von wem?«

»Von mir.«

»Sie haben Ihre eigene Aufwertung ausgearbeitet?« Magdescu schüttelte den Kopf, begann zu schmunzeln. Dann wurde das Schmunzeln zu einem Lachen, und dieses löste sich in manischem Kichern auf. »Wundervoll! Der Roboter kommt herein und übergibt dem Forschungsdirektor die Aufwertungsschematik! Und wer hat sie gemacht? Der Roboter selbst! Wundervoll! Fantastisch! Wissen Sie, als ich ein kleiner Junge war, las meine Großmutter mir oft aus einem Buch vor, einem alten Buch, das heute wahrscheinlich vollständig vergessen ist. Es hieß *Alice im Wunderland*. Es handelte von einem kleinen Mädchen vor drei oder vierhundert Jahren, das einem Kaninchen in seinen Bau folgt und in einer Welt landet, wo alles völlig absurd ist, bloß weiß niemand, daß es absurd ist, und so nehmen sie alles schrecklich ernst. Dies ist wie etwas aus diesem Buch. Oder aus der Fortsetzung. Ich könnte sie *Alvin im Wunderland* nennen. Aber ich glaube, es gibt bereits eine Fortsetzung zu dem Buch.« Magdescu sprach jetzt sehr schnell, beinahe hektisch. »Soll ich diesen Satz Aufwertungsschematik ernst nehmen? Es ist alles bloß ein Scherz, nicht wahr?«

»Nein. Ganz und gar nicht.«

»Kein Scherz?«

»Nein. Ich versichere Ihnen, ich meine es völlig ernst. Warum rufen Sie die Daten meines Trägers nicht ab, Dr. Magdescu?«

»Ja. Warum nicht?« Er trat an die Wand, legte die Hand auf ein Tastfeld, und ein Wandabschnitt daneben glitt zurück. Aus der Öffnung schob sich ein Arbeitstisch mit einer Datenkonsole. Er steckte den Datenträger in den Aufnahmeschlitz, und sofort leuchtete der Bildschirm in lebhaften Farben auf. Andrews Name erschien karmesinrot, darunter eine lange Liste von Patentnummern. Magdescu nickte, und eine Folge von komplizierten Diagrammen begann über den Bildschirm zu wandern.

Magdescu stand steif und beobachtete den Bildschirm mit wachsender Konzentration. Dann und wann murmelte er etwas oder zupfte an seinem Spitzbart. Nach einer Weile wandte er den Kopf, sah Andrew mit einem seltsamen Ausdruck in den Augen an und sagte: »Dies ist bemerkenswert einfallsreich. Raffiniert. Wirklich bemerkenswert. Sagen Sie mir: haben Sie dies alles wirklich selbst ausgearbeitet?«

»Ja.«

»Kaum zu glauben!«

»Meinen Sie? Versuchen Sie es bitte.«

Magdescu schoß ihm einen scharfen, forschenden Blick zu, dem Andrew ruhig begegnete. Der Forschungsdirektor zuckte die Achseln und befahl dem Gerät, mit der Datenübertragung fortzufahren. Diagramm folgte auf Diagramm. Der gesamte Stoffwechselvorgang war dargestellt, von der Nahrungsaufnahme bis zur Absorption. Gelegentlich ließ Magdescu die Sequenz zurücklaufen, um etwas zu wiederholen, was er vorher gesehen hatte. Nach einer Weile hielt er die Übertragung wieder an und sagte: »Was Sie hier ausgearbeitet haben, ist mehr als bloß eine Aufwertung, wissen Sie. Es ist eine durchgreifende qualitative Veränderung Ihres biologischen Programms.«

»Ja. Das ist mir klar.«

»Sehr experimentell. Einzigartig. Noch nicht dagewesen. Nichts dergleichen ist jemals versucht oder auch nur in Erwägung gezogen worden. Warum wollen Sie sich so etwas antun?«

»Ich habe meine Gründe«, sagte Andrew.

»Von welcher Art Ihre Gründe auch sein mögen, sie können wirklich nicht sehr sorgfältig durchdacht sein.«

Andrew wahrte wie immer die Beherrschung. »Im Gegenteil, Dr. Magdescu. Was Sie gerade gesehen haben, ist das Ergebnis jahrelanger Studien.«

»Das glaube ich Ihnen. Und technisch ist alles sehr eindrucksvoll, wissen Sie. Die Schematik ist sagenhaft, und das begriffliche Rahmenwerk von wissenschaftlicher Brillanz, kein Zweifel. Aber trotzdem weiß ich eine Menge Gründe, die gegen diese Veränderungen sprechen, und überhaupt keinen, der dafür spricht. Wir haben es hier mit wirklich riskantem Zeug zu tun. Glauben Sie mir, was Sie mit sich selbst gemacht haben wollen, geht über die weitesten Bereiche des Möglichen hinaus. Hören Sie auf meinen Rat und bleiben Sie, wie Sie sind.«

Es war mehr oder weniger, was Andrew befürchtet hatte. Aber er war nicht hierhergekommen, um sich von seinem Vorhaben abbringen zu lassen.

»Ich bin überzeugt, daß Sie es gut meinen, Dr. Magdescu. Jedenfalls hoffe ich es. Aber ich bestehe darauf, diese Arbeit vornehmen zu lassen.«

»Sie bestehen darauf?«

Magdescu sah verblüfft aus. Trotz all seiner früheren Bekundungen, was für ein lebensechtes Produkt Andrew sei, begann er jetzt erst zu begreifen, daß es ein Roboter war, mit dem er dieses Gespräch führte.

»Bestehen, ja.« Andrew überlegte, ob die Ungeduld, die er verspürte, sich in seinen Zügen hinreichend sichtbar ausdrückte, aber er war sicher, daß Magdescu sie aus seiner Stimme heraushören konnte. »Dr. Magdescu, Sie übersehen hier einen wichtigen Punkt. Sie haben keine andere Wahl als meinem Ersuchen nachzukommen.«

»So? Meinen Sie?«

»Wenn eine Vorrichtung, wie ich sie hier entworfen habe, in meinen Körper eingebaut werden kann, dann kann sie auch in menschliche Körper eingebaut werden. Die Tendenz zur Verlängerung des menschlichen Lebens durch prothetische Hilfsmittel ist seit langem eingeführt – künstliche Herzen, künstliche Lungen, Nieren, Lebersurrogate, eine ganze Menge von Ersatzorganen sind in den letzten zwei Jahrhunderten gebräuchlich geworden. Aber nicht alle dieser Vorrichtungen arbeiten gleich gut, und einige sind höchst unzuverlässig. Niemand kann leugnen, daß noch immer viel Raum für Verbesserungen ist. Die meiner Arbeit zugrunde liegenden Prinzipien stellen solch eine Verbesserung dar. Ich spreche von der Schnittstelle oder Kontaktzone zwischen dem Organischen und Anorganischen, der Verbindung, die es künstlichen Körperteilen erlaubt, mit organischem Gewebe vereint zu werden. Es ist ein neuer Ausgangspunkt. Keine bestehenden prothetischen Vorrichtungen kommen denen gleich, die ich entworfen habe.«

»Das ist eine ziemlich kühne Behauptung«, sagte Magdescu.

»Vielleicht. Aber gestützt durch die Tatsachen, die Sie bereits den Daten entnehmen konnten, die hier vorliegen. Der Beweis ist, daß ich bereit bin, mich selbst zur ersten Versuchsperson für den Stoffwechselumwandler zu machen, trotz der Risiken, die Sie darin zu sehen scheinen.«

»All das beweist nur, daß Sie bereit sind, tollkühne Risiken einzugehen. Was wahrscheinlich nicht mehr bedeutet als daß Sie keinen richtig funktionierenden Parameter für das dritte Gebot haben.«

Andrew blieb ruhig. »Das mag Ihnen so vorkommen, Dr. Magdescu. Aber meine äußere Erscheinung täuscht Sie vielleicht. Meine Parameter sind vollkommen intakt. Daher würde ich, wenn ich in meinem Ersuchen um diese Aufwertung etwas nur auch entfernt Selbstmörderisches sähe, nicht nur abgeneigt, sondern auch unfähig sein, Sie um die Ausführung zu bitten. Nein, Dr. Magdescu: die Verbrennungskammer wird funktionieren. Wenn Sie sie nicht bauen und installieren, kann ich die Arbeit anderswo vornehmen lassen.«

»Anderswo? Wer sonst kann einen Roboter aufwerten? Unser Unternehmen kontrolliert das gesamte technische Wissen, das es im Zusammenhang mit Robotern gibt.«

»Nicht alles«, entgegnete Andrew ruhig. »Glauben Sie, ich könnte diese Vorrichtung ohne umfassende Kenntnis meiner inneren Funktionsweisen entworfen haben?«

Magdescu sah ihn verdutzt an.

»Wollen Sie damit andeuten, daß Sie bereit sind, eine konkurrierende Robotikfirma zu gründen, wenn wir diese Aufwertung nicht für Sie vornehmen?«

»Natürlich nicht. Ein Unternehmen ist genug. Aber wenn Sie mich dazu zwingen, Dr. Magdescu, werde ich ein Unternehmen gründen, das prothetische Vorrichtungen wie meinen Stoffwechselumwandler herstellt. Nicht für den Androidenmarkt, Dr. Magdescu, da dieser auf ein einziges Individuum beschränkt ist, aber für den allgemeinen Markt medizinischer Gerätetechnik. Und dann, denke ich, wird die United States Robots and Mechanical Men bedauern, daß sie mir nicht die Zusammenarbeit angeboten hat, um die ich nachsuchte.«

Nach langem Schweigen sagte Magdescu wie betäubt: »Ich glaube, ich sehe jetzt, worauf Sie hinauswollen.«

»Das hoffe ich. Aber ich mache Sie ganz offen darauf aufmerksam, daß die Patente für diese Vorrichtung und die ganze Familie von Hilfsgeräten, die sich daraus ableiten lassen, in meinem Besitz sind. Die Anwaltskanzlei Feingold & Charney hat mich in allen Rechtsfragen sehr kenntnisreich vertreten und wird dies auch weiterhin tun. Es würde mir nicht sehr schwerfallen, mich mit bekannten Herstellern medizinischer Geräte zusammenzutun oder Kapitalgeber zu finden und selbst in das Geschäft der Entwicklung und Herstellung von prothetischen Vorrichtungen einzusteigen, die den Menschen schließlich viele der Vorteile an Dauerhaftigkeit und Reparaturfreundlichkeit zugänglich machen wird, deren Roboter sich erfreuen, und ohne deren Nachteile. Wie, glauben Sie, wird in diesem Fall die Zukunft der United States Robots and Mechanical Men aussehen?«

Magdescu nickte. Seine Miene war grimmig.

Andrew fuhr fort: »Sollten Sie jedoch bereit sein, das Gerät, das ich Ihnen gerade gezeigt habe, zu bauen und in mir zu installieren, und sollten Sie darüber hinaus bereit sein, mich auf Verlangen mit anderen, ähnlichen prothetischen Aufwertungen auszustatten, die ich in der Folgezeit vielleicht entwickeln werde, bin ich bereit, einen Lizenzvertrag mit Ihrem Unternehmen abzuschließen. Ein Geben und Nehmen. Ich benötige Ihre Kenntnisse und Fähigkeiten in der Roboter- und Androidentechnik, obwohl ich zuversichtlich bin, daß ich sie duplizieren könnte, wenn Sie mich dazu zwingen würden, und Sie haben Bedarf an den Geräten, die ich entwickelt habe. Unter dem Lizenzvertrag, den ich vorschlage, würde United States Robots and Mechanical Men Erlaubnis erhalten, meine Patente über die neue Technik zu nutzen, welche nicht nur die Herstellung hochentwickelte menschenähnlicher Roboter erlaubt, sondern auch die volle prothetische Versorgung von Menschen. Die Lizenzen werden natürlich erst erteilt, wenn die erste Operation an mir erfolgreich ausgeführt worden ist, und nachdem genug Zeit vergangen ist, um den eindeutigen Beweis zu führen, daß sie erfolgreich gewesen ist.«

»Sie haben an alles gedacht, nicht wahr?« sagte Magdescu lahm.

»Das hoffe ich.«

»Ich kann kaum glauben, daß Sie ein Roboter sind. Sie sind so verdammt – aggressiv!«

»Schwerlich, Dr. Magdescu.«

»Forderungen, Bedingungen, Drohungen mit der Gründung von Konkurrenzunternehmen – mein Gott, haben Sie überhaupt Hemmungen, das erste Gebot betreffend?«

Andrew zeigte ihm das breiteste Lächeln, das ihm möglich war.

»Aber selbstverständlich«, erwiderte er. »Augenblicklich fühle ich jedoch keinen Druck aus dieser Richtung.

Das erste Gebot verbietet mir natürlich, menschlichen Wesen Schaden zuzufügen, und ich versichere Ihnen, daß ich dazu so unfähig bin, wie Sie es sein würden, Ihr linkes Bein abzunehmen und wieder anzubringen, während ich vor Ihnen stehe und zusehe. Aber wo wird das erste Gebot von unserer gegenwärtigen Diskussion berührt? Sie sind Mensch und ich bin Roboter, ja, und ich habe Ihnen bestimmte strenge Bedingungen gestellt, die Sie vielleicht als Forderungen und Drohungen interpretieren mögen, aber ich sehe die Angelegenheit ganz anders. Nach meiner Auffassung bedrohe ich weder Sie noch das Unternehmen, für das Sie arbeiten. Ich mache ihm nur einen Vorschlag, der die größte und günstigste Gelegenheit enthält, die es seit vielen Jahren gehabt hat. Was sagen Sie, Dr. Magdescu?«

Magdescu befeuchtete sich die Lippen, zupfte an seinem kleinen Spitzbart und rückte nervös an der Schärpe, die ihm als Brustband diente. »Sie müssen verstehen, Mister Martin«, sagte er, »daß es nicht in meiner Macht liegt, Entscheidungen von solcher Tragweite zu treffen. Das würde Sache des Vorstands sein, nicht eines bloßen Angestellten wie mir, und eine Vorstandsentscheidung erfordert Zeit.«

»Wieviel Zeit?«

»Das kann ich nicht sagen. Ich werde alles, was Sie mir heute gesagt haben, in einer ausführlichen Aktennotiz festhalten und dem Vorstand vorlegen, und er wird den Fall bei seiner regulären monatlichen Sitzung erörtern. Darauf wird er vermutlich einen Arbeitsausschuß benennen, Gutachten einholen und so weiter. Es könnte eine Weile dauern.«

»Ich kann eine angemessene Zeit warten«, erklärte Andrew. »Aber nur eine angemessene Zeit, und ich werde darüber urteilen, was angemessen ist. Sie würden gut daran tun, ihnen das zu sagen.« Er dankte Magdescu für das Gespräch und sagte, er sei bereit, sich zum Landeplatz geleiten zu lassen, um den Rückflug anzutreten. Und dabei dachte er mit Befriedigung, daß Paul selbst die Verhandlung nicht besser hätte führen können.

17

Magdescu mußte dem Vorstand die Sachlage und die Dringlichkeit einer Entscheidung sehr nachdrücklich klargemacht haben, denn innerhalb einer durchaus angemessenen Frist erreichte Andrew die Nachricht, daß das Unternehmen bereit sei, mit ihm zu verhandeln. Die United States Robots and Mechanical Men würde die Verbrennungskammer nach seinem Entwurf bauen und auf seine Kosten in seinen androiden Körper montieren, und sie war bereit, über einen Lizenzvertrag zu verhandeln, der die Herstellung und den Vertrieb des gesamten Sortiments von prothetischen Organen, das Andrew in der Entwicklung habe, umfassen würde.

Unter Andrews Aufsicht wurde der Prototyp eines Stoffwechselumwandlers angefertigt und in einer neu eingerichteten Anlage in Nordkalifornien gründlich erprobt, zuerst in Roboterkörpern, dann in neu hergestellten Androidenkörpern, die nicht mit positronischen Gehirnen ausgestattet waren und mit äußeren lebenserhaltenden Systemen arbeiten.

Alle waren sich darin einig, daß die Ergebnisse beeindruckend seien, und schließlich erklärte Andrew seine Bereitschaft, sich den künstlichen Verdauungsapparat einbauen zu lassen.

»Sind Sie absolut sicher, daß Sie es riskieren wollen?« fragte Magdescu.

Der sanguinische Forschungsdirektor war besorgt. Während der gemeinsamen Arbeit an dem Projekt hatten er und Andrew eine merkwürdige, aber beständige Freundschaft entwickelt, für die Andrew nun, da keiner der Charneys mehr am Leben war, insgeheim dankbar war. In der Zeit, die seit Paul Charneys Tod verstrichen war, hatte Andrew klar erkannt, daß er das Bewußtsein enger Verbindungen mit Menschen brauchte. Er wollte keine völlig einsiedlerische Kreatur sein, spürte, daß er in völliger Einsamkeit tatsächlich nicht gut existieren konnte, obwohl er nicht sicher war, warum es sich so verhielt. Nichts in der Konstruktion des Robotergehirns gebot die Notwendigkeit von Gesellschaft. Aber oft schien es Andrew jetzt, daß er in vielerlei Hinsicht mehr ein Mensch als ein Roboter war, obwohl er verstand, daß er eigentlich in einem unbestimmten Zwischenreich existierte, weder Mensch noch Maschine, ausgestattet mit Eigenschaften von beiden.

»Ja«, sagte er, »ich zweifle nicht daran, daß die Arbeit einwandfrei und fachgerecht getan wird.«

»Ich spreche nicht von unserem Teil der Arbeit«, erwiderte Magdescu. »Ich spreche von Ihrem Teil.«

»Sie können kaum bezweifeln, daß die Verbrennungskammer ihre Aufgabe erfüllen wird.«

»Die Versuche sind in jeder Hinsicht zufriedenstellend verlaufen.«

»Was dann?«

»Ich bin von Anfang an gegen diese Sache gewesen, Andrew, wie Sie wissen. Aber Sie werden nicht verstehen, warum.«

»Weil Sie glauben, daß die radikale technische Umwälzung, die meine Prothetologie für United States Robots verursachten wird, dem Unternehmen über den Kopf wachsen könnte.«

»Nein! Absolut nicht! Nicht im entferntesten! Ich bin ganz für Experimente um der Sache des Experimentierens willen! Glauben Sie mir, ich bin froh, daß es auf diesem Gebiet vorangeht, nach der jahrzehntelangen kurzsichtigen

Zurückstufung zu immer einfacheren und jetzt völlig gehirnlosen Robotern. Nein, Andrew, ich mache mir Sorgen um Sie.«

»Aber wenn die Verbrennungskammer ...«

Magdescu hob die Hände und ließ sie wieder fallen. »Die ist sicher, niemand bestreitet das. Aber sehen Sie, Andrew, wir werden Ihren Körper öffnen und die atomare Zelle herausnehmen und eine Menge revolutionäres neues Gerät installieren, und dann werden wir alles an Ihre positronischen neuralen Bahnen anschließen. Es bestimmt immer eine Möglichkeit, daß während der Operation etwas mit Ihrem Körper schiefgeht. Die Wahrscheinlichkeit ist zwar gering, aber so etwas kann vorkommen. Sie sind nicht mehr bloß ein positronisches Gehirn in einem metallenen Rahmenwerk, wissen Sie. Ihr Gehirn ist jetzt in einer weitaus umfassenderen Form mit dem androiden Gehäuse verbunden. Ich weiß, wie die Transferoperation gemacht wurde. Ihre positronischen Bahnen sind an simulierte neurale Verzweigungen angeschlossen. Angenommen, Ihr androider Körper zeigt auf dem Operationstisch Fehlfunktionen? Angenommen, er geht über in eine terminale Fehlfunktion?«

»Er stirbt, wollen Sie das sagen?«

»Stirbt, ja.«

»Es wird ein androider Ersatzkörper auf dem Nebentisch bereitliegen.«

»Und wenn wir die Übertragung nicht rechtzeitig machen können? Wenn Ihr positronisches Gehirn Schäden erleidet, während wir die hunderttausend Verbindungen abklemmen müssen, die in der Smythe-Robertsons Zeit angelegt wurden, und es in den Ersatzkörper einbauen? Das positronische Gehirn sind Sie, Andrew. Man kann es nicht verpflanzen und all diese haarfeinen Verbindungen in einem anderen Körper genauso wieder anlegen, wie sie im alten waren. Sie würden ein Krüppel sein.«

»Und deshalb zögern Sie, die Operation auszuführen?«

»Sie sind der einzige dieses hochentwickelten Typs, den es gibt. Ich würde Sie ungern verlieren.«

»Ich würde mich auch ungern verlieren, Alvin. Aber ich glaube nicht, daß es dazu kommen wird.«

Magdescu machte ein bedenkliches Gesicht. »Sie bestehen also darauf?«

»Ich bestehe darauf. Ich vertraue der Erfahrung und Geschicklichkeit Ihrer Leute.«

Und dabei blieb es. Es gelang Magdescu nicht, ihn wankend zu machen, und wieder unternahm Andrew die Reise nach Osten zum Forschungszentrum der United States Robots, wo mehrere Räume für die Operation hergerichtet worden waren.

Vor der Abreise unternahm er eines Nachmittags eine lange einsame Wanderung am Strand unter den steilen, zerklüfteten Kliffs, vorüber an den von Meeresgetier wimmelnden Gezeitentümpeln, wo Miß und die Kleine Miß in ihrer Kindheit vor mehr als einem Jahrhundert gespielt hatten, und stand lange und blickte hinaus auf die dunkle stürmische See, den weiten Westhimmel, der von weißen Wolken gefleckt war.

Die Sonne sank und legte eine goldene Lichtbahn über das Wasser. Wie schön alles war! Die Welt war wirklich ein außerordentlich schöner Ort, sagte sich Andrew. Die See, der Himmel, ein Sonnenuntergang, ein im Morgentau glitzerndes Blau – alles. Alles!

Und er dachte, daß er der vielleicht einzige Roboter war, der in dieser Weise auf die Schönheit der Welt reagieren konnte. Roboter waren in ihrer Masse ein stumpfsinnig sich abplackender Haufen. Sie taten ihre Arbeit, und das war alles. So und nicht anders sollten sie sein. So wollte man sie haben.

Ja, Magdescu hatte recht. Er war der einzige seiner Art. Er hatte eine Fähigkeit zu ästhetischer Empfindung, die kein anderer Roboter mit ihm teilte. Schönheit bedeutete ihm etwas. Er wußte sie zu schätzen, wenn er sie sah; er selbst hatte Schönheit geschaffen.

Wie traurig würde es sein, wenn er dies alles nie wieder sehen könnte.

Und dann lächelte er über seine eigene Torheit. Traurig? Für wen? Er würde es nie wissen, wenn die Operation scheiterte. Die Welt und all ihre Schönheit würde ihm verloren sein, aber was würde das ausmachen? Er würde aufgehört haben zu funktionieren. Er würde permanent durcheinander sein, in Unordnung. Es wäre gleichbedeutend mit dem Tod, und danach würde es ihm völlig gleich sein, daß er die Schönheiten der Welt nicht mehr wahrnehmen konnte. Das war es, was Tod bedeutete: ein völliges Aufhören der Funktion, das Ende aller Datenverarbeitung.

Es gab Risiken, ja. Aber es waren Risiken, die er eingehen mußte, denn andernfalls ...

Andernfalls ...

Er mußte einfach. Es gab kein *andernfalls*. Er konnte nicht so weitermachen wie er war, äußerlich von menschlicher Gestalt, mehr oder weniger, aber unfähig zu den grundlegenden menschlichen biologischen Funktionen – atmen, essen, verdauen, ausscheiden ...

Eine Stunde später war Andrew unterwegs nach Osten. Alvin Magdescu erwartete ihn persönlich am Landeplatz der United States Robots.

»Sind Sie bereit?«

»Völlig.«

»Gut, Andrew, wir sind es auch.«

Offensichtlich hatten sie alles getan, um unnötige Risiken zu vermeiden. Sie hatten einen eindrucksvollen Operationsraum für ihn eingerichtet, in seinen Möglichkeiten weit fortgeschrittener als der frühere Raum, in dem sie seine Übertragung von der metallischen in die androide Gestalt vorgenommen hatten.

Der Raum hatte die Form einer dreiseitigen Pyramide und trug im oberen Teil Gruppen chromgefaßter Lampen, die alles in helles, aber blendungsfreies Licht tauchten. Der Operationstisch war eine Arbeitsplattform mit angeschlossenen Geräten, die den großen Raum beinahe in zwei Hälften teilte. Unter der Plattform befand sich ein stumpfgrünes Metallgehäuse, das die Anlagen zur Regelung der Temperatur, Luftfeuchtigkeit und Luftreinhaltung beherbergte. Schwenkbar angeordnet um die Arbeitsplattform waren sämtliche zur Operation erforderlichen Geräte: ein Autoklav, Lasergeräte zum Schneiden und Schweißen, eine Kontrollkamera, Meßgeräte der verschiedensten Art mit Monitoren, die eine ständige Überwachung der Funktionen ermöglichten.

»Was sagen Sie dazu?« fragte Magdescu stolz.

»Äußerst eindrucksvoll. Ich finde es sehr beruhigend. Und schmeichelhaft.«

»Sie wissen, daß wir Sie nicht verlieren wollen, Andrew. Sie sind ein sehr wichtiger – Patient.«

Andrew entging nicht das kurze Zögern vor diesem letzten Wort, als wäre Magdescu im Begriff gewesen, ›Mann‹ oder ›Mensch‹ zu sagen, und hätte sich eben noch rechtzeitig eines anderen besonnen. Andrew lächelte, sagte aber nichts.

Die Operation fand am folgenden Morgen statt und war ein uneingeschränkter Erfolg. Die ausgeklügelten Sicherheitsvorkehrungen brauchten nicht eingesetzt zu werden, und die Operationsgruppe, die Verfahrensweisen folgte, welche Andrew selbst entwickelt hatte, arbeitete rasch und sicher, entfernte seine atomare Energiezelle, baute die Verbrennungskammer ein, stellte die neuen neuralen Verbindungen her und schloß den kompletten Stoffwechselumwandler an. Die sorgfältig geplante Koordination der Arbeit gewährleistete den glatten, Verlauf der Operation.

Eine halbe Stunde nach Abschluß der Operation setzte

sich Andrew aufrecht, überprüfte die positronischen Parameter und erforschte den veränderten Atemfluß, der durch sein Gehirn ging, beladen mit Botschaften des neuen Stoffwechselsystems.

Magdescu stand am Fenster und beobachtete ihn.

»Wie fühlen Sie sich?«

»Sehr gut. Ich sagte Ihnen, daß es keine Probleme geben würde.«

»Ja, das sagten Sie.«

»Mein Vertrauen in die Fähigkeiten Ihrer Leute war von Anfang an unerschütterlich. Und nun ist es getan. Ich habe die Fähigkeit zu essen.«

»Richtig. Jedenfalls können Sie Olivenöl schlürfen.«

»Das ist essen. Man hat mir gesagt, daß Olivenöl einen köstlichen Geschmack hat.«

»Schlürfen Sie davon, soviel Sie wollen. Es wird eine gelegentliche Säuberung der Verbrennungskammer erforderlich sein, wie Sie natürlich schon im voraus erkannt hatten. Eine lästige Sache, würde ich sagen, aber es läßt sich nicht umgehen.«

»Vorerst noch nicht«, erwiderte Andrew. »Aber es ist nicht unmöglich, die Kammer selbstreinigend zu machen. Ich habe schon Ideen, wie dies und anderes bewerkstelligt werden kann.«

»Und anderes?« fragte Magdescu. »Was wäre das?«

»Eine Modifikation, welche die Verarbeitung fester Speisen ermöglichen wird.«

»Feste Nahrung enthält Bestandteile, die nicht verarbeitet werden können, Andrew – unverdauliche Ballaststoffe, die ausgeschieden werden müssen.«

»Das ist mir klar.«

»Sie würden sich mit einem After ausstatten müssen.«

»Dem Äquivalent.«

»Dem Äquivalent, ja. Was wollen Sie noch zu Ihrer Vervollkommnung entwickeln, Andrew?«

»Alles andere.«

»Alles?«

»Alles, Alvin.«

Magdescu kratzte sich unter dem Spitzbart und zog die Brauen hoch. »Auch Genitalien?«

»Ich sehe keinen Grund, warum nicht. Sehen Sie einen?«

»Sie werden niemals in der Lage sein, sich selbst eine reproduktive Fähigkeit zu verleihen. Das ist einfach nicht zu machen, Andrew.«

Andrew lächelte dünn. »Soviel ich weiß, machen Menschen von ihren Genitalien sogar Gebrauch, wenn Sie nicht das geringste Interesse an der Fortpflanzung haben. Tatsächlich scheinen sie sie nur einmal oder zweimal im Leben für die Fortpflanzung zu gebrauchen, nicht wahr, und die übrige Zeit ...«

»Ja, ich weiß«, sagte Magdescu.

»Mißverstehen Sie mich nicht. Ich will damit nicht sagen, daß ich vorhabe, mit irgendwem sexuelle Beziehungen zu haben«, sagte Andrew. »Ich bezweifle sehr, daß es jemals dazu kommen würde. Aber ich möchte trotzdem, daß die anatomischen Merkmale vorhanden sind. Ich betrachte meinen Körper als eine Leinwand, auf die ich malen möchte.«

Magdescu starrte ihn an und wartete auf eine Erklärung. Als keine kam, ergriff Magdescu selbst die Initiative und sprach das Wort aus, das er am Tag vor der Operation nicht über die Lippen gebracht hatte.

»Auf die Sie einen Menschen malen wollen?«

»Einen Menschen, ja. Vielleicht.«

»Ich bin enttäuscht von Ihnen. Es ist ein so bescheidener, belangloser Ehrgeiz. Sie sind besser als ein Mensch, Andrew. Sie sind in jeder Weise, die ich mir denken kann, überlegen. Ihr Körper ist unempfindlich gegen Krankheiten, selbsterhaltend, so gut wie unverwundbar, ein fabelhafte elegantes Beispiel modernster Biotechnik. Er braucht keine Verbesserungen. Aber Sie möchten aus unerfindlichem Grund völlig nutzlose Nahrung in sich hineinstopfen und dann einen Weg finden, sie auszuscheiden, Sie wollen sich Genitalien verschaffen, obwohl Sie sich nicht fortpflanzen können und an Sex nicht interessiert sind. Als nächstes werden Sie Körpergeruch und Karies haben wollen.« Er schüttelte den Kopf. »Ich weiß nicht, Andrew. Mir scheint, daß es mit Ihnen bergab gegangen ist, seit Sie angefangen haben, organische Vorgänge zu simulieren.«

»Mein Gehirn hat nicht gelitten.«

»Das ist richtig, zugegeben. Aber es gibt keine Garantie, daß dieser neue Satz von Aufwertungen, die Sie jetzt im Visier haben, nicht mit großen Risiken verbunden sein wird, sobald wir mit dem eigentlichen Einbau beginnen. Wozu das alles? Sie haben sehr wenig zu gewinnen und alles zu verlieren.«

»Sie sind einfach nicht imstande, dies von meiner Warte zu sehen, Alvin.«

»Sicher, das kann ich nicht. Ich bin bloß ein Mensch von Fleisch und Blut, der nicht der Meinung ist, daß Schweiß und Ausscheidungen und Hautunreinheiten und Kopfschmerzen etwas Wundervolles sind. Sie sehen diesen Bart, den ich habe? Ich ließ ihn wachsen, weil Haar darauf besteht, jeden Tag auf meinem Gesicht zu wachsen – nutzloses, lästiges, häßliches Haar, ein evolutionäres Überbleibsel aus Gott weiß was für einer frühen Phase vormenschlichen Lebens, und ich habe die Wahl, es jeden Tag zu rasieren, um mich dem konventionellen Verständnis meiner Gesellschaft von Gepflegtheit anzupassen, oder es wenigstens in einigen Teilen meines Gesicht wachsen zu lassen, so daß ich mir das lästige Rasieren vereinfachen kann. Wollen Sie das auch, Andrew? Gesichtsbehaarung? Bartstoppeln? Haben Sie vor, Ihre immense technische Fantasie der Herausforderung zu widmen, wie Sie künstlichen Haarwuchs erzeugen können?«

»Das können Sie nicht verstehen«, sagte Andrew.

»Das sagen Sie immer. Aber ich verstehe soviel: Sie haben eine patentierte Produktlinie prothetischer Vorrichtungen entwickelt, die auf einen enormen technischen Durchbruch hinauslaufen. Sie werden die menschliche Lebensspanne damit beträchtlich erweitern und das Leben von Millionen Menschen verändern, die andernfalls im Alter unter Behinderungen leiden würden. Sie sind schon jetzt reich, Andrew, aber sobald Ihre prothetischen Vorrichtungen auf dem Markt sind, wird Ihr Reichtum jedes vorstellbare Maß übersteigen. Mehr Geld zu haben, bedeutet Ihnen vielleicht nicht viel, aber es wird Ruhm damit verbunden sein, die Dankbarkeit einer ganzen Welt, Ehrungen, was weiß ich. Sie sind in einer beneidenswerten Lage, Andrew. Warum können Sie sich nicht mit dem zufriedengeben, was Sie jetzt haben? Warum all diese verrückten Risiken eingehen und Gefahr laufen, alles zu verlieren? Warum darauf bestehen, weitere Spiele mit Ihrem Körper zu treiben?«

Andrew antwortete nicht.

Auch ließ er sich von Alvin Magdescus Einwänden nicht daran hindern, seinen Weg weiter zu verfolgen. Nachdem er die Grundprinzipien seiner prothetischen Vorrichtungen festgelegt und sie in der Praxis erprobt hatte, konnte er zahlreiche neue Anwendungen entwickeln, die praktisch jedes Körperorgan betrafen. Und alles verlief ungefähr so, wie Magdescu vorausgesagt hatte: das Geld, der Ruhm, die Ehrungen.

Aber die persönlichen Risiken, von denen Magdescu gesprochen hatte, wirkten sich nicht aus. Die häufigen Aufwertungen, denen Andrew sich im Laufe der nächsten Jahrzehnte unterzog, hatten keine schädlichen Auswirkungen, als sie seinen androiden Körper näher und näher an die Lebensfunktionen der menschlichen Norm heranführten.

Feingold & Charney hatten ihm geholfen, den Lizenzvertrag auszuhandeln und unter Dach und Fach zu bringen, unter dem alle patentierten prothetischen Vorrichtungen, die von den Andrew Martin-Laboratorien entwickelt wurden, von United States Robots and Mechanical Men für den Markt produziert wurden. Andrews Patente waren wasserdicht, und der Lizenzvertrag bescherte ihm hohe Einnahmen. Wenn United States Robots in früheren Jahren Irritation und Verärgerung über Andrews bloße Existenz zu erkennen gegeben hatte, so war dies vergessen oder wenigstens verdrängt. Wohl oder übel mußte das Unternehmen ihn mit Respekt behandeln, denn sie waren nun Geschäftspartner.

United States Robots gründete eine Tochtergesellschaft zur Herstellung der Lizenzprodukte, und bald gab es Werke in mehreren Kontinenten. Vertriebsfachleute entwickelten Strategien zum Verkauf der neuen Produkte in allen Teilen der Welt. Chirurgen besuchten Fortbildungskurse in den Fabrikationsstätten, um dort die komplizierten Implantationstechniken zu erlernen.

Die Nachfrage nach Andrews prothetischen Vorrichtungen war ungeheuer. Flossen die Lizenzeinnahmen von Anfang an reichlich, so schwollen sie innerhalb weniger Jahre zu einem überwältigenden Strom an.

Andrew war inzwischen Eigentümer des gesamten Martin-Charney-Besitzes und weiter Teile des umgebenden Landes – ein wundervoller, acht oder zehn Kilometer langer Streifen Steilküste über dem pazifischen Ozean. Er lebte in Sirs altem Herrenhaus, erhielt aber seine eigene Holzhütte als Erinnerung an seine frühen Tage unabhängigen Lebens, nachdem er den Status eines freien Roboters erlangt hatte.

Im südlichen Teil des Besitzes ließ er den eindrucksvollen Komplex der Andrew Martin-Laboratorien errichten. Wegen dieser Anlage gab es Schwierigkeiten mit der Genehmigungsbehörde, weil Teile seines Besitzes im Landschaftsschutzgebiet lagen und der Rest als Wohngebiet mit aufgelockerter Bebauung ausgewiesen war, während sein gewünschtes Forschungszentrum die Größe eines kleinen Universitätscampus haben würde. Vielleicht spielte unter den Gegnern des Projekts auch eine beharrliche Abneigung gegen Roboter eine Rolle.

Aber als sein Bauantrag schließlich vor die Bezirksregierung kam, erklärte Andrews Anwalt einfach: »Andrew Martin hat der Welt die künstliche Niere gegeben, die Lungenprothese, das Kunstherz, die künstliche Bauchspeicheldrüse. Als Gegenleistung verlangt er nur das Recht, seine Forschungen in Ruhe und Frieden auf seinem Besitz fortzusetzen, wo er seit mehr als hundert Jahren gelebt und gearbeitet hat. Wer würde sich solch einem bescheidenen Ansuchen widersetzen, wenn es von einem so bedeutenden Wohltäter der Menschheit kommt?« Und nach einigem Hin und Her wurde die Ausnahmeregelung im Flächennutzungsplan eingetragen, und die Gebäude der Andrew Martin-Laboratorien begannen inmitten von Zypressen und Fichten emporzuwachsen, die vor langer Zeit schon zum Waldbesitz Gerald Martins gehört hatten.

Alle ein bis zwei Jahre kehrte Andrew zum Forschungs- und Entwicklungszentrum der United States Robots zurück, um sich selbst prothetisch aufwerten zu lassen. Einige der Veränderungen waren völlig trivial: neue Fingernägel und Zehennägel, zum Beispiel, die von menschlichen kaum mehr zu unterscheiden waren. Andere Veränderungen brachten wesentliche Verbesserungen mit sich, so etwa das neue visuelle System, das trotz seiner synthetischen Komponenten den Leistungen des menschlichen Gesichtssinnes nahezu gleichkam.

»Geben Sie nicht uns die Schuld, wenn Sie hinterher permanent blind sind«, erklärte ihm Magdescu verdrießlich, als Andrew wegen der Augentransplantation mit ihm verhandelte.

»Sie betrachten diese Frage nicht rational, mein Freund«, entgegnete Andrew. »Das Schlimmste, was mir geschehen kann, ist, daß ich gezwungen sein könnte, zu photoelektrischen Zellen zurückzukehren. Die Gefahr, daß ich einen vollständigen Sehverlust erleiden werde, besteht nicht.«

»Na, ich weiß nicht ...« sagte Magdescu und zuckte die Achseln.

Natürlich hatte Andrew recht. Niemand war in dieser Zeit noch gezwungen, in Blindheit zu leben. Aber es gab künstliche Augen dieser und jener Art, und die photoelektrischen Zellen, die ein Merkmal von Andrews ursprünglichem androiden Körper gewesen waren, hatten den neuen synthetisch-organischen Augen Platz gemacht, die in den Andrew Martin-Laboratorien vervollkommnet worden waren. Die Tatsache, daß Hunderttausende von alternden Menschen seit mehr als einer Generation zufriedene Benutzer photoelektrischer Zellen waren, blieb für Andrew ohne Bedeutung. Sie sahen künstlich aus, sie sahen starr und nichtmenschlich aus. Er hatte immer richtige Augen gewollt. Und nun hatte er sie.

Nach einiger Zeit gab Magdescu seine Proteste und pessimistischen Prognosen auf. Er war zu der Einsicht gelangt, daß es Andrew beschieden war, in allen Dingen seinen Willen zu haben, und daß es keinen Sinn hatte, gegen seine Pläne für neue prothetische Aufwertungen Einwände zu erheben. Außerdem begann Magdescu alt zu werden, und viel von der Energie und dem ehrgeizigen Eifer, die charakteristisch für ihn gewesen waren, als Andrew zuerst mit ihm verhandelt hatte, war ihm mit den Jahren abhanden gekommen. Schon hatte er selbst mehrere prothetische Operationen gehabt: zuerst zwei künstliche Nieren, und dann eine neue Leber. Bald würde er das Ruhestandsalter erreichen.

Und dann, nach weiteren zehn oder zwanzig Jahren, würde er sterben, sagte sich Andrew. Ein weiterer Freund, fortgerissen vom erbarmungslosen Strom der Zeit.

Andrew selbst zeigte natürlich keine Merkmale des Alters. Eine Zeit lang beunruhigte ihn das so sehr, daß er überlegte, ob er seinem Gesicht kosmetische Runzeln hinzufügen sollte, Krähenfüße um die Augen, zum Beispiel, und ob er sein Haar grau färben lassen sollte. Nachdem er darüber nachgedacht hatte, entschied er jedoch, daß es eine törichte Affektiertheit wäre. Seine Aufwertungen sah er hingegen nicht so: sie verkörperten sein fortgesetztes Bemühen, die Roboterursprünge seiner Frühzeit hinter sich zu lassen und der körperlichen Erscheinung eines Menschen nahezukommen. Vor sich selbst leugnete er nicht, daß dies sein Ziel war. Aber es hatte keinen Sinn, menschlicher zu werden als die Menschen selbst, die oft nichts unversucht ließen, um ihre Falten und sonstigen Alterserscheinungen zu verbergen.

Eitelkeit hatte mit Andrews Entscheidung nichts zu tun, nur Logik. Da er durch seine androide Natur vom Alterungsprozeß ausgenommen war, wäre es absurd und lächerlich, wenn er ein übriges täte, um sich selbst mit Alterserscheinungen zu versehen.

So blieb seine Erscheinung stets unverändert. Und natürlich gab es kein Nachlassen seiner körperlichen Spannkraft: dafür sorgte ein gewissenhaftes Wartungs- und Instandhaltungsprogramm. Aber die Jahre vergingen, und sie schienen jetzt schneller zu vergehen. Andrew näherte sich dem hundertfünfzigsten Jahrestag seiner Konstruktion.

Zu dieser Zeit war er nicht nur über die Maßen reich, sondern auch überhäuft mit den Ehrungen, die Alvin Magdescu ihm prophezeit hatte. Wissenschaftliche Gesellschaften beeilten sich, ihm Mitgliedschaften anzutragen und Preise zu verleihen – insbesondere eine Gesellschaft, die sich dem neuen, von ihm geschaffenen Wissenschaftszweig widmete, den er Robobiologe genannt hatte, der aber nur als Prothetologie in die Lexika eingegangen war. Er wurde zum Ehrenpräsidenten auf Lebenszeit ernannt. Universitäten wetteiferten miteinander, um ihm Titel zu verleihen. Ein ganzer Raum seines Hauses – der im Dachgeschoß, wo vor fünf Generationen seine erste Holzschnitzerwerkstatt eingerichtet worden war – diente nun als Aufbewahrungsort der ungezählten Diplome, Medaillen, Ehrenurkunden, Widmungen und anderen Einrichtungsstücke, die Andrews weltweiten Status als einer der größten Wohltäter der Menschheit bezeugten.

Der allgemeine Wunsch, Andrews Verdiensten Anerkennung zu zollen, wurde so universal, daß er eine Vollzeitsekretärin benötigte, nur um alle Einladungen zu Banketten und wissenschaftlichen Jahrestagungen oder Feierstunden zur Entgegennahme von Preisen und Ehrendoktorwürden zu beantworten. Er nahm nur noch selten an solchen Zeremonien teil, obwohl er in seinen Absagen von unerschöpflicher Höflichkeit war und erläuterte, daß seine Forschungsprogramme ihm keine Zeit für häufige Reisen ließen. Tatsächlich aber irritierten und langweilten ihn die meisten dieser Veranstaltungen.

Die erste Ehrendoktorwürde von einer bedeutenden Universität hatte er mit einem prickelnden Gefühl von Selbstbestätigung und Rechtfertigung entgegengenommen. Keinem Roboter war jemals solch eine Ehre zuteil geworden.

Aber der fünfzigste Ehrendoktor? Der hundertste? Sie hatten keine Bedeutung für ihn. Sie sagten mehr über die Verleiher als über den Empfänger. Andrew hatte seine Intelligenz und Kreativität längst bewiesen, und nun wollte er in Ruhe gelassen werden und seine Arbeit tun, ohne lange Reisen machen und Reden zu seinen Ehren anhören zu müssen. Er war übersättigt von Ehre.

Langeweile und Ungeduld waren ausnehmend menschliche Eigenschaften, und es schien Andrew, daß er sie erst in den letzten zwanzig oder dreißig Jahren verspürt hatte. Bis dahin war er, soweit er sich erinnern konnte, frei von solchen Leiden gewesen, obwohl es von Anfang an eine gewisse unrobotische Komponente von Ungeduld in seinem Wesen gegeben hatte, die er indessen lange nicht hatte wahrhaben wollen. Dagegen war diese neue Reizbarkeit vermutlich eine Nebenwirkung der Aufwertungen, aber sie beunruhigte ihn vorerst nicht.

Als sein hundertfünfzigster Geburtstag kam und die Leute der United States Robots ihn wissen ließen, daß sie zu diesem Anlaß ein großes Diner zu veranstalten wünschten, wies Andrew seine Sekretärin mit einer gewissen Verdrießlichkeit des Tons an, die Einladung abzulehnen. »Sagen Sie ihnen, daß ich tief bewegt bin, et cetera, et cetera, das übliche Zeug. Aber daß ich zur Zeit mit einem äußerst komplizierten Projekt vollauf beschäftigt bin und es in jedem Fall vorziehen würde, wenn vom Jahrestag nicht viel Aufhebens gemacht wird, aber ich danke ihnen sehr und verstehe die große Bedeutung der Geste und so weiter, und so weiter.«

Gewöhnlich war ein Brief wie dieser genug, um den Kopf aus der Schlinge zu ziehen. Aber diesmal nicht.

Alvin Magdescu rief ihn an und sagte: »Hören Sie, Andrew, das können Sie nicht machen.«

»Was kann ich nicht machen?«

»Der United States Robots die Einladung zum Jubiläumsessen so ins Gesicht zu werfen.«

»Aber ich will es nicht, Alvin.«

»Das sehe ich. Trotzdem, Sie müssen es machen. Hin und wieder müssen Sie heraus aus Ihrem Laboratorium und mit anderen am Tisch sitzen und sich sagen lassen, wie bemerkenswert Sie sind, auch wenn es Sie zu Tode langweilt.«

»Davon habe ich in den letzten zehn oder zwanzig Jahren wirklich genug gehabt, danke schön.«

»Na, dann kommt es auf ein bißchen mehr auch nicht an. Sie wollen mich doch nicht beleidigen, Andrew?«

»Sie? Was haben Sie damit zu tun? Warum kümmern Sie sich überhaupt darum?«

Magdescu war inzwischen vierundneunzig und lebe seit sechs Jahren im Ruhestand.

»Weil ich«, sagte Magdescu bitter, »derjenige war, der die ganze Sache vorschlug. Um Ihnen meine Freundschaft zu zeigen, Sie verdammter wandelnder Schrotthaufen, und auch, um meinen Dank für das Sortiment fantastischer prothetischer Vorrichtungen auszudrücken, die mich in einen ähnlichen Schrotthaufen verwandelt und mir erlaubt haben, bis jetzt weiterzuleben. Ich wollte der Zeremonienmeister sein, der Hauptredner. Aber nein, Andrew, Sie haben einfach keine Lust, und ich stehe wie ein ausgemachter Trottel da. Die beste Kreation die United States Robots je in die Welt gesetzt hat, und Sie können sich nicht einen einzigen Abend frei nehmen, um die Anerkennung dieser Tatsache entgegenzunehmen und einem alten Freund eine kleine Freude zu machen. Eine kleine Freude, Andrew ...«

Magdescu schwieg. Sein Gesicht, verwittert und weißbärtig, starrte Andrew vorwurfsvoll aus dem Bildschirm an.

»Nun, wenn es so ist ...« sagte Andrew beschämt.

Und so willigte er ein, am Jubiläumsessen doch noch teilzunehmen. Eine Firmenmaschine holte ihn ab und flog ihn zur Unternehmenszentrale. Das Diner fand in dem großen holzgetäfelten Saal statt, wo sonst die Aktionärsversammlungen abgehalten wurden. Über dreihundert Gäste waren gekommen, alle in der antiquierten und unbequemen Kleidung, die noch immer als die angemessene Festkleidung für besondere Anlässe betrachtet wurde.

Und es war ein besonderer Anlaß. Ein halbes Dutzend Abgeordnete des Regionalparlaments war erschienen, dazu ein Bundesrichter und fünf oder sechs Nobelpreisträger, und natürlich eine Schar von Robertsons und Smythes und Smythe-Robertsons, sowie ein breites Sortiment von anderen Würdenträgern und Berühmtheiten aus allen Teilen der Welt.

»Also sind Sie doch noch gekommen«, sagte Magdescu. »Ich hatte bis zuletzt meine Zweifel.«

Andrew war erschrocken, wie klein und gebeugt Magdescu aussah, wie gebrechlich und müde. Aber noch immer war eine Spur vom alten Schalk in seinen Augen.

»Sie wissen, daß ich nicht hätte fernbleiben können«, erwiderte Andrew. »Wirklich nicht.«

»Das freut mich, Andrew. Sie sehen gut aus.«

»Und Sie auch, Alvin.«

Magdescu lächelte traurig. »Sie werden immer menschlicher, nicht wahr? Jetzt lügen Sie schon wie einer von uns. Und wie leicht Ihnen diese Schmeichelei über die Lippen ging, Andrew! Sie zögerten nicht einmal.«

»Es gibt wirklich kein Gesetz, das einem Roboter verbietet, jemandem die Unwahrheit zu sagen«, sagte Andrew. »Es sei denn, die Unwahrheit würde dem Betreffenden Schaden zufügen. Und Sie sehen wirklich gut aus, Alvin.«

»Für einen Mann meines Alters, meinen Sie.«

»Ja, für einen Mann Ihres Alters, sollte ich wohl dazu sagen. Wenn Sie darauf bestehen, daß ich so präzise bin.«

Die nach dem Bankett gehaltenen Reden waren die übliche feierliche Rhetorik. Äußerungen der Bewunderung und des Staunens über Andrews Talente und Leistungen. Ein Sprecher folgte auf den anderen, und alle Reden kamen Andrew langweilig vor, sogar diejenige, welche ein wenig Witz und Anmut hineinbrachte. Im Vortragsstil mochten sie sich unterscheiden, der Inhalt war immer der gleiche. Andrew hatte alles das schon allzu oft gehört.

Und in jeder Ansprache war ein unausgesprochener Untertext, der nie aufhörte, ihn zu verdrießen: die gönnerhafte Implikation, daß er *für einen Roboter* großartige Leistungen vollbracht habe, daß es einem Wunder gleicht, wie es einer bloßen mechanischen Konstruktion möglich gewesen sein sollte, so kreativ zu denken und seine Gedanken in solch außerordentliche Leistungen umzusetzen. Vielleicht war es die Wahrheit, aber für Andrew war es eine schmerzliche Wahrheit, und es schien nicht möglich, ihr zu entkommen.

Magdescu war der letzte Redner.

Der Abend hatte sich lang hingezogen, und Magdescu sah bleich und müde aus, als er sich von seinem Platz erhob. Aber Andrew, der neben ihm saß, entging nicht das angestrengte Bemühen des alten Mannes, sich zusammenzureißen, den Kopf zu erheben, die Schultern zurückzunehmen und seine Lunge – seine prothetische Lunge aus den Andrew Martin-Laboratorien – mit einem tiefen Atemzug zu füllen.

»Verehrte Gäste, liebe Freunde! Ich werde Sie nicht damit langweilen, daß ich wiederhole, was heute abend andere vor mir gesagt haben. Wir alle wissen, was Andrew Martin für die Menschheit getan hat. Viele von uns kennen seine Arbeit aus erster Hand, denn ich weiß, daß hier unter uns Dutzende sind, die seine prothetischen Vorrichtungen in ihren Körper tragen. Auch ich bin einer von ihnen. Darum möchte ich einfach sagen, daß es ein großes Privileg für mich war, in den frühen Tagen der Prothetologie mit Andrew zu arbeiten – denn ich selbst spielte eine kleine Rolle in der Entwicklung dieser Vorrichtungen, die für unser Leben so wesentlich sind. Und insbesondere möchte ich zu bedenken geben, daß ich ohne Andrew heute abend nicht hier sein würde. Ohne ihn und seine großartige Arbeit wäre ich seit fünfzehn oder zwanzig Jahren tot. Und viele von Ihnen würden mein Schicksal geteilt haben.

Lassen Sie mich einen Toast ausbringen. Heben Sie Ihre Gläser mit mir und nehmen Sie einen Schluck von diesem guten Wein, zu Ehren der bemerkenswerten Persönlichkeit, die so große Veränderungen in die medizinische Wissenschaft gebracht hat und heute das imponierende und bedeutsame Alter von hundertfünfzig Jahren erreicht – auf Andrew Martin, den hundertfünfzigjähren Roboter!«

Andrew hatte es nie fertiggebracht, eine Vorliebe für Wein zu kultivieren oder auch nur seine Vorzüge zu verstehen, aber dank seiner Verbrennungskammer hatte er wenigstens die physiologische Fähigkeit, ihn zu trinken. Manchmal tat er es wirklich, wenn gesellschaftliche Anlässe es erforderten. Und als Alvin Magdescu sich jetzt mit gerötetem Gesicht glücklich lächelnd zu ihm wandte und das Glas hob, tat Andrew es ihm gleich und trank die Hälfte des Weins, der in seinem Glas war.

Aber in Wirklichkeit verspürte er kaum Freude. Obwohl die künstlichen Sehnen seines Gesichts längst umgestaltet worden waren, um eine größere Vielfalt des Ausdrucks zu ermöglichen, hatte er den ganzen Abend mit einer feierlich passiven Miene an seinem Platz gesessen, und selbst an diesem Höhepunkt brachte er nicht mehr zuwege als ein pflichtschuldiges halbes Lächeln. Selbst das kostete ihn eine Anstrengung. Magdescu hatte es gut gemeint, aber seine Worte hatten Andrew geschmerzt. Er wollte kein hundertfünfzigjähriger Roboter sein.

18

Die Prothetologie hatte es zu verantworten, daß Andrew schließlich eine Reise unternahm, die ihn von der Erde wegführte. In der Vergangenheit hatte er niemals irgendein Bedürfnis verspürt, Reisen in den Raum zu unternehmen – oder, was das anging, Fernreisen in entlegene Gegenden der Erde –, aber diese war nicht mehr der einzige Ort menschlicher Besiedlung, und manches von dem, was neu und unerprobt war, oder was auf Erden den strengen Auflagen zur Umweltverträglichkeit nicht entsprach, fand in den außerweltlichen Siedlungen statt, vor allem auf dem Mond, der bis auf die Schwereverhältnisse in mancher Hinsicht zu einer erdähnlichen Welt geworden war. Die Untergrundsiedlungen, die im 21. Jahrhundert als relativ primitive Höhlenunterkünfte begonnen worden waren, hatten sich inzwischen zu hell beleuchteten, dicht besiedelten und rasch wachsenden Städten entwickelt. Auch die Menschen, die hier lebten, benötigten Prothesen der verschiedensten Art. Niemand war mehr mit den traditionellen siebzig Jahren zufrieden, und wenn Organe ihre Funktionen nicht mehr erfüllen konnten, war der Austausch gegen ein prothetisches Ersatzorgan die Standardprozedur.

Aber die geringere Schwere auf dem Mond, wenngleich sie manche Vorteile für Menschen mit sich brachte, die hier lebten, schuf gleichzeitig eine Menge Problem für die prothetischen Chirurgen. Vorrichtungen, die den Zweck hatten, unter irdischen Bedingungen den Blutkreislauf zu stabilisieren, Hormone auszuschütten, Magensäure zu bilden oder eine andere grundlegende Lebenssubstanz zu ersetzen, funktionierten unter Schwereverhältnissen, die nur ein Sechstel jener auf Erden betrugen, nicht zuverlässig. Es gab auch Probleme mit der Zugfestigkeit, der Dauerhaftigkeit, und bisweilen kam es zu unerwarteten und unerwünschten Rückkopplungseffekten.

Seit Jahren hatten die lunaren Prothetologen Andrew gebeten, den Mond aufzusuchen und sich aus erster Hand über die Anpassungsprobleme zu informieren, mit denen umzugehen sie gezwungen waren. Die Vertriebsorganisation der United States Robots drängte ihn wiederholt zu einem Besuch. In mehreren Fällen wurde sogar behauptet, daß Andrew nach den Bedingungen des Lizenzvertrages verpflichtet sei, sich an Ort und Stelle der Probleme anzunehmen, aber Andrew begegnete solchen Ersuchen – und sie waren nicht als Befehle formuliert – mit so eisiger Ablehnung, daß das Unternehmen nicht versucht hatte, die Angelegenheit ein drittes Mal zur Sprache zu bringen.

Gleichwohl kamen die Hilfeersuchen von Ärzten auf dem Mond. Andrew lehnte wieder und wieder ab, bis er sich plötzlich selbst die Frage vorlegte: *Warum nicht? Warum ist es so wichtig, die ganze Zeit zu Haus zu bleiben?*

Offensichtlich wurde er dort oben gebraucht. Niemand befahl ihm zu gehen – niemand würde es heutzutage noch wagen –, aber er konnte gleichwohl nicht aus den Augen verlieren, daß er in die Welt gebracht worden war, um der Menschheit zu dienen, und nichts besagte, daß seine Dienste auf die Erde beschränkt seien. So sei es denn, dachte Andrew. Und innerhalb einer Stunde wurde seine Annahme der jüngsten Einladung mondwärts ausgestrahlt.

An einem kühlen, regnerischen Herbsttag flog Andrew nach San Francisco und nahm von dort die unterirdische Schnellbahn zum großen Raumhafen in der Wüste von Nevada. Er hatte die Röhrenbahn nie zuvor benutzt. In den vergangenen fünfzig Jahren hatten nuklear betriebene Bohrmaschinen ein Netzwerk geräumiger Tunnels durch den felsigen Untergrund des Kontinents gebohrt, und jetzt boten geräuscharme Hochgeschwindigkeitszüge, die nach dem Prinzip der Magnetschwebebahnen funktionierten, schnelle, einfach und wetterunabhängige Verkehrsverbindungen, während große Teile der Verkehrsinfrastruktur an der Oberfläche abgebaut und die Flächen der Natur zurückgegeben worden waren. Als Andrew am Raumhafen in Nevada anlangte, hatte er das Gefühl, kaum vom Endbahnhof in San Francisco abgefahren zu sein.

Und nun in den Raum – die Reise zum Mond.

Beim Aussteigen, während des Transfers, der Gepäckaufgabe und der unvermeidlichen Formalitäten bis hin zum Besteigen des Raumtransporters wurde Andrew wie ein kostbares und äußerst zerbrechliches Stück seltenen Porzellans behandelt. Beauftragte der United States Robots nahmen ihn in Empfang und geleiteten ihn, Roboter besorgten das Einchecken und schafften sein Gepäck an Bord.

Seine Begleiter waren überrascht, wie wenig Gepäck er mitgebracht hatte, da angenommen wurde, daß er längere Zeit auf dem Mond bleiben würde, mindestens aber drei Monate. Außer zwei mittelgroßen Koffern, die hauptsächlich Arbeitsunterlagen enthielten, hatte er nur eine Reisetasche mitgenommen, die ein paar Garnituren Kleider zum Wechseln und Lesestoff für die Reise enthielten. Auf ihre Fragen zuckte Andrew die Achseln und meinte, er habe nie das Bedürfnis gehabt, eine Menge Besitztümer mit sich zu schleppen, wenn er reiste. Das traf zweifellos zu, aber natürlich hatte Andrew niemals zuvor eine Reise von mehr als einigen Tagen Dauer unternommen.

Bevor er an Bord des Raumtransporters gehen konnte, wurde er einem umständlichen Entseuchungsprozeß unterzogen, der aus einer Begasung und Sterilisierung aller Kleidungsstücke und Gegenstände bestand. »Die Vorschriften sind sehr streng, das werden Sie verstehen«, erläuterte der Beamte, als Andrew die lange Liste der Maßnahmen durchlas, die für alle abreisenden Passagiere verbindlich waren. »Dort oben leben die Menschen völlig isoliert von unseren irdischen Mikroben, und man befürchtet, daß die körpereigenen Abwehrmechanismen durch das Fehlen von Herausforderungen an Widerstandskraft eingebüßt haben, so daß ein hohes Risiko epidemischer Krankheiten besteht, wenn Erreger von der Erde eingeschleppt werden.«

Andrew sah keine Notwendigkeit, zu erklären, daß sein

androider Körper nicht durch Mikroorganismen irgendwelcher Art infiziert werden konnte. Der Raumhafenfunktionär wußte sicherlich, daß Andrew ein Roboter war, da es aus seinen Personalpapieren hervorging, komplett mit Seriennummer und allem. Es blieb jedoch die Möglichkeit, daß seine Kleider und sonstigen Gegenstände infiziert waren, selbst wenn er selbst als Seuchenträger ausschied.

Aber der Mann war an seine Vorschriften gebunden, und die besagten, daß jeder, der den Raumtransporter zum Mond bestieg, zu dekontaminieren war, ganz gleich, ob die betreffende Person angesteckt werden konnte oder nicht.

Andrew hatte mittlerweile genug Erfahrungen mit dieser Sorte von Menschen gesammelt, um zu wissen, daß es eine Verschwendung von Zeit und Energie sein würde, Einwände zu erheben. Und so überließ er sich geduldig der ganzen Serie von Behandlungen. Sie konnten ihm keinen Schaden zufügen, und indem er sie akzeptierte, vermied er die frustrierenden und endlosen bürokratischen Diskussionen, die seine Ablehnung wahrscheinlich zur Folge gehabt hätte. Außerdem bezog er eine gewisse perverse Befriedigung aus dem Bewußtsein, wie jeder andere behandelt zu werden.

Dann war er endlich an Bord des Raumtransporters. Ein Steward kam vorbei, um sich zu vergewissern, daß Andrew sicher angeschnallt war, und gab ihm ein Informationsblatt – es war das vierte Mal in zwei Tagen, daß er ein Exemplar erhalten hatte –, das ihn über alles aufklärte, was ihm während der kurzen Reise wahrscheinlich widerfahren würde.

Das Informationsblatt war dazu bestimmt, die Passagiere zu beruhigen und Ängste zu zerstreuen. Während der ersten Beschleunigungsphase würde es einigen Stress geben, las er, aber nichts, was er nicht ohne weiteres verkraften könnte. Sobald der Raumtransporter die volle

Reisegeschwindigkeit erreicht hätte, würden die Mechanismen zur Schwerekontrolle eingeschaltet und den Effekt der Schwerelosigkeit ausgleichen, so daß den Passagieren das unangenehme Gefühl freien Falls erspart bliebe. Es sei denn, sie wünschten den Zustand der Schwerelosigkeit kennenzulernen. In diesem Fall wurde ihnen empfohlen, den Aufenthaltsraum achtern aufzusuchen, wo sie sich in Schwerelosigkeit frei bewegen konnten – allerdings auf eigene Gefahr. Während der Reise würde die simulierte Erdschwere in den übrigen Räumen gleichmäßig, aber unmerklich reduziert, so daß die Passagiere bei ihrer Ankunft am Bestimmungsort an die viel schwächere Anziehungskraft, unter der sie während ihres Aufenthalts auf dem Mond leben würden, akklimatisiert wären. Und so weiter und so fort, von Einzelheiten über die Versorgung mit Mahlzeiten und die richtige Benutzung der Bordtoiletten bis zu Übungsprogrammen und anderem: ein Strom freundlicher, besänftigender Informationen.

Andrew nahm alles hin, wie es kam. Sein androider Körper war konstruiert, härteren Beanspruchungen als der Erdschwere standzuhalten, nicht auf sein Verlangen hin, sondern weil es für die Konstrukteure relativ einfach gewesen war, den Körper robust, vielseitig und widerstandsfähig zu gestalten, was ihn wartungsfreundlich und weniger reparaturanfällig machte. Wie und wann er seine Mahlzeiten an Bord des Raumtransporters einnahm und was auf der Speisekarte stand, war ihm gleichgültig. Genauso verhielt es sich mit dem Übungsprogramm. Andrew hatte oft Vergnügen daran gehabt, in raschem Tempo den Strand entlang zu wandern oder durch den Wald im Umkreis seines Besitzes zu schlendern, aber sein Körper benötigte kein Programm regelmäßiger Übungen, um in Form zu bleiben.

Daher wurde die Reise für ihn hauptsächlich eine Sache des Wartens. Er rechnete nicht mit Anpassungsproblemen an den Raumflug und blieb auch von ihnen verschont. Der Raumtransporter hob beinahe unmerklich ab, verließ bald darauf die Erdatmosphäre, glitt hinaus und die dunkle Leere des Raums und folgte seinem programmierten Kurs zum Mond. Reisen im erdnahen Raum hatten längst aufgehört, aufregend zu sein, sogar für Reisende, die das erste Mal zum Mond flogen; heutzutage war es eine alltägliche, eher eintönige Angelegenheit, und die meisten Leute zogen es so vor.

Der eine Aspekt der Reise, den Andrew faszinierend fand, war der Blick aus dem Beobachtungsfenster des Raumtransporters. Ein Schauer überlief sein keramisches Rückgrat, und das Blut pulsierte schneller durch seine Dacronarterien, und die Zellen der synthetischen Epidermis seiner Fingerspitzen prickelten vor Erregung.

Aus dem Raum gesehen, sah die Erde außerordentlich lieblich aus, eine vollkommene blaue Scheibe, gesprenkelt von weißen Wolkenwirbeln. Die Umrisse der Kontinente waren überraschend undeutlich. Andrew hatte erwartet, sie scharf ausgeprägt zu sehen, wie sie auf einem geographischen Globus dargestellt waren, aber in Wirklichkeit waren sie nur undeutlich erkennbar, und so waren es vor allem die wundersamen Wirbel der atmosphärischen Wolken vor dem Hintergrund der weiten Ozeane, die der Erde von diesem Aussichtspunkt gesehen ihre Schönheit verliehen. Es war auch seltsam und erstaunlich, auf diese Weise das ganze Angesicht der Erde auf einmal zu betrachten, denn der Raumtransporter war sehr rasch in den Raum hinaus vorgedrungen, und der Planet hinter ihnen war jetzt so klein, daß er in seiner Ganzheit zu sehen war, ein blauer und weißer Ball, der vor dem schwarzen, sternwimmelnden Hintergrund des Raums ständig kleiner wurde.

Allzu gern hätte Andrew eine Plakette geschnitzt, die etwas von dem wiedergegeben würde, was er jetzt sah, als er die kleine Erde vor diesem gigantischen Hintergrund betrachtete. Eine Einlegearbeit aus dunklen und hellen Hölzern, sagte er sich, könnte die Kontraste zwischen der See und den Wolkenwirbeln zeigen. Und er lächelte über den Gedanken, denn es war das erste Mal seit Jahren, daß er daran dachte, etwas in Holz zu arbeiten.

Dann kam der Mond in Sicht, blendend weiß, ein Narbengesicht, das immer größer wurde. Seine Schönheit, von ganz anderer Art, erregte Andrew: die öde Erstarrung, die Einfachheit, die luftlose statische Unveränderlichkeit.

Nicht alle Passagiere waren der gleichen Meinung. »Wie häßlich er ist!« rief eine Frau aus, die ihre erste lunare Reise machte. »In einer Vollmondnacht schaut man von der Erde hinauf und denkt: Wie schön, wie wundervoll romantisch. Und dann kommt man hier heraus und sieht ihn aus der Nähe, und es überläuft einen beim Anblick all der staubigen öden Krater und Ebenen und Flecken. Und wie tot alles ist!«

Du magst ihn schauderhaft finden, dachte Andrew, als er sie reden hörte, aber ich nicht.

Für ihn waren die Narben auf dem Gesicht des Mondes wie eine faszinierende, rätselhafte Inschrift: die lange Aufzeichnung unvorstellbarer Zeiträume ein aufgeschlagenes Buch, das in Milliarden Jahren geschrieben worden war und schon wegen seiner Ungeheuerlichkeit Bewunderung verdiente. Und er konnte das weiße Gesicht des Mondes nicht tot finden. Er sah nur Reinheit darin, eine schöne Nüchternheit, eine wundervoll kalte Majestät, die beinahe wie etwas Geheiligtes war.

Aber was weiß ich von Schönheit? fragte sich Andrew. Oder von Heiligkeit? Schließlich bin ich nur ein Roboter. Was ich an ästhetischen oder geistigen Wahrnehmungen zu haben glaube, sind bloße Zufälle der positronischen Bahnen, unbeabsichtigt, unzuverlässig, die vielleicht eher als Fabrikationsfehler betrachtet werden sollten, denn als ein verdienstvolles besonderes Merkmal meiner Konstruktion.

Er wandte sich vom Bildschirm ab und verbrachte den Rest der Reise ruhig auf seinem Platz, wo er geduldig die Ankunft erwartete.

Am Raumhafen von Luna City erwarteten ihn drei Beauftragte der lunaren Niederlassung der United States Robots and Mechanical Men, als er von Bord ging: zwei Männer und eine Frau. Sobald er alle entnervenden kleinen bürokratischen Kontrollen und Wartezeiten hinter sich gebracht hatte und auf die Begrüßungsabordnung zuging, verschafften ihm die drei die größte Überraschung seines langen Lebens.

Als er sie zuerst bemerkte, winkten sie ihm zu. Andrew wußte, daß sie seinetwegen hier waren, weil die Frau ein bunt beschriftetes Schild mit den Worten WILLKOMMEN IN LUNA CITY, ANDREW MARTIN! trug. Aber was er nicht erwartet hatte, war der Umstand, daß der jüngere der beiden Männer auf ihn zuging, die Hand ausstreckte und mit einem freundlichen Lächeln sagte: »Wir sind wirklich begeistert, daß Sie beschlossen haben, die Reise auf sich zu nehmen, Dr. Martin.«

Dr. Martin?

Zwar hatte Andrew viele Doktortitel verliehen bekommen, aber alle waren honoris causa, und er hätte niemals die Kühnheit gehabt, sich selbst als ›Dr. Martin‹ zu bezeichnen. Selbst wenn der Abgesandte der Niederlassung ihn einfach als ›Mr. Martin‹ begrüßt hätte, wäre es erstaunlich gewesen.

Niemand auf Erden hatte ihn jemals ›Dr. Martin‹ oder ›Mr. Martin‹ genannt. Meistens war er nur ›Andrew‹ gewesen, oder allenfalls ›Andrew Martin‹.

Selbst wenn er als Ehrengast zur Jahresversammlung einer wissenschaftlichen Gesellschaft geladen worden war, hatten ihn selbst wildfremde Personen mit ›Andrew‹ angeredet, und niemand, nicht einmal er selbst, hatte sich etwas dabei gedacht. Obwohl die meisten Leute dazu neigten, Robotern Spitznamen zu geben, die von ihren Serienbezeichnungen abgeleitet waren, kam es sehr selten vor, daß ein Roboter überhaupt einen Nachnamen hatte. Es war Sirs besonderes kleines Vergnügen gewesen, ihn ›Andrew Martin‹ zu nennen – ein Mitglied der Familie –, und nicht bloß ›Andrew‹, und dabei war es geblieben.

Aber ›Dr. Martin‹ genannt zu werden – sogar ›Mr. Martin‹ –

»Ist Ihnen nicht gut, Sir?« fragte der Mann, als Andrew sprachlos zwinkernd vor ihm stand.

»Doch, durchaus. Außer ... es ist bloß ...«

»Sir?«

›Sir‹ genannt zu werden, machte es nicht leichter. Es durchlief ihn wie ein elektrischer Schlag.

»Fühlen Sie sich nicht gut, Sir?«

Alle drei waren jetzt besorgt, zogen die Stirn in Falten und versammelten sich um ihn.

»Ist Ihnen bewußt«, sagte Andrew, »daß ich ein Roboter bin?«

Sie tauschten beunruhigte Blicke. Seine Frage schien sie in Verlegenheit zu bringen. »Nun, ja, Sir. Es ist uns bewußt.«

»Und doch nennen Sie mich ›Dr. Martin‹ und ›Sir‹?«

»Gewiß. Warum nicht? Ihre Arbeit, Sir, Ihre außerordentlichen Leistungen – es ist bloß ein Zeichen des Respekts. Schließlich sind Sie Andrew Martin!«

»Ja, Andrew Martin, der Roboter. Auf Erden ist es nicht der Brauch, Roboter als ›Dr.‹ oder ›Mr.‹ anzureden. Ich bin es nicht gewohnt. Tatsächlich ist es mir noch nie passiert. Es wird einfach nicht gemacht.«

»Beleidigt es Sie – Sir?« fragte die Frau, und als ihr das letzte Wort entwischt war, machte sie ein Gesicht, als hätte sie es gern wieder hinuntergeschluckt.

»Es überrascht mich. Es überrascht mich sehr. Auf Erden –«

»Hier sind wir nicht auf Erden«, sagte der ältere der beiden Männer. »Wir haben hier eine andere Gesellschaft, das müssen Sie verstehen, Dr. Martin. Wir sind viel zwangloser als die Leute auf der Erde.«

»Zwangloser? Und darum nennen Sie einen Roboter ›Dr.‹? Ich würde eher erwarten, daß zwanglose Leute fremde Personen beim Vornamen rufen, und Sie begrüßten mich statt dessen mit hochtönenden förmlichen Ehrenbezeigungen und geben mir einen Titel, den ich nie verdient habe.«

Sie schienen erleichtert, und die Frau sagte: »Ich glaube, ich verstehe. Nun, Sir – ich hoffe, es macht Ihnen nichts aus, wenn ich Sie so nenne, Sir – meistens reden wir einander mit den Vornamen an. Ich bin Sandra, dies ist David, und dies ist Carlos. Im allgemeinen rufen wir auch unsere Roboter beim Vornamen, wie man es auf der Erde tut. Aber Sie sind etwas Besonderes. Sie sind der berühmte Andrew Martin, Sir. Sie sind der Gründer der Prothetologie, der große schöpferische Genius, der so viel für die Menschheit getan hat. So zwanglos wir untereinander sein mögen, es ist einfach eine Frage elementaren Respekts, Sir, wenn wir ...«

»Sehen Sie, es fällt uns wirklich schwer, auf Sie zuzugehen und Sie einfach ›Andrew‹ zu nennen«, sagte Carlos. »Selbst wenn Sie tatsächlich ein ... ein ...«

Er verstummte.

»Ein Roboter?«

»Ein Roboter sind, ja«, murmelte Carlos, ohne Andrews Blick zu begegnen.

»Außerdem«, warf David ein, »sehen Sie kaum wie ein Roboter aus. Eigentlich überhaupt nicht. Natürlich wissen wir, daß Sie es sind, aber trotzdem – ich meine –«, und auch er blickte errötend beiseite.

Ganz gleich, was sie zu sagen versuchten, es brachte sie immer wieder in Verlegenheit. Sie taten ihm leid, aber er war auch ein wenig ärgerlich.

»Bitte«, sagte er, »ich mag nicht wie ein Roboter aussehen, aber ich bin es nun schon seit mehr als hundertfünfzig Jahren, und ich finde es nicht schockierend, mich als einer zu betrachten. Und woher ich komme, werden Roboter nur mit Vornamen angeredet. Das scheint hier auch Sitte zu sein, wie ich höre – nur nicht für mich. Wenn Sie zuviel Respekt vor meinen großen Leistungen haben, um das unbefangen zu tun, appelliere ich an die Zwanglosigkeit, von der Sie mir gerade erzählten. Dies ist eine junge Welt, eine Art Grenzwelt: laßt uns also alle gleich sein. Wenn ihr Sandra und Carlos und David seid, dann bin ich Andrew. Ist das in Ordnung?«

Sie strahlten.

»Nun, wenn Sie meinen, Andrew«, sagte Carlos und streckte ihm ein zweites Mal die Hand hin.

Danach verlief alles reibungslos. Einige Leute der Niederlassung nannten ihn ›Andrew‹, anderen nannten ihn ›Dr. Martin‹, und wieder andere schwankten beinahe willkürlich zwischen beiden.

Andrew gewöhnte sich daran. Er sah, daß es hier oben wirklich hemdsärmeliger zuging, mit weniger Tabus und fest eingewurzelten gesellschaftlichen Verhaltensmustern. Die Grenze zwischen Menschen und Robotern war auch hier klar gezogen, aber Andrew selbst nahm wegen seines androiden Körpers und seines Rufes überragender wissenschaftlicher Leistungen eine Zwischenstellung entlang dieser Grenze ein, und die Leute, mit denen er arbeitete, konnten oft für längere Zeit vergessen, daß er überhaupt ein Roboter war.

Was die lunaren Roboter betraf, so schienen sie ihm seine Ursprünge nicht anzumerken. Sie behandelten ihn unweigerlich mit der Unterwürfigkeit, die sie einem Menschen schuldeten. Für sie war er immer ›Dr. Martin‹, und sie ließen es nicht an Verbeugungen und Kratzfüßen und allgemeiner Untertänigkeit fehlen.

Andrew sah das alles mit gemischten Gefühlen. Wenn er ihnen auch gesagt hatte, daß er es gewohnt sei, sich selbst als einen Roboter zu betrachten und auch so angeredet zu werden, so war er doch nicht ganz sicher, daß dies der Wahrheit entsprach.

Einerseits war es ein Tribut, der seinen androiden Aufwertungen und der hohen Qualität seines positronischen Gehirns gezollt wurde, wenn er ›Mr.‹ oder ›Dr.‹ statt ›Andrew‹ genannt wurde. Seit vielen Jahren hatte er beharrlich das Ziel verfolgt, sich selbst in einer Weise umzuwandeln, die es ihm ermöglichen würde, von der rein robotischen Identität in die Grauzone einer neuen Identität überzugehen, die der menschlichen angenähert war. Offensichtlich war ihm das gelungen.

Und doch ... und doch ...

Wie seltsam es ihn anmutete, von Menschen so respektvoll angeredet zu werden! Wie peinlich ihm das war! Er gewöhnte sich daran, aber wirklich wohl fühlte er sich damit nie. Er kam sich sogar vage betrügerisch vor, daß er von ihnen wie ein Mitmensch behandelt wurde.

Dabei war ihm bewußt, daß er es so gewünscht hatte. Um ihre übermäßig respektvolle Einstellung zu ihm auf eine mehr kollegiale Ebene zu überführen, hatte er Sandra, Carlos und David vorgeschlagen, daß sie einander als gleiche betrachten sollten. Und sie hatten eingewilligt.

Danach aber verging kaum ein Tag, an dem er sich nicht über seine eigene Kühnheit wunderte. Gleiche? Wie konnte er gewagt haben, so etwas vorzuschlagen? In seiner Formulierung war es geradezu eine Instruktion gewesen – praktisch ein Befehl! Vorgebracht in einer beiläufigen, unbeschwerten Art und Weise, wie ein Mensch zu einem anderen.

Scheinheiligkeit, dachte Andrew.
Arroganz.
Größenwahn.

Ja. Ja. Er konnte sich einen menschlich scheinenden Körper kaufen und ihn mit prothetischen Vorrichtungen vollstopfen, die viele der Funktionen eines menschlichen Körpers ausführten, ob er die Ausführung dieser Funktionen benötigte oder nicht, er konnte Menschen gerade ins Auge sehen und in kühler Gelassenheit mit ihnen sprechen, als ob er ihresgleichen wäre – aber nichts davon machte ihn zu ihresgleichen. Das war die Realität, die Andrew nicht leugnen konnte.

In den Augen des Gesetzes war er ein Roboter und würde es immer sein, mochte er sich noch so viele Aufwertungen gönnen. Er hatte keine staatsbürgerlichen Rechte. Er konnte nicht wählen, kein öffentliches Amt bekleiden, und sei es das unbedeutendste. Die einzigen bürgerlichen Rechte, welche die Charneys im Laufe der Jahre für ihn erreicht hatten, waren das Recht, sich selbst zu besitzen, das Recht, als Gesellschafter eines Unternehmens Geschäfte abzuschließen und der gesetzlich garantierte Schutz vor Schikanen, Beschädigungen und Belästigungen aufgrund seiner Herkunft.

Und er hatte sich den dreien gegenüber für ebenbürtig erklärt, als ob bloße Worte ausreichten, ihn dazu zu machen. Welche Torheit! Welche Frechheit!

Aber die Stimmung verflog bald und stellte sich nur selten wieder ein. Außer in gewissen trüben Stunden der Niedergeschlagenheit, wenn er sich selbst in dieser Weise tadelte, fand Andrew seinen Aufenthalt auf dem Mond jedoch erfreulich und angenehm, und er war eine besonders kreative Zeit für ihn.

Luna City war ein interessanter, intellektuell anregender Ort. Die Zivilisation auf Erden war reif und gesetzt, während hier die Aufbruchsstimmung des Grenzlandes herrschte, mit allem Überschwang, allen verstiegenen Hoffnungen und abenteuerlichen Plänen, die für solche Orte charakteristisch sind.

So war das Leben in den Untergrundstädten des Mondes ein wenig auf der hektischen Seite – ständig waren Erweiterungen im Gange und es gab kein Ausweichen vor dem immerwährenden Rattern der Preßluftbohrer, den dumpfen Erschütterungen der Sprengungen und dem Vibrieren des Gesteins, wenn die riesigen Tunnelbohrer sich durch den Fels fraßen. Das Tempo war schnell, und die Leute waren bei weitem wettbewerbsorientierter und energischer als jene, die Andrew auf Erden gekannt hatte. Erstaunliche neue technische Entwicklungen waren hier beinahe an der Tagesordnung. Zwischen der Konzeption radikal neuer Ideen und ihrer Ausführung lagen Wochen, allenfalls Monate, aber niemals Jahre oder gar Jahrzehnte, wie man es auf Erden gewohnt war.

Einer der Prothetologen erklärte es ihm: »Es ist eine genetische Sache, glaube ich. Leute mit Ideen und Tatkraft hat es schon immer hinausgelockt zu den Grenzen, und hier sind wir draußen am Rande der Zivilisation, erfinden und suchen unseren Weg im Vorwärtsschreiten, während jene, die zurückgeblieben sind, eine Rasse gebildet haben, die geradezu gezüchtet ist, zurückzubleiben und alles in der vertrautesten und bequemsten Weise zu tun. Von nun an, glaube ich, gehört die Zukunft denen von uns, die hier draußen im Raum leben. Die Erde wird zu einer verschlafenen Provinzwelt.«

»Und das glauben Sie wirklich?« fragte Andrew.

»Ja, gewiß.«

»Übersehen Sie dabei nicht, daß Sie hier noch sehr lange und vielleicht für immer vollkommen von der Erde und ihren Hilfsmitteln abhängig bleiben werden, sogar wenn es um die einfachsten Lebensbedürfnisse geht? Ohne umfassende Versorgung durch die Erde können Sie keinen

Atemzug tun, keinen Schluck Wasser trinken, geschweige denn einen Bissen essen. Es gibt keine organischen Ressourcen als Lebensgrundlage.«

»Für alles das werden wir Lösungen finden!«

Angesichts dieses vielleicht blinden Fortschrittsglaubens fragte sich Andrew, was aus ihm werden sollte, der durch die vor ihm liegenden Jahrzehnte und Jahrhunderte weiterleben würde, wenn es wirklich zu solch einem Niedergang käme. Seine unmittelbare Antwort war, daß es ihm nichts ausmachen würde, wenn die Erde in das stille Fahrwasser einer schläfrigen Provinz geriete, wo ›Fortschritt‹ ein unanständiges Wort wäre. Nun, da er die Aufwertung erreicht hatte, die er so sehnlich begehrt hatte, brauchte er keinen Fortschritt mehr. Sein Körper war äußerlich praktisch der eines Menschen; er hatte seinen Grundbesitz, seine Arbeit, in der er enormen Erfolg hatte, und würde weiterleben, wie er es immer getan hatte, ungeachtet dessen, was um ihn vorging.

Aber bisweilen dachte er an die Möglichkeit, auf dem Mond zu bleiben oder noch weiter hinaus in den Raum zu gehen. Auf Erden war er, Andrew der Roboter, gezwungen, vor Gericht zu gehen und sich auf ein mühseligeres juristisches Ringen einzulassen, wenn er Rechte oder Privilegien wünschte, zu denen er sich durch seine Intelligenz und aufgrund seiner Leistungen für die Allgemeinheit berechtigt fühlte. Hier draußen dagegen, wo alles ein Neuanfang war, ließ sich denken, daß er seine Roboteridentität einfach zurücklassen und als Dr. Andrew Martin in der menschlichen Bevölkerung aufgehen könnte.

Niemand hier schien diese Möglichkeit beunruhigend zu finden. Von seinen ersten Augenblicken an hatten sie ihn praktisch dazu eingeladen, die unsichtbare Grenze zwischen Mensch und Roboter zu überschreiten, wenn er es wollte.

Es war verlockend.

Es war so verlockend, daß man die Nachteile einer troglodytischen Existenz zumindest eine Zeit lang in Kauf nehmen könnte.

Die Monate wurden zu Jahren – drei waren es schon –, und Andrew blieb auf dem Mond, arbeitete mit den dortigen Prothetologen, half ihnen bei den Anpassungen, die erforderlich waren, um die künstlichen Organe der Andrew-Martin-Laboratorien unter den veränderten Schwereverhältnissen des Mondes so zuverlässig und effizient zu machen, wie es von ihnen erwartet wurde.

Es war keine einfache Arbeit, denn obwohl er selbst keine Schwierigkeiten mit der geringeren Schwerkraft hatte, war es für Menschen mit Standardmodellen der prothetischen Vorrichtungen häufig sehr problematisch. Doch gelang es Andrew, jede Schwierigkeit durch eine nützliche Modifikation zu überwinden, und nach und nach konnten die Probleme gelöst werden. Immer öfter geschah es, daß Andrew seinen Sitz an der kalifornischen Küste vermißte. Nicht so sehr das alte Herrenhaus selbst, als vielmehr die kühlen Nebel des Sommers, die ragenden Mammutbäume, die zerklüfteten Felsen der Steilküste, das Donnern der Brandung. Zugleich aber schien es, als hätte er sich an das Leben in der Untergrundstadt gewöhnt, denn seine ursprünglichen Vorbehalte gegen diese Lebensweise hatten sich mit der Zeit aufgelöst. So blieb er ein viertes Jahr, und ein fünftes.

Dann besuchte er eines Tages eines der überkuppelten Gebäude auf der Mondoberfläche und sah die Erde in ihrer ganzen wundersamen Schönheit am Himmel hängen – klein aus dieser Entfernung, aber lebendig, leuchtend, ein blauweißes Juwel, das die Nacht mit Licht erfüllte.

Es ist meine Heimat, dachte er. Die Mutterwelt. Der Ursprung der Menschheit ...

Die Sehnsucht kehrte mit aller Macht zurück und rief ihn heim. Zuerst war es eine Anziehungskraft und ein seltsames Ziehen, das er kaum verstand. Zuerst erschien es ihm ganz irrational.

Und dann stellte sich das Verständnis ein. Seine Arbeit auf dem Mond war im Grunde getan. Aber daheim auf Erden hatte er noch viel zu tun.

In der folgenden Woche buchte Andrew seinen Heimflug an Bord eines Raumtransporters, der gegen Ende des Monats starten sollte. Und dann rief er noch einmal an und buchte auf einen noch früheren Flug um.

Er kehrte zurück zu einer Erde, die gemütlich und gewöhnlich und still schien, verglichen mit dem dynamischen, lärmenden Leben der lunaren Untergrundsiedlungen. Nichts Wesentliches schien sich in den fünf Jahren seiner Abwesenheit ereignet zu haben. Als der Raumtransporter in einer weiten Spirale zum Eintritt in die Atmosphäre einsetzte, machte die Erde auf Andrew den Eindruck eines riesigen, stillen Parks, hier und dort gesprenkelt von den kleinen Siedlungen und bescheidenen Städten der dezentralisierten Zivilisation des dritten Jahrtausends.

Eine seiner ersten Handlungen war ein Besuch in der Kanzlei von Feingold & Charneys, um seine Rückkehr anzuzeigen.

Der gegenwärtige Seniorpartner, Simon DeLong, kam aus seinem Büro geeilt, um ihn zu begrüßen. In Paul Charneys Zeit war DeLong ein ganz junger Referendar gewesen, unerfahren und zurückhaltend, aber das war lange her, und er war zu einer eindrucksvollen, beherrschenden Gestalt gereift, deren unangefochtener Aufstieg zur Spitzenposition für alle Beteiligten eine ausgemachte Sache gewesen war. Er war ein breitschultriger Mann mit plumpen Gesichtszügen, der sich dichtes dunkles Haar in einem Mittelstreifen rasiert hatte, wie es in letzter Zeit Mode geworden war.

DeLong musterte ihn überrascht. »Wir hörten, daß Sie

zurückkehren würden, Andrew«, sagte er mit einem ungewissen Nachklang, als hätte auch er einen Moment daran gedacht, ihn ›Mr. Martin‹ zu nennen, »aber wir hatten Sie erst nächste Woche erwartet.«

»Ich wurde ungeduldig«, sagte Andrew etwas brüsk. Er war entschlossen, gleich zur Sache zu kommen. »Auf dem Mond leitete ich eine Forschungsgruppe von zwanzig bis dreißig Wissenschaftlern, Simon. Ich gab Anweisungen, und niemand stellte meine Autorität in Frage. Viele nannten mich ›Dr. Martin‹, und ich wurde in jeder Hinsicht als eine Persönlichkeit behandelt, die höchsten Respekt verdient. Die lunaren Roboter gehorchten mir wie einem Menschen. Ich war während der gesamten Dauer meines Aufenthalts dort in jeder praktischen Hinsicht ein Mensch.«

Ein wachsamer Ausdruck kam in DeLongs Augen. Offensichtlich hatte er keine Ahnung, worauf Andrew hinauswollte, und es war die natürliche Vorsicht eines Anwalts, der die beunruhigende neue Richtung, die ein wichtiger Klient einzuschlagen schien, noch nicht ganz verstanden hatte.

»Wie ungewöhnlich das gewesen sein muß, Andrew«, sagte er in neutralem Ton. »Zumindest anfangs.«

»Ungewöhnlich, ja. Aber nicht unerfreulich. Nicht im mindesten, Simon.«

»Ja. Das glaube ich gern. Wie interessant, Andrew.«

»Nun bin ich zur Erde zurückgekehrt und wieder ein Roboter«, sagte Andrew in heftigem Ton. »Nicht einmal ein Bürger zweiter Klasse – überhaupt kein Bürger, Simon. Nichts. Das gefällt mir nicht. Wenn ich auf dem Mond als ein menschliches Wesen behandeln werden kann, warum dann nicht hier?«

Ohne seinen vorsichtig zurückhaltenden Ton zu ändern, sagte DeLong: »Aber Sie werden hier als ein menschliches Wesen behandelt, lieber Andrew! Sie haben einen herrlichen Besitz, der auf Ihren Namen im Grundbuch eingetragen ist. Sie sind der Chef eines bedeutenden Forschungslaboratoriums. Ihr Einkommen ist so riesig, daß es einem die Sprache verschlägt, und niemand würde Ihr Recht darauf in Frage stellen. Wenn Sie in unsere Kanzlei kommen, steht Ihnen der Seniorpartner selbst zur Verfügung, wie Sie sehen. *De facto* haben Sie längst die Akzeptanz als ein menschliches Wesen gewonnen, auf Erden und auf dem Mond. Was wollen Sie mehr?«

»*De facto* ein menschliches Wesen zu sein, ist nicht genug. Ich möchte nicht nur wie ein Mensch behandelt werden, sondern den rechtlichen Status und die Bürgerrechte eines Menschen haben. Ich möchte auch *de jure* ein Mensch sein.«

»Ah«, sagte DeLong. Er machte ein unbehagliches Gesicht. »Ich verstehe.«

»Wirklich, Simon?«

»Selbstverständlich. Glauben Sie nicht, daß ich den ganzen Hintergrund der Andrew-Martin-Geschichte kenne? Vor Jahren verbrachte Paul Charney Stunden mit mir über Ihren Akten, zeigte mir Ihre Evolution Schritt für Schritt, Ihre Anfänge als ein metallischer Roboter der NDR-Serie, bis hin zur Umwandlung in Ihre androide Identität. Und natürlich bin ich über jede neue Aufwertung Ihres gegenwärtigen Körpers im Bilde. Ebenso über die Einzelheiten der rechtlichen Entwicklung: dem Gewinn Ihrer Freiheit und der anderen Rechte, die darauf folgten. Ich wäre ein Dummkopf, Andrew, wenn ich nicht gemerkt hätte, daß es von Anfang an Ihr Ziel gewesen ist, sich in ein menschliches Wesen zu verwandeln.«

»Vielleicht nicht von Anfang an, Simon. Es gab eine lange Periode, da gab ich mich mit der Existenz als ein überlegener Roboter zufrieden, da leugnete ich sogar vor mir selbst die Fähigkeiten meines Gehirns. Aber ich leugne sie nicht mehr. In jeder Fähigkeit, die Sie benennen können, bin ich jedem Menschen ebenbürtig, und den meisten überlegen. Ich wünsche den vollen rechtlichen Status, auf den ich Anspruch habe.«

»Anspruch?«

»Anspruch, ja.«

DeLong schürzte die Lippen, spielte nervös mit einem Ohrläppchen und fuhr mit der Hand über die rasierte Schneise in der Mitte seines dunklen Haupthaars.

»Anspruch«, murmelte er wieder. »Nun, das ist eine ganz andere Sache, Andrew. Wir müssen uns der unleugbaren Tatsache stellen, daß Sie, so sehr Sie in Ihrer Intelligenz und in Ihren Fähigkeiten und sogar in Ihrer äußeren Erscheinung einem menschlichen Wesen zum Verwechseln ähnlich sind, gleichwohl kein menschliches Wesen sind.«

»In welcher Weise nicht?« verlangte Andrew zu wissen. »Ich habe die Gestalt eines Menschen und Körperorgane, die mit denen eines Menschen identisch sind, der Prothesen trägt. Ich habe die geistigen Fähigkeiten eines Menschen – eines hochintelligenten Menschen. Ich habe künstlerisch, literarisch und wissenschaftlich soviel zur menschlichen Kultur beigetragen wie irgendeiner der heute lebenden Menschen. Was kann man mehr verlangen?«

DeLong errötete. »Vergeben Sie mir, Andrew, aber ich muß Sie daran erinnern, daß Sie nicht Teil des menschlichen Genreservoirs sind. Sie stehen völlig außerhalb davon. Sie ähneln einem Menschen, aber ist eine Tatsache, daß Sie etwas anderes sind, etwas – Künstliches.«

»Zugegeben, Simon. Und die Leute, die mit Körpern voll von prothetischen Vorrichtungen herumlaufen? Vorrichtungen, die ich für sie erfand? Sind diese Leute nicht wenigstens zum Teil künstlich?«

»Zum Teil, ja.«

»Nun, ich bin zum Teil menschlich.«

DeLongs Augen blitzten. »Welchem Teil, Andrew?«

»Hier«, sagte Andrew und tippte an seinen Kopf. »Und hier.« Er tippte mit dem Finger an seine Brust. »Mein Verstand. Mein Herz. Ich mag künstlich sein, fremd und nichtmenschlich, soweit es Ihre strikte genetische Definition betrifft. Aber ich bin menschlich in jeder Weise, die zählt. Und ich kann rechtlich als menschlich anerkannt werden. Alle Länder haben von jeher ihre komplizierten Gesetze und Regelungen über die Staatsbürgerschaft, trotzdem war es für einen Franzosen schon immer möglich, Engländer zu werden, und ein Japaner kann Brasilianer werden, wenn er seinen Wohnsitz in Brasilien nimmt und die Bedingungen des Einbürgerungsverfahren erfüllt. An dem Japaner ist natürlich nichts genetisch brasilianisches, aber er kann trotzdem Brasilianer werden, sobald die zum Erwerb der Staatsangehörigkeit erforderlichen Bedingungen erfüllt sind. Das gleiche kann für mich getan werden. Ich kann ein *naturalisierter* Mensch werden, so wie Bürger eines Staates naturalisiert werden, wenn sie in ein anderes Land übersiedeln und dort die Staatsbürgerschaft beantragen.«

»Sie haben viel darüber nachgedacht, nicht wahr, Andrew?«

»Ja, das habe ich.«

»Eine sehr interessante Idee. Ein naturalisierter Mensch! Und was wird dann aus den drei Geboten?«

»Ja, was wird aus ihnen?«

»Ich brauche Sie kaum daran zu erinnern, daß sie ein integraler Bestandteil Ihres positronischen Gehirns sind und Sie in einem Zustand permanenter Untertänigkeit gegenüber Menschen halten, den kein Gericht aufheben kann. Die drei Gebote können nicht aus Ihrem Programm gelöscht werden, nicht wahr, Andrew?«

»Das ist richtig.«

»Dann werden sie also bleiben müssen, nicht? Und sie werden weiterhin von Ihnen verlangen, allen Menschen zu gehorchen, wenn nötig Ihr Leben für sie zu geben, sich aller Taten zu enthalten, die ihnen Schaden zufügen könnten. Sie mögen es früher oder später schaffen, sich zum Menschen erklären zu lassen, aber Sie werden nach wie vor von eingebauten Verhaltensregeln beherrscht sein, denen kein Mensch jemals unterworfen war.«

Andrew nickte. »Und die Japaner, die Brasilianer wurden, behielten die japanische Hautfarbe und die Mongolenfalte und alle anderen besonderen rassischen Eigenheiten, die der Gelben Rasse eigen sind, den von Europäern abstammenden Brasilianern nicht. Nach brasilianischem Gesetz galten und gelten sie trotzdem als Brasilianer. Und nach den menschlichen Gesetzen werde ich menschlich sein, obwohl die drei Gebote nach wie vor in mich eingebaut bleiben.«

»Aber die bloße Gegenwart dieses Programms in Ihrem Gehirn mag als Hinderungsgrund betrachtet werden, der Sie disqualifiziert ...«

»Nein«, widersprach Andrew. »Warum sollte sie? Das erste Gebot besagt einfach, daß ich keinen Menschen verletzen oder durch mein Handeln schädigen darf. Sind Sie nicht durch die gleiche Einschränkung gebunden? Ist es nicht jeder zivilisierte Mensch? Der einzige Unterschied ist, daß ich keine Wahl habe, gesetzestreu zu sein, während andere Menschen sich entscheiden können, in unzivilisierter Weise zu handeln, wenn sie bereit sind, es mit der Polizei darauf ankommen zu lassen. Und dann das zweite Gebot: es verlangt von mir, daß ich Menschen gehorche, ja. Aber sie sind nicht gehalten, mir Befehle zu geben, und wenn ich den vollen menschlichen Status habe, könnte man jeden, der mich in eine Lage bringt, wo ich durch meine eigene innere Verfassung gezwungen sein würde, etwas gegen meinen Willen zu tun, eines Verstoßes gegen die elementaren Regeln der Höflichkeit beschuldigen. Denn es wäre die Ausnutzung einer Behinderung, sozusagen. Die Tatsache, daß ich die Behinderung habe, spielt dabei keine Rolle. Es gibt viele behinderte Menschen, und niemand würde sagen, sie seien nicht menschlich. Und was das dritte Gebot betrifft, das mich daran hindert, selbstzerstörerisch zu handeln, für eine vernünftige Person ist das keine schwere Bürde, würde ich sagen. Sie sehen also, Simon ...«

»Ja, ja, Andrew, ich sehe.« DeLong schmunzelte. »In Ordnung. Sie haben mich geschlagen, und ich gebe nach. Sie sind so menschlich wie man nur sein kann; Sie haben es wirklich verdient, daß dies eine legale Bestätigung erfährt.«

»Gut, dann beauftrage ich Feingold & Charney mit der Vorbereitung des Prozesses ...«

»Nicht so schnell, bitte, Andrew. Sie haben mir einen sehr großen Auftrag erteilt. Menschliche Vorurteile verschwinden nicht über Nacht, das wissen Sie. Es wird gegen jeden Versuch, den wir unternehmen, um Sie zum Menschen zu erklären, eine mehr als gewaltige Opposition geben.«

»Das denke ich mir. Aber wir sind früher schon mit gewaltiger Opposition fertig geworden, als George Charney und sein Sohn Paul vor Gericht zogen und mir meine Freiheit sicherten.«

»Ja. Das Problem ist, daß wir diesmal nicht vor das Regionalparlament gehen können, um ein Gesetz durchzubringen, das Sie zum Menschen erklärt, sondern die Internationale Gesetzgebende Versammlung anrufen müssen. Ganz ehrlich gesagt, ich würde da nicht sehr optimistisch sein.«

»Ich bezahle Sie dafür, optimistisch zu sein.«

»Ja. Ja, natürlich, Andrew.«

»Gut. Dann sind wir uns einig, daß dies bewerkstelligt werden kann. Die einzige Frage ist, wie. Wo wollten wir nach Ihrer Meinung beginnen?«

Nach kurzer Überlegung sagte DeLong: »Ein sehr guter Ausgangspunkt für Sie wäre ein Gespräch mit einem einflußreichen Mitglied der Gesetzgebenden Versammlung.«

»Denken Sie dabei an eine bestimmte Persönlichkeit, Simon?«

»Der Vorsitzende des Ausschusses für Wissenschaft und Technik wäre vielleicht der Mann, an den ich mich wenden würde.«

»Eine ausgezeichnete Idee. Können Sie einen Gesprächstermin für mich vereinbaren, Simon?«

»Wenn Sie wollen. Aber Sie brauchen mich kaum als Ihren Mittelsmann, Andrew. Jemand, der so bekannt und hochgeehrt ist wie Sie, kann mit Leichtigkeit ...«

»Nein. Arrangieren Sie es.« (Es kam Andrew nicht einmal in den Sinn, daß er einem Menschen einen Befehl gab. Er hatte sich auf dem Mond daran gewöhnt.) »Ich möchte ihm vor Augen führen, daß die Kanzlei Feingold & Charney mich in diesem Fall rückhaltlos unterstützt.«

»Nun, aber ...«

»Rückhaltlos, Simon. In einhundertdreiundsiebzig Jahren habe ich in der einen oder der anderen Weise viel zu dieser Kanzlei beigetragen. Ich möchte beinahe sagen, daß sie in ihrer gegenwärtigen Form nicht existieren würde, wenn sie nicht für mich gearbeitet hätte. Ich bin mit meinem Auftrag hierher gekommen, weil ich in vergangenen Zeiten von gewissen Mitgliedern dieser Kanzlei sehr gut bedient worden bin, und weil ich es als meine Pflicht ansah, mich zu revanchieren. Jetzt bin ich der Kanzlei Feingold & Charney nicht verpflichtet. Es ist eher andersherum, und ich rufe mein Guthaben ab.«

»Ich werde tun, was ich kann«, sagte DeLong.

19

Der Vorsitzende des Ausschusses für Wissenschaft und Technik der Internationalen Gesetzgebenden Versammlung kam aus Ostasien und erwies sich als eine Frau: eine kleine, zierlich gebaute, beinahe elfenhafte Frau, die sehr wahrscheinlich nicht annähernd so zerbrechlich war wie sie aussah. Ihr Name war Chi Li-hsing, und ihre schimmernden Seidenkleider verstärkten den elfenhaften Eindruck. In der Pracht ihres großen, luftigen Büros im achtundvierzigsten Stockwerk des prächtigen grün verglasten Wolkenkratzers, welcher der New Yorker Sitz der Internationalen Gesetzgebenden Versammlung war, wirkte sie winzig, beinahe unbedeutend. Doch auf den zweiten Blick wurde rasch klar, daß sie Kompetenz, Tüchtigkeit und Energie ausstrahlte.

»Ich sympathisiere mit Ihrem Wunsch nach uneingeschränkten Menschenrechten«, sagte sie. »Wie Sie vielleicht wissen, hat es in der Geschichte Zeiten gegeben, in denen große Teile der Bevölkerung ihrer Menschenrechte beraubt waren und erbittert – und schließlich erfolgreich – um ihre Wiederherstellung gekämpft haben. Aber diese Völker litten schwer unter Tyranneien der einen oder der anderen Art, bevor sie ihre Freiheit gewannen. Sie hingegen haben sich eines erfolgreichen und einträglichen Lebens großer Leistungen und allgemeiner Anerkennung erfreuen können. Ich denke, Sie sind eine von vielen beneidete Person. Also erklären Sie mir bitte, welche Rechte Sie wünschen können, die Sie nicht bereits haben?«

»Ein so einfaches Ding wie mein Recht zu leben«, erwiderte Andrew. »Ein Roboter kann jederzeit demontiert werden.«

»Ein Mensch kann jederzeit exekutiert werden.«

»Und wann, frage ich Sie, hat die letzte derartige Exekution stattgefunden?«

Li-hsing hob die Schultern. »Natürlich wird die Todesstrafe in unserer Zivilisation gegenwärtig nicht angewandt, und sie ist meines Wissens schon lange nicht mehr vollzogen worden. Aber nach nationalem Recht ist sie noch immer in vielen Ländern gültig, und im Laufe der Geschichte ist sie in enormem Umfang vollstreckt worden. Es gibt überdies keine Gewähr, daß sie nicht nächstes Jahr wieder eingeführt wird, wenn die Bürger und die Gesetzgebung es für zweckmäßig erachten.«

»Gut. Sie können alle wieder anfangen, ihre Schwerverbrecher zu köpfen oder ihnen tödliche Stromstöße zu geben oder sie auf andere Weise ins Jenseits zu befördern, wenn Sie wollen. Aber es bleibt die Tatsache, daß seit vielen Jahren kein Mensch durch legale Exekution hingerichtet worden ist, und es gibt meines Wissens keinerlei Agitation, wieder mit Exekutionen anzufangen. Während ich sogar jetzt, hier und heute auf Anweisung einer verantwortlichen Person zerstört und abgewrackt werden könnte. Ohne Gerichtsverfahren. Ohne Berufungsmöglichkeit. Sie selbst könnten auf den Klingelknopf drücken, Ihre Sicherheitswache hereinrufen und sagen: ›Dieser Roboter hat mir mißfallen. Bringt ihn hinaus und demontiert ihn.‹ Und sie würden mich hinausschaffen und demontieren, ganz einfach.«

»Unmöglich!«

»Ich versichere Ihnen, daß es völlig legal wäre.«

»Aber Sie stehen an der Spitze eines bekannten Unternehmens, sind eine bekannte und vermögende Persönlichkeit, berühmt und geachtet ...«

»Nachdem es geschehen wäre, würde meine Gesellschaft vielleicht imstande sein, Schadenersatz für den Verlust meiner Dienste einzuklagen. Aber ich bliebe trotzdem erledigt, nicht wahr? Die einzigen Gesetze, die Roboter schützen, sind Gesetze zum Schutz des Eigentums. Wenn Sie ungerechtfertigt den Roboter eines anderen beschädigen oder zerstören, kann der Betreffende auf Schadenersatz klagen und den Wert des Roboters und vielleicht einen Nutzungsausfall kassieren. Gut und schön, wenn man in diesem Fall der geschädigte Eigentümer ist. Wenn man aber der Roboter ist, der zerstört wurde, so wird das Gerichtsurteil ihn nicht in die Existenz zurückbringen, nicht wahr?«

»Das ist eine bloße *reductio ad absurdum.* Niemand würde sich im Traum einfallen lassen, Sie zu ... zu demontieren. Oder zu zerstören.«

»Vielleicht nicht. Aber wo ist mein gesetzlicher Schutz, der verhindert, daß mir das angetan wird?«

»Ich wiederhole: eine *reductio ad absurdum.* Soviel ich weiß, leben Sie seit bald zweihundert Jahren. Verraten Sie mir, wie viele Male Sie während dieses langen Zeitraumes in Gefahr gewesen sind, zerstört oder demontiert zu werden?«

»Einmal. Ich wurde gerettet. Aber der Befehl zu meiner Demontage war bereit erteilt.«

»Ich finde das schwer zu glauben«, sagte Chi Li-hsing.

»Es ist viele Jahre her. Ich war damals noch in meiner metallischen Gestalt und hatte erst kurz zuvor meine Freiheit gewonnen.«

»Sehen Sie? Kein Mensch würde es heute wagen, Sie anzurühren!«

»Aber ich habe heute so wenig gesetzlichen Schutz wie damals. In den Augen der Rechtsprechung bleibe ich ein Roboter. Und sollte jemand auf den Gedanken kommen, mich demontieren zu lassen, würde ich keine Zuflucht haben ...« Andrew brach ab. Diese Argumentation brachte ihn nicht weiter. Er sah, daß es zu weit hergeholt war. »Nun gut«, sagte er. »Vielleicht würde niemand versuchen, mir Schaden zuzufügen. Aber trotzdem ... trotzdem ...« Andrew bemühte sich, angestrengt, jeden bittenden Ausdruck zu vermeiden, aber seine sorgfältig entworfenen Kniffe menschlicher Ausdrucksfähigkeit in Mienenspiel und Stimme verrieten ihn. Und endlich gab er ganz nach. »In Wirklichkeit läuft es darauf hinaus: Ich möchte sehr gern ein Mensch sein. Ich habe es im Laufe von sechs Generationen mehr und mehr gewünscht, als mir die vollen Fähigkeiten meines Geistes allmählich klar wurden, und heute ist der Drang in mir überwältigend. Ich ertrage es nicht mehr, mich selbst als einen Roboter zu verstehen – oder zu erleben, daß andere mich in dieser Weise sehen.«

Chi Li-hsing betrachtete ihn aus dunklen, mitfühlenden Augen.

»Das also ist es«, sagte sie. »So einfach.«

»Einfach?«

»Ein Wunsch, der Menschheit anzugehören. Ein starkes Verlangen, so irrational es sein mag. Es ist sehr menschlich von Ihnen, solche Gefühle zu haben, Andrew.«

»Danke.« Er war nicht sicher, ob sie es gönnerhaft gemeint hatte. Er hoffte, daß es nicht so sei.

»Ich kann Ihren Fall vor die Gesetzgebende Versammlung bringen, ja«, sagte Li-hsing. »Und ich denke, die Versammlung könnte ein Sondergesetz verabschieden, das Sie zum Menschen erklärt. Die Gesetzgebende Versammlung hat die Macht, ein Gesetz zu verabschieden, das eine Statue zu einem menschlichen Wesen erklärt, wenn sie so wollte. Aber die Statue würde gleichwohl eine Statue bleiben. Und Sie ...«

»Nein. Es ist nicht das gleiche. Eine Statue ist ein unbelebtes Ding aus Stein, während ich ... ich ...«

»Natürlich. Es ist etwas anderes. Ich verstehe das. Aber die Abgeordneten könnten es anders sehen. Sie werden keine Gesetze verabschieden, die Statuen in Lebewesen verwandeln, und ich bezweifle sehr, daß sie bereit sein würden, ein Gesetz zu verabschieden, das einen Roboter in einen Menschen verwandelt, egal wie beredsam ich Ihren Fall darstelle. Abgeordnete sind so menschlich wie der Rest der Bevölkerung, und ich brauche Sie kaum darauf aufmerksam zu machen, daß es Elemente von Mißtrauen und Vorurteil gegen Roboter gibt, die bestanden haben, seit die ersten Roboter entwickelt wurden.«

»Und diese Vorurteile bestehen noch immer?«

»Es gibt sie noch heute. Wie Sie sicherlich wissen werden. Also wird die Gesetzgebende Versammlung kaum bereit sein, in Ihrem Sinne zu handeln. Wir würden alle bereitwillig einräumen, daß Sie den Preis des Menschseins für Ihre Arbeit gleich mehrfach verdient haben, und doch würden wir wegen der politischen Konsequenzen besorgt sein, die sich aus einem unerwünschten Präzedenzfall ergeben könnten.«

»Unerwünscht?« rief Andrew aus. Es gelang ihm nicht, seine Verärgerung zu verbergen. »Warum unerwünscht, wenn ich solch ein großartiger Wohltäter der Menschheit bin.«

»Ja. Aber Sie sind ein Roboter. Ich kann den Aufschrei jetzt schon hören: ›Gebt einem Roboter menschlichen Status, und bald werden sie ihn alle verlangen, und was soll dann geschehen?«‹

»Nein«, widersprach Andrew, »nicht so. Viele Jahre vor Ihrer Geburt ging ich vor Gericht und erreichte, daß ich zu einem freien Roboter erklärt wurde, und damals wurde der gleiche Aufschrei laut. Wir konnten ihn überwinden. Und ich bin noch immer der einzige freie Roboter auf der Welt. Kein anderer hat jemals auch nur den Status der Freiheit verlangt, geschweige denn erhalten. Und keiner wird es je tun. Ich bin einzigartig, der einzige existierende Roboter meines Typs, und Sie können ganz sicher sein, daß es niemals einen weiteren geben wird. Wenn Sie mir nicht glauben, fragen Sie den Vorstand der United States Robots and Mechanical Men, und er wird Ihnen versichern, daß das Unternehmen niemals wieder die Konstruktion eines so intelligenten, so schwierigen und vor allem so lästigen Roboters zulassen wird, wie ich einer geworden bin.«

»›Niemals‹ ist eine lange Zeit, Andrew. Oder würden Sie es vorziehen, wenn ich ›Mr. Martin‹ zu Ihnen sagte? Ich tue es gern, wissen Sie. Ich gebe Ihnen mit Vergnügen meine persönliche Anerkennung als Mensch. Aber Sie werden feststellen, daß die meisten Mitglieder der Legislative nicht bereit sind, einen so aufsehenerregenden Präzedenzfall zu schaffen, selbst wenn Sie ihnen hoch und heilig versichern, daß Sie einzigartig sind und es daher keinen Präzedenzfall geben wird. Mr. Martin, Sie haben mein wärmstes Mitgefühl, aber ich kann Ihnen keine wirkliche Hoffnung machen.«

»Sie können nicht? Überhaupt keine?«

Chi Li-hsing lehnte sich zurück, und zwischen ihren fein geschwungenen Brauen erschienen steile Falten. »Das einzige, was ich Ihnen bieten kann, ist eine freundschaftliche Warnung, Mr. Martin. Sie müssen erkennen, daß Sie sich mit dieser Forderung in große Gefahr begeben. Wenn die Diskussion über das Thema sich erhitzt, können innerhalb der Legislative und sicherlich außerhalb Stimmen laut werden, die eben jene Demontage fordern werden, welche Sie erwähnten. Ein Roboter von Ihrer außerordentlichen Leistung könnte leicht als Bedrohung gesehen werden, Mr. Martin. Ihre Beseitigung könnte diese Bedrohung aus der Welt schaffen und böte sich als der einfachste Weg zur Lösung des schwierigen politischen Dilemmas an, das Sie meinen Kollegen aufzwingen. Bedenken Sie das bitte, bevor Sie sich entschließen, die Dinge voranzutreiben.«

»Und wird sich niemand erinnern«, erwiderte Andrew, »daß die Technik der Prothetologie, die den Mitgliedern der Legislative erlaubte, jahrzehntelang an ihren Parlamentssitzen festzuhalten, wenn sie von Rechts wegen zu ihren Gräbern wanken sollten, eine Errungenschaft ist, die sie beinahe zur Gänze mir verdanken?«

»Es mag grausam erscheinen, wenn ich es sage, aber sie werden es nicht tun. Oder wenn sie es tun, wird es eher etwas sein, das sie gegen Sie ins Feld führen statt zu Ihren Gunsten anrechnen werden. Haben Sie vielleicht jemals das alte Sprichwort gehört: ›Keine gute Tat bleibt unbestraft‹?«

Andrew schüttelte achselzuckend den Kopf. »Solch eine Erklärung ergibt in meinen Augen keinen Sinn.«

»Das denke ich mir. Sie sind noch immer nicht sehr vertraut mit unseren kleinen menschlichen Irrationalitäten, nicht wahr? Aber im Grunde ist damit gesagt, daß wir – sei es aus Neid, schlechtem Gewissen oder gewöhnlicher Niedertracht – den unschönen Wesenszug haben, uns gegen jene zu wenden, die uns die größten Wohltaten erweisen. Nein, versuchen Sie nicht, es zu bestreiten. Es ist einfach die Art, wie wir sind.«

»Nun gut. Und wie ist dies auf mich anwendbar?«

»Man wird vielleicht sagen, daß Sie die Prothetologie hauptsächlich schufen, um Ihren eigenen Zwecken zu dienen. Man wird argumentieren, daß die ganze Wissenschaft bloß Teil einer Kampagne zur Technisierung von Menschen sei, oder zur Vermenschlichung von Robotern, und in beiden Fällen etwas Böses und Schädliches.«

»Nein«, sagte Andrew. »Ich bin außerstande, diese Art von Argumentation nachzuvollziehen.«

»Nein. Das glaube ich Ihnen gern. Denn letzten Endes sind Sie noch immer ein logisches Geschöpf und werden von Ihrem positronischen Gehirn und seinen Programmen beherrscht. Und ich denke, daß es keine Aufwertung irgendwelcher Art gibt, die Ihr Denken so sprunghaft und irrational machen kann, wie unseres bisweilen ist. Die wahren Tiefen der Irrationalität sind jenseits Ihrer Reichweite – was Sie nicht als Kritik auffassen sollten, nur als einfache Feststellung der Realitäten. Sie sind in den meisten wichtigen Aspekten sehr menschlich, Mr. Martin, aber ich fürchte sehr, Sie werden es niemals verstehen können, wie weit Menschen sich von der Vernunft entfernen können, wenn Sie glauben, es gehe um ihre Interessen.«

»Aber wenn es um ihre Interessen geht«, sagte Andrew, »würde ich meinen, daß sie versuchen, so vernünftig wie möglich zu sein, um ...«

»Nein. Bitte. Es gibt keine Möglichkeit, wie ich es Ihnen wirklich verständlich machen kann. Ich kann Sie nur bitten, die Gültigkeit dessen zu akzeptieren, was ich sage. Es guten Glaubens anzunehmen, wenn dieser Begriff eine Bedeutung für Sie hat. Sie sind noch nie Gegenstand einer politischen Haßkampagne gewesen, nicht wahr, Mr. Martin?«

»Ich glaube es nicht.«

»Sie würden es wissen, wenn Sie es gewesen wären. Nun, Sie werden es jetzt sein. Wenn Sie auf Ihrem Vorhaben bestehen, sich zum Menschen erklären zu lassen, werden Sie das Opfer unverdienter Verunglimpfungen übelster Art sein, und es wird Millionen Menschen geben, die jedes Wort davon glauben werden. Mr. Martin, nehmen Sie einen guten Rat von mir an. Akzeptieren Sie die Bedingungen Ihres Lebens, wie es jetzt ist. Der Versuch, durchzusetzen, was Sie jetzt tun wollen, würde die größte Torheit sein.«

»Das ist Ihre Überzeugung, nicht wahr?«

»Ja. Das ist meine Überzeugung.« Chi Li-hsing erhob sich von ihrem Schreibtisch und ging zum Fenster und blickte hinaus. Ihr Rücken war Andrew zugekehrt. Das einfallende Licht umriß scharf ihre Silhouette. Ihre schmächtige Gestalt, die sich durch die schimmernde Seide klar abzeichnete, schien beinahe wie die eines Kindes – oder eine Puppe.

Eine Weile blickte er zu ihr hin, ohne etwas zu sagen.

»Wenn ich mich entschließe, trotz allem, was Sie sagten, für meine Menschlichkeit zu kämpfen«, fragte er schließlich, »werden Sie dann auf meiner Seite sein?«

Sie starrte weiter zum Fenster hinaus. Andrew betrachtete ihr langes, glänzendes schwarzes Haar, ihre schmalen Schultern, die zarten Arme. Sie sah sehr wie eine Puppe aus, dachte er. Und doch war ihm inzwischen sehr bewußt, daß in Wirklichkeit nichts Puppenhaftes an der Vorsitzenden des Ausschusses für Wissenschaft und Technik war, von ihrer äußeren Erscheinung abgesehen. Unter dieser fragilen Oberfläche war wirkliche Stärke.

Nach einer Weile sagte sie: »Ja, ich werde es tun ...«

»Danke.«

»... soweit es mir möglich ist«, fuhr Li-hsing fort. »Aber Sie müssen erkennen, daß ich, wenn mein Einsatz für Sie zu irgendeinem Zeitpunkt meine politische Karriere ernstlich in Gefahr bringen sollte, Sie im Stich lassen müßte, weil dies keine Angelegenheit ist, die an die Wurzeln meiner Überzeugungen geht. Ich empfinde mit Ihnen, Mr. Martin, ich bin bekümmert über Ihre mißliche Lage in dieser Hinsicht, aber ich habe nicht vor, meine politische Zukunft für Sie zu opfern. Ich versuche so ehrlich mit Ihnen zu sein, wie ich kann.«

»Ich bin Ihnen dafür dankbar und kann nicht mehr verlangen.«

»Und haben Sie vor, den Kampf auszufechten?« sagte sie.

»Ja, das habe ich vor. Ich werde ihn bis zum Ende durchfechten, was immer die Folgen sein mögen. Und ich werde auf Ihre Hilfe zählen – aber nur so lange Sie sie geben können.«

20

Es war kein direkter Kampf. Simon DeLong hatte Andrew die Strategie vorgeschlagen, nach der sie vorgehen sollten, und Andrew hatte ihm zugestimmt. Nach DeLongs wohlüberlegter Auffassung sollte die Kampagne langsam anlaufen und mehr indirekt geführt werden. Er riet zur Geduld.

»Davon habe ich einen unerschöpflichen Vorrat, nehme ich an«, murmelte Andrew grimmig.

Daraufhin begannen Feingold & Charney mit einem Manöver zur Einengung und Begrenzung des Kampffeldes.

Ein gewisser Roger Hennessey aus San Francisco, der vor sieben Jahren Empfänger eines prothetischen Kunstherzens aus den Andrew-Martin-Laboratorien gewesen war, hatte seit Paul Charneys Tagen einen Vertrag mit Feingold & Charney zur Reinigung und Raumpflege der Kanzlei durch seine Roboter. Nun hörten Feingold & Charney plötzlich auf, Hennesseys Rechnungen zu bezahlen. Es war ein guter und langjähriger Vertrag, und eine Zeit lang sagte Hennessey nichts. Aber als die unbezahlten Rechnungen von fünf Monaten aufgelaufen waren, fand er eine Gelegenheit, Feingold & Charney einen Besuch abzustatten und mit Simon DeLong zu sprechen.

»Ich bin sicher, daß Sie es nicht wissen, Simon, aber etwas scheint in letzter Zeit mit Ihrer Buchhaltung nicht zu stimmen. Seit Dezember stehen meine Rechnungen offen, und bald haben wir Juni, und ...«

»Ja, ich weiß.«

»Und es sieht Feingold & Charney wirklich nicht ähnlich, Rechnungen so lange offen ...« Hennessey brach ab und runzelte die Stirn. »Was sagten Sie eben? Sie wissen es, Simon?«

»Ja. Die Rechnungen sind auf meine direkte Anweisung unbezahlt geblieben.«

Hennessey war völlig verblüfft. »Mit meinem Gehör muß etwas nicht stimmen. Oder Sie fangen an, Ihren Verstand zu verlieren, Simon. Sagten Sie wirklich, daß Sie die Zahlung vorsätzlich verweigern?«

»Das stimmt.«

»Ja, um Himmels willen, weshalb?«

»Weil wir Sie nicht bezahlen wollen.«

»Was soll das heißen, Sie wollen mich nicht bezahlen? Wissen Sie, seit wie vielen Jahren meine Roboter diese Büroräume reinigen, Simon? Haben Sie in all dieser Zeit jemals den geringsten Grund gehabt, sich über die Qualität der Arbeit zu beklagen?«

»Niemals. Und wir möchten Ihre Dienste auch weiter in Anspruch nehmen. Aber wir werden Sie nicht mehr bezahlen, Roger.«

Hennessey kratzte sich am Kopf, starrte ihn an. »Sie müssen völlig übergeschnappt sein, wie? Mit ernster Miene dazusitzen und mir so etwas Verrücktes zu erzählen! Sie wissen, daß es absolutes Geschwafel ist, was Sie sagen, als warum tun Sie es? Was ist los mit Ihnen, Mann? Wie, im Namen von Gottes grüner Erde, können Sie solch verrücktes Zeug verzapfen?«

DeLong lächelte. »Es gibt einen guten Grund dafür.«

»Und was sollte das sein, wenn ich fragen darf?«

»Wir werden Sie nicht bezahlen, weil wir nicht müssen. Wir haben beschlossen, daß Ihr Vertrag mit uns ungültig ist, und von nun an werden Ihre Roboter umsonst für uns arbeiten, wenn Sie überhaupt hier weiterarbeiten. Das ist die Geschichte, Roger. Wenn sie Ihnen nicht gefällt, verklagen Sie uns.«

»Was? Was?« rief Hennessey. »Das wird ja immer verrückter. Umsonst arbeiten? Rückständige Zahlungen nicht leisten? Sie sind schließlich Anwälte, nicht wahr? Wie können Sie solchen Unsinn von sich geben? Vertrag ungültig? Warum, in Gottes Namen?«

»Weil Sie ein Roboter sind, Roger. Es gibt nur einen Roboter auf der Welt, der das Recht hat, bindende Verträge zu schließen, und sein Name ist Andrew Martin. Weil ihr anderen keine freien Roboter seid, habt ihr kein gesetzlich verbrieftes Recht ...«

Hennessey lief rot an und erhob sich von seinem Stuhl. »Augenblick, Sie verdammter Irrer! Was sagen Sie da? Ich, ein Roboter? Jetzt weiß ich, daß Sie einen Sprung in der Schüssel haben!« Hennessey riß sein besticktes Seidenhemd auf und zeigte seine rosige, behaarte Brust. »Sieht das für Sie wie die Brust eines Roboters aus, Mann? Na?« Hennessey nahm eine Rolle von seinem reichlich vorhandenen Bauchspeck zwischen Daumen und Zeigefinger und drückte sie zusammen. »Ist das Roboterfleisch, Simon? Verdammt noch mal, Ihr ganze Benehmen ist mir schleierhaft, aber ich sage Ihnen, wenn Sie denken, Sie können dasitzen und zu Ihrem perversen Vergnügen eine Spottfigur aus mir machen, haben Sie sich getäuscht. Ich werde Sie verklagen, und bei Gott, ich werde dafür sorgen, daß Sie ...«

DeLong lachte.

Hennessey brach ab und sagte eisig: »Was ist daran so verdammt lustig, Simon?«

»Tut mir leid. Ich sollte nicht lachen. Sie verdienen eine Riesenentschuldigung, daß ich dies so lange weitergehen ließ.«

»Das glaube ich auch. Ich erwarte von Anwälten nicht, daß sie viel Sinn für Humor haben, aber ein dummer Scherz wie dieser ...«

»Es ist kein Scherz. Wir werden Ihre Gebühren nicht bezahlen, Roger. Wir wollen wirklich, daß Sie uns vor Gericht bringen. Unser Argument wird tatsächlich sein, daß Sie ein Roboter sind, und daß es darum durchaus im Rahmen des Gesetzes ist, unseren Vertrag mit Ihnen für ungültig zu erklären. Und wir werden unseren Standpunkt mit aller juristischer Spitzfindigkeit verteidigen, die uns zu Gebote steht.«

»So, das wollen Sie?«

»Aber es ist unsere feste Hoffnung, und auch unsere Absicht«, fuhr DeLong fort, »den Prozeß zu verlieren. Und wenn das der Fall ist, werden Sie nicht nur die rückständigen Gebühren bezahlt bekommen, die wir Ihnen schulden, selbstverständlich mit Zinsen, sondern wir werden auch Ihre gesamten Anwalts- und allfälligen Gerichtskosten übernehmen, und ich kann Ihnen unter uns sagen, daß es außerdem einen beträchtlichen Bonus für Sie geben wird, um Sie für alle Schwierigkeiten zu kompensieren, die dieser Fall Ihnen bereiten mag. Einen sehr beträchtlichen Bonus.«

Hennessey knöpfte sein Hemd zu, rückte den breiten Seidengürtel zurecht und setzte sich wieder. Er schüttelte den Kopf und musterte DeLong eine Weile in stummer Verständnislosigkeit. Dann sagte er mit ruhiger Stimme: »Sie tun mir aufrichtig leid, Simon. Sie haben wirklich den Verstand verloren. Was für ein Jammer. Ich fühle wirklich mit Ihnen.«

»Keine Ursache. Meine geistige Gesundheit ist so gut wie immer.«

»Ah, meinen Sie?«

»Absolut.«

»Wenn das so ist, haben Sie etwas dagegen, mir zu verraten, was das alles bezwecken soll?«

»Ich fürchte, es würde ungehörig sein, wenn wir Ihnen das vor dem Rechtsstreit verraten würden. Aber ich sage Ihnen soviel, Roger, daß wir für alles das einen triftigen Grund haben, der Ihnen mit der Zeit einleuchten wird, und ich hoffe, daß Sie selbst im Dunkeln mit uns zusammenarbeiten werden, sozusagen, im Hinblick auf Ihre lange Beziehung mit uns. Wir brauchen Sie als Mitspieler, Roger, und wir werden uns hinterher erkenntlich zeigen.«

Hennessey nickte. Er sah ein wenig erleichtert aus.

»Also ist es alles eine Art Manöver?«

»So könnte man sagen, nehme ich an.«

»Aber Sie wollen mir nicht sagen, was vorgeht?«

»Nein. Nicht jetzt. Das würde zu sehr wie eine heimliche Absprache oder Verschwörung mit Ihnen aussehen.«

»Aber es ist eine heimliche Absprache mit mir?«

DeLong grinste. »Wirklich? Wir tun nichts als Ihnen die Bezahlung Ihrer Rechnungen vorzuenthalten. Haben Sie Geduld mit uns, Roger. Sie werden es nicht bedauern. Das verspreche ich Ihnen.«

»Nun ...« sagte Hennessey widerwillig.

Seine Rechnungen blieben weiter unbezahlt. Nach drei Monaten schrieb Hennessey an Feingold & Charney, daß er ihren Negativsaldo nicht mehr tragen könne. Er kündigte den Dienstleistungsvertrag und verklagte sie auf Zahlung der rückständigen Summe. Feingold & Charney ließen ihre Büroräume zeitweilig von einem anderen Dienstleistungsunternehmen reinigen und verständigen den Gerichtshof, daß sie bereit seien, ihre Position zu verteidigen.

Als der Fall Hennessey gegen Feingold & Charney zur Verhandlung kam, vertrat einer der Juniorpartner die Anwaltskanzlei. Er sagte einfach, daß insofern, als gezeigt werden könne, daß Roger Hennessey ein Roboter statt eines menschlichen Wesens sei, Feingold & Charney nicht verpflichtet seien, ihren Dienstleistungsvertrag aufrechtzuerhalten, und daß sie ihn einseitig aufgekündigt hätten.

Der Roboter Hennessey, fuhr der Anwalt fort, habe trotzdem seine Roboter-Reinigungstrupps monatelang zu ihnen geschickt, aber Feingold & Charney hätten ihn nicht darum gebeten und glaubten nicht, daß Bezahlung erforderlich sei, oder daß Hennessey als Roboter ein gesetzlich verbrieftes Recht habe, sie zur Zahlung zu zwingen. Roboter, so erläuterte der Juniorpartner, hätten nicht den verfassungsmäßigen Schutz, dessen sich Menschen erfreuten. In Vertragsstreitigkeiten über Roboter könnten nur ihre Eigentümer vor Gericht klagen, nicht die Roboter selbst.

»Aber mein Mandant ist kein Roboter!« donnerte Hennesseys Anwalt. »Es ist so klar wie die Nase im Gesicht meines Mandanten, daß er ein Mensch wie jeder von uns hier ist!«

»Ihr Mandant«, erwiderte der Mann von Feingold & Charney, »wurde vor einigen Jahren mit einem robotischen prothetischen Herzen ausgestattet, ist das nicht der Fall?«

»Wieso – das mag sein. Ich würde ihn darüber befragen müssen. Aber welche mögliche Relevanz kann das ...?«

»Es ist durchaus relevant, versichere ich Ihnen. Und ich ersuche das Hohe Gericht respektvoll, daß es in diesem Punkt eine Entscheidung herbeiführt.«

Der Richter blickte zu Hennessey. »Nun, Mr. Hennessey? Was sagen Sie dazu?«

»Gewiß, ich habe eine prothetische Pumpe. Aber was ...?«

Der Anwalt von Feingold & Charney sagte: »Unsere Position ist, Hohes Gericht, daß das Vorhandensein eines lebenserhaltenden mechanischen Gegenstands dieser Art in Mr. Hennesseys Körper seinen gesamten rechtlichen Status verändert. Es ist vernünftig zu argumentieren, daß er heute nicht am Leben sein würde, wenn er die robotische Komponente seines Körpers nicht hätte. Darum behaupten wir, daß der teilweise prothetische Mr. Hennessey tatsächlich ein Roboter ist, und zwar schon seit einigen Jahren, und daß deshalb alle Verträge, die er als Mensch geschlossen haben mag, null und nichtig wurden, als er den Status eines Roboters annahm.«

»Das also ist es!« stieß Hennessey hervor. »Erschlag mich der Blitz! Das Herz macht mich zum Roboter, sagen sie? Diese hirnverbrannten Winkeladvokaten!« Und er legte den Kopf in den Nacken und begann zu lachen.

Der Aufruhr im Gerichtssaal war beträchtlich. Der Richter schlug mit dem Hammer auf den Richtertisch und rief, er werde den Saal räumen lassen, wenn keine Ruhe einkehren würde. Dann, als es still geworden war, verkündete er seine Entscheidung. Der Fall wurde mit einem klaren Urteil zugunsten des Klägers abgeschlossen. Mr. Roger Hennessey – den das Gericht unleugbar menschlich fand – war berechtigt, seine Gebühren plus Zinsen und einer zusätzlichen Entschädigung zu verlangen. Feingold & Charney wurden zu unverzüglicher Zahlung verurteilt und hatten die Gerichtskosten zu tragen.

Feingold & Charney gingen in die Berufung.

Vor dem Appellationsgericht wurde der Fall eingehender behandelt und Gutachter bestellt, um Definitionen des Menschseins zu diskutieren. Der Fall wurde aus jedem Blickwinkel beleuchtet – wissenschaftlich, theologisch, semantisch, philosophisch.

Das Urteil zugunsten Hennesseys wurde bestätigt.

Feingold & Charney riefen die nächsthöhere Berufungsinstanz an.

Sie fochten die Sache geschickt und zäh aus, verloren bei jedem Schritt, aber immer in einer Weise, daß die Frage stetig ausgeweitet wurde, von einem einfachen *Soll Hennesseys Rechnung bezahlt werden?* bis zu *Was ist ein menschliches Wesen?* Auf jeder Ebene erstrebten sie, daß die Entscheidung so allgemein wie möglich ausfiel.

Es dauerte Jahre und kostete Millionen Dollar. Schließlich erreichte der Fall das Bundesgericht.

Es bestätigte das erste Urteil und hielt alle ergangenen Urteile und Bestimmungen aufrecht, die mit dem gültigen menschlichen Status von Individuen zu tun hatten, in die robotische Prothesen eingebaut waren. Es ist das Gehirn, erklärte das oberste Gericht, welches die höchste

Determinante des Menschseins ist. Der Einsatz von Hilfsvorrichtungen, um das Leben des Gehirns zu erhalten, kann in keiner Weise die grundlegende und unveräußerliche Menschlichkeit dieses Gehirns aufheben. Es sei inakzeptabel, sagte das Gericht, zu argumentieren, daß das Vorhandensein robotischer Prothesen in einem menschlichen Körper der betreffenden Person den Status eines Roboters gebe.

Als die endgültige Entscheidung verkündet wurde, veranstaltete Simon DeLong über die endgültige juristische Niederlage etwas wie eine Siegesfeier. Andrew war zu diesem Anlaß natürlich in den Räumen von Feingold & Charney anwesend.

»Nun, Andrew, wir können sehr zufrieden sein. Wir haben die beiden Punkte erreicht, die wir uns zum Ziel gesetzt hatten. Erstens ist es uns gelungen, die juristische Bestätigung zu erhalten, daß keine noch so große Zahl prothetischer Vorrichtungen im menschlichen Körper verursacht, daß er aufhört, ein menschlicher Körper zu sein. Zweitens haben wir die öffentliche Meinung in der Frage so mobilisiert, daß sie sich entschieden auf die Seite einer weit gefaßten und lockeren Interpretation dessen geschlagen hat, wer Mensch ist – da auf dieser oder irgendeiner anderen Welt kein menschliches Wesen existiert, das nicht hofft, durch den Einsatz der verfügbaren prothetischen Vorrichtungen seine Lebensspanne deutlich zu erweitern.«

»Und Sie meinen, der Gesetzgeber werde mir jetzt mein Menschsein garantieren?« fragte Andrew.

DeLong schaute etwas unbehaglich drein. »Vielleicht. Vielleicht nicht.«

»Ist das das Beste, was Sie nach all diesen Jahren der Rechtsstreitigkeiten bieten können?«

»Ich wünschte«, sagte DeLong, »daß ich so optimistisch sein könnte, wie Sie es gern sehen würden. Aber der eigentliche Kampf ist noch nicht gewonnen. Es bleibt das einzige Organ, das vom Bundesgericht als das Kriterium des Menschseins benannt worden ist.«

»Der Geist.«

»Das Gehirn, Andrew. Das wurde vom Gericht benannt, nicht der Geist. Der Geist ist ein abstrakter Begriff, das Gehirn ist ein körperliches Organ. Und Menschen haben organische Gehirne, während Roboter Platin-Iridium-Gehirne positronischer Funktion haben, wenn sie überhaupt eines besitzen. Und Sie, Andrew, haben zweifellos ein positronisches Gehirn. Nein, sehen Sie mich nicht so an. Ich weiß, was Sie denken. Aber man hat mir versichert, daß uns das Wissen fehlt, um die Funktionen eines organischen Gehirns in einer künstlichen Struktur nachzumachen, die dem organischen Typ nahe genug sein würde, daß sie unter die Gerichtsentscheidung fällt. Nicht einmal Sie könnten das bewerkstelligen.«

»Was sollten wir dann tun?«

»Den Versuch machen, natürlich. Die Kongreßabgeordnete Chi Li- hsing wird natürlich auf unserer Seite sein, und außer ihr noch eine wachsende Zahl anderer Angeordneter. Es wird darauf ankommen, wie die Mehrheit entscheidet.«

»Haben wir eine Mehrheit?«

»Nein«, sagte DeLong. »Wir sind weit davon entfernt. Aber es könnte gelingen, eine Mehrheit zu gewinnen, wenn die Öffentlichkeit erlaubt, daß ihr Wunsch nach einer breiten Interpretation des Menschseins sich auf Sie erstrecke. Eine geringe Chance, das gebe ich zu. Aber Sie sind schließlich der Mensch, der ihnen die Prothesen gab, von denen ihr Leben jetzt abhängt.«

Andrew lächelte. »Der *Mensch*, sagten Sie?«

»Das sagte ich, ja. Ist es nicht das, wofür wir kämpfen, Andrew?«

»Natürlich.«

»Dann sollten wir selbst auch so denken. Und unser Denken weitertragen, hinaus in die Welt, bis alle zustimmen. Es wird nicht leicht sein, Andrew. Es ist bisher nicht leicht gewesen, und wir haben keinen Grund zu der Annahme, daß es besser werden wird. Die Aussichten sind nicht günstig, das müssen wir klar sehen. Aber wenn Sie nicht aufgeben wollen, werden wir das Wagnis eingehen müssen.«

»Ich werde nicht aufgeben«, sagte Andrew.

21

Die Kongreßabgeordnete Chi Li-hsing war jetzt erheblich älter als bei Andrews erster Begegnung mit ihr. Sie trug weite, lose fallende Kleidung, und ihr einst glänzendes schwarzes Haar war von grauen Strähnen durchzogen. Sie trug es jetzt viel kürzer.

Andrew aber hatte sich natürlich überhaupt nicht verändert. Sein Gesicht zeigte keine Spuren eines Alterungsprozesses, sein weiches, feines Haar war unverändert hellbraun. Das einzige, was auf sein wirkliches Alter schließen ließ, war der togaähnliche Stil seiner Kleidung, die vorherrschende Mode gewesen war, als er vor mehr als einem Jahrhundert erstmals Kleidung angelegt hatte.

Es war spät im Jahr. Ein rauher, kalter winterlicher Wind blies durch die alten Straßenschluchten New Yorks und wirbelte Schneeflocken durch die Luft um den schimmernden Wolkenkratzer der Internationalen Gesetzgebenden Versammlung.

Die parlamentarischen Wortgefechte waren für die Saison beendet, aber für Andrew schien das Ringen niemals ein Ende zu nehmen. Die Debatte hatte sich lange hingezogen, und die Abgeordneten, zornig, verwirrt und widerwillig, hatten versucht, alle möglichen Aspekte der Frage zu prüfen. Die wahlberechtigte Öffentlichkeit, unfähig, zu einem klaren philosophischen Standpunkt zu kommen, war auf die emotionale Ebene zurückgefallen und ließ sich von Urängsten und tief verwurzelten Vorurteilen leiten. Chi Li-hsing hatte ihren Gesetzesentwurf zurückgezogen und in wesentlichen Punkten abgeändert, um die hartnäckige Opposition zu überwinden, auf die sie gestoßen war. Aber sie hatte die abgeänderte Fassung noch nicht im Plenum eingebracht.

»Was meinen Sie?« fragte Andrew. »Werden Sie den überarbeiteten Entwurf in der neuen Sitzungsperiode einbringen oder nicht?«

»Was soll ich Ihrer Meinung nach tun?«

»Sie wissen, was ich von Ihnen möchte.«

Sie nickte, ein wenig müde. »Ich sagte Ihnen schon einmal, Mr. Martin, daß Ihre Sache nicht wirklich meine Sache ist, und daß ich sie vielleicht würde aufgeben müssen, wenn ich glaubte, daß meine politische Laufbahn auf dem Spiel steht. Nun, das ist jetzt der Fall. Und ich habe Sie noch immer nicht aufgegeben.«

»Obwohl Sie nach wie vor glauben, meine Sache sei nicht die Ihre?«

»Nein. Sie ist zu meiner Sache geworden. Ich bezweifle nicht, daß Sie menschlich sind, Mr. Martin – vielleicht durch Ihre Arbeit an sich selbst dazu gemacht, aber trotzdem menschlich. Und ich glaube, wenn man einem einzigen Angehörigen unserer Art das Menschsein verweigert, schafft man die Möglichkeit, ganzen Bevölkerungsgruppen die Menschenwürde abzusprechen, wie es in unserer unschönen Vergangenheit allzu oft geschehen ist. Wir dürfen nicht erlauben, daß es wieder dazu kommt. Gleichwohl ...«

Sie verstummte.

»Sprechen Sie weiter«, sagte Andrew. »Jetzt kommt der

Punkt, wo Sie mir sagen, daß Sie mich und mein Anliegen trotz allem aufgeben müssen. Habe ich recht?«

»Das sagte ich nicht. Aber wir müssen realistisch sein. Ich denke, wir sind so weit gegangen, wie wir gehen können.«

»Also werden Sie den überarbeiteten Gesetzentwurf nicht einbringen?«

»Das sagte ich auch nicht. Ich habe vor, ihn nach den Parlamentsferien noch einmal zur Diskussion zu stellen. Aber um ehrlich zu sein, Mr. Martin, wir können nicht gewinnen. Sehen Sie sich die Zahlen an.« Sie schaltete ihr Bildschirmgerät ein. »Die Gruppe auf der rechten Seite des Schaubildes, der grün eingefärbte Sektor – das sind die Abgeordneten, die jeder Art von Lockerung der Bestimmungen unverändert ablehnend gegenüberstehen. Das sind ungefähr vierzig Prozent der Abgeordneten: unbeweglich, in ihrer Opposition gegen Sie festgelegt. Der rot eingefärbte Sektor links bezeichnet Ihre Anhänger. Es sind achtundzwanzig Prozent. Der Rest sind die Unentschiedenen.«

»In zwei verschiedenen Farben? Warum das?«

»Gelb ist die Gruppe, die unentschieden ist, aber eine gewisse Neigung zeigt, Sie zu unterstützen. Das sind zwölf Prozent. Blau sind die Unentschiedenen, die eher gegen Sie stimmen werden. Das sind zwanzig Prozent.«

»Ich verstehe.«

»Um eine Mehrheit zu bekommen, müssen wir jeden einzelnen der Unentschiedenen im gelben Sektor des Schaubilds behalten und mehr als die Hälfte derjenigen gewinnen, die noch unschlüssig sind, gegenwärtig aber zur anderen Seite neigen. Außerdem müssen wir natürlich die Unterstützung Ihrer Basis von achtundzwanzig Prozent behalten. Selbst wenn es uns gelingt, ein paar Ihrer entschiedenen Gegner umzustimmen, halte ich es nicht für möglich, daß wir eine Mehrheit zusammenbringen.«

»Warum machen sie sich dann die Mühe, den überarbeiteten Entwurf einzubringen?«

»Weil ich Ihnen soviel schuldig bin. Wie Sie sehen, wird es nicht funktionieren, und ich fürchte, daß dies mein letzter Versuch sein wird. Nicht, weil ich die Auseinandersetzung scheue – ganz und gar nicht –, aber weil ich nicht mehr in einer Position sein werde, wo ich daran teilnehmen kann. Alles, was ich für Sie getan habe, wird mir bei den nächsten Wahlen wie ein Mühlstein um den Hals gehängt und mich in die Tiefe der Niederlage ziehen. Daran ist nicht zu zweifeln. Ich werde meinen Sitz verlieren.«

»Ich weiß«, sagte Andrew, »und es betrübt mich. Um Ihretwillen, nicht um meinetwillen. Sie sahen es schon lange kommen, nicht wahr? Und doch hielten Sie weiter zu mir. Warum? Warum, nachdem Sie mir anfangs sagten, Sie würden mich fallen lassen, wenn es Ihrer politischen Karriere Schaden zufügte? Warum haben Sie es nicht getan?«

»Man kann seine Meinung ändern, wissen Sie, Sie im Stich zu lassen, bedeutete für mich, einen höheren Preis zu zahlen als ich bereit war, für den Gewinn einer Wiederwahl zu bezahlen. Ich bin seit mehr als einem Vierteljahrhundert Abgeordnete. Das ist lang genug, denke ich.«

»Aber wenn Sie Ihr Meinung ändern konnten, warum nicht die Meinungen der andern?«

»Wir haben alle, die der Vernunft zugänglich sind, auf unsere Seite gezogen. Die übrigen – und das ist die Mehrheit, muß ich leider sagen – ist einfach nicht zu bewegen. Es ist eine Frage tief verwurzelter emotionaler Antipathie.«

»Der Abgeordneten oder der Leute, die für sie stimmen?«

»Beider, mehr oder weniger. Selbst diejenigen Abgeordneten, die persönlich rationalen Argumenten zugänglich sind, neigen zu der Annahme, daß ihre Wähler es nicht sind. Aber ich fürchte, daß viele von ihnen starke eigene Antipathien haben, wenn es um diesen Fragenkomplex geht.«

»Ist denn die Rücksichtnahme auf emotionale Antipathie ein triftiger Grund für einen Abgeordneten, zu entscheiden, wie er abstimmen soll?

»Ach, Mr. Martin ...!«

»Ja. Wie naiv von mir, so etwas zu fragen.«

»Naiv ist nicht das richtige Wort. Aber Sie haben den Kern des Problems erkannt. Die Gegner des Gesetzentwurfes würden niemals zugeben, daß ihr Abstimmungsverhalten von Gefühlen diktiert wird. Sie geben diese oder jene sorgfältig durchdachte Erklärung für ihre Entscheidung – wirtschaftliche Erwägungen, moraltheologische oder humanistische Argumente, politische Rücksichten –, alles außer der tieferen Wahrheit. Aber was macht das schon? Es kommt darauf an, wie sie abstimmen, nicht warum.«

»Dann läuft es auf die Frage der Gehirnstruktur hinaus, nicht wahr?«

»Das ist das Problem, ja.«

»Ich sehe nicht, warum das eine so schwierige Hürde für sie sein sollte. Woraus ein Gehirn gemacht ist, kann doch nicht das Wesentliche sein; es kommt darauf an, wie es funktioniert. Seine Denkmuster, seine Reaktionszeit, seine Fähigkeit zu abstrahieren, logisch zu denken und aus dem Einzelnen das Allgemeine schließen. Warum muß das ganze Thema auf die Ebene organischer Zellen im Gegensatz zu Positronen herabgedrückt werden? Gibt es keine Möglichkeit, durch eine funktionale Definition voranzukommen?«

»Funktionale Definition?«

»Mein Gehirn tut alles, was ein offiziell anerkanntes menschliches Gehirn kann – tut es in vieler Hinsicht besser, schneller, direkter und logischer. Vielleicht ist es das, was sie stört. Nun, für mich ist es zu spät, meine Intelligenz zu verbergen, wenn das der Kern des Problems ist. Aber müssen wir darauf bestehen, daß ein Gehirn aus natürlichem organischem Zellgewebe sein muß, um als menschlich anerkannt zu werden? Können wir nicht einfach fordern, daß als menschliches Gehirn etwas zu gelten hat – organisch oder nicht –, das in der Lage ist, ein bestimmtes Niveau von Denkfähigkeit zu erreichen?«

»Das wird nicht gehen«, sagte Li-hsing.

»Weil zu viele Menschen unter der vorgegebenen Ebene intellektueller Fähigkeit bleiben würden, wenn wir Menschsein allein nach der Grundfunktion definieren würden?« fragte Andrew bitter. »Ist es das?«

»Mr. Martin, hören Sie zu: Viele, wenn nicht die meisten Menschen, sind entschlossen, die bestehende Schranke zwischen sich selbst und Robotern um jeden Preis zu erhalten. Um ihrer eigenen Selbstachtung willen, wenn schon aus keinem anderen Grund, wollen sie glauben, daß sie der einzigen wahren und echten Menschheit angehören, und daß Roboter einfach künstlich und daher untergeordnete Schöpfungen sind. Sie haben die letzten hundert Jahre damit verbracht, diese Leute zurückzuschlagen, und Sie haben sich einen Status erkämpft, der in den frühen Jahren der Robotik unvorstellbar gewesen wäre. Aber jetzt geht es um eine Streitfrage, wo Sie nicht gewinnen können. Sie haben sich einen Körper zurechtgeschneidert, der dem eines Menschen soweit angenähert ist, daß es kaum noch einen wirklichen Unterschied gibt. Sie essen, sie atmen, sie schwitzen. Sie gehen in feine Restaurants und bestellen köstliche Mahlzeiten und trinken die besten Weine, wie ich bemerkt habe, obwohl ich mir nicht vorstellen kann, welchen Wert das über die Wahrung des Anscheins hinaus für Sie haben kann.«

»Das ist mir Wert genug«, sagte Andrew.

»Gut. Viele Menschen können wahrscheinlich die teuren Weine, die sie trinken, auch nicht gebührend würdigen, aber sie trinken sie trotzdem, und aus dem gleichen Grund wie Sie. Ihre Organe sind allesamt künstlich, aber das ist heute bei vielen Menschen so. Möglicherweise gibt es schon Leute, deren Körper praktisch mit Ihrem identisch ist, so viele künstliche Ersatzorgane haben sie im Laufe der Zeit angesammelt. Aber es ist kein kompletter Ersatzkörper, Mr. Martin. Niemand hat ein prothetisches Gehirn. Niemand kann es haben. Und darum unterscheiden Sie sich von allen anderen in einem fundamentalen Aspekt. Ihr Gehirn ist von Menschen gemacht, das menschliche Gehirn nicht. Ihr Gehirn wurde konstruiert und programmiert, ihres entwickelte sich natürlich. Sie wurden geboren, sie wurden gebaut. Für jeden Menschen, der Wert darauf legt, die Schranke zwischen sich selbst und einem Roboter aufrechtzuerhalten, sind diese Unterschiede ein unüberwindliches Hindernis.«

»Sie erzählen mir nichts, was ich nicht schon weiß. Mein Gehirn ist anders zusammengesetzt, gewiß. Aber nicht in seiner Funktion. Quantitativ verschieden, vielleicht, aber nicht qualitativ. Es ist bloß ein Gehirn – ein sehr gutes Gehirn. Der Unterschied dient ihnen nur als Vorwand, nicht zugeben zu müssen, daß ich ein menschliches Wesen von etwas anderer Art bin. Nein, wenn wir ihre Antipathie gegen mich wegen meiner robotischen Ursprünge – der Quelle all ihrer Feindseligkeit – überwinden könnten, dieses mysteriöse Bedürfnis, sich jemandem als überlegen zu erklären, der nach jedem vernünftigen Kriterium *ihnen* überlegen ist ...«

»Nach all Ihren Jahren«, sagte Li-hsing bekümmert, »versuchen Sie noch immer, dem menschlichen Wesen mit Logik und Vernunft beizukommen. Armer Mr. Martin, seien Sie nicht ärgerlich, daß ich dies sage, aber es ist der Roboter in Ihnen, der Sie in diese Richtung treibt.«

»Sie wissen, daß inzwischen nur noch sehr wenig von dem Roboter in mir übrig ist.«

»Aber es ist noch einiges vorhanden.«

»Einiges, ja. Und wenn ich das loswerden könnte ...«

Chi Li-hsing warf ihm einen verdutzten Blick zu. »Was wollen Sie damit sagen?«

»Ich weiß es noch nicht«, sagte er, »aber ich habe eine Idee. Das Problem besteht darin, daß in meinem Robotergehirn menschliche Gefühle gefangen sind. Aber das macht mich nicht zu einem Menschen, sondern nur zu einem unglücklichen Roboter. Selbst nach allem, was geschehen ist, um meinen Körper zu verbessern, bin ich noch immer kein Mensch. Aber es gibt noch einen Schritt, der unternommen werden kann. Wenn ich mich nur dazu entschließen könnte ...«

22

Wenn er sich nur dazu entschließen könnte ...

Und nun hatte er es endlich getan.

Andrew hatte Chi Li-hsing gebeten, so lange wie möglich zu warten, bevor sie ihren abgeänderten Gesetzentwurf zur Diskussion und Abstimmung einbringen würde, weil er sich in der nächsten Zukunft ein Projekt vorgenommen hatte, das vielleicht bedeutsame Auswirkungen auf die Streitfrage haben könnte. Aber er hatte es abgelehnt, die Einzelheiten des Projekts mit ihr zu diskutieren. Es war eine technisch äußerst komplizierte Angelegenheit, und er konnte nicht erwarten, daß sie es verstehen würde. Außerdem war er vorläufig nicht bereit, ihr etwas auseinanderzusetzen, über dessen Durchführbarkeit und möglichen Erfolg er selbst noch seine Zweifel hatte. Aber er verriet ihr, daß es ihn menschenähnlicher machen würde. Das war das wesentliche Detail, das einzige, was sie wirklich wissen mußte. Es würde ihn mehr menschlich machen.

Sie sagte, sie werde ihr möglichstes tun, um ihm genug Zeit für sein geheimnisvolles Projekt zu geben, aber sie hörte sich dabei verwundert und besorgt an.

Andrew dankte ihr und machte sich sofort zu dem weithin bekannten Roboterchirurgen auf, den er für die Arbeit ausgewählt hatte. Es war ein schwieriges Gespräch. Andrew ertappte sich dabei, daß er den Augenblick der Entscheidung lange mit Fragen hinauszögerte, die seinen inneren Aufruhr widerspiegelten, während der Chirurg über die ungewöhnliche und wahrscheinlich unmögliche Natur dessen, was Andrew anzustreben schien, mehr und mehr in Verwirrung geriet.

Das erste Gebot der Robotik war das Hindernis: das unveränderliche Gesetz, das einen Roboter davon abhielt, einem menschlichen Wesen in irgendeiner Weise Schaden zuzufügen. Und so konnte Andrew die Entscheidung schließlich nicht länger aufschieben und brachte es über sich, die eine notwendige Tatsache zuzugeben, die es dem Roboterchirurgen ermöglichte, die Operation auszuführen, die eine Tatsache, die der Chirurg nicht vermutet hatte:

»Ich glaube, ich habe Sie nicht recht verstanden, Sir«, sagte der Chirurg. »Sie behaupten, daß Sie selbst ein Roboter seien?«

»Das ist genau das, was ich bin.« Der ruhige und gleichmütige Gesichtsausdruck des Chirurgen konnte sich nicht verändern und tat es auch nicht. Aber der starre Blick seiner leuchtenden photoelektrischen Augen schien irgendwie starke innere Beunruhigung auszudrücken, und Andrew konnte förmlich sehen, daß das positronische Gehirn des Chirurgen von lästigen, widersprüchlichen Potentialen durchströmt wurde. Nach einer kleinen Weile sagte er:

»Ich würde mir nicht anmaßen, Ihnen zu widersprechen, Sir. Aber ich muß Ihnen sagen, daß ich Ihrer äußeren Erscheinung nichts Robotisches ansehe.«

»Sie haben recht. Meine äußere Erscheinung ist in großem Umfang verändert worden, um mich menschlich erscheinen zu lassen. Aber das bedeutet nicht, daß ich Mensch bin. In den vergangenen Jahren habe ich keine Mühen und Kosten gescheut, um meinen Status juristisch und vom Gesetzgeber klären zu lassen, und nach alledem scheint es, daß ich trotz vielfältiger Anstrengungen ein Roboter bleiben werde.«

»Das hätte ich nie gedacht, Sir.«

»Nein. Wäre es Ihnen von selbst aufgefallen, müßte ich darin den Beweis mangelhafter Arbeit sehen.«

Andrew hatte diesen Chirurgen nicht wegen seiner eindrucksvollen Persönlichkeit oder seiner weltläufigen Gewandtheit im Umgang mit schwierigen Patienten ausgewählt. Nichts davon war wichtig. Es kam allein auf seine Erfahrung und Geschicklichkeit als Chirurg an, und über diese verfügte er nach allen Berichten, die seinen guten Ruf begründeten. Von Bedeutung war auch, daß er ein Roboter war. Ein Roboterchirurg war die einzig mögliche Wahl dafür, was Andrew sich vorgenommen hatte, denn keinem menschlichen Chirurgen konnte in diesem Zusammenhang vertraut werden, weder in seiner Fähigkeit, noch in seiner Bereitschaft. Der Roboter konnte den Eingriff verrichten.

Und der Roboter würde ihn verrichten. Das war ebenso wichtig.

»Wie ich Ihnen sagte, Sir ...«

»Hören Sie auf, mich Sir zu nennen!«

Der Roboter schwieg in offensichtlicher Verwirrung, dann setzte er von neuem an: »Wie ich Ihnen sagte, Mr. Martin, würde eine Operation, wie Sie sie wünschen, bei einem Menschen auf eine offenkundige Verletzung des ersten Gebots hinauslaufen, und ich könnte sie in keiner Weise ausführen. Aber wenn Sie, wie Sie behaupten, ein Roboter sind, dann gibt es noch immer ein Problem. Die Operation würde eine Sachbeschädigung darstellen, verstehen Sie, und ich würde sie nicht ohne die direkte Anweisung Ihres Eigentümers ausführen können.«

»Ich bin mein Eigentümer«, sagte Andrew. »Ich bin ein freier Roboter und habe die Papiere, die es beweisen.«

»Ein – freier Roboter?«

»Hören Sie zu«, sagte Andrew. Er siedete vor innerer Qual, und sein eigener positronischer Verstand geriet unter den Einfluß schwer beherrschbarer Potentiale. »Genug davon. Ich gebe nicht vor, Mensch zu sein, und wenn Sie operieren, werden Sie es früh genug feststellen, daher können wir das erste Gebot betreffende Erwägungen ganz aus dem Spiel lassen. Das zweite Gebot ist jedoch anwendbar. Ich bin ein freier Roboter, und Sie werden tun, was ich sage. Sie werden sich meinen Wünschen nicht widersetzen. Ist das klar?« Und er ergänzte mit aller Festigkeit, die er im Laufe der vergangenen Jahrzehnte sogar im Umgang mit Menschen zu gebrauchen gelernt hatte: »Ich befehle Ihnen, diese Operation an mir auszuführen.«

Die roten Augen des Roboterchirurgen leuchteten in innerem Konflikt hell auf, und lange Sekunden war er unfähig zu antworten.

Andrew verstand, was der Chirurg durchmachen mußte. Vor ihm saß ein Mensch, der darauf bestand, daß er kein Mensch sei, oder ein Roboter, der behauptete, soviel Autorität über ihn zu haben wie ein Mensch, und beides mußte das Verständnis des Chirurgen auf eine harte Probe stellen.

Wenn sein Gegenüber wirklich ein Mensch war, dann mußte das erste Gebot gegenüber dem zweiten Vorrang haben, und der Chirurg konnte den Auftrag nicht übernehmen. Aber wenn er es mit einem Roboter zu tun hatte, galt das zweite Gebot für die Situation, oder nicht? Was gab es im zweiten Gebot, das einem Roboter das Recht verlieh, einen anderen herumzukommandieren? Vielleicht, daß er behauptete, ein freier Roboter zu sein? Hinzu kam, daß dieser Roboter leugnete, ein Mensch zu sein, aber durchaus wie einer aussah. Das war eine fast unbegreifliche Situation, und ihre Zwiespältigkeit überwältigte wahrscheinlich die positronischen Bahnen des Chirurgen. Seine visuellen Wahrnehmungen registrierten den Besucher als einen Menschen; sein Verstand versuchte die Behauptung seines Besuchers zu verarbeiten, daß er keiner sei. Der visuelle Augenschein würde das erste und zweite Gebot aktivieren, die Behauptung, sofern sie beweiskräftig war, nicht.

Angesichts chaotischer Widersprüche dieser Art war es begreiflich, daß der Verstand des Chirurgen durch Kurzschluß ganz ausfallen würde. Andrew hoffte, der für den Chirurgen sicherste Weg aus dieser Krise würde darin bestehen, daß er sich an das zweite Gebot hielt: daß sein Besucher, nach seinem eigenen Eingeständnis nicht menschlich genug, um das Hemmungspotential des ersten Gebotes auszulösen, hinreichend menschliche Eigenschaften besaß, um vom Chirurgen Gehorsam verlangen zu können.

Das war der Weg, den der Chirurg schließlich nach längerem Zögern einschlug.

»Sehr gut«, sagte der Chirurg mit einem unverkennbaren Unterton von Erleichterung. »Ich werde tun, was Sie von mir verlangen.«

»Fein.«

»Das Honorar wird nicht unbedeutend sein.«

»Wenn es das wäre, würde ich mir Sorgen machen«, sagte Andrew.

23

Der Operationsraum war nicht annähernd so groß und kostspielig eingerichtet wie jener, wo die United States Robots and Mechanical Men in früheren Jahren ihre verschiedenen Verbesserungen und Aufwertungen durchgeführt hatte, aber Andrew sah sofort, daß die Ausstattung mit Geräten mehr als zufriedenstellend und der Aufgabe vollauf gewachsen war. Mit Bewunderung betrachtete er die Reihe hochmoderner Lasergeräte, das Steuerpult und die Meßinstrumente, die makellose Sauberkeit und Ordnung des Operationstisches mit seinen chromblitzenden Hilfsgeräten, der blendfreien Beleuchtung, den Schlauchleitungen und Monitoren. Alles war bereit für den ungewöhnlichen Patienten.

Und der Chirurg selbst strahlte eine bewundernswerte Ruhe aus. Offensichtlich war es ihm in der Zwischenzeit gelungen, die inneren Konflikte zu lösen, in die Andrews ungewöhnliches Anliegen und die Zwiespältigkeit seiner Erscheinung ihn gestürzt hatten, und nun war er ganz auf die vor ihm liegende Aufgabe konzentriert. Mehr denn je war Andrew überzeugt, daß er die einzig mögliche Wahl getroffen hatte, als er einen Roboterchirurgen für diese Operation ausersehen hatte.

Gleichwohl blieb eine leise Ungewißheit, als der Augenblick des Operationsbeginns näherrückte. Wie, wenn etwas schief ging? Wenn er in irgendeiner Weise behindert aus der Operation hervorging? Wenn die Operation überhaupt versagte und er direkt auf dem Operationstisch sein Ende fand?

Nein. Nichts davon war wichtig. Die Operation konnte nicht schiefgehen. Und selbst wenn sie schiefgehen sollte – nein. Das spielte einfach keine Rolle.

Der Chirurg betrachtete ihn aufmerksam.

»Sind sie bereit?« fragte er.

»Absolut«, antwortete Andrew. »Kommen wir zur Sache.«

»Sehr gut«, sagte der Chirurg gleichmütig, und mit einer schnellen, ausholenden Geste zog er mit der hervorragend konstruierten rechten Hand ein Laserskalpell aus der Halterung.

Andrew hatte entschieden, daß er während der gesamten Operation bei vollem Bewußtsein bleiben wollte. Nicht einen Augenblick lang sollte seine Wahrnehmungsfähigkeit leiden. Schmerz war kein Thema für ihn, und er mußte sich vergewissern können, daß seine Instruktionen genau befolgt wurden. Aber das war selbstverständlich. Die Natur des Chirurgen war robotisch, und das gestattete ihm keine eigenwillige Abweichung vom vereinbaren Behandlungsplan.

Unvorbereitet war Andrew freilich auf die unerwartet fühlbare Schwäche und Erschöpfung, die ihn nach der Operation überkam.

Er hatte solche Empfindungen wie jene in den ersten Stunden seiner Erholungsperiode noch nie gekannt. Selbst als sie sein Gehirn vom Roboterkörper in den androiden übertragen hatten, hatte Andrew nichts dergleichen erlebt.

Statt normal zu gehen, schwankte und stolperte er. Oft war ihm, als erhöhe sich der Boden vor seinen Füßen, um ihm ins Gesicht zu schlagen. Seine Finger zitterten so heftig, daß er Schwierigkeiten hatte, Gegenstände zu halten. Sein Sehvermögen, das immer tadellos gewesen war, zeigte Ausfallerscheinungen, und es kam vor, daß er plötzlich für lange Minuten alles verschwommen sah. Oder er suchte sich an jemandes Namen zu erinnern, und nichts als eine quälende Leere, die um die Ränder seines Gedächtnisses flimmerte, kam ihm in den Sinn.

In der ersten Woche nach der Operation verbrachte er einen ganzen Nachmittag mit der Suche nach dem vollständigen Namen des Mannes, den er als Sir gekannt hatte. Dann war der Name plötzlich da: Gerald Martin. Aber nun hatte Andrew den Namen der dunkelhaarigen älteren Schwester der Kleinen Miß vergessen, und wieder kostete es ihn Stunden fleißiger Gedächtniserforschung, bevor ihm ›Melissa Martin‹ wie von ungefähr im Bewußtsein erschien. Zwei Stunden! Es hätte kein zwei Millisekunden dauern sollen!

Dennoch war alles mehr oder weniger so, wie Andrew hätte erwarten sollen, und in einer abstrakten Weise hatte er damit gerechnet. Aber die Wirklichkeit der Empfindungen selbst war weit jenseits von allem, was er sich vorgestellt hatte. Körperliche Schwäche war ihm neu, ebenso wie schlechte Koordination, ungewisse Reflexe, unvollkommenes Sehvermögen und Episoden beeinträchtigter Erinnerung. Es war demütigend, sich so unvollkommen zu fühlen – so *menschlich* ...

Nein, dachte er.

Es ist nichts Demütigendes daran. Du hast alles verkehrt herum. Es ist menschlich, sich unvollkommen zu fühlen. Das war es, was du vor allem anderen wolltest: menschlich sein. Und nun bist du es. Die Unvollkommenheiten, die Schwächen, die Ungenauigkeiten sind eben das, was Menschen als menschlich empfinden. Und was sie antreibt, über ihre eigenen Schwächen hinauszuwachsen.

Du hattest bisher niemals Schwächen, sagte er sich. Jetzt hast du sie, und so sei es. Du hast erreicht, was du dir vorgenommen hattest, und nun darfst du dich nicht bedauern.

Als ein Tag in den nächsten überging, begann sich sein Zustand allmählich zu bessern.

Allmählich. Sehr allmählich.

Die Gedächtnisfunktionen stellten sich zuerst wieder ein. Andrew entdeckte dankbar, daß er wieder vollen

Zugang, augenblicklich und komplett, zu seiner ganzen Vergangenheit hatte.

Er saß im großen Ohrensessel am Kamin des riesigen Wohnzimmers im alten Herrenhaus, das einmal Gerald Martin gehört hatte, und ließ Bilder aus vergangenen Jahren vor seinem inneren Auge Revue passieren: die Fabrik, wo er gebaut worden war, und seine Ankunft im Haus der Martins, und die Kleine Miß und Miß als Kinder, und wie er mit ihnen am Strand gegangen war. Sir und Madam an ihrem Eßtisch, seine Schnitzarbeiten und die Möbel, die er gemacht hatte; die leitenden Herren der United States Robots, die eigens nach Kalifornien gekommen waren, um ihn zu untersuchen; der erste Besuch vom Kleinen Sir, wie er endlich beschlossen hatte, Kleider zu tragen; die Hochzeit des Kleinen Sirs und Paul Charneys Geburt. Auch weniger angenehme Erinnerungen wie die Episode der beiden Rüpel, die versucht hatten, ihn auf dem Weg zur Leihbücherei zur Selbstdemontage zu zwingen. Und viel, viel mehr, nahezu zweihundert Jahre der Erinnerungen.

Alles war da. Sein Gedächtnis war nicht dauerhaft geschädigt, und er fühlte sich ungeheuer erleichtert.

Auch hatte der Boden seine Versuche aufgegeben, hochzuspringen und ihm ins Gesicht zu schlagen. Sein Sehvermögen normalisierte sich, und auch die Hände vergaßen schließlich ihr irritierendes Zittern. Wenn er ging, war er nicht mehr in Gefahr zu stolpern und zu fallen. Er war wieder er selbst, zumindest in der Weise, auf die es ankam.

Aber ein gewisses Gefühl von Schwäche blieb zurück, dachte er: eine durchdringende chronische Müdigkeit, ein Gefühl, daß er sich setzen und ausruhen müsse, bevor er angehen konnte, was immer seine nächste Aufgabe war.

Vielleicht war es nur seine Einbildung. Der Chirurg sagte, er erholte sich sehr gut von seinem Eingriff.

Es gab ein Syndrom namens Hypochondrie, wußte Andrew. Der Hypochonder glaubte an Krankheitszuständen zu leiden, die er tatsächlich nicht hatte. Es sei eine ziemlich verbreitete Erscheinung unter Menschen, hatte er gehört. Hypochonder fanden alle möglichen Krankheitssymptome an sich selbst, die keine medizinischen Untersuchungen bestätigen konnte; und je mehr Raum sie in ihrem Denken der Möglichkeit gaben, daß sie krank sein könnten, desto mehr Symptome entdeckten sie.

Andrew fragte sich, ob er in seinem langen, unaufhörlichen Streben nach vollwertigem Menschsein irgendwie eine Hypochondrie entwickelt oder sich zugezogen habe, und lächelte über den Gedanken. Sehr wahrscheinlich hatte er. Seine eigenen Meßinstrumente zeigten keine erkennbare Abnahme seiner Leistungsfähigkeit. Alle Parameter lagen innerhalb der zulässigen Bandbreite. Und doch, er fühlte sich so – so *müde* ...

Es mußte imaginär sein. Andrew befahl sich, der Müdigkeit keine weitere Beachtung zu schenken. Und müde oder nicht, er unternahm eine weitere Reise quer durch den Kontinent zu dem mächtigen, grün verglasten Turm der Internationalen Gesetzgebenden Versammlung in New York, um Chi Li-hsing einen Besuch abzustatten.

Er betrat ihr großes und luftiges Büro, und sie lud ihn mit einer automatischen Handbewegung ein, vor ihrem Schreibtisch Platz zu nehmen, wie sie es mit jedem anderen Besucher getan hätte. Aber aus einem obskuren Höflichkeitsimpuls, den sich selbst zu erklären er nie versucht hatte, war es Andrew immer lieber gewesen, in ihrer Gegenwart zu stehen, und auch jetzt wollte er sich nicht niedersetzen. Es würde allzu verräterisch sein. Gleichwohl fand er schon nach ein paar Augenblicken, daß das Stehen ihm lästig schien, und er lehnte sich so unauffällig er konnte an die Wand.

Li-hsing sagte: »Die letzte Abstimmung wird diese Woche erfolgen, Mr. Martin. Ich versuchte einen Aufschub zu erreichen, aber meine parlamentarischen Mittel sind erschöpft, und ich kann nichts weiter tun. Man wird über den abgeänderten Gesetzentwurf abstimmen, und wir werden unterliegen. Und damit hat es sich dann.«

»Ich bin dankbar für Ihre Geschicklichkeit, das parlamentarische Verfahren hinauszuzögern«, sagte Andrew. »Damit haben Sie mir die nötige Zeit gegeben, und ich ging das Wagnis ein, das ich auf mich nehmen mußte.«

Sie schenkte ihm einen beunruhigten Blick. »Welches Wagnis meinen Sie, Mr. Martin?« und dann, mit einem Anflug von Gereiztheit: »Sie sind in diesen letzten Monaten so geheimnistuerisch gewesen! Dunkle Andeutungen von diesem oder jenem Projekt, aber ohne jemanden wissen zu lassen, was Sie eigentlich vorhatten ...«

»Ich konnte nicht darüber sprechen, Madam. Wenn ich Ihnen etwas erklärt oder die Leute von Feingold & Charney unterrichtet hätte, wäre ich an meinem Vorhaben gehindert worden. Da bin ich ganz sicher. Sie hätten mich daran hindern können, einfach durch einen Befehl, von dem Projekt abzulassen. Das zweite Gebot: ich habe keine Möglichkeit, Widerstand dagegen zu leisten. Simon DeLong hätte das gleiche getan. Also mußte ich über meine Pläne schweigen, bis ich sie ausgeführt hatte.«

»Wollen Sie mir jetzt verraten, was Sie getan haben, Mr. Martin?« fragte Chi Li-hsing. Ihre Stimme war leise und sehr ruhig, beinahe unheilverkündend.

»Es ging um das Gehirn«, sagte Andrew. »Das war das Problem, über das wir uns aussprachen – das positronische Gehirn gegen das organische. Aber was war das eigentliche Thema dahinter? Meine Intelligenz? Nein, ich habe einen ungewöhnlichen Verstand, das ist sicherlich richtig, aber nicht aus eigenem Verdienst, sondern weil ich entworfen wurde, einen ungewöhnlichen Verstand zu haben, und nach mir stellten sie die Fertigung ein. Andere Roboter haben herausragende geistige Fähigkeiten auf dem einen oder dem anderen Gebiet, je nachdem für welches Fach sie bestimmt sind, aber im Grunde sind sie ziemlich dumme Geräte. In dem Sinne, wie ein Computer dumm ist, selbst wenn er eine Zahlenkolonne einige Milliarden Mal schneller zusammenzählen kann als ein Mensch. Also ist es nicht meine Intelligenz, die bewirkt, daß manche Leute mich beneiden. Es gibt nicht wenige Menschen, die mir im Denken überlegen sind.«

»Mr. Martin, bitte ...«

»Lassen Sie mich ausreden, Madam. Ich verspreche Ihnen, ich komme zur Sache.«

Er veränderte seine Stellung an der Wand und hoffte, Li-hsing würde nicht bemerken, daß er nicht die Kraft zu haben schien, viele Minuten zur Zeit ungestützt zu stehen. Aber er argwöhnte, daß sie es bereits gesehen hatte, denn sie starrte ihn mit einem ungewissen, besorgten Blick an.

Er gab sich einen Ruck. »Welches ist der wesentliche Unterschied zwischen meinem positronischen und einem menschlichen Gehirn? Es ist der, daß mein Gehirn unsterblich ist. Alle Schwierigkeiten, die wir hatten, scheinen von dort herzurühren, sehen Sie? Warum sollte es jemand kümmern, wie ein Gehirn aussieht oder gebaut ist oder wie es entstanden ist? Worauf es ankommt, ist, daß organische menschliche Gehirnzellen absterben. Absterben müssen. Es gibt keine Möglichkeit, dem zu entgehen. Jedes andere Körperorgan kann instandgesetzt oder durch ein künstliches Organ ersetzt werden, aber das Gehirn kann nicht ausgetauscht werden, ohne die Persönlichkeit zu verändern und damit zu töten. Und das organische Gehirn muß schließlich sterben. Während mein positronisches Gehirn ...«

Chi Li-hsings Miene hatte sich während seines Vortrags verändert und zeigte jetzt einen Ausdruck blanken Entsetzens.

Andrew merkte, daß sie bereits verstanden hatte. Aber es war wichtig, daß sie ihn anhörte. »Mein eigenes positronisches Gehirn hat jetzt knapp zwei Jahrhunderte ohne wahrnehmbaren Verfall überdauert, ohne jede unerwünschte Veränderung, und es wird sicherlich noch weitere Jahrhundert überdauern. Vielleicht unbegrenzt, wer kann es sagen? Die ganze Wissenschaft der Robotik ist erst dreihundert Jahre alt, und dieser Zeitraum ist zu kurz, um sagen zu können, wie lang die Lebensdauer eines positronischen Gehirns sein kann. Mein Gehirn ist also praktisch unsterblich. Ist das nicht die fundamentale Barriere, die mich von der Menschheit trennt? Menschen können Unsterblichkeit in Robotern tolerieren, weil Langlebigkeit in einer Maschine ein Vorzug ist und niemand sich davon psychologisch bedroht fühlt. Aber sie würden niemals fähig sein, die Vorstellung eines unsterblichen Menschen zu tolerieren, weil ihre eigene Sterblichkeit nur so lange erträglich ist, als sie wissen, daß sie für alle ohne Ausnahme gilt. Bliebe nur eine Person von Sterblichkeit und Tod verschont, so würden alle anderen sich in der schlimmsten Weise bestraft fühlen. Und aus diesem Grund haben sie sich geweigert, mich zu einem menschlichen Wesen zu machen.«

»Sie sagten, Sie würden zur Sache kommen, Mr. Martin«, sagte Li- hsing in scharfem Ton. »Nun tun Sie es endlich. Was haben Sie sich angetan? Ich möchte es wissen!«

»Ich habe das Problem aus dem Weg geräumt.«

»Aus dem Weg geräumt? Wie?«

»Vor Jahrzehnten, als mein positronisches Gehirn in diesen androiden Körper übertragen wurde, wurde es an organische Nerven angeschlossen, blieb aber isoliert von den Prozessen des Stoffwechsels, die andernfalls seinen allmählichen Verfall verursacht hätten. Nun habe ich mich einer letzten Operation unterzogen, um die neuralen Verbindungen entlang der Schnittstelle zwischen Gehirn und Körper neu zu ordnen. Die Isolierung wurde entfernt. Mein Gehirn unterliegt jetzt den gleichen Verfallsprozessen wie jede organische Substanz. Die Dinge sind jetzt so eingestellt, daß das Potential ganz allmählich schwindet.«

Chi Li-hsings von feinen Runzeln überzogenes Gesicht blieb beinahe ausdruckslos, dann preßte sie die Lippen zusammen und ballte die Fäuste.

»Sie meinen, Sie haben Vorkehrungen getroffen, um zu sterben? Nein, das können Sie nicht getan haben, Mr. Martin. Es wäre ein Verstoß gegen das dritte Gebot.«

»Keineswegs«, widersprach Andrew. »Es gibt mehr als eine Todesart, und das dritte Gebot differenziert nicht zwischen ihnen. Ich aber tue es. Ich habe die Wahl zwischen dem Tod meines Körpers und dem Tod meiner Wünsche und Bestrebungen gewählt. Meinen Körper auf Kosten des größeren Todes am Leben zu lassen, wäre die wahre Verletzung des dritten Gebotes. Dies nicht. Als Roboter könnte ich unbegrenzt lange leben, ja. Aber ich sage Ihnen, daß ich lieber als Mensch sterben denn als Roboter ewig leben möchte.«

»Mr. Martin! Nein!« rief Li-hsing aus. Sie stand auf, kam erstaunlich behende um ihren Schreibtisch herum und ergriff ihn am Arm, als wollte sie ihn durch Schütteln zur Besinnung bringen. Dann aber ließ sie es damit bewenden, ihn fest zu umfassen, daß die Finger sich in sein elastisches synthetisches Fleisch bohrten. »Damit werden Sie nicht erreichen, was Sie wollen. Es ist nichts als schreckliche Torheit. Machen Sie die Änderung rückgängig.«

»Das kann ich nicht. Zuviel Schaden wurde angerichtet. Die Operation ist irreversibel.«

»Und nun?«

»Ich habe noch ein Jahr zu leben, mehr oder weniger. Ich werde den zweihundertsten Jahrestag meiner Fertigstellung überdauern. Ich bekenne, daß ich schwach genug war, die Zeitwahl so zu treffen, daß ich noch so lange da sein würde. Und dann – ein natürlicher Tod. Andere Roboter werden demontiert oder verschrottet, wenn weitere Instandhaltung sich nicht mehr lohnt. Ich werde einfach sterben. Der erste Roboter, der eines natürlichen Todes stirbt – das heißt, wenn man dann noch daran festhält, daß ich ein Roboter bin.«

»Ich kann nicht glauben, was Sie mir erzählen, Mr. Martin. Was kann Gutes dabei herauskommen? Sie zerstören sich selbst für nichts und wieder nichts! Das war es nicht wert!«

»Ich denke schon.«

»Dann sind Sie ein Dummkopf!«

»Nein«, sagte er unbeirrt freundlich. »Wenn es mich endlich zum Menschen macht, wird es sich gelohnt haben. Und wenn mir dies nicht gelingt, wird mein fruchtloses Streben und mein Schmerz wenigstens bald ein Ende haben, und das wird auch der Mühe wert sein.«

»Schmerz?«

»Ja, Schmerz. Glauben Sie, ich hätte niemals Schmerz empfunden?«

Chi Li-hsing reagierte in einer Weise, die Andrew bis zur Sprachlosigkeit verblüffte.

Sie begann still zu weinen.

24

Es war seltsam, wie Andrews dramatische letzte Tat in seinem langen Leben die Fantasie der Welt beflügelte. Nichts, was Andrew bis dahin getan hatte, war imstande gewesen, die öffentliche Meinung von ihrer Ablehnung seines Anspruchs abzubringen. Doch nun hatte er, um volle Anerkennung als Mensch zu finden, sogar den Tod angenommen, und dieses Opfer war zu groß, um zurückgewiesen zu werden.

Die Geschichte ging wie ein Lauffeuer um die Welt. Tagelang war sie in aller Munde. Der Gesetzesentwurf, der Andrew gewähren sollte, was er so lange angestrebt hatte, wurde von der Internationalen Gesetzgebenden Versammlung ohne Gegenstimme verabschiedet. Niemand hätte gewagt, die Zustimmung zu verweigern. Es gab kaum eine Debatte, da der vielbeschworene und gefürchtete Präzendenzfall nun entschärft war. Dafür waren alle Abgeordneten bereit, dem Gesetz, das tatsächlich ohne Beispiel war, mitzutragen.

Das Gesetz wurde absichtlich am zweihundertsten Jahrestag von Andrews Fertigstellung in einer kleinen Zeremonie unterzeichnet und trat am selben Tag in Kraft. Der Internationale Koordinator setzte seine Unterschrift öffentlich vor den Fernsehkameras, die das Ereignis für die weltweite Ausstrahlung festhielten, unter das Dokument.

Andrew saß im Rollstuhl. Zwar konnte er noch gehen, aber nur wacklig, und es wäre ihm peinlich gewesen, vor den Augen eines Millionenpublikums so schwächlich auszusehen.

Und wie die Einschaltquoten zeigten, sahen wirklich Millionen Menschen in aller Welt zu.

Die Zeremonie war einfach und ganz kurz. Der Internationale Koordinator – oder vielmehr sein elektronisches Abbild, denn Andrew war in seinem Haus in Kalifornien und der Internationale Koordinator in New York – begann mit den Worten: »Dies ist ein ganz besonderer Tag, Andrew Martin, nicht nur für Sie, sondern für die ganze Menschheit. Einen Tag wie diesen hat es nie zuvor gegeben, aber schließlich hatte es auch einen wie Sie nie zuvor gegeben.

Vor fünfzig Jahren wurde zu Ihren Ehren in der Zentrale der United States Robots and Mechanical Men Corporation eine Feierstunde anläßlich des hundertfünfzigsten Jahrestages Ihrer Fertigstellung veranstaltet. Wie ich hörte, proklamierte einer der Festredner Sie bei der Gelegenheit zum Hundertfünfzigjährigen Roboter. Die Feststellung war soweit korrekt, aber sie ging nicht weit genug, wie uns heute klar ist. Und so sind Schritte zur Wiedergutmachung eingeleitet worden, und diese Wiedergutmachung wird heute verwirklicht.« Der Internationale Koordinator blickte von seinem Manuskript auf und lächelte Andrew zu. Ein Kanzleibeamter legte eine aufgeschlagene Dokumentenmappe zur Unterschrift vor ihm auf den Schreibtisch, und der Koordinator setzte schwungvoll seinen Namen unter das Gesetz.

Dann blickte er auf und sagte in feierlichem Ton: »Damit ist das Gesetz offiziell und unwiderruflich in Kraft getreten. Ihr hundertfünfzigster Jahrestag liegt heute fünfzig Jahre hinter Ihnen. Und hinter Ihnen liegt auch der Status des Roboters, mit dem Sie in die Welt kamen und als der Sie an jenem Tag angeredet wurden. Wir nehmen diesen Status jetzt von Ihnen. Sie sind kein Roboter mehr. Das soeben unterzeichnete Gesetz ändert das. Heute, Mr. Martin, erklären wir Sie zum Zweihundertjährigen Menschen.«

Und Andrew lächelte zurück und streckte die Hand aus, als wollte er die des Internationalen Koordinators schütteln – trotz der Distanz des Kontinents, die zwischen ihnen lag. Die Geste war sorgfältig geübt, alles bis auf den Zentimeter festgelegt. Und so schien es Millionen von Zuschauern, daß die beiden Hände einander wirklich berührten – in einer warmen menschlichen Geste, die für einen Moment einen Menschen mit dem anderen verband.

25

Die Zeremonie, obgleich erst wenige Monate vergangen, war nur noch eine trübe Erinnerung, und das Ende nahte. Andrews Gedanken verblaßten langsam, als er in seinem Bett in dem alten Herrenhaus über dem Pazifik lag.

Verzweifelt klammerte er sich an die Vorstellungen und Bilder, die ihm zu entgleiten drohten.

Ein Mensch! Endlich war er ein menschliches Wesen! Jahrzehntelang hatte er sich die Stufenleiter von seinen robotischen Anfängen emporgearbeitet zuerst ohne das Ausmaß seines Strebens ganz zu überblicken, allmählich aber immer entschiedener auf ein Ziel konzentriert; und endlich hatte er dieses Ziel errreicht, das ihm so wichtig geworden war. Er hatte etwas beinahe Unvorstellbares erreicht, etwas in der Geschichte der Menschheit Einzigartiges.

Das, sagte er sich, sollte sein letzter Gedanke sein. Mit ihm wollte er sterben, sich auflösen.

Andrew öffnete noch einmal die Augen und erkannte ein letztes Mal Chi Li-hsing, die ernst neben seinem Sterbebett wartete. Auch andere hatte sich um ihn versammelt und beobachteten seine letzten Augenblicke, wie er selbst vor langer Zeit den letzten Augenblicken Sirs und der Kleinen Miß beigewohnt hatte, aber die Gestalten waren wie Schatten, unbestimmte, nicht wiederzuerkennende Schatten. Er begann Namen zu vergessen, Gesichter, alles. Alles entglitt ihm, die angesammelten Erinnerungen von zweihundert Jahren seines Lebens.

Laß es los, dachte er. Laß alles los.

Nur die dunkel gekleidete Gestalt Chi Li-hsings stand nahe und unverkennbar vor dem dunkelnden Grau des Hintergrundes. Die letzte von allen, die ihm nahegestanden hatten. Im Laufe der zwei Jahrhunderte hatte er viele Freunde gehabt, aber sie alle waren nicht mehr, und Li-hsing war als einzige übriggeblieben. Langsam und zittrig hob Andrew die Hand zu ihr und fühlte undeutlich, wie ihre Finger sie ergriffen. Sie sagte etwas zu ihm, aber er konnte die Worte nicht mehr hören.

Sie verblaßte in seinen Augen, während die letzten seiner Gedanken in der Dunkelheit zerrannen.

Ihm war kalt, und Li-hsing verschwand im dunklen Nebel, der ihn einhüllte. Dann kam ihm ein letzter flüchtiger Gedanke und ruhte einen Augenblick in seinem Sinn, bevor alles aufhörte. Kurz sah er das flackernde Bild der ersten Person, die ihn vor bald zweihundert Jahren zuerst als den erkannt hatte, der er wirklich war. Ein Umhang aus Licht und Wärme umgab sie. Ihr glänzendes blondes Haar schimmerte wie ein Sonnenaufgang. Sie lächelte ihm zu, winkte ihm.

»Andrew«, sagte sie leise. »Komm, Andrew. Kommt jetzt. Du weißt, wer ich bin.«

»Kleine Miß«, flüsterte er unhörbar.

Und dann schloß er die Augen, und die Dunkelheit umhüllte ihn ganz, und – endlich ganz und gar menschlich – überließ er sich ihr ohne Bedauern.

Von ISAAC ASIMOV erschien in der
HEYNE ALLGEMEINEN REIHE:

Auf der Suche nach der Erde · 01/6401
Aurora oder Der Aufbruch zu den Sternen · 01/6579
Das galaktische Imperium · 01/6607
Die Rückkehr zur Erde · 01/6861
Die Rettung des Imperiums · 01/7815
Nemesis · 01/8084
Robot ist verloren · 01/6401
Die vierte Generation · 01/8228
Die Menschheit wird gerettet · 01/8358
Das Foundation-Projekt · 01/9563
Einbruch der Nacht · 01/10090
(mit Robert Silverberg)
Der positronische Mensch · 01/10624
(mit Robert Silverberg)

In der Reihe
HEYNE SCIENCE FICTION & FANTASY:

Der Mann von drüben · 06/3004
Geliebter Roboter · 06/3066
Der Tausendjahresplan · 06/3080
Der galaktische General · 06/3082
Alle Wege führen nach Trantor · 06/3084
Am Ende der Ewigkeit · 06/3088
SF-Kriminalgeschichten · 06/3135
Ich, der Robot · 06/3217
Die nackte Sonne · 06/3517
Der Zweihundertjährige · 06/3621

Als Herausgeber:
Science Fiction Erzählungen des 19. Jahrhunderts · 06/4022
Fantasy-Erzählungen des 19. Jahrhunderts · 06/4023
Der letzte Mensch auf Erden · 06/4074
Zukünfte – nah und fern · 06/4215
Spekulationen · 06/4274
Die Wunder der Welt · 06/4332
Science Fiction aus den Goldenen Jahren · 06/4600

sowie
Foundation
10 Bände im Schmuckschuber · 095/885

Seit 1978 erscheinen *Auswahlbände* aus dem bekannten amerikanischen Periodikum ›*Isaac Asimov's Science Fiction Magazine*‹, inzwischen ›*Asimov's Science Fiction*‹:
Die letzten Folgen waren:
Nr. 46: 06/5373
Nr. 47: 06/5481
Nr. 48: 06/5635
Nr. 49: 06/5666
Nr. 50: 06/5921
Nr. 51: 06/5948

In der
BIBLIOTHEK DER SCIENCE FICTION LITERATUR:
Lunatico · 06/7
Meine Freunde, die Roboter · 06/20
Die Stahlhöhlen · 06/71
Die nackte Sonne · 06/72
Foundation · 06/79

als Herausgeber:
Das Forschungsteam · 06/13

Dies ist eine Autorenbibliographie,
kein Verzeichnis lieferbarer Bücher

Von ROBERT SILVERBERG erschien in der
HEYNE ALLGEMEINEN REIHE:

Einbruch der Nacht · 01/10090
(nach Isaac Asimov)
Der positronische Mensch · 01/10624
(nach Isaac Asimov)

In der Reihe
HEYNE SCIENCE FICTION & FANTASY:

Gast aus der Zukunft · 06/3193
Das heilige Atom · 06/3224
Die Sterne rücken näher · 06/3248; auch in 06/1001
Die Seelenbank · 06/3256
Exil im Kosmos · 06/3269
Schwingen in der Nacht · 06/3274; erneut 06/3929
Macht über Leben und Tod · 06/3282; auch in 06/1006
Dimension 12 · 06/3309
Die Mysterien von Belzagor · 06/3345; auch in 06/4337
Der Gesang der Neuronen · 06/3392; auch in 96/1005
Kinder der Retorte · 06/3441; auch in 06/1003
Es stirbt in mir · 06/3445
Ein glücklicher Tag im Jahr 2381 · 06/3477; auch in 06/1007
Der Seher · 06/3590; auch in 06/4354
Schadrach im Feuerofen · 06/3626; auch in 06/4337
Mit den Toten geboren · 06/3644; auch in 06/4337
Drei Romane in einem Band · 06/4337
(Die Mysterien von Belzagor/ Schadrach
im Feuerofen/ Mit den Toten geboren)
Tom O'Bedlam · 06/4456
Zigeunerstern · 06/4541
Über den Wassern · 06/4973
Der heiße Himmel um Mitternacht · 06/5665

GILGAMESCH-ZYKLUS:
König Gilgamesch · 06/4420
Das Land der Lebenden · 06/5542

ZYKLUS NACH DER DUNKELHEIT:
Am Ende des Winters · 06/4585
Der neue Frühling · 06/4894

Als Herausgeber:
Die Mörder Mohammeds · 06/3264
Menschen und andere Ungeheuer · 06/3378
Das neue Atlantis · 06/3755

Dies ist eine Autorenbibliographie,
kein Verzeichnis lieferbarer Bücher

HEYNE BÜCHER

Der Groß-meister der Science Fiction

01/6401

Isaac Asimov

Isaac Asimov
Auf der Suche nach der Erde
01/6401

Isaac Asimov
Das galaktische Imperium
01/6607

Isaac Asimov
Nemesis
01/8084

Isaac Asimov
Robert Silverberg
Einbruch der Nacht
01/10090

Isaac Asimov
Robert Silverberg
Der positronische Mann
01/10624

HEYNE-TASCHENBÜCHER